995

AVENTURES

DE

ROBINSON CRUSOË

CLICHY. — IMPR. PAUL DUPONT, 12, RUE DU BAC-D'ASNIÈRES.

VERDEIL. SC.

AVENTURES

DE

ROBINSON CRUSOË

PAR

DANIEL DE FOË

TRADUCTION NOUVELLE

Illustrations de GRANDVILLE

NOUVELLE ÉDITION

PARIS

GARNIER FRÈRES, LIBRAIRES-ÉDITEURS

6, RUE DES SAINTS-PÈRES, 6

1880

AVENTURES

DE

ROBINSON CRUSOE

PREMIÈRE PARTIE

E suis né dans la ville d'York, en 1632, d'une famille honnête, d'origine étrangère. Mon père était de Brême, et il s'était d'abord établi à Hull. Après avoir acquis une assez belle fortune dans le commerce, il se retira à York, où il épousa ma mère, dont les parents, nommés Robinson, étaient d'une ancienne

1

et bonne maison du comté. Ce fut à cause d'eux que l'on me nomma Robinson Kreutznaer ; mais, par une altération de mots assez ordinaire aux Anglais, on prononce maintenant et nous-mêmes nous prononçons et écrivons notre nom Crusoe.

J'étais le troisième fils de la famille, je n'avais appris aucun métier, et ma tête s'était remplie de pensées vaga-

bondes. Mon père me destinait à l'état de légiste ; mais je ne rêvais que voyages sur mer, et cette inclination naturelle semblait une fatalité par laquelle j'étais poussé à la vie misérable que je devais mener.

Mon père, homme grave et sage, me fit de sérieuses représentations pour me détourner du dessein qu'il voyait se former dans ma tête.

Ensuite il me conjura dans les termes les plus affectueux de ne point agir en jeune homme, de ne point me précipiter en des misères que la nature et la fortune m'avaient épargnées. Il me dit que je n'avais pas besoin de gagner mon pain, qu'il comptait me soutenir convenablement dans la profession à laquelle il me destinait pour me conduire à la position qu'il venait de me dépeindre. « Ce sera, dit-il, votre faute si vous ne parvenez pas à une situation prospère ; je n'en serai point responsable, j'ai rempli mon devoir en vous éclairant sur le danger du parti que vous paraissez disposé à prendre. Enfin je suis prêt à faire beaucoup pour vous, si vous voulez vous établir ici suivant mes conseils ; mais je ne veux avoir aucune part à votre malheur, en facilitant votre départ. »

Je fus profondément touché de ce discours, comme cela devait être. Je ne pensais plus à quitter le pays ; je voulais même m'y établir, selon les désirs de mon père. Mais, hélas ! peu de jours suffirent pour effacer toutes ces bonnes résolutions.

Étant allé un jour à Hull, par hasard et sans aucun dessein de m'échapper, je trouvai là un de mes camarades d'école, prêt à partir pour Londres sur un bâtiment appartenant à son père. Il m'engagea à l'accompagner, en employant le moyen de séduction habituel aux marins, savoir que mon passage ne me coûterait rien. Alors, sans consulter père ni mère, sans leur donner avis de mon départ, les laissant apprendre cette nouvelle quand et comme ils pourraient, ne songeant à implorer ni la bénédiction paternelle ni celle de Dieu, ne considérant ni les circonstances ni les conséquences de ma démarche, le 1er septembre 1651 (jour fatal, comme la suite l'a démontré), je montai sur un bâtiment destiné pour Londres.

A peine étions-nous sortis du port que le vent souffla
violemment et que les vagues s'élevèrent; et comme c'était
la première fois que j'allais en mer, je fus et très-malade
et fort effrayé. Je réfléchis alors sérieusement à ce que
j'avais fait, et je sentis la justice du châtiment que le Ciel
m'infligeait pour avoir si indignement quitté la maison paternelle et trahi mes devoirs.

Ces bonnes et sages pensées continuèrent tout le temps
de l'orage, et même un peu après; mais le jour suivant
le vent baissa, la mer devint plus calme, et je commençai
à m'y accoutumer : cependant je fus très-sérieux pendant
cette journée, car je souffrais encore du mal de mer. Vers
le soir le ciel s'éclaircit, le vent tomba tout à fait, et nous
eûmes la plus charmante soirée. Le soleil se coucha dégagé
de nuages et se leva de même le lendemain. Ses rayons
brillaient sur une mer unie et tranquille, une brise légère
nous poussait : ce spectacle me parut le plus délicieux qui
se fût jamais offert à ma vue.

J'avais bien dormi la nuit, je n'étais plus malade, et je
contemplais avec un joyeux étonnement cette mer si terrible la veille, maintenant si belle et si paisible.

De même que les flots étaient redevenus calmes après
l'orage, ainsi, l'esprit délivré de la crainte d'être englouti,
je repris le cours habituel de mes idées, oubliant tous les
vœux formés pendant ma détresse. J'avais encore néanmoins quelques intervalles où ma raison s'efforçait de
reconquérir son empire; mais je m'en défendais comme
d'une faiblesse, et, en me livrant à la boisson et à la société de mes camarades, je fus bientôt délivré de ce que
i'appelais mes accès.

Le sixième jour de notre voyage, nous entrâmes dans
la rade d'Yarmouth, les vents contraires et les calmes ne
nous ayant pas permis de faire beaucoup de chemin depuis
l'orage. Nous fûmes obligés d'y mouiller, parce que le vent
resta mauvais, c'est-à-dire qu'il souffla de S.-O. pendant

sept à huit jours. Plusieurs gros bâtiments de Newcastle
se trouvaient arrêtés là par les mêmes causes que nous.
Le vent, d'abord trop vif, ensuite extrêmement violent,
nous empêcha d'entrer dans la Tamise ; mais le mouillage
était bon, et notre fond était solide; aussi nos gens, ne
craignant pas le moindre danger, passaient-ils le temps à
se reposer et à rire suivant la coutume des marins. Tout
à coup, dans la matinée du huitième jour, le vent devint
si furieux qu'il fallut manœuvrer de toutes mains pour
carguer les hautes voiles et lui laisser moins de prise. Vers
midi, la mer grossit; notre bâtiment reçut plusieurs lames,
et nous crûmes une ou deux fois que l'ancre avait cédé,
ce qui décida le contre-maître à en jeter une seconde;
alors nous chassâmes sur deux ancres, et à tous moments
notre gaillard d'avant plongeait.

Bientôt une affreuse tempête s'éleva, et je vis des signes
de frayeur et d'abattement sur le visage des matelots eux-
mêmes. Le patron s'occupait avec zèle de la conservation
de son navire; je l'entendis cependant dire à voix basse,
comme il passait près de moi en sortant et en rentrant
dans sa cabine : « Seigneur, ayez pitié de nous ! tout est
perdu; » je sentis une horrible frayeur. Je m'élançai hors
de la cabine, je jetai les yeux autour de moi, et je vis le
spectacle le plus épouvantable. De hautes montagnes
d'eau venaient se briser sur nous de trois en trois minutes;
nous étions entourés de périls de toutes sortes.

Vers le soir, le contre-maître et le pilote demandèrent
au capitaine la permission de couper le mât de l'avant, ce
qu'il n'accorda que sur l'assurance donnée par le pilote
que, si l'on ne prenait ce parti, le bâtiment coulerait à
fond. Quand ce mât fut coupé, le grand mât, se trouvant
moins soutenu, nous donna de telles secousses, qu'on fut
obligé de le couper aussi et de raser complétement le
tillac.

On peut imaginer facilement en quel état je devais être
alors, moi nouveau marin, à peine remis d'une frayeur

bien moins fondée. Toutefois, si je puis me rappeler à une
si grande distance les pensées qui m'occupaient en ce moment, il me semble que le souvenir de mes anciennes
convictions et de la perversité avec laquelle je les avais
rejetées me causait plus de terreur que l'idée de la mort :
ces pensée ' jointes à l'horreur de la tempête, me jetèrent
dans un trouble inexprimable. Mais le mal devait encore
s'aggraver.

L'orage continua avec une telle furie, que les hommes
de l'équipage n'en avaient jamais vu de semblable. Notre
bâtiment était bon; mais il avait une forte charge, et il
plongeait si profondément dans les vagues, que les matelots criaient à chaque moment qu'il sombrait. Il était heureux pour moi que je ne connusse point la signification de
ce mot; je l'appris bien vite. Cependant le gros temps
ne cessait point; je vis ce que l'on voit rarement, le capitaine, le second, le pilote et quelques-uns des plus sensés
de l'équipage, priant à genoux et se préparant à couler
bas.

Au milieu de la nuit, pour mettre le comble à notre
détresse, un des matelots, qui était descendu pour examiner la cale, cria que nous avions une voie d'eau : un autre
dit qu'il y avait déjà quatre pieds d'eau dans la cale. Alors
on appela tout le monde aux pompes. A ce mot je crus
que j'allais mourir, et je tombai sur le côté du lit sur
lequel j'étais couché dans la cabine. Cependant les matelots me réveillèrent de ma stupeur et me dirent que, si je
n'avais été bon à rien jusque-là, je pourrais au moins pom-
per aussi bien qu'un autre. Je me levai sur-le-champ, j'allai
à la pompe et j'y travaillai de tout cœur. Pendant ce temps-
là, le capitaine aperçut quelques légères embarcations
qui, ne pouvant tenir contre le vent, étaient obligées de
gagner la mer et tâchaient de nous éviter ; il ordonna de
tirer le canon de détresse. Moi qui ne savais ce que cela
voulait dire, je pensais que le navire s'était brisé, ou qu'il
était arrivé quelque chose d'horrible; bref, je fus telle-

ment saisi que je m'évanouis. Personne ne prit garde à
ce qui m'arrivait, chacun ayant assez à penser à sa propre vie ; seulement un autre vint me remplacer à la pompe

et me poussa de côté, me croyant mort. Je fus très-longtemps sans reprendre connaissance.

Nous luttions encore ; mais l'eau nous gagnait. Il était
évident que nous coulerions à fond, et, bien que la tempête fût un peu calmée, nous ne pouvions espérer que le
navire fût en état de nous conduire à terre. Le capitaine
continua donc ses signaux de détresse, et un petit bâtiment qui se trouvait devant nous risqua de nous envoyer

un bateau. Par le plus heureux hasard, ce bateau vint assez près de nous; mais il nous était impossible d'y descendre, car il ne pouvait nous aborder. Enfin ceux qui le montaient ramèrent avec énergie, exposant leur vie pour sauver la nôtre; nos gens purent leur jeter une corde avec une bouée par-dessus l'arrière; ils la saisirent avec beaucoup de peine et de danger; nous tirâmes le bateau sous notre poupe, et nous y descendîmes tous. Il ne fallait pas songer à gagner le bâtiment qui nous avait secourus, et, d'un commun accord, on convint de laisser flotter le bateau en le dirigeant doucement vers la terre; et notre capitaine promit de le payer s'il se brisait en échouant. Ainsi, partie en ramant, partie en allant au gré du vent, nous nous dirigeâmes au N. vers la côte, à la hauteur de Winterton-Ness.

A peine avions-nous quitté notre bâtiment depuis un quart d'heure, que nous le vîmes s'enfoncer. Je compris alors ce qu'on entendait par les termes sombrer et couler à fond. Ma vue n'était pas bien nette lorsque les matelots me montrèrent le navire qui disparaissait; et depuis le moment où je fus porté plutôt que conduit dans le bateau, j'étais resté demi-mort de frayeur pour le présent et pour l'avenir.

Tandis que nous étions dans cette situation, les matelots ramant vigoureusement pour gagner le rivage, nous voyions, quand la barque montait sur les vagues, une foule de gens qui accouraient sur le bord de la mer dans l'intention de nous secourir dès que nous serions à leur portée. Mais nous approchions très-lentement de la côte, et nous ne pûmes la toucher qu'après avoir dépassé le phare de Winterton, à l'endroit où la rive, fuyant à l'O. du côté de Cromer, brise un peu la violence des vagues. Enfin, non sans beaucoup de difficultés, nous débarquâmes tous sains et saufs, et nous nous rendîmes à pied à Yarmouth. Nous y fûmes traités avec l'humanité réclamée par notre malheur; les magistrats nous assignèrent de bons logements, et les négociants et armateurs de la ville nous donnèrent, en se cotisant, les moyens de nous rendre à Londres ou de retourner à Hull.

Si j'avais eu le bon sens de prendre ce dernier parti et de rentrer au logis, j'aurais été trop heureux, et mon père, pour me servir de la parabole de notre divin Sauveur, aurait tué le veau gras en réjouissance de mon retour; car, après avoir appris que le bâtiment sur lequel j'étais avait péri dans la rade d'Yarmouth, il demeura longtemps sans savoir que je n'étais pas noyé.

Mais ma mauvaise destinée me poussait avec une obstination invincible; et bien que la raison me sollicitât, dans les moments de réflexion calme, de revenir sous le toit paternel, il me fut impossible de m'y décider.

Cette influence funeste qui m'entraîna d'abord loin de la maison paternelle, qui m'inspira l'idée téméraire et irréfléchie d'agrandir ma fortune, et grava cette idée si fortement dans mon esprit, qu'elle me rendit sourd aux bons avis, aux prières, même aux ordres de mon père; cette influence, dis-je, quelle que fût sa nature, me jeta dans la plus malencontreuse des entreprises. Je montai à bord d'un vaisseau destiné pour la côte d'Afrique, ou la côte de Guinée, comme l'appellent nos marins.

Mon plus grand malheur dans tous mes voyages fut de refuser de m'enrôler parmi les matelots. J'aurais, il est vrai, dans ce cas, travaillé plus durement que je n'y étais accoutumé; mais avec le temps je serais devenu pilote, contre-maître ou lieutenant, peut-être même patron. Mais j'étais destiné à prendre toujours le pire de tous les partis, et, me voyant de l'argent dans ma poche et de bons habits sur le dos, je m'embarquai toujours comme passager, en sorte que je n'avais rien à faire et n'apprenais rien à bord.

A mon arrivée à Londres, je fus assez heureux pour rencontrer bonne compagnie, chance peu commune pour un jeune homme étourdi et égaré comme je l'étais alors;

1.

car le diable ne manque pas de leur tendre promptement
des piéges, et je n'eus pas à combattre ce danger. Ma
première connaissance fut le capitaine ou patron d'un navire qui revenait de la côte de Guinée, et qui, s'étant bien
trouvé de son voyage, se disposait à le recommencer. Ce
brave homme prit goût à ma conversation, qui alors
n'était pas sans quelque agrément, et, sachant que je désirais voir le monde, il me proposa de l'accompagner, me
dit qu'il ne m'en coûterait rien, que je partagerais sa
table, et que, si je voulais emporter quelques marchandises, je pourrais m'en défaire avantageusement, peut-être
même avec un bénéfice propre à m'encourager.

J'acceptai ; je me liai très-étroitement avec ce capitaine, homme parfaitement honnête et franc, et j'emportai une petite pacotille qui me produisit beaucoup, grâce
à la bienveillance désintéressée de mon ami. J'avais acheté
par son conseil pour environ quarante livres sterling
de verroteries et autres bagatelles, et j'avais réuni ces
fonds à l'aide de quelques-uns de mes parents avec lesquels je correspondais, et qui, je le suppose, engagèrent
mon père et ma mère à contribuer à ma première aventure.

Ce fut le seul voyage dans lequel je puisse dire que
je fus heureux ; et cela, je le dois à l'intégrité de mon ami
le capitaine, sous lequel j'acquis une connaissance suffisante de la navigation. J'appris à tenir le journal d'un
bâtiment, à noter les observations, toutes choses qu'un
marin doit savoir. Il avait autant de plaisir à enseigner
que j'en avais à m'instruire ; aussi je devins pendant cette
traversée négociant et homme de mer, et je rapportai
cinq livres neuf onces d'or en échange de ma pacotille,
ce qui me donna à Londres trois cents guinées. Ce succès
me remplit de pensées ambitieuses qui complétèrent ma
ruine.

Cependant, même en ce voyage, j'eus quelques traverses : entre autres, je ne cessai d'être malade tout le

temps de notre séjour en Afrique, l'excessive chaleur m'ayant donné une fièvre violente.

J'étais donc devenu commerçant sur les côtes de Guinée, et mon ami, pour mon très-grand malheur, étant mort peu de temps après son retour, je me décidai à refaire le même voyage et m'embarquai sur son bâtiment, alors commandé par son contre-maître. Jamais expédition ne fut plus désastreuse. Je n'avais emporté que la valeur de cent guinées, sur mon pécule nouvellement acquis, et j'en laissai deux cents dans les mains de la veuve de mon ami, laquelle se conduisit très-loyalement avec moi.

J'éprouvai de grandes mésaventures. D'abord, en nous dirigeant vers les Canaries, pour passer entre ces îles et la côte d'Afrique, nous fûmes surpris, pendant le crépuscule du matin, par un corsaire turc de Salé. Il nous donna

la chasse à toutes voiles. De notre côté, nous déployâmes toutes les nôtres ; mais le pirate gagnait toujours sur nous, et ne pouvait manquer de nous atteindre en peu d'heures ; nous nous préparâmes donc à combattre. Nous avions douze canons, et le forban en avait dix-huit.

Vers trois heures après midi, il était sur nous ; mais comme il nous prit en flanc par méprise, au lieu de nous prendre en poupe comme il en avait l'intention, nous portâmes huit de nos canons du côté attaqué et lâchâmes une bordée qui fit reculer l'assaillant, non toutefois sans qu'il ripostât à notre feu, en joignant à la décharge de ses canons celle de la mousqueterie de deux cents hommes qu'il avait à bord. Pas un de nos gens ne fut atteint, et tous gardèrent leurs rangs bien serrés. Le Turc se prépara à une nouvelle attaque, et nous à la défense ; mais cette fois il nous aborda par l'autre côté, et jeta soixante hommes sur notre pont, lesquels se mirent sur-le-champ à couper et hacher notre voilure et nos agrès.

Nous les reçûmes avec des mousquets, des demi-piques, des grenades et autres armes, et deux fois nous les chassâmes de notre pont ; enfin, pour abréger cette triste scène, le bâtim nt ne pouvant plus tenir la mer et trois de nos hommes ayant été tués et huit autres blessés, nous fûmes forcés de nous rendre, et l'on nous emmena à Salé, petit port de la côte de Barbarie.

Je ne fus pas aussi maltraité par les Maures que je le craignais dans le premier moment, et l'on ne me conduisit point, comme le reste de nos gens, à la résidence de l'empereur, dans l'intérieur du pays ; mais le capitaine me garda pour sa part de la prise, parce que j'étais jeune et capable de lui être utile. Ce changement subit, ce passage de la condition d'un négociant à celle d'un misérable esclave m'accabla complétement, et je me rappelai alors le discours prophétique de mon père, qui m'assurait que je serais malheureux et n'aurais personne pour me secourir. Je crus ce moment arrivé, n'imaginant pas qu'il pût en arriver un pire. Maintenant, pensai-je, la main du Ciel s'appesantit sur moi ; je suis perdu sans ressource, Hélas ! ce n'était que le prélude des maux que je devais endurer, comme on le verra dans la suite de cette histoire.

Mon nouveau patron ou maître m'ayant conduit à son logis, j'espérais qu'il m'emmènerait avec lui quand il irait en mer, et je pensais qu'un jour ou l'autre il serait pris par quelque vaisseau de guerre espagnol ou portugais, et que je recouvrerais ma liberté. Je me trompai en cela ; car, lorsqu'il s'embarquait, il me laissait chez lui pour surveiller son petit jardin et remplir les devoirs ordinaires des esclaves dans sa maison ; et, lorsqu'il revenait de croisière, il me faisait coucher dans la cabine de son bâtiment, afin de le tenir en ordre.

Je ne songeais qu'à trouver le moyen de m'échapper ; mais il ne s'en présentait pas un seul qui fût praticable. Je ne pouvais confier à personne mes projets, soit pour les faciliter, soit pour s'y associer, puisqu'il ne se trouvait parmi mes compagnons aucun esclave anglais, irlandais ou écossais. Ainsi pendant deux ans, bien que l'idée de fuir me restât toujours comme une espérance de salut éloignée, je n'entrevis aucune chance favorable à mon dessein.

Au bout de ces deux années, une circonstance singulière me remit en tête mes premiers projets de fuite. Mon maître resta une fois plus longtemps que de coutume sans se remettre en course, faute d'argent, à ce qu'on disait ; et pendant cet intervalle, il allait une ou deux fois par semaine, plus souvent même quand le temps était beau, pêcher dans la rade avec la pinasse. Il me prenait toujours avec lui dans ces excursions, ainsi qu'un petit Maure qui tenait la rame ; et tous les deux nous tâchions de divertir le patron. Comme j'étais adroit et heureux à la pêche, mon maître m'envoyait quelquefois, avec un de ses parents et le petit Maure, pêcher un plat de poissons quand il en avait besoin.

Une fois, nous étions partis pour la pêche par une matinée sèche et calme, et tout à coup il s'éleva un brouillard tellement épais, que nous perdîmes de vue la côte, dont

nous étions éloignés à peine d'une demi-lieue. Naviguant
à l'aventure, nous travaillâmes rudement à la rame
tout le jour et toute la nuit ; et, quand le soleil se leva,
nous vîmes qu'au lieu de pousser au rivage nous avions
poussé au large, et que déjà nous nous trouvions à deux
lieues de terre. Cependant nous rentrâmes sans la moindre
avarie, mais non sans peine et sans danger ; de plus nous
étions tous affamés.

Averti par cet accident, notre patron résolut de ne plus
s'exposer ainsi, et comme il avait à sa disposition le long
bateau de la prise anglaise, il le fit arranger, ne voulant
plus aller à la pêche sans être pourvu d'une boussole et
de quelques provisions. Il ordonna au charpentier de son
vaisseau (un esclave anglais comme moi) de construire au
milieu du bateau une petite cabine semblable à celle d'une
berge, en ménageant par derrière la place d'un homme
pour diriger la grande voile, et par devant, un espace suffisant pour que deux autres hommes pussent manœuvrer.

Cette embarcation allait avec ce que nous appelons une
voile latine ou triangulaire ; la vergue s'inclinait sur le
toit de la cabine, dans laquelle le patron pouvait tenir
avec deux esclaves, son lit, une table, de petites armoires contenant des bouteilles de la liqueur qu'il jugeait
à propos de boire, son pain, son riz et son café.

Nous allions souvent à la pêche dans ce bateau, et
comme j'étais plus habile que mon maître à cet exercice,
il n'y allait jamais sans moi. Il devait un jour faire une
partie de promenade ou de pêche avec deux ou trois
personnages d'une certaine distinction dans la ville, et
pour lesquels il avait fait de grands préparatifs. Dès la
veille j'avais eu l'ordre de porter dans la barque plus de
provisions qu'à l'ordinaire, et de plus, de la poudre et des
dragées prises dans la sainte-barbe du vaisseau du patron,
parce qu'il voulait aussi chasser.

J'exécutai ces ordres, et le lendemain matin j'attendais sur le bateau, bien lavé et toutes ses banderoles dé-

ployées, l'arrivée de mon maître et de ses hôtes, lorsque je vis venir le premier tout seul : il me dit que des circonstances imprévues avaient dérangé son projet de promenade, et me commanda d'aller avec un rameur et le jeune garçon pêcher quelques poissons pour ses amis, qui devaient souper chez lui. En ce moment, mes anciennes idées de fuite se réveillèrent vivement dans mon esprit. Je disposais d'un petit bâtiment, et, quand mon maître fut parti, je songeai à me préparer non pas à la pêche, mais à une longue course, sans savoir de quel côté je me dirigerais ; tous les lieux m'étaient bons, pourvu que je m'éloignasse.

D'abord j'inventai un prétexte pour envoyer le Maure chercher quelque chose à manger pour nous. « Il ne nous convient pas, lui dis-je, de manger du pain de notre maître. » Il me répondit que j'avais raison, et il apporta dans la barque un grand panier de rhousk, sorte de biscuit en usage dans le pays, et trois jarres d'eau fraîche. Je savais où le patron tenait ses bouteilles, que leur forme faisait reconnaître pour avoir été prises sur des vaisseaux anglais ; j'en portai un certain nombre sur le bateau, tandis que le rameur était à terre, afin qu'il crût qu'elles avait été embarquées pour le maître. Je pris encore à bord un bloc de cire d'environ cent livres, pour en faire des chandelles, un paquet de petites cordes, une scie, un marteau, une hachette, tous objets utiles, surtout la cire. Je tendis un autre piége à mon camarade, et il s'y laissa prendre fort innocemment. Son nom était Ismaël, dont le diminutif est Muley. Je lui dis donc : « Muley, les fusils du patron sont à bord ; si vous pouviez avoir un peu de poudre et de plomb, nous tuerions peut-être pour nous quelques alkamis (espèce de courlis). Vous savez où sont les munitions de canonnier sur le vaisseau ? — Oui, oui, dit-il, et je vais en chercher. » Il apporta en effet du vaisseau une grande poche en cuir contenant au moins une livre et demie de poudre, et une

autre remplie de dragées et de menu plomb. Pendant ce
temps j'avais trouvé un peu de poudre dans notre cabine, et j'en avais rempli une des bouteilles de l'armoire,
après avoir transvasé dans une autre bouteille un reste de
liqueur qu'elle contenait.

Ainsi pourvus des choses les plus nécessaires, nous
fîmes voile en apparence pour aller pêcher. On nous connaissait au château situé à l'entrée du port, et l'on ne
prit pas garde à nous ; et sitôt que nous eûmes gagné un
mille au large, nous pliâmes la voile pour commencer
notre pêche. Le vent était au N.-N.-E., ce qui ne m'é-
tait pas favorable. S'il eût été au S., j'aurais facilement
gagné la côte d'Espagne, du moins la baie de Cadix.
Toutefois ma résolution immuable était de sortir malgré
vent et marée de ce lieu maudit, et d'abandonner le reste
au destin.

Après que nous eûmes pêché quelque temps sans rien
prendre, car si je sentais du poisson à mon hameçon je
ne cherchais pas à le tirer, je dis à mon compagnon :
« Nous ne faisons ici rien qui vaille, le patron sera mé-
content, il faut aller plus loin. » Le Maure, ne pensant
point à mal, consentit à ma proposition, et, se trouvant
en tête de l'embarcation, il déploya les voiles, tandis que
je tenais le timon. Nous allâmes à une lieue au large ;
alors je pris la position ordinaire pour la pêche, et, donnant le timon au jeune garçon, j'avançai vers le Maure ;
je me baissai comme pour ramasser quelque chose derrière lui, et, le prenant par surprise, je passai mon bras
autour de sa ceinture et le lançai par-dessus le bord.
Il remonta sur l'eau presque au même instant, car il nageait comme un poisson, et il me supplia de le prendre à
bord, assurant qu'il irait où je voudrais. Il nageait si vite
qu'il aurait eu bientôt regagné le bateau, le vent n'é-
tant pas très-fort ; mais j'allai chercher dans la cabine
un fusil de chasse et je couchai en joue mon homme,
en lui disant : Je ne vous ai fait aucun mal et ne vous

en ferai point, si vous me laissez tranquille. Vous nagez assez bien pour regagner le rivage; la mer est calme, faites tous vos efforts pour arriver à terre, vous n'aurez rien à craindre de moi; mais, si vous approchez du bateau, je vous casse la tête. Je suis décidé à me sauver. » Alors il se retourna et nagea vers la côte, qu'il sut atteindre facilement.

Je me serais peut-être décidé à garder cet homme avec moi et à noyer le jeune garçon; mais il eût été imprudent de m'aventurer avec le premier, qui était aussi fort que moi. Lorsqu'il se fut éloigné, je dis à l'enfant, qui se nommait Xury : « J'aurai soin de vous, Xury, si vous me promettez fidélité; mais si vous ne voulez pas m'engager votre foi, c'est-à-dire jurer de m'être fidèle, par Mahomet et la barbe de son père, je vous jetterai à la mer comme votre camarade. » Ce garçon me regarda en souriant avec un air de si grande innocence qu'il m'était impossible de me méfier de lui. Il jura qu'il me serait fidèle et me suivrait au bout du monde.

Tant que je restai en vue du Maure qui nageait, je dirigeai le bateau de manière à lui faire supposer que je voulais gagner l'embouchure du détroit; et c'est ce que tout homme ayant l'usage de sa raison aurait dû faire. En effet, on ne pouvait croire que nous irions au S., vers des côtes vraiment barbares, où des peuplades entières de noirs viendraient nous entourer dans leurs canots et nous exterminer, où nous ne pourrions débarquer nulle part sans être dévorés par des bêtes sauvages ou des êtres humains encore plus impitoyables qu'elles.

Aussitôt que le jour baissa, je changeai de direction et cinglai droit au S., en appuyant un peu à l'E., afin de ne pas m'éloigner trop des côtes. Le vent était frais, la mer tranquille, et je marchai si vite que le lendemain, quand je pris terre, à trois heures après midi, j'étais au moins à cinquante lieues de Salé, tout à fait hors des domaines de l'empereur de Maroc et de tout autre souverain; car nous ne vîmes personne.

Cependant la frayeur que j'avais de retomber dans les mains des Maures m'avait empêché de m'arrêter, d'aller à terre ou de jeter l'ancre; et le vent continuant d'être bon pendant cinq jours et passant alors au S., je pensai que si quelques bâtiments me donnaient la chasse, ils seraient forcés de me laisser, et je risquai alors de m'approcher des côtes. Je mis à l'ancre près de l'embouchure d'une petite rivière inconnue, en vue d'une terre également inconnue, où je ne vis personne et ne désirais voir personne, la principale chose dont j'avais besoin étant de l'eau fraîche. Nous entrâmes le soir dans la crique, résolus de gagner la terre à la nage dès qu'il ferait nuit, et d'aller à la découverte; mais quand la nuit fut venue, nous entendîmes un vacarme si épouvantable de hurlements, d'aboiements, de rugissements de bêtes sauvages dont nous ne pouvions reconnaître l'espèce, que le pauvre garçon, mourant de peur, me conjura de ne pas débarquer avant le jour. « Eh bien ! dis-je, Xury, j'attendrai le jour; mais alors nous trouverons peut-être des hommes aussi méchants que ces animaux. — Si nous trouver ces méchants hommes, dit Xury en riant, nous leur envoyer des balles, et eux s'enfuir... » Il avait appris à baragouiner l'anglais en causant avec des esclaves de mon pays. Cependant sa gaieté me fit plaisir, et, pour l'entretenir, je lui donnai un petit verre de la cave de notre maître. Son avis, toutes réflexions faites, me parut bon; je le suivis Nous jetâmes l'ancre et restâmes tranquilles toute la nuit; je dis tranquilles, cependant nous ne pûmes dormir; car vers deux ou trois heures nous vîmes des bêtes énormes, auxquelles nous ne pouvions donner de nom, venir sur le rivage et courir dans l'eau en se vautrant et se plongeant comme pour se rafraîchir, et en poussant des cris tellement horribles, que je n'entendis jamais rien de pareil.

Xury fut mortellement effrayé; je le fus moi-même; et notre terreur redoubla quand nous entendîmes qu'un de ces monstres nageait vers notre barque. Nous ne pouvions le voir, mais, à son souffle, il était facile de reconnaître que c'était un animal furieux et très-puissant. Xury prétendit que c'était un lion, et cela pouvait être en effet. Le pauvre garçon me criait de lever l'ancre et de nous sauver. « Non, dis-je, Xury, nous allongerons seulement notre câble, afin de gagner le large, et il ne pourra nous suivre. » J'avais à peine prononcé ces paroles, que je vis l'animal à deux longueurs de rame; ce qui me surprit un peu. J'entrai sur-le-champ dans la cabine, je pris un fusil, et je tirai sur la bête, qui se retourna à l'instant et regagna le bord.

Mais il est impossible de décrire le bruit effroyable qui s'éleva tant sur la rive que plus haut dans la campagne, lorsque je tirai un coup de fusil, chose que j'avais toutes raisons de croire nouvelle pour ces animaux. Cela me prouva qu'il n'y avait point de sûreté pour nous à débarquer de nuit sur cette côte, et il était douteux que nous pussions nous y aventurer même le jour; car nous avions autant de dangers à craindre des sauvages que des lions et des tigres; du moins nous avions également peur des uns et des autres.

Quoi qu'il dût arriver, néanmoins, il fallait descendre à terre pour avoir de l'eau, puisqu'il ne nous en restait pas une pinte; la question était de savoir où la chercher. Xury me dit que, si je voulais qu'il descendît à terre avec une des jarres, il trouverait de l'eau fraîche s'il y en avait, et m'en rapporterait. Je lui demandai pourquoi il voulait aller à terre, au lieu de m'y laisser aller et de rester dans le bateau, et sa réponse affectueuse me le fit aimer chèrement pour toujours. « Si les hommes sauvages viennent, dit-il, eux manger moi, et vous partir. — Eh bien! Xury, dis-je, nous irons tous les deux, et si les sauvages viennent, nous les tuerons, et ils ne mangeront ni vous ni moi. » Je donnai à Xury un morceau de biscuit et un demi-verre de ces liqueurs du patron desquelles j'ai déjà parlé; nous approchâmes de la côte, et, trouvant un endroit favorable, nous gagnâmes la terre en marchant dans l'eau, chargés de nos armes et d'une jarre.

Je ne voulais pas m'éloigner du bateau, parce que je craignais les sauvages qui pouvaient descendre la rivière dans des canots. Cependant mon petit compagnon aperçut un terrain bas à une certaine distance; il s'élança de ce côté; mais presque aussitôt il revint en courant. Je le crus

poursuivi par quelque sauvage ou quelque bête, et je volai à son secours; lorsque je fus près de lui, je vis qu'il portait suspendu à son dos un animal qu'il avait tué. C'était une sorte de lièvre différent des nôtres seulement par la couleur du poil et la longueur des pattes. C'était pour nous une bonne aventure; car ce gibier nous fournit un repas excellent. Mais Xury se réjouissait surtout d'avoir trouvé de l'eau fraîche et point d'hommes sauvages. Peu après nous découvrîmes que nous n'avions pas besoin de prendre tant de peine pour avoir de l'eau fraîche; car nous trouvâmes l'eau douce à la marée basse, en avançant dans la baie. Nous remplîmes nos jarres, nous fîmes un bon repas avec le lièvre, et nous nous disposâmes à repartir.

Après cette halte, nous courûmes au S. pendant dix à douze jours, épargnant nos vivres qui baissaient beaucoup et descendant souvent à terre pour avoir de l'eau. Mon dessein était de gagner la rivière Gambie ou le Sénégal, c'est-à-dire la hauteur du Cap-Vert, parce que j'espérais rencontrer en ces parages des vaisseaux européens. Si mon espérance se trouvait déçue, mon unique ressource était d'essayer d'atteindre les îles ou bien de prendre terre dans le pays des Nègres, au risque d'être massacré. Je savais que les bâtiments frétés des ports d'Europe pour la côte de Guinée, le Brésil et les Indes, doublent le Cap-Vert ou les îles; bref, je mettais toute ma fortune sur cette double chance, d'être vu par quelque vaisseau ou de périr.

Je suivis donc ce plan pendant plus d'une semaine.

Un jour que j'étais dans la cabine, où je m'étais assis tout pensif, Xury, me cria tout à coup : « Maître, un vaisseau, une voile! » Et le pauvre garçon mourait de peur, imaginant que ce vaisseau appartenait à notre patron et qu'il était envoyé après nous. Mais je savais trop bien que nous étions hors de sa portée, et sortant de la cabine, non-seulement je distinguai le navire, mais encore je pus le reconnaître pour un bâtiment portugais. Je le crus d'abord destiné à la traite des Nègres sur la côte de Guinée; cependant, lorsque j'observai son cours, je vis qu'il avait un autre but, et que probablement il n'approcherait pas davantage de la terre. Je me déterminai donc à m'avancer au large, le plus possible, pour tâcher de me faire remarquer par ce navire. Je vis bientôt que, même en déployant toutes mes voiles, je ne pourrais me trouver sur sa ligne et qu'il passerait sans apercevoir mes signaux; mais j'étais réduit à la dernière extrémité : il fallait encore tenter cette chance; je fis les plus grands efforts, et je commençais à désespérer de leur succès, quand les gens du vaisseau m'aperçurent, à ce qu'il paraît, avec leurs lunettes. Ils pensèrent que nous appartenions à un vaisseau européen qui s'était perdu, et aussitôt ils diminuèrent de voiles pour nous laisser arriver. Encouragé par cette vue, je me servis du pavillon de mon maître, que j'avais à bord, pour faire un signal de détresse; puis je tirai un coup de fusil. Les deux signaux, le pavillon et la fumée du coup de fusil furent aperçus; mais la détonation du dernier ne fut pas entendue. Le navire s'arrêta pour m'attendre, et je le rejoignis au bout de trois heures.

On me demanda qui j'étais, en portugais, en espagnol et en français; mais je n'entendais aucune de ces langues; enfin un tailleur écossais qui se trouvait à bord me parla anglais, et je lui répondis que je m'étais échappé de l'esclavage des Maures de Salé. Alors je fus invité à monter sur le bâtiment, où l'on m'accueillit avec bonté, moi et mon bagage.

Ce fut pour moi une joie inexprimable de me voir délivré d'une situation qui me semblait la plus malheureuse du monde et presque sans espoir. Pour montrer ma reconnaissance au capitaine, je voulais lui donner tout ce que je possédais; mais il me répondit avec beaucoup de générosité qu'il ne voulait rien accepter et qu'il me rendrait tout ce qui m'appartenait en arrivant au Brésil. « Je vous ai secouru, disait-il, comme je voudrais que l'on me secourût en pareil cas; de plus, si je vous menais au Brésil en vous privant de tout ce que vous avez, vous péririez de misère en ce pays, si éloigné du vôtre, et je compromettrais ainsi votre vie après l'avoir sauvée. Non, non, *senhor Inglese* (monsieur l'Anglais), je vous conduirai jusqu'à ma destination par pure charité, et les choses que vous m'offrez serviront à votre subsistance au Brésil et aux frais de votre retour. » S'il se montra plein d'humanité en me parlant ainsi, l'exécution littérale de ses promesses me prouva également sa parfaite loyauté. Il défendit à ses matelots de toucher à mes effets ; il les prit sous sa protection et en fit un inventaire exact, pour me les rendre à notre débarquement, n'oubliant pas même les jarres de terre.

Il me proposa d'acheter mon bateau, qui était très-bon, et me demanda combien je voulais en avoir. Je répondis qu'il avait agi envers moi avec trop de bonté sous tous les rapports, pour que je lui demandasse aucune rétribution pour mon bateau, et qu'il était à son service. Il refusa, et dit qu'il me donnerait un billet de quatre-vingts pièces de huit, payable au Brésil, et qu'une fois là, si je trouvais à me défaire du bateau à de meilleures conditions, il me le remettrait. Il m'offrit en outre soixante pièces pour mon petit Maure. Je me sentis une grande répugnance à prendre cet argent ; non que je fusse fâché de donner Xury au capitaine ; mais j'avais du regret de vendre la liberté de ce pauvre garçon, qui m'avait aidé avec tant de zèle à recouvrer la mienne. Le capitaine, auquel j'avouai mes scrupules, les approuva, et me proposa un arrangement qui pouvait tout aplanir ; c'était de s'engager par écrit à rendre la liberté à Xury au bout de dix ans, s'il se faisait chrétien. Xury parut satisfait de cette convention, et je le remis entre les mains de son nouveau maître.

Après une heureuse traversée de vingt-neuf jours, nous arrivâmes dans la baie de Tous-les-Saints, et c'est ainsi que je fus délivré de la plus malheureuse des conditions humaines.

Peu de jours après, le capitaine me logea dans la maison d'un homme aussi bon et aussi honnête que lui ; cet homme exploitait un *engenho*, c'est-à-dire une plantation et une usine à sucre. Je demeurai chez lui quelque temps,

et cela me donna l'occasion de m'instruire des procédés employés à la culture et à la fabrication du sucre. Je remarquai aussi la douce vie que menaient les planteurs, et les fortunes rapides qu'ils faisaient, et cela me donna l'envie de solliciter une licence et de devenir planteur en ce pays. J'avisai aux moyens de faire venir mon argent de Londres ; j'obtins une sorte de lettre de naturalisation, j'achetai la quantité de terre que je pouvais payer, et je formai le plan d'un établissement proportionné au capital que je me proposais de tirer d'Angleterre.

J'avais un voisin né à Lisbonne, de parents anglais, qui se nommait Wells et se trouvait en des circonstance analogues aux miennes. Je l'appelle voisin, parce que sa plantation était contiguë à la mienne, et que nous vivions très-cordialement ensemble. Mes fonds, comme les siens, étaient peu considérables, et nos efforts, pendant deux ans, tendirent à gagner de quoi vivre, non à faire fortune. Cependant nous commençâmes à nous agrandir et à mettre nos possessions en bon ordre ; et, dans la troisième année, nous plantâmes un peu de tabac et disposâmes chacun un grand terrain pour y planter des cannes l'année suivante. Mais nous manquions de bras pour nous aider, et je sentis plus que jamais combien j'avais eu tort de me séparer de mon petit Maure.

Néanmoins, j'avais déjà pris quelques mesures pour mon établissement, quand mon bon ami le capitaine se disposa à repartir après avoir attendu près de trois mois un chargement. Je lui parlai du petit pécule que j'avais laissé à Londres, et il me donna ce bienveillant et sincère conseil : « *Senhor Inglese* (il me nommait toujours ainsi), donnez-moi votre procuration en bonne forme, joignez-y une lettre pour le dépositaire de vos fonds à Londres, dans laquelle vous lui direz de les faire passer à Lisbonne, à l'adresse que je vous indiquerai, après les avoir convertis en marchandises de débit en ce pays-ci. Je vous les rapporterai, s'il plaît à Dieu, à mon retour : cependant, comme les affaires humaines sont sujettes à mille désastres, à mille changements, ne donnez vos ordres que pour cent livres sterling, ce qui fait la moitié de votre capital ; hasardez seulement cette moitié, du moins l'autre vous restera. »

Je suivis cet excellent conseil, donné avec tant de franchise et d'amitié que je ne pouvais douter que ce ne fût le meilleur parti à prendre. J'écrivis la lettre pour la dame aux mains de laquelle j'avais laissé mon argent, et je fis dresser la procuration pour le Portugais. Je contai à cette veuve du capitaine anglais .toutes mes aventures, mon esclavage, ma fuite, ma rencontre avec le capitaine portugais, la noble conduite de ce dernier envers moi, et ma situation actuelle ; j'ajoutai à ce récit les instructions nécessaires pour l'envoi des fonds. En arrivant à Lisbonne, mon obligeant ami trouva moyen de faire passer, par des négociants anglais établis dans cette ville, ma dépêche et tous les détails de mon histoire à un négociant de Londres, qui transmit le tout à la veuve. Celle-ci non-seulement remit l'argent demandé, mais y joignit de plus un beau présent pour le capitaine, en récompense de son humanité.

Le négociant de Londres acheta, pour la valeur de mes cents livres, des marchandises indiquées par le capitaine, et les envoya directement à Lisbonne ; de là, le bon Portugais me les rapporta au Brésil, en y ajoutant (de son chef, car j'étais trop novice dans mon métier pour songer à ce qui m'était nécessaire) toutes sortes d'instruments qui me furent très-utiles pour ma plantation.

Quant cette cargaison m'arriva, je crus ma fortune faite. Ce fut réellement une agréable surprise. Mon excellent intendant le capitaine avait employé les cinq livres sterling dont mon amie lui avait fait présent à m'acheter un serviteur qu'il avait engagé pour six ans ; et il ne voulut accepter de moi qu'un peu de tabac, parce que c'était un produit de ma terre. Ce ne fut pas tout. Mes marchandises étant des objets de manufacture anglaise, tels que draps, étoffes de coton et autres articles de grande valeur au Brésil, je les vendis très-avantageusement, et j'en tirai presque quatre fois le montant du premier achat.

Mais l'excès de la prospérité est souvent le chemin qui nous conduit à l'infortune. Il en fut ainsi pour moi. J'obtins de grands succès l'année suivante : je récoltai cinquante rouleaux de tabac, sans compter ce qui me servit à échanger avec mes voisins les choses nécessaires à la vie. Ces cinquantes rouleaux, pesant chacun cent livres, furent préparés et emmagasinés en attendant le départ de la flotte pour Lisbonne. Cependant, à mesure que mes affaires s'étendaient, ma tête se remplissait de ces projets qui ruinent si fréquemment les gens les plus habiles.

De même que j'avais déjà échappé à l'autorité de mes parents, je ne fus pas content que je n'eusse abandonné les espérances de richesses que me donnait ma plantation, pour me livrer à un désir immodéré d'élévation rapide. Ainsi je me précipitai une seconde fois dans la plus profonde misère où jamais homme soit tombé.

Pour décrire dans l'ordre convenable les particularités de cette période de mon histoire, je dois dire d'abord que j'étais établi depuis quatre ans au Brésil, et que mes affaires commençaient à prospérer. Non-seulement j'avais appris la langue du pays, mais en outre je m'étais fait des connaissances et des amis parmi les planteurs et les marchands de San-Salvador, le port le plus voisin de ma plantation. Dans mes entretiens avec eux, j'avais souvent parlé de la manière de commercer avec les Nègres de Guinée, et de la facilité avec laquelle, pour des bagatelles, comme des colliers de verre, des couteaux, des ciseaux, des haches, des morceaux de miroir et autres choses semblables, on peut y acheter de la poudre d'or, des dents d'éléphant et mille autres objets, et de plus un grand nombre de Nègres pour le service.

Ils écoutaient mes discours sur ces sujets avec beaucoup d'intérêt, surtout la partie relative au commerce des Nègres, alors peu suivi dans les domaines de l'Espagne et du Portugal, parce qu'il fallait obtenir des priviléges pour s'y livrer; ce qui empêchait la masse du public d'y prendre part, et rendait les Nègres très-rares et très-chers.

Un jour, me trouvant avec ces négociants et ces planteurs, la conversation sur les matières susdites fut suivie très-chaudement, et le lendemain matin trois d'entre eux

vinrent chez moi et me dirent qu'ils avaient mûrement
réfléchi à ce que je leur avais conté la veille, et qu'ils allaient me faire une proposition, en me priant toutefois de
la tenir secrète. Ils avaient le projet de fréter un navire
pour la côte de Guinée. Tous les trois avaient des plantations ainsi que moi, et leurs progrès étaient matérielle-
ment arrêtés par le manque de bras. Ils n'avaient pas
l'intention de faire le commerce des Nègres, puisqu'ils
n'auraient pu les vendre publiquement; ils voulaient faire
un seul voyage en Afrique, ramener des esclaves, les débarquer furtivement et les distribuer par égales portions
sur leurs plantations respectives. Il s'agissait pour eux de
savoir si je consentais à être leur subrécargue sur le bâtiment et à conduire la traite en Guinée; ils m'offraient en
récompense une part égale de Nègres, sans avoir avancé
aucun argent.

J'étais né pour me détruire moi-même, et je ne fus pas
plus maître de résister à cette offre que je ne l'avais été de
réprimer mes désirs insensés quand mon père me donna
de si bons avis en pure perte. En un mot je répondis que
j'étais prêt à partir, pourvu que mes commettants
prissent l'engagement de surveiller ma plantation en mon
absence, et de la remettre à ceux que je désignerais si je
venais à périr. Ils s'engagèrent par des actes en bonne
forme à remplir mes intentions.

J'étais emporté par la fougue de mon imagination et
sourd à la voix de la prudence. Le navire fut préparé, la
cargaison fournie, et tous les arrangements conclus à l'a-
miable entre les associés. Ainsi je m'embarquai encore
dans une mauvaise heure, le 1er septembre 1659 anniversaire du jour où, huit ans auparavant, j'avais quitté
mes parents et m'étais embarqué à Hull, bravant l'autorité paternelle et me faisant l'artisan de mon malheur.
Notre bâtiment était d'environ 120 tonneaux; il portait
six canons et quatorze hommes, y compris le capitaine son
mousse et moi. Nous n'étions pas pesamment chargés, nos

marchandises se composant d'objets propres à faire des échanges avec les nègres, tels que des perles de verre, des coquilles, de petits miroirs, et toutes sortes d'ustensiles communs.

Le même jour où je me rendis à bord, nous mîmes à la voile, en gouvernant au N. le long de la côte, dans l'intention de nous avancer vers celle d'Afrique, lorsque nous serions à 12 degrés de latitude N., ce qui était, à ce qu'il semble, la direction que l'on devait prendre dans cette saison. Nous eûmes un très-beau temps, bien qu'il fût excessivement chaud, tant que nous longeâmes la côte à la hauteur du cap Saint-Augustin, où nous perdîmes de vue la terre. Nous doublâmes ce cap, comme si nous voulions gagner l'île de Fernando de Noronha; mais nous la laissâmes à l'E. et continuâmes notre route au N.-E. quart N. Après douze jours de navigation, nous passâmes la ligne, étant alors, selon nos dernières observations, à 7 degrés 22 minutes de latitude N. Là, nous fûmes accueillis par un violent ouragan, qui nous désorienta complétement. D'abord il souffla du S.-E., puis il tourna au N.-O., et, se fixant ensuite au N.-E., il devint d'une telle puissance que, pendant douze jours de suite, nous fûmes forcés de dériver au gré de cette tempête furieuse. Je n'ai pas besoin de dire que je m'attendais à être englouti à tous moments tant que l'orage continua; et pas un de nous, en effet, n'espérait échapper à la mort. Outre les terreurs mortelles que nous faisait éprouver l'ouragan, nous avions à regretter trois des nôtres; un de nos hommes mourut de la fièvre chaude; deux autres, dont le mousse, furent emportés par une lame d'eau. Vers le douzième jour, le temps devint un peu moins rude; le patron s'orienta de son mieux, et trouva que nous étions à environ 11 degrés de latitude N., mais à 22 degrés de longitude à l'O. du cap Saint-Augustin. Nous aurions été ainsi jetés sur la côte de la Guyane, ou partie septentrionale du Brésil, au delà de la rivière des Amazones et non loin de

2.

l'Orénoque, vulgairement la Grande-Rivière. Le capitaine me consulta sur la route qu'il fallait prendre avec un navire presque hors de service et faisant eau sur plusieurs points : son avis, à lui, était de retourner droit à la côte d'où nous étions partis.

Je fus positivement d'un avis contraire. Alors nous jetâmes les yeux sur une carte marine de l'Amérique, et nous vîmes que nous ne pouvions espérer d'atteindre une terre habitée, où nous serions secourus, avant d'être dans la mer des Caraïbes. Nous nous dirigeâmes donc vers les Barbades, ce qui nous était facile, en nous tenant assez au large pour éviter d'entrer dans le golfe du Mexique. Quinze jours de navigation pouvaient nous suffire pour arriver aux îles Caraïbes, et, de toute manière, il nous était impossible de faire notre voyage sur la côte d'Afrique sans avoir reçu quelques secours, et pour notre bâtiment et pour nous-mêmes.

Dans cette vue, changeant de cours, nous avançâmes au N.-O. quart O., pour gagner une de nos îles, où j'espérais trouver des secours ; mais le sort voulait nous conduire ailleurs ; et lorsque nous fûmes à 14 degrés 15 minutes de latitude, un second orage nous emporta vers l'O. avec autant d'impétuosité que le premier et nous jeta hors de toutes les voies fréquentées par les peuples civilisés. Sûrs que si nous échappions aux dangers de la mer, ce serait pour être dévorés par des sauvages, nous dîmes adieu à notre pays, que nous ne devions jamais revoir. Au milieu de cette détresse, le vent continuant de souffler avec violence, un de nos matelots cria tout à coup, à la pointe du jour : « Terre ! terre ! » A peine étions-nous tous sortis de la cabine, avec l'espoir de reconnaître dans quelle partie du monde nous nous trouvions, que le navire donna contre un banc de sable, et son mouvement étant ainsi arrêté, les vagues l'assaillirent d'une si terrible manière, que nous nous crûmes au moment de périr, et que chacun se réfugia dans ses quartiers pour se mettre

à l'abri des lames. Ceux qui n'ont pas été en de pareilles
situations ne peuvent se figurer la consternation profonde
dans laquelle uous étions plongés. Nous ne savions sur
quelle terre nous étions jetés ; si c'était une île, ou une
partie de continent, un lieu habité ou désert. La furie
du vent était encore très-grande, bien qu'elle eût un instant paru diminuer ; mais le navire ne pouvait tenir plus
de quelques minutes sans se briser, à moins que le vent,
par une sorte de miracle, ne changeât subitement. Enfin
nous étions tous assis, nous regardant les uns les autres,

attendant la mort et nous préparant à notre passage dans
l'autre monde ; car il n'y avait plus rien ou presque rien

à faire pour nous en celui-ci. Une seule chose nous donnait une ombre d'espoir : le bâtiment était encore entier, et le patron observa que le vent commençait à tomber.

Mais, bien qu'il s'apaisât en effet, le navire était engravé trop profondément pour qu'on pût espérer de le remettre à flot. Notre position était affreuse, et il ne nous restait plus qu'à sauver notre vie comme nous pourrions.

Avec une mer aussi grosse, nous voyions trop bien que notre bateau ne pouvait tenir longtemps et que nous serions infailliblement noyés. Nous n'avions point de voiles, et nous en aurions eu qu'elles n'auraient pu nous servir. Ainsi nous nous avancions vers la terre, le cœur serré comme des condamnés qui marchent au supplice. Nous savions que le bateau, en approchant du rivage, serait brisé en mille pièces par la force des vagues. Toutefois nous recommandâmes nos âmes à Dieu avec une profonde componction, et comme le vent nous poussait à la rive, nous hâtâmes notre destruction de nos propres mains en ramant de toutes nos forces en ce sens.

Qu'était ce rivage ? était-il élevé ou plat? étaient-ce des rochers ou des sables ? Nous l'ignorions absolument.

Cependant rien de tout cela ne s'offrait à nos yeux, et à mesure que nous approchions de la terre, elle nous apparaissait plus terrible, plus dangereuse que la mer.

Après avoir navigué ou plutôt dérivé l'espace d'une lieue, suivant nos calculs, une vague furieuse, haute comme une montagne, vint, en roulant derrière notre barque, nous annoncer le *Coup de grâce*. Elle tomba sur nous avec tant de violence, que la chaloupe fut à l'instant renversée. Alors, nous séparant les uns et les autres de cette dernière planche de salut, nous eûmes à peine le temps de nous écrier : « O mon Dieu ! » et nous fûmes tous engloutis.

Je ne saurais décrire les pensées confuses qui se pressaient dans mon esprit quand je tombai dans l'eau. Je suis très-bon nageur ; cependant je ne pus me dégager des

vagues pour respirer, que lorsque le flot, m'ayant porté
assez avant sur le rivage, diminua de force et de hauteur
et me laissa presque à sec, mais à moitié suffoqué. J'eus
assez de présence d'esprit et de vigueur pour me relever
et tâcher, me voyant plus près de la côte que je ne le
croyais, de l'atteindre avant qu'une autre vague vînt me
reprendre. Mais bientôt je m'aperçus que ce malheur était
inévitable. La mer me poursuivait comme un ennemi
acharné, et je n'avais aucun moyen de résister à sa furie.
Mon unique ressource était de retenir mon haleine et de
m'élever, si je le pouvais, au-dessus de l'eau, en me dirigeant vers la rive. Ma plus grande inquiétude était d'être
remporté par les vagues aussi loin dans la mer qu'elles
m'auraient porté sur la terre.

La première de ces montagnes mouvantes qui vint sur
moi m'ensevelit encore sous sa masse de vingt à trente
pieds de hauteur. Je me sentis entraîné avec une vitesse et
une force prodigieuse à une grande distance sur le rivage.
Je repris ma respiration et m'efforçai d'avancer davantage
en nageant. J'étais près d'étouffer, quand je me sentis
soulever, et me trouvai, à mon grand et soudain soulagement, la tête et le buste au-dessus de l'eau. Je restai ainsi
à peine deux secondes ; mais cela me donna le temps de
respirer et de reprendre courage. Je fus de nouveau couvert d'eau assez longtemps, mais non sans que je pusse le
supporter ; et quand je m'aperçus que la vague commençait à refluer, je nageai vigoureusement contre elle et je
sentis le terrain sous mes pieds. Je me tins immobile un
instant pour reprendre haleine ; puis je courus de toutes
les forces qui me restaient vers le rivage. Mais je n'étais
pas encore délivré de la furie de la mer, qui me poursuivait. Je fus enlevé deux autres fois par les vagues et porté
en avant comme précédemment, la rive étant très-plate.

La dernière vague qui me saisit faillit me devenir fa-
tale ; car elle me lança contre un rocher avec tant de violence, que je demeurai privé de sentiment et tout à fait

hors d'état de m'aider moi-même. Le coup, ayant porté
sur la poitrine et un peu sur le flanc, m'avait coupé la
respiration, et si j'avais, été frappé une seconde fois, j'aurais péri suffoqué sous les flots. Avant le retour de la vague,
je me cramponnai au rocher, et tâchai de retenir mon
souffle tant que l'eau fut au-dessus de moi. Les vagues
étaient alors un peu moins hautes, parce que j'étais plus
près de terre ; j'en laissai passer une, ensuite je tentai de
m'avancer plus près de la rive, et j'y réussis à tel point
que le flot qui me couvrit ensuite ne put me soulever et
m'emporter. Une troisième course me conduisit à terre.
Je gravis à ma grande joie les rochers de la côte, et me
jetai sur l'herbe tout à fait hors de la portée des vagues.

En me voyant sain et sauf, je levai d'abord les yeux
aux ciel, et lui rendit grâce de m'avoir délivré du danger
dont, une minute auparavant, je n'espérais pas sortir.

Je marchai au hasard sur le rivage, levant les mains
au ciel, et tout mon être absorbé dans la pensée de ma
délivrance. Je faisais des gestes, des mouvements que je
ne puis décrire, en songeant à mes compagnons, qui s'é-
taient tous noyés, tandis que moi seul j'avais été sauvé.
En effet, je ne revis jamais ni aucun d'eux, ni d'autres
vestiges de leur existence que trois chapeaux, un bonnet
et deux souliers dépareillés, qui leur avaient appartenu.

Je regardai du côté du bâtiment échoué que la hauteur
des vagues me dérobait en grande partie, et, en le voyant
si éloigné, je m'écriai : » Seigneur ! comment ai-je pu arriver à terre ? » Après avoir soulagé mon esprit en considérant le côté consolant de ma situation, j'examinai le
lieu où j'étais et réfléchis à ce que j'avais à faire. Bientôt
ma joie diminua, et je sentis que j'avais été sauvé pour
tomber dans un état vraiment horrible. J'étais mouillé
et ne pouvais changer d'habits ; je n'avais rien à manger ni à boire pour reprendre des forces, et mon unique
perspective était de mourir de faim ou d'être dévoré par
les bêtes sauvages. Le pire de mon affaire, à ce qu'il me

semblait, était de n'avoir point d'armes, soit pour tuer
des animaux et me nourrir de leur chair, soit pour me défendre de ceux qui voudraient me tuer et se nourrir de
la mienne. Bref, je n'avais sur moi qu'un couteau, une
pipe et un peu de tabac dans une boîte ; c'était là toutes
mes provisions, et cela me jeta dans un tel désespoir que
je courais çà et là comme un fou. La nuit vint, et je me
demandai, le cœur bien triste, quel serait mon sort s'il se
trouvait des bêtes féroces dans le pays ; car je savais qu'elles
cherchent leur proie pendant les ténèbres.

En ce moment la seule ressource qui me vint à l'es-

prit fut de grimper dans un arbre touffu, de l'espèce des
sapins, mais couvert d'épines, que je vis près de moi.

Je résolus d'y passer la nuit, en attendant que la mort, qui me semblait inévitable, vînt me saisir. Je fis quelques pas le long d'un petit ravin pour chercher de l'eau douce, et j'en trouvai à ma grande joie. Après avoir bu et mis du tabac dans ma bouche pour apaiser ma faim, je montai dans l'arbre; je coupai un bâton pour me défendre en cas d'attaque ; puis je m'arrangeai de mon mieux. L'excès de la fatigue me fit tomber à l'instant dans un sommeil plus doux et plus profond que je ne pouvais l'espérer en ma position. Jamais sommeil ne me fit, je crois, autant de bien.

Quand je m'éveillai il était grand jour; le temps était serein, la tempête avait cessé, la mer était devenue tranquille. Ce qui m'étonna beaucoup, ce fut de voir le navire, que la marée montante avait dégagé des sables, arrivé presque à la place où les vagues m'avaient jeté la veille contre un rocher. Il se trouvait ainsi seulement à un mille de la terre, et, comme il était encore sur sa quille, je formai le dessein d'aller à bord et d'y prendre les choses qui m'étaient le plus nécessaires.

En descendant de la chambre que je m'étais faite dans l'arbre, je regardai encore autour de moi, et le premier objet que j'aperçus fut la chaloupe gisant sur la grève, telle que les flots et le vent l'avaient laissée, à environ deux milles à ma droite. J'allai de ce côté le long du rivage pour arriver jusqu'à elle; mais un petit bras de mer m'arrêta. Je revins donc sur mes pas, étant surtout désireux, pour le présent, d'aller sur le bâtiment, où j'espérais trouver de quoi manger.

Un peu après midi la mer devint très-calme, et la marée baissa tellement que je pus arriver à un quart de mille du navire. Quelle ne fut pas ma douleur lorsque je reconnus que, si nous étions restés à bord, nous aurions pu nous sauver tous, et que je n'aurais pas été privé des secours et de la société de mes semblables ! A cette pensée, mes larmes coulèrent en abondance; mais comme

c'était un faible soulagement, je songeai à gagner le vaisseau, s'il était possible. Je quittai une partie de mes habits, car la chaleur était excessive, et j'entrai dans la mer,
Quand je fus près du bâtiment, une difficulté se présenta;
il était penché, et le côté par lequel je pouvais l'aborder
était très-élevé. Deux fois j'en fis le tour à la nage pour
voir si je trouverais quelque chose qui pût m'aider à grimper le long de ses flancs; je découvris enfin une petite
corde que je m'étonnai de n'avoir point vue tout d'abord;
elle pendait aux chaînes de l'avant assez bas pour que je
pusse la saisir et monter sur le gaillard. De là je vis que
le navire était ouvert et contenait beaucoup d'eau; qu'il
était échoué sur un banc de sable ou plutôt de terre,
au-dessus duquel sa poupe était élevée, tandis que sa
proue était presque submergée; le pont était libre et entièrement sec. Je m'en assurai promptement, comme on
peut le croire, ma principale affaire étant de voir tout
ce qui se trouvait disponible et non avarié. Toutes les provisions de bouche étaient intactes; et comme j'étais affamé,
je courus à la paneterie; je remplis mes poches de biscuit, et je le mangeai en continuant ma revue, parce que
je n'avais pas de temps à perdre. Je trouvai aussi du rhum
dans la grande cabine, j'en bus un coup, et cela vint très
à propos pour me donner la force dont j'avais besoin.

Il me manquait un bateau pour emporter les choses
qui pouvaient m'être utiles; mais je ne m'arrêtai point à
de vains regrets : l'extrémité où j'étais réduit excita mon
esprit à chercher les moyens de suppléer à ce qu'il m'é-
tait impossible d'avoir. Il se trouvait à bord des vergues,
deux mâts de perroquet de réserve et trois grandes barres
de bois. Je résolus de faire usage de tout cela; je lançai à
la mer celles de ces pièces que je pus remuer, en les
attachant avec des cordes pour les empêcher d'être emportées : cela fait, je descendis le long du flanc du navire, je
tirai à moi les pièces de bois, je les liai ensemble en forme
de radeau, le plus solidement possible; ensuite je posai

3

en travers quelques planches, et je crus pouvoir m'aventurer sur ce radeau. Mais, s'il était assez fort pour me
porter, je vis bien qu'il était trop léger pour des objets d'un poids un peu considérable. Je me remis donc à
l'œuvre, et, avec la scie du charpentier, je coupai en trois
un mât de perroquet et ajoutai ces trois morceaux à mon
radeau, non sans beaucoup de travail ; mais l'espoir de
me procurer de quoi vivre me faisait dépasser mes facultés
ordinaires.

Maintenant mon radeau était assez fort pour soutenir
un poids raisonnable, et je pensai à le charger et à trouver moyen de garantir de l'écume de la mer ce que je voulais emporter. Je ne cherchai pas longtemps. D'abord je
mis sur le radeau toutes les planches qui me tombèrent
sous la main ; ensuite, en examinant ce qui pouvait être
le plus utile à prendre, je m'avisai des coffres des matelots ; j'en vidai deux, et je les remplis de provisions, savoir :
du pain, du riz, trois fromages, cinq morceaux de viande
de chèvre séchée (un de nos principaux aliments pendant
notre voyage) et un petit reste de blé d'Europe destiné à
nourrir de la volaille que plus tard on avait tuée. Il y avait
de l'orge et du froment mêlés ensemble ; mais je vis, à
mon grand regret, que les rats avaient mangé ou gâté
presque tout ce grain. Quant aux boissons, je trouvai plusieurs armoires à bouteilles appartenant à notre maître,
lesquelles renfermaient des liqueurs cordiales et environ
vingt-quatre bouteilles de rack. Je laissai ces armoires
telles qu'elles étaient ; car il était inutile de les mettre
dans les coffres, qui n'auraient pu d'ailleurs les contenir.

Pendant ces opérations, la marée montait, bien que la
mer restât calme, et j'eus le chagrin de voir ma veste et
ma chemise, que j'avais laissées à sec sur le sable, emportées par le flux. Quant à mes culottes, qui étaient de simple toile et ouvertes aux genoux, je les avais gardées, ainsi
que mes bas, pour gagner le vaisseau à la nage. Cet accident m'engagea cependant à me munir d'habits, et j'en

trouvai en abondance; mais je pris seulement ce dont j'a-
vais besoin, d'autres choses me paraissaient plus essentielles. Premièrement je désirais avoir des outils, et je
fus longtemps avant de découvrir le coffre du charpentier; trésor plus précieux pour moi qu'un vaisseau chargé
d'or ne l'eût été en ce moment. Je le descendis sur le
radeau, sans perdre de temps à examiner son contenu, que
je connaissais à peu près.

Je songeai ensuite aux armes et aux munitions. Il y
avait deux bons fusils de chasse dans la grande cabine, et
deux pistolets. Je m'emparai d'abord de ces armes, de quelques poires à poudre, d'un petit sac de plomb et de deux
vieilles épées rouillées. Je savais qu'il existait trois barils
de poudre sur le vaisseau; mais j'ignorais où le canonnier
les tenait. Je les trouvai cependant, l'un d'eux mouillé, les
deux autres parfaitement bons et secs; j'embarquai ceux-
ci avec les armes. Je me crus alors assez chargé, et je
commençai à penser aux moyens de conduire mon radeau
et sa cargaison à terre. Je n'avais ni voiles ni gouvernail,
et la moindre bouffée de vent pouvait me renverser.

Trois choses m'encourageaient : le calme de la mer, la
marée montante et le vent poussant au rivage, ainsi que
le flux. Je trouvai encore deux ou trois rames brisées qui
appartenaient à la chaloupe, et, outre les outils contenus
dans le coffre, deux scies, une hache et un marteau, et
je me mis en mer avec cette cargaison. Pendant l'espace
d'environ un mille, mon radeau alla très-bien; seulement
il dériva quelque peu et s'éloigna de l'endroit où j'avais
pris terre, ce qui me fit espérer de trouver quelque crique ou embouchure de rivière dans laquelle je pourrais
entrer et débarquer en sûreté avec ma charge.

Je ne m'étais point trompé dans cette supposition. Je vis
devant moi une petite ouverture dans laquelle un fort courant me portait; et je gouvernai mon radeau de mon mieux
pour le conduire au milieu de ce courant. Mais là je risquai d'éprouver un second naufrage, et, si cela me fût

arrivé, je crois en vérité que j'aurais perdu courage. Je
ne connaissais point cette côte, et mon radeau toucha sur
un bas-fond par une de ses extrémités, tandis que de l'autre il était à flot, en sorte qu'il s'en fallut de bien peu que
toute la cargaison ne coulât du côté flottant et ne tombât
dans l'eau. Je fis tous mes efforts, en m'adossant contre les
coffres, pour les maintenir en place; mais il n'était pas en
ma puissance de dégager mon radeau; je n'osai quitter la
posture que j'avais prise, et je restai ainsi près d'une
demi-heure. Pendant cet intervalle, l'élévation progres-
sive de la marée me remit presque droit; et bientôt,
la mer continuant de monter, mon radeau flotta de nouveau, et je le lançai à l'aide de la rame dans le canal. Je
poussai plus avant, je trouvai l'embouchure d'une petite
rivière bordée de chaque côté par de la terre, et j'y entrai
favorisé par un fort courant. Je jetai les yeux sur les deux
rives pour choisir un endroit commode et débarquer ; car
je ne voulais pas remonter très-haut la rivière, espérant
toujours que je verrais passer quelque bâtiment si je restais près de la côte.

. Enfin je découvris à ma droite un petit enfoncement,
et j'y conduisis mon radeau avec beaucoup de difficulté.
Je m'approchai assez de cette petite baie pour qu'en appuyant ma rame au fond je pusse faire entrer mon train ;
mais là je courus encore le risque de perdre toute ma
charge. La rive était d'une pente rapide, et si j'avais fait
toucher terre à l'un des bouts de mon radeau, la cargaison aurait glissé dans l'eau par l'autre côté, qui se serait
trouvé moins élevé. Je pris le parti d'attendre que la marée fût à sa plus grande hauteur, et je fixai le radeau avec
ma rame, qui remplit l'office d'une ancre, près d'un terrain
plat que le flux devait probablement couvrir. Mon attente
ne fut point trompée ; et lorsque je sentis mon radeau
flotter, je le lançai sur cette rive unie, où je l'amarrai en
fixant dans le sol deux rames brisées, l'une d'un côté, l'autre de l'autre, vers les deux extrémités. J'attendis alors

que le reflux laissât mon train et ma cargaison en sûreté sur la grève.

Je m'occupai de chercher un lieu convenable pour servir d'abri à mes effets et à moi-même. Je pris un fusil, un pistolet, une poire à poudre et du plomb, et j'allai à la découverte jusqu'au sommet d'une colline, où je parvins à grand'peine. Là mon triste sort me fut révélé : j'étais dans une île ; de tous côtés la mer, à perte de vue.

Retournant à mon radeau, je débarquai ma cargaison, ce qui remplit le reste de la journée, Que deviendrai-je la nuit ? je me le demandais avec effroi. Je n'osais coucher à terre, de peur d'être attaqué par les bêtes féroces, n'ayant pas encore reconnu que cette peur était sans fondement.

Cependant je me barricadai de mon mieux en m'entourant des coffres et des planches que j'avais débarqués, et je me fis une espèce de hutte pour la nuit. Quant à la nourriture, je ne voyais pas comment j'y pourvoirais.

Je pensais que je pourrais encore tirer beaucoup de bonnes choses du navire, surtout des voiles et des cordages, en un mot tout ce qui me semblerait utile. Je me décidai donc à tenter un second voyage, et, ne doutant point que la première tempête ne mît en pièces le bâtiment, je crus devoir laisser tout autre soin pour m'y assurer de ce qui pouvait m'être de quelque usage. Alors je tins conseil ; je discutai en moi-même l'opportunité de prendre le radeau : cela me parut impraticable ; je m'arrêtai donc à la résolution de profiter, comme la première fois, de la marée basse pour aborder le bâtiment. J'exécutai ce projet ; mais je laissai mes habits dans la hutte, ne gardant sur moi qu'une chemise, un caleçon et des escarpins.

J'arrivai au navire de même que je l'avais déjà fait, et je préparai un second radeau. L'expérience m'avait rendu plus habile ; ma construction fut plus solide, et je la chargeai moins. Cependant je pris divers objets très-utiles. Parmi les effets du charpentier je trouvai trois sacs de clous et de pointes, une grande tarière, quelques douzaines de hachettes, et un instrument des plus précieux, une meule à aiguiser. Je m'emparai de tout cela ; je mis encore à part différentes choses du département du canonnier, notamment deux ou trois livres de fer, deux barils de balles, sept mousquets, deux fusils de chasse, une petite quantité de poudre, un grand sac de dragées, enfin un rouleau de plomb, que sa pesanteur ne me permit pas de lancer par-dessus le bord.

Je pris en outre tous les vêtements que je pus trouver, une voile de perroquet, un hamac, quelques matelas avec des couvertures, et je ramenai heureusement mon radeau et sa charge. Je n'étais pas sans crainte de retrouver mes provisions dévorées pendant mon absence de l'île ; mais, à mon retour, rien ne m'indiqua la présence d'aucun visiteur. J'aperçus seulement un animal assez semblable à un chat sauvage, assis sur un des coffres : il se retira quand je m'approchai ; puis, s'arrêtant à quelque distance, il s'assit et me regarda bien en face, comme s'il croyait me reconnaître. Je lui présentai mon fusil ; mais il ne savait ce que c'était, et il ne s'en inquiéta nullement. Alors je lui jetai un morceau de biscuit, bien que je dusse en être plus avare, ma provision étant très-bornée ; enfin il me plut de lui faire ce cadeau. Il vint le flairer, il le mangea ensuite, puis il me regarda comme pour me dire qu'il avait trouvé cela bon et qu'il en voulait davantage. Mais je le remerciai, et quand il vit que je ne lui donnais rien de plus, il s'en alla.

Quand j'eus mis à terre ma seconde cargaison, quoique très-pressé de visiter ma poudre, que j'avais distribuée en plusieurs paquets, les tonneaux étant trop pesants pour être remués, je laissai néanmoins cette besogne, pour me faire une tente avec les voiles et des perches que je coupai. Je portai sous cet abri tout ce qui pouvait être gâté par la pluie ou par le soleil, et je rangeai les tonneaux et les coffres vides en cercle autour de la tente, afin qu'ils me servissent de rempart contre les attaques des hommes ou des animaux.

Cet ouvrage terminé, je fermai l'entrée de ma tente avec des planches en dedans et un coffre vide placé debout à l'extérieur; j'étendis à terre un des couchers, je plaçai mes pistolets à côté de mon chevet, le fusil le long de mon corps, et pour la première fois je me mis au lit et dormis paisiblement toute la nuit. J'en avais besoin, car j'étais extrêmement fatigué; la nuit précédente j'avais peu dormi, et j'avais rudement travaillé tout le jour, tant pour charger les choses que j'avais tirées du vaisseau que pour les amener à terre.

J'avais le plus ample dépôt de toutes sortes de provisions qui jamais sans doute ait été formé par un seul homme; cependant je n'étais pas encore satisfait. A mon sens, tant que le bâtiment resterait dans la même position, je devais en tirer tout ce que je pourrais. Ainsi, chaque jour, à la marée basse, j'allais à bord et je rapportais quelque chose: la troisième fois je pris tout ce que je pus détacher des agrès, toutes les cordes et cordelettes, une pièce de toile que l'on destinait à raccommoder les voiles, le baril de poudre mouillée; enfin j'emportai toutes les voiles, depuis la première jusqu'à la dernière, n'hésitant pas à les déchirer, afin d'en prendre de plus grands morceaux; car elles ne pouvaient plus servir à leur premier usage.

Mais ce qui me fit le plus de plaisir, ce fut ma dernière découverte après cinq ou six voyages, et quand je n'espérais plus rien trouver de bon. Je trouvai donc un grand muid de pain, trois quartauts de rhum ou d'eau-de-vie, une caisse de sucre et un tonneau de fleur de farine. Je fus fort surpris; car je croyais déjà avoir emporté, en fait de vivres, tout ce qui n'avait pas été gâté. Je tirai le pain du muid et j'en fis plusieurs paquets enveloppés de toile à voiles; enfin je conduisis à bon port cette nouvelle cargaison.

Le lendemain je fis un autre voyage, et, n'ayant plus à prendre d'objets portatifs, je me mis à couper les câbles par morceaux, et j'en emportai deux, plus une aussière et

tout le fer que je pus détacher; ensuite je coupai la vergue
de perroquet et celle de misaine; je m'en servis pour faire
un long radeau, je le chargeai de ces pesantes dépouilles,
et je partis. Mais ma bonne fortune commençait à m'abandonner. Mon train était si mal assemblé et si chargé, que,
lorsqu'il fut dans la petite anse où je débarquais, je ne
pus le guider aussi facilement que les premiers; il fut ren-
versé, et je tombai dans l'eau avec ma cargaison. Quant à
moi, le malheur n'était pas grand, puisque j'étais près du
rivage; mais la charge du radeau fut presque totalement
perdue, notamment le fer, dont j'appréciais l'utilité. Je
pus sauver, à la marée basse, la plupart des morceaux de
câbles et quelques pièces de fer, non toutefois sans une
peine infinie, car il fallut m'avancer dans l'eau et fouiller
au fond, ce qui me fatigua excessivement. Je continuai
encore mes voyages journaliers au bâtiment, où je prenais
tout ce que je pouvais emporter.

Il y avait alors treize jours que j'avais pris terre, et j'é-
tais allé onze fois à bord du navire, d'où j'avais successi-
vement tiré tout ce qu'il était possible d'en tirer avec une
seule paire de bras. Je crois que si la mer fût restée calme
j'aurais fini par apporter pièce à pièce le bâtiment tout entier; mais comme je me préparais à faire mon douzième
voyage, il me sembla que le vent s'élevait. A la marée
basse, j'allai pourtant au vaisseau, et, bien que j'eusse
fouillé déjà dans la cabine assez soigneusement, j'y trouvai
encore un petit meuble à tiroirs, dans l'un desquels étaient
des rasoirs, des ciseaux, une ou deux douzaines de couteaux et des fourchettes, et, dans un autre, environ trente-
six livres sterling en monnaie d'Europe et du Brésil et
quelques pièces de huit, les unes en or, les autres en
argent.

Je souris en voyant cette monnaie. « O misérable dro-
gue, m'écriai-je tout haut, à quoi es-tu bonne? Tu ne vaux
pas la peine d'être ramassée de terre; un seul de ces
couteaux et plus précieux que ta masse entière! Je n'ai

pas besoin de toi, reste où tu es, ou plutôt va au fond de
l'eau; tu ne mérites pas d'être sauvée. » Cependant par

réflexion je me décidai à prendre cet argent; je l'envelop-
pai dans un morceau de toile, puis je m'occupai de former
un radeau. Tandis que je le préparais, le ciel s'obscur-
cit, le vent s'éleva, et une forte rafale souffla de terre. Je

sentis l'impossibilité de gagner la côte avec un radeau, ayant le vent contraire, et je crus devoir m'en aller avant que le flux rendît mon retour trop difficile. Je me laissai donc glisser dans l'eau, et je traversai à la nage non sans quelques dangers, l'espace qui séparait le navire de la grève ; je portais une charge assez lourde, la mer était houleuse, et le vent augmentait de violence si rapidement qu'il devint une tempête avant l'heure de la plus haute marée.

Mais alors j'étais couché dans ma petite tente, avec toutes mes richesses autour de moi, en pleine sécurité. Toute la nuit l'orage gronda, et le matin, lorsque je regardai du côté de la mer, je ne vis plus le vaisseau.

Dès lors je m'occupai de pourvoir à ma sûreté, soit contre les sauvages, s'il en venait, soit contre les bêtes féroces, s'il en existait dans l'île. J'étais indécis sur la manière de me loger. Devais-je creuser un souterrain ou élever une tente ? Je me décidai à faire l'un et l'autre. Leur description et le récit des moyens que j'employai pour leur confection ne seront pas déplacés ici.

Le lieu où je m'étais d'abord établi ne me paraissait pas propre à y fixer ma demeure, parce que c'était un terrain bas, marécageux et trop près de la mer, par conséquent malsain ; mais surtout parce qu'il n'y avait point d'eau douce assez proche. Je me mis donc en quête d'un endroit plus sain et plus convenable.

J'avais à considérer plusieurs choses : d'abord la salubrité et l'eau fraîche, desquelles j'ai déjà parlé ; ensuite un abri contre l'ardeur du soleil, et le plus de sûreté possible contre les ennemis, hommes ou bêtes ; enfin la vue de la mer, afin que, s'il plaisait à Dieu que quelque vaisseau passât devant la côte, je ne perdisse pas cette chance de salut. En cherchant un emplacement qui remplît ces conditions, je trouvai une petite esplanade bordée par une colline, qui s'élevait de ce côté presque aussi droite qu'un mur ; en sorte qu'aucun assaillant ne pouvait descendre à l'improviste de son sommet. Sur le flanc de ce rocher à pic,

je remarquai un enfoncement assez semblable à l'entrée
d'une caverne; cependant il n'y avait ni caverne, ni chemin creusé à travers la colline.

Je choisis, pour y planter ma tente, le haut de l'esplanade en face de cet enfoncement. La petite plaine avait
environ cent verges de largeur, sur une longueur presque
double, et elle s'étendait comme une pelouse depuis ma
porte jusqu'à l'extrémité inférieure du plateau, où le terrain s'inclinait irrégulièrement jusqu'aux rives basses qui
formaient la côte. En me plaçant devant la colline, dont
l'exposition était au N.-N.-O., j'étais sûr d'être garanti
par elle des rayons du soleil, tant qu'il n'arriverait pas à
l'O. quart S.-O., ce qui, dans ces climats, est à peu près
l'heure de son coucher.

Avant de dresser ma tente, je traçai devant le creux
du rocher un demi-cercle d'environ dix verges de rayon.
Dans ce demi-cercle, je plantai deux rangs de palissades
que j'enfonçai en terre jusqu'à ce qu'elles fussent aussi
solides que des piliers. Elles s'élevaient de cinq pieds au-
dessus du sol et se terminaient en pointe. Les deux rangs
n'étaient pas à plus de six pouces l'un de l'autre. Je mis
ensuite les morceaux de câbles que j'avais coupés sur le
navire les uns au-dessus des autres, entre les deux palissades, et je plaçai des pieux de deux pieds et demi, de
manière à buter contre les premiers et à leur servir de
contre-fort. Ni hommes ni bêtes n'auraient pu franchir ou
percer ce rempart. Il me coûta beaucoup de peines et de
temps, surtout pour tailler les palissades, les transporter
et les ficher en terre.

Je n'entrais pas dans cette enceinte par une porte; mais
j'escaladais la palissade avec une courte échelle que je retirais après moi. Ainsi fortifié et à l'abri, me semblait-il,
de tous dangers, je pouvais dormir tranquille, ce qui m'eût
été impossible autrement. Cependant j'ai vu par la suite
que ces précautions étaient inutiles contre des périls qui
n'existaient pas.

Dans cette espèce de forteresse, je portai, avec des fatigues infinies, toutes mes richesses, mes provisions, muni-

tions, et autres objets dont j'ai donné plus haut le détail. Je fabriquai ensuite une tente assez vaste, et, pour me garantir des pluies, qui sont très-violentes en ces climats pendant une partie de l'année, je la fis double, c'est-à-dire que j'en fis d'abord une, puis une autre plus grande au-dessus de la première. Je couvris la tente extérieure d'une toile goudronnée que j'avais sauvée parmi les voiles.

Au lieu de coucher sur le lit que j'avais dressé dans ma hutte sur le bord de la mer, j'eus dès lors un très-bon hamac qui avait appartenu à notre capitaine. Je mis sous la tente les objets que l'humidité pouvait gâter et les provisions ; je fermai l'entrée de mon enceinte, que j'avais jusque-là laissée ouverte, et depuis je passai et repassai toujours avec une échelle, comme je viens de le dire.

Tout cela terminé, je tâchai de creuser dans le roc ; je portais les pierres et la terre que j'en tirais à travers ma tente, je les jetais entre elle et la palissade, et j'élevai ainsi le terrain d'un pied et demi, en même temps que je me fis une sorte de cellier derrière ma tente. Ce nouveau travail dura plusieurs jours avant d'être complétement terminé ; je reviendrai sur mes pas, afin de noter quelques circonstances qui m'occupèrent. Dans le temps où je venais d'arrêter mes plans pour creuser ma cave et construire ma tente, il tomba une forte pluie d'orage ; tout à coup un éclair, perçant un nuage épais et noir, fut suivi, comme cela arrive toujours, d'un coup de tonnerre éclatant. A l'instant une idée traversa mon esprit aussi rapidement que l'éclair traversait les nues, et me fit une impression bien plus vive. Ma poudre ! Le cœur me manqua en songeant qu'une étincelle pouvait détruire cette substance sur laquelle je comptais non-seulement pour défendre ma vie, mais pour la soutenir. Jamais danger personnel ne me causa autant d'inquiétude. Cependant, si ma poudre avait sauté, je n'aurais pas eu le temps de reconnaître d'où le mal me serait venu.

Cette crainte s'empara si fortement de mon esprit que, l'orage passé, je laissai là tous mes travaux, mes constructions, mes fortifications, et m'appliquai sans relâche à faire des boîtes et des sacs pour y renfermer ma poudre par petites parties, dans l'espoir que toutes ne prendraient pas feu à la fois. J'eus soin de les séparer assez pour que, si l'une s'allumait, elle ne fît pas sauter les autres. Je ne pus finir cette besogne avant quinze jours, et je divisai mes deux cent quarante livres de poudre en une centaine de parties. Pour le baril mouillé, je n'avais rien à craindre ; je le plaçai dans ma nouvelle cave, qu'il me plut d'appeler ma cuisine. Je cachai le reste dans des trous de rocher, bien à l'abri de l'humilité, en remarquant attentivement les places.

Pendant que je me livrais à ce soin, je ne manquais point de sortir au moins une fois par jour, avec mon fusil, tant pour me distraire que pour voir si je ne pourrais pas tuer quelque animal bon à manger. A ma première excursion je découvris qu'il y avait des chèvres dans l'île, et j'en fus enchanté.

Un jour, je me promenais sur le bord de la mer, le fusil au bras, et je me sentis une grande tristesse en considérant ma situation. Alors ma raison sembla prendre à tâche de me montrer les choses sous un autre aspect. Tu te trouves, disait-elle, dans une situation désolante, cela est vrai ; mais dis-moi, je te prie, où sont tes camarades ? N'êtes-vous pas entrés onze dans la chaloupe ? où sont les dix autres ? Pourquoi n'ont-ils pas été sauvés, et toi n'as-tu pas été perdu ? Pourquoi as-tu été séparé du reste ? Lequel vaut le mieux d'être ici ou là ? Et en prononçant le dernier mot je montrais la mer. Dans les maux, il faut considérer le bien qu'ils renferment, comme les chances les plus contraires qu'ils peuvent entraîner.

Alors je me rappelais combien j'étais heureusement pourvu sous le rapport de ma subsistance, et je me demandais ce que je serais devenu si, par un de ces hasards qui n'arrivent pas une fois sur cent mille, le vaisseau n'avait pas été porté jusqu'à une place assez proche du rivage pour que je pusse y prendre les choses sans lesquelles mon existence eût été complétement misérable. Que serais-je maintenant, si j'étais resté dans l'état où je

m'étais vu lorsque j'abordai cette rive ? Surtout, m'é-
criais-je à haute voix, comme si j'eusse parlé à d'autres
qu'à moi-même, qu'aurais-je fait sans fusil, sans munitions, sans outils, sans vêtements, sans lit, et n'ayant
aucun moyen de me faire une tente ni aucune autre sorte
de couverture ? Grâce à Dieu, j'avais de tout cela en suffisante quantité, j'étais en bon chemin d'assurer ma subsistance sans le secours de mes armes, quand mes munitions
seraient épuisées.

Et maintenant, puisque je dois montrer le triste spectacle
d'une vie silencieuse et telle que le monde n'en a peut-être
jamais entendu raconter, je veux la représenter dès son
commencement et la suivre dans son ordre.

Selon mes calculs, je débarquai dans cette île désolée
le 30 septembre, époque à laquelle le soleil est pour nos
pays dans l'équinoxe d'automne, et se trouvait presque
d'aplomb sur ma tête ; car, d'après mes observations, j'é-
tais à 9 degrés 22 minutes N. de la ligne.

Après un séjour de dix à douze jours, il me vint à l'esprit que je perdrais bientôt mes calculs sur le temps,
faute de papier, de plume et d'encre, et que je confondrais
même le jour du Seigneur avec les jours ouvrables. Pour
prévenir cet inconvénient, je gravai avec mon couteau
sur un grand poteau en forme de croix, que je plantai
sur le rivage à la place où j'avais pris terre, cette inscrip-
tion en lettres majuscules :

J'AI DÉBARQUÉ ICI LE 30 SEPTEMBRE 1659.

Sur les côtés du poteau, dont la forme était carrée, je
faisais tous les jours une entaille avec mon couteau ; la
septième entaille était deux fois plus longue que les autres,
et le premier jour du mois était marqué par une entaille
deux fois grande comme celle des dimanches. Ainsi j'avais
un calendrier marquant les divisions du temps par semaines, mois et années.

Parmi les objets que j'avais rapportés du navire, il s'en trouvait de moins essentiels que les autres, mais qui

me devinrent également utiles par la suite, quand je les retrouvai en fouillant dans les coffres.

C'étaient, par exemple, des plumes, de l'encre et du papier, provenant de la provision du maître, du canonnier et du charpentier, trois ou quatre compas, quelques instruments de mathématiques, des cadrans, des lunettes, des cartes et des livres de navigation. J'avais pris tout cela en masse, ne sachant si je pourrais en faire usage. Je retrouvai encore trois Bibles très-bonnes qui faisaient partie de l'envoi qu'on m'avait fait d'Angleterre, et que j'avais apportées avec moi à mon dernier voyage; de plus quelques livres portugais, entre autres des livres de prières catholiques romains et divers ouvrages. Je les conservai tous précieusement. Je ne dois pas oublier de dire que nous avions à bord un chien et deux chats.

J'embarquai les deux chats; quant au chien, il sauta de lui-même du bâtiment dans la mer et vint à terre, à la nage, le lendemain de mon premier voyage en radeau. Cet animal fut pour moi un ami fidèle pendant bien des années; il me rapportait tout ce qu'il pouvait, et me faisait si bonne compagnie que j'aurais voulus lui enseigner à parler; mais sur ce point je perdis ma peine. J'ai déjà dit que j'avais de l'encre, des plumes et du papier, provisions que je ménageais beaucoup; cependant on verra que j'usais de mon encre tant qu'elle dura, pour noter exactement ce qui m'arrivait, chose qui me devint impossible ensuite; car je ne trouvai aucun moyen de faire de l'encre.

Cela me rappelle qu'il me manquait encore nombre de choses, malgré tout ce que j'avais rassemblé; principalement des instruments aratoires, bêche, pioche et pelle, de l'encre, du fil, des aiguilles et des épingles. Quant au linge, je m'accoutumai assez vite à m'en passer.

Ce défaut d'instruments rendait tous mes travaux lents et difficiles. Il me fallut près d'une année pour terminer entièrement mon petit enclos. J'étais fort longtemps à couper les perches dans les bois et plus longtemps encore à les transporter, le poids de chaque pièce exigeant tous

mes efforts. Ainsi je mettais quelquefois deux jours soit
à couper, soit à déplacer un poteau, et un troisième jour
à le fixer en terre, ce que je fis d'abord à l'aide d'un bloc
de bois très-lourd ; je pensai plus tard aux leviers de fer
que j'avais, et je m'en servis pour enfoncer mes pieux, ce
qui n'empêcha point ce travail d'être long et fastidieux.
Mais, hélas ! devais-je regarder à la longueur ou à l'ennui
de mes travaux! j'avais toujours assez de temps pour les
faire. Je ne prévoyais pas, en effet, à quoi je passerais les
heures quand mes arrangements seraient achevés, sinon à
courir le pays pour chercher du gibier, ce que je faisais déjà
une fois par jour, plus ou moins longtemps.

J'ai déjà décrit mon habitation : c'était, comme on l'a
vu, une tente placée au pied d'un rocher et entourée d'une
forte palissade de poteaux et de câbles. Je pourrais même
donner le nom de muraille à cette cloison, puisque j'avais
élevé contre elle, en dehors, un mur en terre épais de
deux pieds. Quelque temps après (un an et demi, si je
ne me trompe), je posai des pièces de bois en chevron,
portant d'un côté sur la muraille, de l'autre sur le rocher,
et je les couvris de ramées et de tout ce que je pus ramasser pour former un abri contre les pluies, qui tom-
baient en abondance et avec beaucoup de violence en certaines saisons.

Tous mes effets étaient, comme je l'ai dit, renfermés
dans l'enclos et dans la cave derrière la tente. Mais je
dois observer que ce fut d'abord un amas confus qui me
laissait à peine assez de place pour me retourner. Ainsi,
je m'occupai d'agrandir ma cave en creusant plus avant
dans le banc, qui se composait d'une roche sablonneuse et
facile à entamer. Me croyant suffisamment garanti des
bêtes féroces, je continuai mon travail souterrain, et, pénétrant à droite sur le flanc du rocher, je tournai ensuite
une seconde fois à droite et je parvins à l'extérieur, ce qui
m'ouvrit un passage en dehors de mes fortifications. Cette
espèce de galerie me servait de porte de derrière, et de

plus elle me donna de quoi loger toutes mes provisions.

Je m'appliquai ensuite à fabriquer les objets qui me semblaient les plus nécessaires, entre autres une chaise et une table, sans lesquelles je ne pouvais jouir à mon aise du peu de douceurs qui m'étaient dévolues en ce monde. Je ne pouvais en effet ni écrire, ni manger, ni faire plusieurs autres choses avec le même plaisir que si j'eusse possédé une table. Je me mis donc à l'ouvrage. Ici je ferai observer que la raison étant l'origine et la base des mathématiques, tout homme, en jugeant sainement des objets susceptibles de calculs et de mesures, peut arriver, avec le temps, à concevoir et à exercer les arts mécaniques. De ma vie je n'avais touché un outil ; cependant, à force de travailler, de réfléchir, de combiner, je vis qu'il m'aurait été possible de faire tout ce dont j'avais besoin, si les outils ne m'eussent pas manqué ; et même, sans leur secours, je fabriquai un grand nombre de choses diverses, la plupart en me servant seulement d'une hache et d'un rabot. On n'avait peut-être jamais fait ces choses de la même manière ; aussi elles me coûtèrent un travail infini. Par exemple, si je voulais avoir une planche, il me fallait couper un arbre, le poser devant moi, le diminuer les deux côtés avec ma hache, jusqu'à ce qu'il devînt aussi mince qu'une planche ; alors je l'unissais avec le rabot. Par cette méthode je ne tirais, il est vrai, qu'une seule planche d'un arbre tout entier ; mais à cela il n'y avait point de remède, sinon de prendre patience, de même que sur la prodigieuse quantité de temps et de labeur exigée pour obtenir un si mince résultat. Du reste, mon temps et mon travail n'étaient pas de grande valeur, et leur emploi m'était indifférent.

Cependant je me fis avant tout une table et une chaise, comme je l'ai dit, et je me servis pour ces ouvrages des plus petits morceaux de bois tirés du vaisseau. Mais lorsque j'en fus venu à avoir des planches, je fis de grandes tablettes d'un pied et demi et les posai les unes au-dessus des autres, le long d'une des parois de ma cave, pour y déposer mes outils, mes clous, ma ferraille, en un mot pour mettre tout en ordre, de manière à le trouver sous ma main. Je plantai des crochets dans le mur de roche, pour y pendre mes fusils et tout ce qui pouvait être ainsi rangé ; en sorte que ma petite caverne ressemblait à un magasin général de tous les objets nécessaires, et ce fut pour moi un grand plaisir de contempler cet arrangement si commode, surtout de trouver aussi étendues mes provisions les plus indispensables.

Ce fut alors que je commençai à écrire mon journal jusqu'au temps où l'encre me manqua et m'obligea de l'interrompre.

JOURNAL.

30 Septembre 1659. — Moi, le pauvre misérable Robinson Crusoe, je fus jeté, après le naufrage de mon bâtiment, sur la côte de cette île affreuse, que je nommai *l'île du Désespoir*. Tout le reste de l'équipage avait été noyé, moi-même j'avais été sur le point de périr.

Je passai le reste du jour à déplorer les tristes circonstances dans lesquelles je me trouvais, privé de maison, d'habits, de nourriture, d'armes, de lieu de refuge, et ne pouvant espérer aucune espèce de secours. Je ne voyais devant moi que la mort sous différentes formes. Je pouvais mourir de faim et de misère, je pouvais être dévoré par les bêtes féroces ou massacré par des sauvages. Aux approches de la nuit, je montai dans un arbre pour y dormir à l'abri des animaux ou des hommes ; et mon sommeil fut paisible, malgré la pluie qui tomba jusqu'au point du jour.

1er Octobre. — Le matin je vis à ma grande surprise que la marée haute avait porté le vaisseau naufragé beaucoup plus près du rivage qu'il n'était la veille. Je me réjouis de voir ce bâtiment encore entier, et j'espérai trouver moyen de l'aborder (si le vent diminuait) et d'en tirer des vivres et d'autres objets de première nécessité. Mais, dans un autre sens, cette vue redoubla ma tristesse et mes regrets de la perte de mes camarades ; car je pensais que si nous étions tous restés à bord, nous aurions pu sauver, sinon le navire, du moins notre vie, et que nous aurions pu construire une barque des débris du vaisseau et gagner avec elle une autre partie du monde. Je passai la journée presque entière à me tourmenter avec ces idées ; enfin, apercevant que le bâtiment était à peu près à sec, je m'avançai sur la grève aussi loin que je le pus, ensuite je fis à la nage le reste du trajet qui me séparait du navire. Ce jour-là fut encore pluvieux ; mais il n'y eut point de vent.

Du 1er au 24 Octobre. — Cet intervalle fut employé à faire plusieurs voyages pour transporter ce que je pouvais tirer du bâtiment. J'amenai tout cela à terre, sur des radeaux, à la faveur de la marée montante. Il plut beaucoup pendant ce temps, mais non pas continuellement : il paraît que c'était la saison des pluies.

24 Octobre. — Mon radeau chavira ; mais c'était sur un bas-fond, et la plupart des choses qu'il portait étant très-pesantes, j'en retrouvai quelques-unes quand la marée baissa.

25 Octobre. — Il plut tout le jour et toute la nuit, et il y eut plusieurs rafales pendant lesquelles le bâtiment fut mis en pièces. Il n'en resta que des débris visibles seulement pendant les basses marées. Je passai la journée à mettre à l'abri de la pluie ce qui pouvait être endommagé.

26 Octobre. — Je courus presque tout le jour le long de la côte pour chercher un lieu d'habitation convenable. Je tenais surtout à me mettre en sûreté contre les attaques des hommes ou des bêtes. Vers la nuit je trouvai enfin un endroit tel que je le désirais, au pied d'une roche assez élevée. Je traçai un demi-cercle pour mon campement,

et je résolus de l'enclore avec une sorte de palissade composée d'un double rang de pieux garnis intérieurement
avec des câbles, et consolidée en dehors par un mur de
terre.

Du 26 au 30 Octobre. — Je travaillai au transport de
mes effets dans ma nouvelle demeure, malgré la pluie qui
tombait par intervalles très-abondamment.

31 Octobre. — Le matin je fis une excursion dans l'intérieur de l'île avec mon fusil, pour chercher du gibier et
reconnaître le pays. Je tuai une chèvre; son petit me suivit
au logis, mais je fus obligé de le tuer aussi, parce qu'il
refusa de manger.

1er Novembre. — Je plantai ma tente sous le rocher,
et pour la première fois j'y passai la nuit. Je l'avais faite
aussi grande que je l'avais pu, et j'y avais suspendu mon
hamac.

2 Novembre. — Je rassemblai les coffres, les planches
et les pièces de bois dont mes radeaux avaient été faits,
et je les rangeai autour de ma tente comme une sorte de
défense, un peu en dedans de la ligne marquée pour ma
palissade.

3 Novembre. — Je sortis avec mon fusil, et je tuai
deux oiseaux du genre des canards, qui me fournirent un
très-bon manger. Dans l'après-midi je travaillai à me faire
une table.

4 Novembre. — Je commençai ce jour-là à régulariser
mes heures de travail, de chasse, de repos et de récréation. Tous les matins je passais deux à trois heures à la
chasse, quand il ne pleuvait pas; ensuite je travaillais
jusqu'à onze heures environ; alors je mangeais ce que
j'avais à manger, et de midi à deux heures je dormais,
la chaleur étant excessive en ce moment. Le reste du jour
je travaillais encore. La partie de la journée consacrée au
travail fut entièrement employée, ce jour-là et le lendemain, à la confection de ma table, car j'étais encore un
pauvre ouvrier, bien que le temps et la nécessité dussent

me rendre ensuite un artisan accompli, comme tout autre
à ma place le serait devenu sans doute.

5 Novembre. — Je sortis ce jour-là avec mon fusil et
mon chien, et je tuai un chat sauvage : son poil était
doux, mais sa chair ne valait rien. Je prenais toujours la
peau des animaux que je tuais, et je la conservais. Je vis,
en revenant par le rivage, des oiseaux de mer qui m'é-
taient inconnus, et je fus surpris et presque effrayé de
l'apparition de deux ou trois phoques. Tandis que je les
considérais, ne sachant ce que c'était, ils rentrèrent dans
l'eau et m'échappèrent pour cette fois.

6 Novembre. — Après ma course du matin je me remis
à travailler à ma table et je l'achevai, mais non à ma satisfaction ; je fus bientôt assez habile pour l'améliorer.

7 Novembre. — Le temps se mit au beau. Les 7, 8, 9
et 10, et une partie du 12 (le 11 était un dimanche selon
mes calculs), je travaillai à me faire une chaise, et je pris
beaucoup de peine à lui donner une forme passable. Je ne
fus point content de mon ouvrage, et je le brisai plusieurs
fois avant de le finir.

Nota. Je cessai bientôt d'observer les dimanches ; car,
ayant omis de les marquer sur le poteau, je ne pus les
reconnaître ensuite.

13 Novembre. — Il plut ce jour-là, ce qui rafraîchit et
la terre et moi-même ; cependant cette pluie fut accom-
pagnée d'un coup de tonnerre dont l'éclair me causa une
frayeur mortelle à cause de ma poudre. Aussitôt que cet
orage fut passé, je m'occupai de séparer ma provision de
poudre en autant de parties que je le pus, afin d'éviter le
danger de la perdre toute à la fois.

14, 15 et 16 Novembre. — J'employai ces trois jours
à faire de petites boîtes carrées contenant environ une
livre, au plus deux livres de poudre, et je les logeai en des
places aussi sûres et aussi éloignées les unes des autres
que possible. Un de ces jours-là je tuai un gros oiseau bon
à manger, mais dont j'ignore le nom.

17 Novembre. — Je commençai à creuser le rocher derrière ma tente, afin de me donner plus de place pour mon futur établissement et ce que je pourrais y ajouter.

Nota. Il me manquait trois choses essentielles pour ce travail, une pioche, une pelle et une brouette ou un grand

panier, et je suspendis mon opération pour réfléchir aux moyens de me procurer ces outils. Quant à la pioche, je la remplaçai assez bien par des leviers en fer, quoiqu'ils fussent un peu trop lourds ; mais il me fallait absolument une pelle; sans cela je ne pouvais rien faire, et je ne savais comment je remplacerais cet instrument.

18 Novembre. — Le jour suivant, je remarquai dans le bois un arbre à peu près semblable à celui qu'au Brésil on nomme l'arbre de fer, à cause de la dureté de son bois. Je coupai un morceau de cet arbre avec beaucoup de peine et en sacrifiant presque une hache, et j'emportai ce morceau de bois au logis avec non moins de peine, sa pesanteur égalant sa dureté. Je parvins à donner à cette pièce de bois, par un travail obstiné, la forme d'une pelle ou bêche, dont le manche était exactement fait comme ceux de nos pelles; mais le côté large n'ayant point de talon en fer, elle était moins solide ; elle le fut cependant assez pour l'usage que j'en voulais faire. Je pense qu'on ne fabriqua jamais une pelle de cette manière, ni avec tant de lenteur.

Je n'avais pas encore tout ce qu'il me fallait ; il me manquait un panier ou une brouette. Le panier, je ne pouvais l'avoir, n'ayant à ma portée rien d'analogue à l'osier, ni des branches assez flexibles pour faire des ouvrages de vannerie. Quant à la brouette, je croyais pouvoir en faire une, si la roue ne m'avait embarrassé. Je ne savais comment m'y prendre pour fabriquer une roue, et quand je l'aurais su, il m'eût été impossible de forger l'essieu pour passer dans le moyeu, et les autres pièces de fer. Je ne pensai donc plus à cela, et, pour emporter la terre que je tirais de mon excavation, je me fis une sorte d'instrument assez semblable à l'auge dans laquelle les maçons portent le mortier : cet instrument fut moins difficile à faire que la pelle ; toutefois l'un et l'autre, en y joignant mes vaines tentatives pour construire une brouette, occupèrent quatre journées, en exceptant toujours mes courses matinales avec mon fusil, dont je me dispensais rarement, comme rarement aussi j'en revenais sans rapporter quelque chose de bon à manger.

23 Novembre. — Je repris mon travail interrompu pour

4

fabriquer mes outils, et en y employant chaque jour tout le temps que mes forces me permettaient, je parvins en dix-huit journées à creuser un caveau assez large et assez profond pour contenir à l'aise toutes mes richesses.

Nota. Mon but était d'avoir une pièce ou cave assez spacieuse pour me servir de magasin, de cuisine, de salle à manger et de cellier. Je réservais la tente pour mon logement personnel ; cependant je fus souvent obligé, dans la saison pluvieuse, d'abandonner cette place.à cause de l'humidité, ce qui me décida ensuite à couvrir une partie de mon enclos d'un toit formé de longues perches rangées commes des solives, appuyées contre le rocher, et chargées de rameaux et de grandes feuilles d'arbre.

10 Décembre. — Je croyais ma cave à peu près finie ; sans doute je l'avais trop creusée, car tout à coup une énorme quantité de terre éboula du sommet et de l'un des côtés. Cela m'effraya, non sans raison ; en effet, si je m'étais trouvé sous l'éboulement, je n'aurais pas eu besoin d'un fossoyeur pour m'enterrer. Il me fallut travailler longtemps pour réparer ce désastre et déblayer le souterrain, et, ce qui était encore plus important, pour étayer la voûte, afin d'empêcher le retour d'un pareil accident.

11 Décembre. — J'y travaillai, et je posai deux poteaux debout sous la voûte et deux traverses en bois sur chacun. Le lendemain j'avais fini cet ouvrage ; j'ajoutai d'autres poteaux et d'autres planches, et en une semaine j'assurai mon toit ; et les pièces de bois posées à la file formèrent les divisions de la cave.

17 Décembre. — De ce jour au 20, je m'occupai à poser des tablettes et à enfoncer des clous sur les poteaux pour ranger ou suspendre mes effets. Je commençai alors à établir de l'ordre dans mon intérieur.

20 Décembre. — Je portai à la cave tout ce qui devait y être, et je posai de petites planches en forme de dressoir, pour y mettre mes vivres. Mes planches cependant devenaient rares ; je me fis encore une autre table.

24 Décembre. — Grande pluie toute la nuit et tout le jour; je ne sortis point.

25 Décembre — Pluie toute la journée.

26 Décembre. — Point de pluie; la terre extrêmement rafraîchie et le temps plus agréable qu'auparavant.

27 Décembre. — Je tuai une jeune chèvre; j'en blessai une autre, et je pus l'attraper et la conduire chez moi en laisse. Quand elle fut au logis, je bandai sa jambe cassée et lui mis des éclisses.

Nota. Je pris tant de soins de cet animal qu'il vécut; sa jambe se remit et fut aussi forte que jamais. Pendant ce temps là elle s'était apprivoisée, et paissait sur la petite pelouse devant ma porte sans songer à s'en aller. Cela me donna l'idée d'avoir du bétail privé, afin de ne point manquer de nourriture quand ma poudre et mon plomb seraient épuisés.

28, 29, 30, et 31 Décembre. — Grandes chaleurs et pas de vent. Impossible de sortir avant le coucher du soleil, pour avoir de quoi manger. Je passai le temps à ranger mes affaires dans ma maison.

1er Janvier. — Encore une extrême chaleur; je sortis de très-bonne heure et longtemps avec mon fusil, et je demeurai en repos dans le milieu du jour. Le soir, en allant un peu plus avant dans les vallées qui s'étendent vers le centre de l'île, je les trouvai peuplées de chèvres; mais elles étaient très-rusées et difficiles à surprendre. Toutefois je résolus d'amener mon chien et d'essayer de les poursuivre. Le lendemain donc je sortis avec lui, et je le lançai sur les chèvres. Mais mon attente fut trompée; les chèvres se tournèrent contre le chien, et celui-ci, sentant fort bien le danger, ne voulut pas approcher d'elles.

3 Janvier. — Je commençai ma muraille ou palissade, que je me proposais de rendre aussi solide que je pourrais; car je n'étais pas encore guéri de la crainte d'attaques d'un genre ou de l'autre.

Dans le cours de mes travaux il arriva qu'un jour, en fouillant parmi mes effets, un petit sac me tomba sous

la main, il contenait la provision de grain d'orge et de riz que j'avais apportée du navire, et qu'on avait prise pour nourrir de la volaille à bord. Les rats avaient dévoré le peu de grain qui restait ; je ne vis que des cosses et de la poussière au fond du sac, et comme je le destinais à un autre emploi; je secouai les cosses en dehors, à côté de mes fortifications et au-dessous du rocher.

C'était un peu avant les grandes pluies dont j'ai parlé, et j'oubliai bientôt ce fait, auquel j'avais prêté peu d'attention. Un mois après je vis des épis sortir de terre, et je pensai qu'ils appartenaient à des plantes que je n'avais pas encore remarquées; mais je fus dans un étonnement sans pareil lorsque, peu de jours après, je vis poindre dix à douze épis verts et semblables à ceux de l'orge d'Europe, même de l'orge d'Angleterre. Je crus un instant que Dieu, par un miracle, avait fait lever ces épis sans qu'ils eussent été semés, et cela dans le but direct de me nourrir en ce lieu désolé.

Je recueillis avec grand soin ces épis de blé à leur maturité, ce qui arriva vers la fin de juin, et séparant les grains de leur tige, je résolus de ressemer dans l'espoir d'en avoir, avec le temps, une quantité suffisante pour ma consommation. Mais ce fut seulement à la quatrième année que je me permis de manger de ce grain, et encore avec une grande parcimonie. Je perdis tout ce que j'avais semé la première année, parce que je semai avant la saison sèche. Le grain ne put venir, du moins aussi bien qu'il l'aurait fait s'il avait été mis en terre au bon moment. Je reviendrai sur tout cela.

Je travaillai opiniâtrément pendant trois à quatre mois pour achever ma clôture, et le 14 avril je la fermai et trouvai un moyen d'y entrer, non par une porte, mais pardessus le mur, avec une échelle, afin qu'il n'y eût en dehors nul indice de mon habitation.

16 Avril. — Je finis mon échelle, je m'en servis pour monter sur la muraille; puis je la retirai et la descendis dans l'intérieur. J'étais ainsi parfaitement clos. J'avais un emplacement assez grand dans l'enceinte, et l'on ne pouvait venir sur moi du dehors sans escalader le mur.

Le lendemain du jour où je terminai mes fortifications,

tous mes travaux faillirent être renversés, et moi-même
perdu : voici le fait. J'étais occupé à quelque arrangement intérieur derrière ma tente, à l'entrée de ma caverne, quand je fus effrayé par le plus surprenant et le
plus terrible spectacle. Je vis soudain la terre s'écrouler
de la voûte du souterrain et du flanc de la colline; en même
temps deux des piliers que j'avais placés dans ma cave cra-
quaient horriblement. Je fus saisi d'effroi; mais ne comprenant pas la véritable cause du phénomène, je pensai
que le haut de ma cave s'éboulait, comme cela était déjà
arrivé. De peur d'être écrasé, je courus à l'échelle, et je ne
me crus en sûreté que lorsque je fus hors de mon enclos,
où je m'attendais à voir crouler la colline. Mais je n'eus
pas plutôt posé le pied sur le sol, que je vis clairement
qu'il était ébranlé par un tremblement de terre. Je sentis,
à huit minutes d'intervalle l'une de l'autre, trois secousses
assez fortes pour renverser les bâtiments les plus solides,
et qui détachèrent la cime d'un rocher à deux milles de
moi près de la mer. La chute de cette roche dans l'eau fit
le bruit le plus épouvantable que j'aie entendu de ma vie.
Je remarquai aussi que la mer était violemment agitée; je
crois même que les secousses étaient encore plus sensibles
sous l'eau que dans l'île.

Ma terreur fut grande; car je n'avais jamais vu ni entendu rapporter rien de pareil. Je restai anéanti. Le mouvement de la terre m'avait donné une sorte de défaillance
semblable au mal de mer; le bruit que fit le rocher en tombant me réveilla de ma stupeur et me remplit d'épouvante.
Je crus que la colline allait ensevelir de nouveau tous mes
trésors; à cette pensée le cœur ne manqua.

Tandis que j'étais assis comme je viens de le dire, je sentis l'air s'appesantir et je vis le ciel se couvrir de nuages
de pluie. Bientôt le vent s'éleva par degrés et devint, au
bout d'une demi-heure, un terrible ouragan.

Après quelques instants que je passai tranquillement
assis dans ma caverne, ne sentant plus de secousses, je

revins un peu à moi-même. Pour achever de me réconforter, j'allai à mon petit magasin et me versai une goutte de
rhum, liqueur que j'épargnais extrêmement, ne devant pas
la remplacer quand je n'en aurais plus. Il continua de
pleuvoir toute la nuit et une grande partie de la journée
suivante, et je ne pus sortir; mais mon esprit était moins
troublé, et je réfléchis sérieusement à ce que j'avais à
faire. Je ne pouvais habiter une caverne, puisque cette île
paraissait sujette à des tremblements de terre; je devais
me faire une cabane dans un lieu découvert où je pourrais
établir une palissade, comme je l'avais fait pour ma demeure actuelle, dans laquelle je risquais d'être enseveli
vivant un jour ou l'autre.

Je me décidai à déplacer d'abord ma tente, qui se trouvait précisément contre le côté escarpé de la colline, et
devait être infailliblement écrasée s'il survenait un autre
tremblement de terre. Je passai les deux jours suivants
(19 et 20 avril) à songer aux moyens de déloger. J'étais si
fortement affecté par la crainte d'être enterré vif, que mon
sommeil en était troublé; mais la crainte de coucher en
plein champ et sans aucune retraite était presque aussi
puissante. Et quant je voyais combien tout était en ordre
autour de moi, combien j'étais commodément et sûrement
logé, je sentais une grande répugnance à changer de gîte.
Je pensais aussi au temps et aux peines que demanderait
un nouvel établissement, et j'en conclus qu'il fallait de
toutes manières courir la chance de rester où j'étais, jusqu'à ce que j'eusse formé un campement convenable. Je
tâchai donc de me tranquilliser pour le moment, et je
pris seulement la résolution de construire, le plus vite possible, une nouvelle enceinte dans laquelle je porterais ma
tente; mais en attendant, je me résignai à garder mon logis
actuel. Ce fut le 21 avril que j'arrêtai ce plan.

22 Avril. — Le lendemain, je songeai à l'exécution de
mes projets. Les outils me manquaient totalement. J'avais
trois fortes haches et un grand nombre de ces petites ha-

chettes que nous avions emportées pour trafiquer avec les
sauvages; mais, à force de couper des bois durs, tous ces
instruments étaient ébréchés et émoussés, et ma pierre à
aiguiser, que je ne pouvais faire tourner, m'était inutile.
Jamais homme d'État, jamais magistrat ne consacrèrent
plus de réflexions à la plus importante affaire politique ou
judiciaire que je n'en dépensai au sujet de ma meule. Enfin

je parvins à faire une roue que je mettais en mouvement
avec le pied, en conservant les mains libres.

Nota. Je n'avais jamais vu de machines semblables en
ngleterre, du moins je n'avais pas fait attention à leur
onstruction; mais j'ai vu depuis que rien n'était plus
ommun. Il faut dire cependant, pour rehausser le mérite
e mon invention, que ma meule était très-grande et très-
esante. Cette machine me coûta une semaine entière de
avail pour arriver à sa perfection.

28-29 Avril. — J'employai ces deux jours à repasser
les outils. Ma meule fonctionnait parfaitement.

30 Avril. — Depuis longtemps je remarquais que ma
rovision de pain diminuait; je l'examinai et me réduisis
un morceau de biscuit par jour, ce qui me rendit le
eur bien triste.

1er Mai. — En regardant le matin du côté de la mer,
endant la marée basse, je vis sur la grève un objet plus
ros que ceux qui frappaient mes yeux tous les jours à
ette place; cet objet avait la forme d'un petit baril. J'allai
econnaître; c'était en effet un baril, et je vis près de lui
uelques débris de notre bâtiment que le dernier ouragan
vait déplacés. Je tournai mes regards sur le bâtiment lui-
1ême, et sa carcasse me parut plus élevée au-dessus de
eau qu'elle ne l'était auparavant. Le baril contenait de
a poudre; mais cette poudre, ayant été mouillée, s'était
nsuite durcie comme de la pierre. Cependant je roulai le
etit tonneau plus haut sur la rive, et j'avançai dans les
ables aussi loin que possible vers le navire, pour essayer
'en tirer encore quelque chose. Sa position était singu-
èrement changée. Le gaillard d'avant, au lieu d'être,
omme précédemment, enfoncé dans le sable, le dépassait
e plus de six pieds, et la poupe, qui s'était détachée du
este bientôt après mon dernier voyage à bord, avait été
allottée et enfin jetée sur le côté. Des monceaux de sable
ntouraient maintenant l'arrière et permettaient d'en ap-
rocher à pied, tandis qu'autrefois un intervalle qu'il
allait passer à la nage séparait de la côte le bâtiment
aufragé. D'abord ce changement m'étonna, ensuite je

compris qu'il avait été produit par le tremblement de
terre, dont les secousses avaient aussi disloqué encore
davantage le bâtiment, comme le témoignaient les débris
jetés presque tous les jours sur le rivage.

Cet incident détourna mon esprit de mes projets de dé-
placement, et je m'occupai avec beaucoup de zèle, ce jour-
là surtout, de trouver quelque voie pour pénétrer dans le
corps du navire. Je n'en trouvait aucune, parce que le sable
le couvrait entièrement. Cependant, comme j'avais appris
à ne désespérer de rien, je résolus de tirer pièce à pièce
tout ce que je pourrais de cette carcasse de vaisseau, persuadé que ses débris me seraient utiles de façon ou d'autre.

3 Mai. — Je me mis à l'œuvre avec ma scie et je déta-

chai une solive qui probablement soutenait une des parties
supérieures du pont.

4 Mai. — J'allai à la pêche. Je m'étais fait une longue ligne avec du fil à cordage; mais je n'avais point d'hameçons, et néanmoins je prenais souvent assez de poissons, du moins autant que j'en voulais manger. Je les faisais sécher au soleil, et ne les mangeais que lorsqu'ils étaien. bien secs.

5 Mai. — Je travaillai sur le bâtiment, et, ayant coupé une autre solive, je m'emparai de trois grandes planches de sapin, formant un des ponts. Je les attachai ensemble et les mis à flot quand la marée fut assez haute pour les amener à terre.

6 Mai. — Je retournai encore au bâtiment, d'où je tirai plusieurs chevilles de fer et d'autres pièces du même métal. Je travaillai rudement, et je rentrai si fatigué que je pensai à laisser là cette entreprise.

7 Mai. — J'allai encore au navire, mais non avec l'intention d'y travailler, et je trouvai que par son propre poids il s'était disloqué, les solives principales ayant été coupées. Plusieurs pièces de la carcasse gisaient détachées, et je pus voir l'intérieur, qui était presque rempli d'eau et de sable.

8 Mai. — J'allai au navire, et je portai avec moi un levier de fer, pour détacher les planches du pont, qui maintenant se trouvait dégagé d'eau et de sable. Je défis deux planches et les amenai à bord, de même que les autres, en profitant de la marée montante. Je laissai mon levier sur la place pour le lendemain.

9 Mai. — Je pénétrai, par le moyen du levier, dans le ventre du navire ; je sentis quelques tonneaux et les déplaçai avec mon levier, mais je ne pus ni les briser ni les retirer. Je sentis aussi un rouleau de plomb d'Angleterre et je le remuai; toutefois sa pesanteur m'empêcha de l'enlever de place.

10 à 14 Mai. — Je continuai mon travail pendant ces quatre jours, et je rapportai quantité de planches, de morceaux de bois, et deux à trois quintaux de fer.

15 Mai. — Je portai deux petites haches au navire pour

essayer de couper un morceau du rouleau de plomb, en
posant dessus le tranchant d'une des hachettes et en me
servant de l'autre pour l'enfoncer ; mais le rouleau étant
sous un pied et demi d'eau, mes coups ne portaient pas
assez juste pour enfoncer la hachette.

16 Mai. — Le vent avait été très-violent pendant la
nuit, et les restes du navire furent encore plus brisés
qu'ils ne l'étaient pas la force des vagues. Ce jour-là je
restai si longtemps dans les bois pour chercher des pigeons, que la marée monta avant que j'eusse pu aller au
navire.

17 Mai. — Je vis quelques fragments du bâtiment,
que les flots avaient jetés sur le rivage à deux milles de
distance. Je voulus cependant aller les reconnaître ; c'était
une partie de la poupe, trop pesante pour que je pusse
l'emporter.

24 Mai. — Tous les jours qui précédèrent cette date,
je travaillai sur le navire et, à force de peine et de patience, je détachai avec mon levier des pièces si essentielles, qu'à la première forte marée quelques tonneaux
flottèrent hors de la carcasse, ainsi que deux coffres des
matelots. Mais le vent soufflant de terre, il n'arriva ce jour-
là sur la grève que des morceaux de bois et un muid contenant du porc du Brésil, que l'eau de mer et le sable
avaient gâté. Je continuai le même travail du 24 mai au
15 juin, en prenant cependant tous les jours le temps nécessaire pour chercher ma vie.

16 Juin. — En descendant sur le bord de la mer, je vis
une grande tortue. C'était la première que je voyais, et
cela venait de ma mauvaise fortune, car elles abondaient
dans l'île ; et, si je l'eusse abordée de l'autre côté, j'en
aurais trouvé par centaines, tous les jours, comme je m'en
assurai ensuite ; mais cette découverte me coûta cher.

17 Juin. — Je m'occupai à faire cuire la tortue. Je trouvai soixante œufs dans son corps ; sa chair me sembla le
mets le plus savoureux, le plus agréable que j'eusse goûté

en toute ma vie; et cela devait me paraître ainsi après avoir été réduit à la viande de chèvre et d'oiseaux sauvages depuis mon arrivée dans cet horrible pays.

18 Juin. — Il plut tout le jour, et je restai au logis. Il me sembla que la pluie avait refroidi l'air; je sentais une sorte de frisson qui n'était pas naturel sous cette latitude.

19 Juin. — Je me sentis encore froid et du malaise.

20 Juin. — Je ne pus dormir pendant la nuit; j'éprouvai de grandes douleurs de tête et un mouvement fébrile.

21 Juin. — Je tombai réellement malade, et j'eus les plus mortelles frayeurs de me trouver ainsi, étant privé de secours. Je priai Dieu pour la première fois depuis la tempête de Hull, et je priai sans trop savoir ce que je disais, ni pourquoi je priais, car mes pensées n'étaient pas bien nettes.

22 Juin. — Je fus un peu mieux, mais toujours dans de grandes appréhensions de devenir malade.

23 Juin. — Encore très-mal, du froid, du tremblement, ensuite un violent mal de tête.

24 Juin. — Beaucoup mieux.

25 Juin. — Une fièvre très-violente, dont l'accès dura sept heures, alternativement chaud et froid; il fut suivi de sueurs légères.

26 Juin. — Mieux. N'ayant rien à manger, je pris mon fusil; mais je me sentis bien faible. Toutefois je tuai une chèvre, je l'apportai au logis avec beaucoup de peine; je fis griller un morceau de sa chair et je le mangeai. J'aurais bien voulu faire du bouillon avec cette viande, mais je n'avais point de marmite.

27 Juin. — Encore la fièvre, et si violente que je restai tout le jour dans mon lit, sans boire ni manger. J'étais près de mourir de soif; mais je n'avais pas la force de me tenir debout pour aller chercher de l'eau. Je priai Dieu encore; mais ma tête était faible, et d'ailleurs j'étais d'une telle ignorance que je ne savais que dire; je

5

ne pouvais que m'écrier : « Seigneur, voyez ma misère!
Seigneur, ayez pitié de moi! » Je suppose que je ne fis
pas autre chose pendant deux ou trois heures, jusqu'à la
fin de l'accès : alors je m'endormis et ne m'éveillai que
très-avant dans la nuit.

Mes idées étaient confuses, l'horreur de la mort dans
un état si misérable troublait ma tête affaiblie, et je ne
savais ce que mes lèvres prononçaient; c'étaient sans
doute des exclamations semblables à celles-ci : « Mon
Dieu, que je suis à plaindre! Si je tombe malade, je mourrai très-certainement faute de secours! Que vais-je devenir? » Alors des larmes coulaient de mes yeux, et je
restais quelque temps sans pouvoir parler.

Pendant ces intervalles, les bons avis de mon père
me revinrent en mémoire. J'ai laissé, me dis-je, ces bons
parents pleurer ma folie, et maintenant je suis seul à en
déplorer la suite. J'ai refusé leur secours par lequel j'aurais fait mon chemin sans peine, et me voici condamné
à lutter contre des difficultés au-dessus des forces humaines, sans guide, sans appui, sans consolation. Ici je
m'écriai : « Seigneur, venez à mon aide, car ma détresse
est grande! »

Je reviens à mon journal.

28 Juin. — Un peu rafraîchi par le sommeil, et l'accès de fièvre étant passé, je me levai. La frayeur que
m'avait laissée mon rêve était encore très-grande; cependant je considérai que l'accès de fièvre reviendrait sans
doute le lendemain, et qu'il me fallait profiter de ce moment de calme pour préparer les choses qui pourraient
me soulager quand je serais plus souffrant. D'abord je
remplis d'eau une grande bouteille ou bocal, et le posai
sur ma table à portée de mon lit; et, pour corriger le
froid et la crudité de l'eau, j'y mêlai environ un quart de
pinte de rhum. Je fis ensuite griller sur des charbons un
morceau de viande de chèvre; mais je ne pus manger que
fort peu.

Je voulus faire une promenade au grand air, et je me sentis extrêmement faible ; j'avais peine à porter mon fusil, sans lequel je ne sortais jamais ; aussi je fis peu de

chemin, et je m'assis sur un tertre, les yeux fixés sur la mer, qui dans ce moment était unie et tranquille. Pendant que je me reposais ainsi, des pensées à peu près analogues à celles-ci se présentèrent à mon esprit : Qu'est-ce que cette terre et cette mer que j'ai parcourues en tant de parties ? Comment ces choses ont-elles été créées ? Que suis-je, moi, ainsi que les autres créatures sauvages et apprivoisées, humaines et brutes ? D'où avons-nous été tirés ? Sans doute, nous sommes l'ouvrage de ce pouvoir qui forma la terre et la mer, l'air et le ciel. Et quel est ce pouvoir ? La conclusion naturelle était : c'est Dieu qui a tout fait. Mais il se présenta une singulière conséquence : si Dieu a fait toutes ces choses, il les guide et les gouverne,

elles et tout ce qui les concerne ; car celui qui a pu les
créer doit pouvoir les guider, les diriger ; et, s'il en est
ainsi, rien ne peut arriver dans la sphère immense de ses
œuvres sans qu'il le sache et l'ordonne. Or, si rien n'arrive sans qu'il en soit instruit, il sait que je suis ici, et
dans l'état le plus horrible ; et si rien n'arrive sans son
ordre, il a voulu que tout ce mal tombât sur moi.

Là se présentait immédiatement cette question : Pourquoi Dieu a-t-il voulu me traiter ainsi ? Qu'ai-je fait pour
mériter ce traitement ? Ma conscience m'arrêta soudain
dans cette enquête, comme si j'avais blasphémé, et je crus
entendre sa voix intérieure me dire : « Malheureux, tu
demandes ce que tu as fait ? Regarde en arrière, examine
ta vie mal employée, et demande plutôt ce que *tu n'as
pas fait*. Demande pourquoi tu n'as pas été depuis longtemps anéanti ? pourquoi tu n'as pas péri dans la rade
d'Yarmouth, ou dans le combat livré quand ton navire fut
pris par le corsaire de Salé ? Pourquoi n'as-tu pas été dévoré par les bêtes féroces sur la côte d'Afrique ? Pourquoi
as-tu été seul épargné dans ton dernier naufrage, quand
tout le reste de tes camarades s'est noyé ? Et tu demandes
ce que tu as fait ! »

Ces réflexions me confondaient, et je ne trouvai pas un
mot à me répondre à moi-même. Je me levai triste et
pensif, je retournai vers ma retraite et franchis ma muraille, dans l'intention de me mettre au lit ; mais le trouble
de mes pensées m'ôtait l'envie de dormir, et, m'asseyant
sur ma chaise, j'allumai ma lampe, parce qu'il commençait
à faire nuit.

Lorsque je me levai, je me sentis plus fort, et mon
estomac était mieux disposé, puisque j'avais faim. Bref, je
n'eus point d'accès le lendemain, et à dater de cette
époque je me rétablis progressivement : c'était le 29.

Le 30 devait être un bon jour, et je sortis avec mon
fusil ; mais j'évitai de m'éloigner trop. Je tuai des oiseaux
de mer du genre des oies, et je les apportai au logis ; mais

je n'osai en manger et me contentai de mes œufs de tortue, qui étaient fort bons.

Je ne fus pas aussi bien que je l'espérais, le lendemain 1er juillet ; j'eus un petit accès de frisson ; mais c'était peu de chose.

Le 2 et le 3 Juillet. — Je n'eus point d'accès ; toutefois j'étais loin d'avoir toutes mes forces, et je ne les repris complétement que plusieurs semaines après. Pendant ma convalescence mes pensées se fixèrent souvent sur ces paroles des saintes Écritures : *Je te délivrerai*, et l'impossibilité de ma délivrance opposait une barrière insurmontable à tous mes élans d'espérance. Mais au moment où j'étais le plus découragé, je me dis tout à coup que j'oubliais, en m'occupant de ma délivrance actuelle, celle dont j'avais été l'objet, et si récemment, quand j'avais été délivré, comme par miracle, d'une maladie qui me mettait dans une situation si déplorable, si effrayante. Je me demandai comment j'avais reçu ce bienfait, et si j'avais fait à ce propos ce que je devais faire. Dieu m'avait sauvé, mais je ne l'avais point glorifié, c'est-à-dire que je n'avais pas rapporté à lui seul mon salut, et je ne lui en avais pas rendu grâces. Ces idées touchèrent mon cœur très-profondément. Je tombai à genoux, et je remerciai Dieu à haute voix de ma guérison inespérée.

4 Juillet. — Le matin, je pris la Bible, et commençant la lecture du Nouveau Testament, j'y apportai une attention sérieuse. Je me fis une loi de lire la Bible tous les matins et tous les soirs, sans me borner à un certain nombre de chapitres, mais aussi longtemps que mon intérêt se soutiendrait. Bientôt après que j'eus mis ce projet à exécution, je me sentis sincèrement affligé de l'iniquité de ma vie passée.

Je priai le Seigneur, du fond de mon âme, de m'accorder la grâce du repentir, et le même jour, en lisant le saint livre, je tombai sur ces paroles : « Il est proclamé prince et sauveur pour donner le repentir et la rémission. »

Je jetai le livre, et les yeux et les mains levés au ciel, je m'écriai dans une extase de joie : « O Jésus, fils de David! Jésus, prince et sauveur, donne-moi le repentir ! » C'était la première fois de ma vie que je priais, dans le sens véritable de ce terme ; car je priais avec le sentiment de mon état et une espérance vraiment évangélique, fondée sur les divines promesses. Depuis cet instant j'espérai en effet que Dieu daignerait m'exaucer.

Ma situation, toujours aussi malheureuse, me parut cependant alors moins difficile à supporter. Mon esprit s'étant dirigé vers un but plus élevé, par la prière et la lecture des saintes Écritures, je sentis de grandes consolations intérieures, auxquelles j'avais été jusque-là tout à fait étranger. D'ailleurs, aussitôt que ma santé et mes forces revinrent, je travaillai à me procurer ce qui me manquait et à rendre mon existence aussi régulière que possible.

J'étais depuis près de dix mois dans cette île funeste, j'avais perdu l'espérance d'en sortir ; je croyais fermement que jamais un être humain n'avait mis le pied sur ses rivages. Mon habitation étant alors aussi sûre que je le désirais, je voulus pénétrer plus avant dans le pays et reconnaître toutes ses productions.

Je commençai cette exploration le 15 juillet. D'abord j'allai à la petite baie dans laquelle j'avais fait entrer mes radeaux, et je vis, en remontant la rivière, que la marée n'allait pas à plus de deux milles et se perdait dans un ruisseau d'une eau très-fraîche et très-bonne ; mais, comme on était alors en été, il se trouvait en différents endroits, sinon à sec, du moins presque sans courant. De belles prairies bien unies et bien vertes s'étendaient sur les deux rives, et je vis dans les terres un peu plus élevées, près des coteaux où l'eau ne pouvait probablement arriver, des plantes de tabac sur des tiges très-longues et très-fortes, et d'autres plantes qui m'étaient inconnues ; elles pouvaient avoir des vertus spéciales, mais je les ignorais. Je cherchai la cassave, racine qui sert de pain aux Indiens dans ces climats, et je ne la trouvai point. Je remarquai de grandes plantes de l'espèce des aloès et des cannes à sucre, ces dernières imparfaites et sauvages, faute de culture. Je me contentai de ces découvertes pour une première excursion, et je cherchai, en retournant chez moi, comment je pourrais reconnaître les qualités et la bonté des fruits et des plantes que je verrais. Mes réflexions n'aboutirent à rien. J'avais très-peu observé la végétation pendant mon séjour au Brésil, et je n'avais aucune donnée pour me guider dans mes investigations.

Le lendemain 16, je repris le même chemin, et, après avoir été un peu plus loin que la veille, je vis la fin des savanes ou prairies, et j'entrai dans un pays plus boisé. Là je trouvai des fruits de plusieurs sortes, surtout une grande abondance de melons sur le sol et de raisins sur les arbres. Les vignes s'élançaient d'un arbre à un autre, et leurs superbes grappes étaient en pleine maturité. Cette vue me causa la plus agréable surprise; toutefois, instruit par l'expérience, je mangeai modérément de ce fruit. Je me rappelais avoir vu, pendant mon séjour en Barbarie, des esclaves anglais mourir de la dyssenterie pour avoir mangé trop de raisins. J'imaginai cependant un excellent moyen de faire usage de ces grappes : c'était de les faire sécher au soleil, à la façon des raisins dits de Corinthe. Je pensais, et je ne fus point trompé dans mon attente, qu'ils me fourniraient un aliment sain et agréable, quand je ne pourrais avoir des fruits dans leur fraîcheur.

Je passai toute la soirée en ce lieu, et je ne pus retourner au logis pour la nuit. C'était la première fois que je couchais hors de chez moi, et j'eus recours à mon premier expédient : je grimpai dans un arbre. Je dormis très-bien ainsi, et le matin je continuai ma course. Je fis environ trois à quatre milles, à en juger d'après la longueur de la vallée, et je me dirigeai toujours vers le N., ma vue étant bornée de côté et d'autre par des chaînes de collines.

A la fin de cette marche, je trouvai un endroit découvert où le terrain semblait s'abaisser à l'O., et je vis un petit ruisseau, qui sortait du flanc du coteau le plus près de moi, couler dans la direction opposée, c'est-à-dire en plein E. Cette campagne me parut si fraîche, si fleurie, dans sa parure de printemps, que je pouvais me croire au milieu d'un jardin bien cultivé. Je m'avançai de quelques pas dans ce vallon délicieux ; je le contemplais avec un plaisir secret, bien que ce plaisir fût mêlé de pensées mélancoliques. Je me disais : Tout cela m'appartient ; je suis roi, souverain seigneur de ce pays ; mes droits sur lui sont incontestables, et, si je pouvais le transporter dans une autre partie du monde habité, rien ne m'empêcherait d'en jouir et de le laisser à mes héritiers, de même que nos propriétaires anglais se transmettent leurs biens de père en fils.

Autour de moi je voyais des cocotiers en abondance, et aussi des orangers, des citronniers et des limoniers, mais tous sauvages et portant peu de fruits, du moins en ce moment. Toutefois, non-seulement les limons verts que je cueillis étaient d'un goût agréable ; mais en mêlant leur jus avec de l'eau, j'obtins une boisson extrêmement fraîche et salutaire. Je crus devoir faire une provision de raisins, de citrons et de limons, afin de l'emporter au logis, où je la mettrais en réserve pour la saison des pluies, qui approchait ; je ramassai donc à une place une quantité de raisins, une plus petite quantité dans une autre, et, dans un troisième coin, je fis un tas de limons et de melons ; ensuite je pris un peu de chaque fruit et je m'acheminai vers mon habitation, comptant revenir au vallon avec un sac ou ce que je pourrais avoir pour emporter le reste.

Je revins donc, après trois jours d'absence, à la maison (comme j'appellerai toujours maintenant ma tente et ma caverne) ; mais, en arrivant, je trouvai les raisins que j'apportais complétement gâtés : les grains, à cause de leur poids et de leur nature juteuse, s'étaient écrasés et ne

valaient plus rien ; quant aux citrons, ils étaient parfaits;
mais j'en avais très-peu.

Le lendemain 19, muni de deux petits sacs, j'allai chercher ma récolte; mais, en arrivant près de mon tas de
grappes si belles, si brillantes quand je les avais cueillies,
je les vis toutes dispersées, foulées, jetées çà et là et la
plupart mangées. Je supposai que ce dégât avait été fait
par quelque animal; mais quelle sorte d'animal, c'est ce
que j'ignorais. Cependant, voyant l'impossibilité de les
laisser en tas ou de les emporter dans des sacs, puisqu'elles seraient mangées dans le premier cas et gâtées
dans le second, je pris un autre moyen, je les suspendis
aux branches les plus élevées des arbres pour les laisser
sécher au soleil, et je pris autant de citrons et de limons
que je pus en emporter.

En revenant chez moi je ne pouvais me lasser d'admirer
la beauté et la richesse de cette vallée, et son heureuse
situation à l'abri des orages, pourvue d'eau et de bois. Je
pensai que j'avais planté ma tente dans le lieu le plus
défavorable du pays; et l'idée me vint de changer de demeure et de chercher dans cette agréable partie de l'île
un emplacement aussi sûr, s'il était possible, que celui où
j'étais maintenant.

Ce projet roula dans mon esprit assez longtemps, et
j'y tenais beaucoup, l'agrément du lieu étant réellement
une forte tentation. Cependant, lorsque j'examinai les
choses de plus près, je considérai que j'étais établi sur le
bord de la mer, où le sort pouvait jeter quelque autre
malheureux ; et malgré le peu de probabilité d'un tel événement, je ne devais pas, en me séquestrant au fond des
bois et des vallées, renoncer à toutes chances, à tous
moyens de délivrance. Pour concilier tout, je me fis une
sorte de maison de plaisance dans ce vallon qui m'avait
séduit, et je l'entourai d'une double haie aussi haute que
je pouvais la faire, et renforcée par des pieux entre lesquels
je mis de la bruyère et des branches d'arbres. Dans cette

5.

enceinte je dormais tranquille parfois deux ou trois nuits
de suite, et j'y pénétrais par une échelle, comme dans
mon ancienne demeure. Ainsi je possédais une maison sur
la côte et une maison en pleine campagne. Ces travaux
m'occupèrent jusqu'au mois d'août.

Je venais d'achever ma clôture, et je commençais à
jouir de mon travail, quand la saison des pluies me confina
dans ma première habitation. J'avais, il est vrai, dans la
seconde, une tente faite d'une voile de vaisseau et très-
bien tendue, mais là je n'avais pas une colline pour me
garantir des orages, ni une caverne où je pusse me réfugier
en cas d'averse extraordinaire.

Vers le commencement d'août j'avais donc fini ce que
j'appelais ma maison des champs, et j'eus le plaisir de
l'habiter. Le 3 août, les raisins que j'avais suspendus aux
arbres me semblèrent parfaitement secs, et ils l'étaient en
effet. Je les décrochai, et j'eus raison; car les pluies, qui
ne tardèrent pas à venir, les auraient gâtés et m'auraient
privé d'une partie de ma provision d'hiver. Je portai près
de deux cents paquets de raisins dans mon magasin; mais
alors il commença à pleuvoir, et depuis ce jour (4 août)
il plut jusqu'au milieu d'octobre plus ou moins, et souvent
si violemment, que j'étais obligé de rester plusieurs jours
de suite dans ma caverne.

Pendant cette saison il m'arriva, à ma grande surprise,
une augmentation de famille. J'avais eu beaucoup de chagrin de la perte d'une de mes chattes qui m'avait quitté
ou plutôt que je croyais morte dans quelque coin;
mais un beau jour cet animal revint au logis avec trois
petits.

Je fus très-étonné de l'aventure; car j'avais, il est vrai,
tué un chat sauvage, mais il m'avait paru très-différent
des nôtres. Du reste, les petits chats ressemblaient tout à
fait à leur mère; et, comme sa compagne était une femelle,
je trouvai le fait des plus étranges. De ces trois petits il
me vint ensuite une si nombreuse postérité, que je fus

obligé de les tuer, comme des bêtes nuisibles, et de les chasser loin de ma maison.

Du 14 au 25 août, pluie continuelle. Je ne pus sortir, et je me garantis le plus soigneusement possible de l'humidité. Pendant ma retraite je me trouvai un peu à court de vivres; mais, en me risquant au dehors une ou deux fois, un jour je tuai une chèvre, et l'autre (le 26) je trouvai une grande tortue, et ce fut un régal véritable pour moi. Alors mes repas étaient ainsi réglés : je déjeunais avec une grappe de raisin ; un morceau de viande de chèvre ou de tortue grillée faisait mon dîner (car, à mon grand regret, je n'avais pas un seul vase pour faire bouillir, soit de la viande, soit autre chose), et quelques œufs de tortue me donnaient à souper.

Pendant cet emprisonnement je travaillais tous les jours, deux à trois heures, à élargir ma cave, et, en creusant toujours par côté, je parvins jusqu'à l'extérieur, et je me fis une porte ou issue en dehors de ma muraille, par laquelle j'allais et venais. Mais je n'étais pas tout à fait rassuré de sentir ma retraite ainsi ouverte, ce qui rendait inutiles les précautions que j'avais prises. Toutefois je n'avais aperçu aucune créature vivante qui fût à craindre, l'animal le plus grand que j'avais vu dans l'île étant la chèvre.

30 Septembre. — J'étais arrivé au malheureux anniversaire de mon naufrage. Je comptai les entailles que j'avais faites sur le poteau, et j'en trouvai trois cent soixante-cinq. Je consacrai ce jour à un jeûne solennel et à des actes de piété. Je me prosternai contre terre, le cœur pénétré d'une sincère humilité. Je confessai à Dieu mes péchés, je reconnus la justice de ses châtiments, et je le priai de m'accorder merci par les mérites de Jésus-Christ. Je ne pris pas le moindre rafraîchissement pendant douze heures, et je mangeai seulement, après le coucher du soleil, une grappe de raisin et un morceau de biscuit; ensuite je me mis au lit, en finissant la journée, comme je l'avais commencée, par une prière. Je n'avais pas observé un seul dimanche pendant l'année, parce que, n'ayant aucun sentiment religieux, j'omis bientôt de faire la septième entaille plus grande que les autres; ainsi je ne distinguai plus les jours de la semaine. Cependant, après avoir fait le relevé général, je trouvai que j'avais été un an dans l'île, et je divisai cette année en semaines, en marquant chaque septième jour : il en manquait un sur la totalité. Bientôt après, mon encre commençant à diminuer, j'en usai avec plus d'économie; je notai les seuls événements remarquables de ma vie, et je cessai d'écrire jour par jour les choses ordinaires.

J'ai parlé de certains épis d'orge et de riz que j'avais été si surpris de voir pousser comme par miracle. Je crois qu'il y avait une trentaine de tiges de riz et peut-être une vingtaine d'épis d'orge. Je crus bien faire de semer ce grain après les pluies, et quand le soleil, s'éloignant de moi, entrait dans le solstice d'été. Je béchai de mon mieux une pièce de terre avec ma pelle de bois, et, divisant ce champ en deux parties, je semai mon grain ; mais, tout en le semant, il me vint à l'esprit de ne pas confier le tout à la terre, parce que j'ignorais si j'avais bien choisi mon temps pour cette opération. Je conservai donc à peu près un tiers de mon grain, et ce fut une grande consolation pour moi d'avoir pris cette précaution, puisque toute ma semaille fut perdue. Le mois qui suivit fut sec, et les germes ne purent se développer avant le temps des pluies ; alors ils poussèrent comme s'ils venaient d'être semés. Lorsque je vis que ma première semence ne venait pas, ce que j'attribuais très-naturellement à la sécheresse, je cherchai un terrain plus humide, pour faire une seconde expérience. Je béchai un petit champ près de ma maison de campagne, et j'y semai le reste de mon grain de février, un peu avant l'équinoxe. Les mois pluvieux de mars et d'avril ayant amolli la terre après qu'elle avait reçu le grain, il poussa très-bien et donna une bonne récolte ; cependant, comme il me restait peu de semence et que je ne voulus pas risquer tout ce que j'avais, je recueillis à peine un picotin de chaque sorte de grain ; mais cette expérience me rendait maître de mon affaire ; je savais en quel temps il fallait semer, et que je pouvais avoir deux moissons par année.

Tandis que mon blé croissait, je fis une petite découverte qui me fut très-utile par la suite. Aussitôt que les pluies cessèrent et que le temps se raffermit, ce qui arriva vers le mois de novembre, j'allai visiter ma maison de campagne, où je trouvai toutes choses telles que je les avais laissées quelques mois auparavant. L'enceinte de haies doubles était parfaitement solide et intacte ; mais les pieux qui la composaient, et que j'avais coupés à des arbres voisins, avaient repris en terre et poussé de longs rameaux, de même que les saules étêtés. Je ne savais point à quelle espèce d'arbre ces boutures appartenaient ;

mais je fus très-agréablement surpris en voyant leur crois-
sance. Je les taillai et tâchai de les rendre aussi égaux

entre eux qu'il me fut possible. On aurait peine à croire
combien ils devinrent beaux dans l'espace de trois ans; ils
ombragèrent alors mon enclos, bien qu'il eût vingt-cinq
verges de diamètre, assez complétement pour m'offrir un
abri dans la saison. Cela me donna l'idée de planter autour
de mon ancien logement une haie formée de la même
manière, à quatre-vingts verges de mon premier rempart.
Cette plantation réussit; elle donna d'abord de l'ombre à
mon habitation, ensuite elle lui servit de défense, comme
je le dirai en son lieu.

Les saisons pluvieuses étaient plus ou moins longues, suivant les vents ; mais elles se divisaient en général comme je l'ai marqué, d'après mes observations. L'expérience m'avait appris le danger d'être exposé à la pluie ; je pris soin de me fournir d'avance des provisions nécessaires, afin de n'être pas obligé de sortir, et je restais au logis, autant que possible, pendant les mois humides. A cette époque je ne manquais pas d'occupations utiles et sédentaires. Je profitai de ma retraite forcée pour me faire bien des choses que je ne pouvais me procurer sans un travail persévérant. J'essayai notamment, à diverses reprises, de me faire un panier ; mais toutes les petites branches que je croyais propres à se tresser se trouvèrent si cassantes, que je ne pus rien en faire. Il était heureux pour moi que j'eusse pris, dans mon enfance, un grand plaisir à regarder travailler un vannier de notre voisinage. Je m'empressais, comme les petits garçons ne manquent point de le faire, à aider le vannier en lui apportant les objets dont il se servait, et j'observais très-attentivement la manière dont il les mettait en œuvre ; parfois même je tentais de l'imiter. Je possédais ainsi une pleine connaissance du métier, et je n'avais besoin que des matériaux, quand il me vint à l'esprit que les rameaux de cet arbre duquel j'avais tiré les boutures qui avaient poussé, seraient peut-être aussi flexibles que ceux du saule ou de l'osier. Je résolus d'en faire l'épreuve ; en conséquence, dès le lendemain j'allai à ma maison de campagne, je coupai quelques-uns des plus petits rameaux des arbres de ma haie, et, les ayant trouvés tels que je les désirais, je retournai avec une hache en chercher davantage, ce qui fut très-facile ; car il y avait une grande quantité de ces arbres. Je fis sécher mes branches dans ma haie ; quand elles furent en état de servir, je les portai à ma caverne, et, pendant la saison suivante, je fabriquai plusieurs paniers ou corbeilles, soit pour transporter de la terre ou d'autres choses, soit pour contenir différents objets.

J'ai déjà parlé du désir que j'avais de voir l'île tout
entière, et l'on sait que j'avais remonté le ruisseau de la
crique jusqu'à la vallée de ma maison de campagne. De là
j'avais vu la mer de l'autre côté de l'île, et je voulus, à mon
prochain voyage, la traverser d'un bord à l'autre. Dans
cette vue je pris mon fusil, une hache, les munitions
nécessaires, plus deux biscuits et un paquet de raisins
pour provisions de bouche, et je partis suivi de mon
chien. Arrivé à l'extrémité du vallon dans lequel était ma
petite maison, je découvris la mer à l'O., et, le temps se
trouvant extrêmement clair, je distinguai au loin une
terre ; mais je ne pus reconnaître si c'était une île ou un
continent ; je jugeai seulement qu'elle était très-élevée et
s'étendait de l'O. à l'O.-S.-O., à une distance que j'estimai
de quinze à vingt lieues.

J'ignorais quelle pouvait être cette contrée ; mais j'étais
sûr qu'elle appartenait à l'Amérique, et, d'après mes observations, elle ne devait pas être fort éloignée des colonies
espagnoles. Mais ce pays pouvait être habité par des sauvages, et si j'avais été jeté sur ses rives, au lieu d'avoir
abordé mon île, j'aurais été dans une situation pire que
celle où je me trouvais. Je me résignai donc à la volonté
de Dieu, que je reconnaissais alors comme le dispensateur
de toutes choses pour les meilleures fins, et je cessai de
m'affliger vainement en souhaitant de ne pas être où
j'étais.

D'ailleurs, en réfléchissant davantage, je me dis que,
si cette terre appartenait aux colonies espagnoles, je verrais un jour ou un autre passer des vaisseaux dans ces
parages. Et si cela n'était pas, ce que je voyais était le pays
qui sépare l'Amérique espagnole du Brésil, pays habité par
les peuples sauvages les plus méchants ; car ils sont anthro-
pophages, et ils massacrent et dévorent tous ceux qui tombent dans leurs mains. Après m'être tranquillisé l'esprit
par ces raisonnements, je poursuivis mon voyage, et plus
j'avançai, plus ce côté de l'île me parut au-dessus du

mien. Les plaines découvertes ou savanes étaient ornées de fleurs et de plantes d'une variété charmante, et parsemées de bouquets de bois. Je vis quantité de perroquets : je désirai en attraper un, afin de l'apprivoiser et de lui enseigner à me parler, et je parvins, avec un peu de peine, à prendre un de ces oiseaux tout jeune, en l'étourdissant d'un coup de bâton. Je le relevai, je le fis revenir, et je l'emportai chez moi; mais il fallut des années pour qu'il apprît à parler; enfin cependant il m'appela par mon nom assez familièrement, et l'incident qui en résulta amusera le lecteur en son lieu.

Ce voyage fut pour moi une diversion très-agréable. Je vis dans les basses terres beaucoup d'animaux; les uns ressemblaient à des lièvres, d'autres à des renards, mais différents de ceux que j'avais vus ailleurs. J'en tuai quelques-uns, et ne pus me décider à les manger. Du reste je n'avais nul besoin de m'aventurer dans les essais de ce genre, puisque la nourriture ne me manquait point, et de très-bonne nourriture, notamment des chèvres, des pigeons et des tortues. En joignant à ces viandes mes raisins secs, le marché de Leadenhall n'aurait pu mieux fournir une table, surtout pour un seul homme; et si ma position était déplorable en un sens, j'avais néanmoins de grands motifs de rendre grâces à Dieu, puisque, loin d'être réduit à la privation d'aliments, j'en avais au contraire de très-abondants et même de très-friands.

Je n'avançais pas de plus de deux milles par jour dans cette excursion; mais je faisais tant de tours et de détours pour aller à la découverte, que j'arrivais toujours assez fatigué à la place où je me décidais à passer la nuit. Je couchais dans un arbre, ou bien je formais un rempart autour de moi en fichant des bâtons debout en terre, ou en les appuyant d'un arbre à un autre. Les bêtes fauves ne pouvaient arriver sur moi sans m'éveiller.

Lorsque j'arrivai au bord de la mer, je fus surpris de voir combien cette partie de l'île était plus agréable et plus

riche que celle où le sort m'avait jeté. Une quantité prodigieuse de tortues couvrait le rivage, tandis que de mon
côté je n'en avais trouvé que trois en dix-huit mois. Il y
avait aussi un nombre infini d'oiseaux de plusieurs espèces, la plupart bons à manger ; mais je ne connaissais de
nom que les pigeons.

J'en aurais tué autant que j'aurais voulu, si je n'eusse
été avare de ma poudre et de mon plomb : et j'aimais
mieux tuer une chèvre, si cela était possible, parce que
c'était une provision plus profitable. Cependant, bien que
les chèvres fussent plus nombreuses de ce côté de l'île que
du mien, il était plus difficile de les approcher, la campagne étant plate et unie, que lorsque je pouvais les guet-
ter du haut des rochers.

Je trouvais en effet cette partie de l'île très-supérieure
à celle que j'habitais, et cependant je n'avais pas la
moindre envie de déloger. Je m'étais accoutumé à mon
domicile, et je me croyais en pays étranger sur ce nouveau
rivage. Je continuai toutefois de suivre la côte à peu près
l'espace de douze milles au levant, et là je plantai un
poteau pour me servir de marque, ayant le projet de diriger ma prochaine course à l'O. de ma demeure et de longer la côte jusqu'à ce que j'eusse retrouvé mon poteau, et
par conséquent achevé le tour de l'île.

Je voulus revenir par un chemin différent de celui que
j'avais suivi en allant, persuadé que je découvrirais toujours un assez grand espace pour voir de loin la place de
mon premier logement ; en cela je me trompais. Après
avoir fait deux ou trois milles, je me trouvai enfoncé dans
une grande vallée entourée de collines toutes couvertes de
bois, en sorte que je ne pouvais reconnaître ma route que
par le soleil : encore aurait-il fallu savoir la position exacte
qu'il devait avoir suivant l'heure de la journée. Pour compléter ma détresse, le temps fut brumeux pendant trois à
quatre jours que je restai dans cette vallée ; et, ne pouvant
apercevoir le soleil, j'errais çà et là triste et découragé.

Enfin je fus obligé de revenir sur la côte chercher mon poteau, et de là je suivis la route que j'avais prise en allant. Je regagnai mon logis à petites journées, à cause de l'excessive chaleur et de la charge énorme que je portais.

Pendant ce voyage mon chien surprit un jeune chevreau et le saisit. J'accourus, et je tirai des pattes du chien le pauvre petit animal. Je désirais l'emmener à la maison ; car depuis longtemps je rêvais aux moyens d'avoir des chèvres domestiques, pour me nourrir quand mes munitions seraient épuisées. Je fis un collier que je passai au cou du chevreau, et, à l'aide d'une corde que j'avais fabriquée avec du fil à cordages et que je portais toujours sur moi, je parvins à le conduire jusqu'à ma maison de campagne, où je l'enfermai et le laissai, impatient que j'étais de me retrouver dans mon ancien logis après une absence de plus d'un mois.

Je ne puis exprimer avec quelle satisfaction je rentrai dans ma retraite et me couchai sur mon hamac. Ce petit voyage, pendant lequel j'avais mené la vie d'un vagabond, ne sachant le matin en quel lieu je poserais ma tête le soir, m'avait semblé si pénible, que ma maison, comme il me plaisait de nommer mon gîte, me parut l'établissement le plus parfait.

Je passai une semaine à me reposer, à me refaire, après une excursion si fatigante, et la plus grande partie de ce temps fut employée à construire une cage pour mon perroquet, déjà un peu apprivoisé et accoutumé à moi. Je songeai ensuite au pauvre petit chevreau que j'avais emprisonné dans mon enceinte du vallon, et je résolus de l'amener à la maison et de lui donner à manger. Je le trouvai où je l'avais laissé, et il ne pouvait en effet s'échapper ; mais il était à moitié mort de faim. J'allai couper des branches d'arbre et de buisson, et je les lui jetai par-dessus la haie. Dès qu'il eut mangé je me disposai à l'attacher, comme je l'avais déjà fait, pour l'emmener.

Cela n'était pas nécessaire ; la faim l'avait rendu si docile, qu'il me suivit comme un petit chien.

La saison pluvieuse de l'équinoxe d'automne était arrivée, et j'observai le jeûne du 30 septembre de même qu'au premier anniversaire. Deux ans s'étaient écoulés depuis mon naufrage, et je n'avais pas plus d'espoir d'être tiré de cette île que je n'en avais eu en l'abordant. Je passai cette journée en humbles et vives actions de grâces pour les bontés infinies qui avaient adouci mon existence

solitaire, et sans lesquelles j'aurais été si malheureux. Je
remerciai Dieu d'avoir bien voulu me montrer que je pouvais jouir en ce lieu d'une félicité plus grande peut-être
qu'il ne m'eût été donné de la goûter au milieu du monde
et de ses plaisirs ; d'avoir bien voulu compenser pour moi
l'absence de société humaine par sa présence et les com-
munications de sa grâce avec mon âme, me soutenant,
me consolant, m'encourageant à compter sur sa providence
ici-bas et à espérer en son éternelle présence dans la vie
future.

Dans cette disposition d'esprit je commençai ma troisième année ; et si je n'ai pas fatigué le lecteur en détail-
lant mes travaux de cette année aussi minutieusement que
ceux de la précédente, il peut néanmoins observer en
général que je n'étais pas souvent oisif. J'avais réglé mes
heures comme il suit. D'abord je consacrais à mes devoirs
religieux et à la lecture de la Bible un certain temps,
trois fois par jour ; ensuite j'allais à la chasse pour chercher ma vie, ce qui employait environ trois heures de la
matinée, quand il faisait beau. Enfin j'avais à mettre en
ordre, à préparer pour la conservation, à faire cuire ce
que j'apportais de provisions. Tout cela remplissait la
plus grande partie de la journée ; d'ailleurs il faut remarquer que la force de la chaleur au milieu du jour ne me
permettait pas de sortir ; je ne pouvais donc pas travailler
plus de trois à quatre heures dans l'après-midi. Parfois je
permutais les heures du travail contre celles de la chasse,
je travaillais le matin, et je sortais le soir avec mon fusil.

A la brièveté du temps que je donnais à mes travaux,
on voudra bien ajouter leur extrême difficulté et la lenteur d'exécution qui résultaient du manque d'outils, d'habileté et de secours. Par exemple, je passai quarante-deux
jours à faire une planche pour une longue tablette dont
j'avais besoin dans ma cave, tandis que deux charpentiers,
avec les instruments convenables, auraient coupé six planches sur le même arbre en une demi-journée.

Voici quel était mon procédé. Il me fallait d'abord couper un grand arbre, parce que j'avais besoin d'une grande planche : cet arbre, je fus trois jours à l'abattre et deux autres jours à l'ébrancher et à le réduire en un seul bloc. Je le diminuai des deux côtés, avec un travail infini, jusqu'à ce qu'il devînt assez léger pour être remué ; alors je le retournai et je rendis unie et lisse d'un bout à l'autre une de ses surfaces, après quoi je fis la même opération de l'autre côté ; et, à force de tailler et de raboter, j'obtins une planche de trois pouces d'épaisseur. On peut juger quelle besogne c'était pour moi ; mais la patience et l'industrie me conduisirent au succès, en cela et en bien d'autres choses. J'ai cité celle-ci simplement pour montrer comment si peu d'ouvrage me prenait un temps si énorme. En effet, ce qui eût été facilement achevé avec de l'aide et des outils ne pouvait l'être, sans un laps de temps prodigieux, par un homme seul et privé des instruments les plus nécessaires. Néanmoins on va voir que la persévérance me fit venir à bout de divers travaux indispensables dans ma situation.

J'étais alors aux mois de novembre et de décembre, attendant ma récolte d'orge et de riz. Le champ que j'avais labouré pour ces grains n'était pas très-grand, puisque, comme je l'ai dit plus haut, mes semences n'étaient que d'un demi-picotin de chaque espèce, ayant perdu une récolte pour avoir semé avant la sécheresse. Maintenant la moisson promettait d'être belle ; mais soudain je fus menacé de la perdre une seconde fois par des ennemis de plusieurs sortes, contre lesquels il était difficile de la garantir. D'abord les chèvres et les bêtes fauves que je nommais lièvres, ayant pris goût au blé, venaient s'ébattre sur le champ aussitôt que le grain était levé, et le tondaient de si près que l'épi ne pouvait se former. Je n'y vis d'autre remède que d'enclore promptement le champ d'une haie, ce qui me coûta beaucoup de travail. Toutefois ma terre labourée étant fort exiguë et assortie à la récolte, je lui fis une clôture suffisante en deux ou trois semaines. Je tirai sur les animaux qui venaient la ravager pendant le jour, et j'établis mon chien pour la garder la nuit, en l'attachant à un poteau près de la porte, où il aboyait presque sans relâche. Grâce à ces moyens, les ennemis désertèrent bientôt la place, le blé poussa très-bien, et il commençait à mûrir.

Mais si les quadrupèdes ravageaient mon blé en herbe, les oiseaux furent bien près de me l'enlever totalement en grain. En allant visiter mon champ, pour savoir où en étaient les épis, je vis tout autour d'eux une foule d'oiseaux de mille espèces qui paraissaient attendre que je fusse parti. A l'instant je tirai sur la troupe (je ne sortais jamais sans mon fusil), et il s'éleva du milieu du blé une véritable nuée d'oiseaux. Cela me causa un vif chagrin ; car je prévoyais qu'en peu de jours toutes mes espérances seraient dévorées, que je serais enfin réduit à la famine et ne pourrais amener à bien une seule récolte. Que faire ? je n'en savais rien. Cependant je résolus de ne point perdre mon blé, quand je devrais le garder nuit et jour. D'abord je voulus voir le dommage déjà fait, et je trouvai beaucoup de grains mangés ; mais comme il était encore vert pour les oiseaux, la perte était moins grande qu'elle ne l'eût été sans cela, et ce qui restait valait bien la peine d'être sauvé.

J'étais debout à côté du champ, et je chargeais mon fusil ; pendant ce temps-là mes voleurs se tenaient dans les arbres d'alentour, comme s'ils attendaient le moment de mon départ, et ils l'attendaient en effet ; car je me mis en marche, en paraissant m'éloigner du champ, et aussitôt qu'ils m'eurent perdu de vue, ils fondirent sur le blé. Je fus tellement irrité que je n'eus pas la patience de les laisser venir tous. Je savais que chacun des grains qu'ils mangeaient en ce moment me privait d'un picotin dans l'avenir ; ainsi donc, franchissant la haie, je fis feu derechef et je tuai trois maraudeurs. C'était ce que je voulais,

et je les traitai comme on traite les voleurs en Angleterre,
c'est-à-dire que je les pendis pour servir d'exemple aux
autres. Il est impossible d'imaginer l'effet de cette mesure.
Les oiseaux non-seulement n'osèrent plus revenir au blé
mais encore abandonnèrent cette partie de l'île, et je n'en
vis pas un seul aux alentours de mon champ tant que
l'épouvantail y resta. On peut croire que je fus enchanté
de mon succès; et vers la fin de décembre, époque de la
seconde moisson, je recueillis mon blé.

J'étais bien empêché de n'avoir ni faucille, ni faux
pour le couper; tout ce que je pus faire de mieux, ce fut
de moissonner avec un des coutelas que j'avais sauvés du
navire. Cependant cette récolte n'étant pas considérable
je l'enlevai assez facilement. Je ne coupais juste que les
épis, je les mettais dans un grand panier de ma façon, et
je les égrenais ensuite avec mes mains. En dernier résultat
mon picotin de semences me produisit près de deux boisseaux de riz et un demi-boisseau d'orge, à vue d'œil, car
je n'avais point de mesure.

Ce fut un grand encouragement pour moi, et j'espérai
qu'avec le temps Dieu m'accorderait du pain de mon cru.
Pourtant il se présentait d'autres difficultés avant d'arriver
là. Comment pourrais-je moudre le grain pour en faire de
la farine, et comment ôter le son de cette farine? je n'en
savais rien ; et quand je l'aurais su, restait encore l'embarras de faire du pain avec cette farine, surtout de le faire
cuire. Ces difficultés, jointes au désir d'avoir une provision plus grande afin d'assurer ma subsistance future
me décidèrent à ne point entamer cette récolte et à la conserver pour les semailles prochaines. En attendant j'employais mes réflexions et mes heures de travail à tâcher
d'avoir tout ce qui concernait l'importante affaire du pain.
Je pouvais dire à la lettre que je travaillais pour gagner
ma vie.

On est émerveillé de voir, et peu de gens ont, je
crois, sérieusement considéré combien de choses sont

nécessaires pour la production et les préparations diverses de ce seul objet de notre consommation, le pain. Moi, pauvre malheureux réduit aux simples ressources de la nature, je pensais à ces choses avec un découragement qui s'accroissait en même temps que les difficultés.

D'abord je n'avais point de charrue pour labourer la terre, ni de bêche pour la remuer. Je triomphai de cet obstacle en me servant d'une pelle en bois; mais ce n'était là qu'un pauvre labourage, et mon instrument, après m'avoir coûté plusieurs jours de travail, dura moins longtemps parce qu'il n'était pas garni de fer comme les nôtres, et de plus remplissait mal son office. Je me contentai de ce résultat, faute de mieux. Quand le blé fut semé, n'ayant point de herse pour le recouvrir, je fus obligé de gratter la terre pour arriver au même but. Tandis que les épis croissaient et mûrissaient, j'eus le temps de penser à tout ce qui me manquait pour les défendre sur pied, les moissonner, les porter au logis, et séparer le grain de la paille. Il me manquait aussi un moulin pour le moudre, un crible pour passer la farine, du levain et du sel pour faire de la pâte avec cette farine, enfin un four pour le cuire; et cependant je vins à bout de fabriquer ou de remplacer toutes ces choses, et le blé devint un bien inappréciable pour moi. Je n'obtins tout cela qu'au prix de labeurs pénibles et persévérants; mais ils étaient inévitables, et j'avais le temps suffisant pour les faire. Dans la division de mes heures, il y en avait un certain nombre dévolu chaque jour à ces travaux; et comme j'étais décidé à ne rien consommer de ma récolte présente, j'avais six mois pour inventer et exécuter les ustensiles exigés pour les opérations diverses par lesquelles le blé devait passer avant de pouvoir me faire du pain.

Mais il me fallait préparer une plus grande pièce de terre. J'avais assez de grain pour ensemencer plus d'un acre; et, avant d'entreprendre ce travail, je passai une

6

semaine à me faire une pelle, qui n'était pas très-bonne
et qui, par sa pesanteur, ralentissait mes mouvements.
Cependant j'achevai l'ouvrage tant bien que mal, et je
semai mon grain sur deux champs assez vastes, aussi près
que possible de ma maison. Je les entourai d'une forte
haie, dont les pieux étaient coupés sur ces arbres dont
j'avais déjà fait usage pour cela, et qui croissaient par
bouture, en sorte que j'étais sûr d'avoir au bout de l'année une haie vive à laquelle il faudrait peu de répara-
tions. Cette besogne me prit trois mois pleins, parce que
la plus grande partie de ce temps se trouvait dans la
saison des pluies, où je ne pouvais sortir. Quand j'étais
retenu au logis, je m'occupais des objets dont je vais
parler, en faisant remarquer toutefois que je me délas-
sais de mes travaux en parlant à mon perroquet et en lui
enseignant à parler. Bientôt il connut son nom et sut
répéter assez distinctement : *Jacquot.* Ce fut le premier
mot que j'entendis prononcer dans l'île par un autre que
moi. Ceci n'était pas un travail, mais une diversion qui me
rendait le travail plus léger ; car j'avais sur les bras beaucoup d'affaires.

J'avais longtemps cherché les moyens de me faire des
vases de terre, qui me manquaient extrêmement, et je ne
savais comment m'y prendre. Toutefois, en considérant la
chaleur du climat, je ne doutais point de la possibilité de
faire sécher de la poterie au soleil, si je trouvais de l'argile pour la faire. Je pourrais au moins avoir des vases
assez consistants pour contenir des choses sèches et qui
devaient être conservées telles. J'en avais besoin pour le
blé, la viande, etc. Je me proposai donc d'essayer de faire
des vaisseaux aussi grands que possible, pour servir,
comme des jarres, à renfermer ce qu'on voudrait.

Le lecteur aurait pitié, ou plutôt rirait de moi, si je lui
contais tous les essais maladroits que je fis en ce genre,
combien de choses laides et informes sortirent de mes
mains.

J'étudiai les meilleurs moyens de conduire le feu pour
la cuisson d'un certain nombre de pots de terre. Je n'a-

vais aucune idée, ni de la construction d'un four à briques,
ni de la matière dont se compose le vernis que les potiers
mettent sur leurs ouvrages ; je ne savais pas qu'ils em-
ploient le plomb à cet usage. Je me bornai à placer trois
grandes cruches les unes près des autres, et au-dessus
d'elles des pots moins grands ; puis je couvris et j'entourai
la pyramide d'un feu de bois très-ardent. J'alimentai ce
feu de tous côtés, jusqu'à ce que les pots devinssent rouge-
clair, sans se fêler. Je les laissai cinq à six heures dans
cette chaleur, et l'un d'eux sembla près, non d'éclater,
mais de couler, le sable mêlé dans l'argile ayant fondu,
ce qui aurait produit du verre si j'eusse continué de le
chauffer. Je diminuai mon feu par degrés ; les vases per-

dirent petit à petit leur rouge ardent, et je veillai toute la nuit pour que le feu ne s'éteignît pas trop vite. Le matin je me vis possesseur de trois bonnes, sinon de trois belles cruches, et de deux autres pots de terre aussi durs que je pouvais le désirer; l'un d'eux avait même un vernis parfait, produit par la vitrification commencée du sable.

Après cette expérience, il n'est pas nécessaire de dire que je ne manquai d'aucune sorte de vaisselle dans mon ménage; mais je dois avouer que la forme n'en était pas très-régulière.

Jamais on n'éprouva pour une chose aussi vulgaire une joie égale à la mienne, quand je fus venu à bout de me faire un pot de terre allant au feu. J'eus beaucoup de peine à attendre qu'il fût refroidi, pour le remettre chauffer avec de l'eau et de la viande, et faire du bouillon. L'opération réussit très-bien, et j'eus un excellent potage, bien qu'il me manquât du gruau et d'autres ingrédients qui l'auraient rendu parfait.

Je songeai ensuite à me pourvoir d'un mortier ou d'un instrument quelconque pour piler mon blé; car il ne pouvait être question de construire, avec une seule paire de bras, une machine aussi compliquée qu'un moulin; il s'agissait seulement de le remplacer. Je n'avais aucun des outils nécessaires à ce genre de travail. Je passai plusieurs jours à chercher une pierre assez grande pour être creusée en forme de mortier, et je n'en trouvai point, excepté celles qui composaient le roc vif, et que je ne pouvais ni couper, ni tailler; de plus, les rochers de l'île étaient d'une nature poreuse, et ils n'avaient pas la consistance suffisante pour l'usage que j'en voulais faire. Après bien du temps perdu à chercher une pierre, je me décidai à me servir d'un bloc de bois dur, beaucoup plus facile à trouver.

Je pris le plus grand que je pusse transporter, je l'arrondis extérieurement avec ma hache, et ensuite à l'aide du feu je le creusai, de même que les naturels du Brésil creusent leurs canots. Ce travail fut très-long, et je formai après cela un grand pilon en bois de fer et rangeai le tout pour m'en servir à la première moisson, comptant bien cette fois moudre ou plutôt piler mon grain en farine et m'en faire du pain.

Il me fallait encore un tamis pour passer la farine et la séparer du son. Sans cela je n'aurais pu faire du pain. C'était une chose très-difficile et qui me parut telle même en projet. Je manquais pour cela des principaux matériaux, notamment d'un fin canevas ou d'un tissu de crin à travers lequel la farine pût passer ; cette difficulté m'arrêta plusieurs mois, et je ne savais réellement que faire. Je n'avais point de linge, ou du moins ce qui m'en restait n'était plus que des haillons ; j'avais du poil de chèvre, mais je n'aurais su ni le filer, ni le tisser, et, quand je l'aurais su, je n'avais pas les outils du métier. Cependant, à force de chercher, je m'avisai d'un expédient. J'avais, parmi les effets des matelots que je tirai du navire, quelques cols et cravates de calicot ou de mousseline ; avec des morceaux de ces cravates je fis trois petits tamis assez convenables pour cet usage ; je m'en servis pendant quelques années. Je dirai ensuite comment je les remplaçai.

Le premier point à considérer, après ceux-ci, était la manière de faire le pain, une fois que j'aurais la farine : d'abord je n'avais point de levain et aucun moyen de m'en procurer ; je ne m'en embarrassai donc pas longtemps. Mais j'étais fort en peine pour le four. Enfin je trouvai un expédient pour cela comme pour le reste. Je fis de grands vases de terre, très-larges et peu profonds, c'est-à-dire ayant deux pieds de diamètre et environ neuf pouces de profondeur. Je les fis passer au feu, comme les marmites, et je les mis à part ; ensuite, quand j'avais besoin de faire cuire du pain, je faisais un grand feu sur mon âtre, que j'avais pavé de briques façonnées et cuites par moi, mais qui n'étaient pas parfaitement carrées. Quand le bois était réduit en tisons et en charbons ardents, je les parsemais,

6.

sur le foyer de manière qu'il en fût tout couvert, et je les laissais assez de temps pour chauffer excessivement la place; alors je retirais la braise, je la remplaçais par mes pains, que je couvrais avec un des plats de terre; puis j'amassais des charbons tout autour du plat, afin de maintenir et d'augmenter la chaleur intérieure. Je fis de la sorte, aussi bien qu'avec le meilleur four du monde, mes pains de farine d'orge, et je devins en outre un très-bon pâtissier. Je me faisais différents gâteaux et des poudings de riz; mais point de pâtés, parce que je n'avais rien à mettre dedans, excepté de la viande de chèvre ou d'oiseau.

On ne s'étonnera pas si je dis que toutes ces choses m'occupèrent pendant la presque totalité de ma troisième année de séjour dans l'île; mais il faut observer que, dans les intervalles de ces divers travaux, j'avais eu ma

nouvelle récolte et mes affaires intérieures à conduire. Je cueillis mon blé dans la saison je le portai au logis comme je pus, et le laissai en épis dans mes grands paniers, en attendant que j'eusse le temps de l'égrener ; car je n'avais ni aire ni fléau pour le battre.

L'augmentation de ma provision de blé m'obligea réellement d'élargir mes greniers. Ma récolte m'avait donné vingt boisseaux d'orge et autant de riz, même davantage ; je me décidai donc à en faire usage ; d'ailleurs depuis quelque temps ma provision de pain était finie, et j'étais bien aise aussi de voir quelle quantité pouvait suffire à ma consommation d'une année, afin de semer seulement une fois l'an.

Il se trouva en dernier résultat que mes quarante boisseaux d'orge et de riz étaient plus que je ne pouvais consommer dans l'année ; ainsi je résolus de semer, tous les ans, la même quantité de grains que j'avais semée la dernière fois, espérant que cela suffirait amplement pour me fournir de pain, etc.

Pendant que je vaquais à ces soins, mes pensées se portèrent plus d'une fois sur la terre que j'avais aperçue de l'autre rivage de l'île, et je souhaitais au fond de l'âme de trouver les moyens d'aborder cette terre inconnue, imaginant que je pourrais peut-être me rapprocher ainsi du continent et des pays habités.

Je me ressouvins alors de notre chaloupe qui avait été jetée, comme je l'ai dit, assez avant sur le rivage, au commencement de la tempête, cause de notre perte. Cette chaloupe était encore à la même place, mais non dans la même position. La force des vagues et du vent l'avait jetée presque sens dessus dessous contre un banc de sable très-élevé, et elle se trouvait à sec. Si j'avais été aidé, j'aurais pu la radouber et la lancer en mer, et elle était assez bonne pour me conduire aisément au Brésil. Mais j'oubliais que je n'étais pas plus capable de la remuer ou de la retourner que de retourner l'île. Cependant j'allai dans le bois tailler des leviers et des rouleaux, et je les apportai près de la barque, résolu de voir ce que je pouvais faire.

Je supposais que, s'il m'était possible de la remettre sur sa quille et de la raccommoder, cela ferait une embarcation assez solide pour m'aventurer dessus en pleine mer.

Mes pensées étaient si entièrement fixées sur mon voyage dans cette embarcation, que je ne songeais nullement à la manière de lui faire quitter la terre; et il était en réalité plus facile pour moi de la conduire à trente lieues en mer que de lui faire parcourir les trente verges de terre qui la séparaient du bord. J'entrepris cet ouvrage aussi étourdiment que si j'eusse été privé de ma raison.

J'abattis un cèdre si grand, que Salomon n'en eut peut-être pas un semblable pour la construction de son temple. Il avait cinq pieds dix pouces dans la partie la plus rapprochée des racines, et quatre pieds onze pouces à la hauteur de vingt pieds, où le tronc commençait à diminuer et à se diviser en plusieurs branches. Ce ne fut pas sans une peine infinie que je parvins à abattre ce cèdre. Je passai vingt jours à le couper au pied, et quatorze jours à élaguer ses branches et sa large tête. Après cela, je fus près d'un mois à donner au tronc ainsi dépouillé la forme extérieure d'un bateau, telle qu'il devait l'avoir pour flotter sur l'eau sans pencher d'un côté ni de l'autre. Il me fallut encore trois mois pour creuser l'intérieur et achever mon ouvrage; il est vrai que je fis ce dernier travail sans le secours du feu et simplement avec le ciseau et le maillet. Enfin, à force de patience, je formai une très-belle pirogue, assez grande pour porter plus de vingt hommes, par conséquent pour me porter avec toute ma cargaison.

Quand mon travail fut terminé, je l'admirai avec délices. En effet, de ma vie je n'avais vu d'aussi grandes pirogues taillées dans un seul arbre. Sans doute elle m'avait coûté bien des coups de hache et de marteau; mais il ne restait plus enfin qu'à la mettre à flot, et si je fusse venu à bout de ce dernier point, j'aurais probablement risqué le voyage le plus fou, le plus impossible à exécuter qui ait jamais été entrepris.

Mais toutes mes inventions pour lancer ma barque furent sans succès, malgré les travaux infinis qu'elle avait exigés.

Je fus profondément mortifié de cette déconvenue, et je compris, mais trop tard, la folie de commencer une entreprise sans en avoir calculé tous les frais et s'être assuré qu'on possède les moyens de l'exécuter.

Au milieu de tous mes travaux je vis la fin de ma qua-

trième année de séjour dans l'île, et je chômai cet anniversaire, de même que les premiers, avec le sentiment
d'une dévotion consolante. L'étude constante de la parole
de Dieu, avec l'assistance de sa grâce, m'avait donné de
nouvelles notions sur toutes choses. Maintenant le monde
m'apparaissait comme un pays lointain, avec lequel je
n'avais aucun rapport de crainte ou d'espérance. Séparé du
reste des hommes, probablement à jamais, je regardais la
société humaine comme nous la regarderons peut-être
dans une autre vie, c'est-à-dire comme un état duquel
nous sommes sortis après en avoir fait partie. Je pouvais
adresser au monde ces paroles d'Abraham au mauvais
riche : « Un immense abîme est ouvert entre moi et toi. »

J'avais, comme je l'ai dit, un peu de numéraire, environ trente-six livres sterling, en monnaie d'or ou d'argent. Hélas! cette triste et misérable substance était
oubliée dans un coin; je n'en pouvais rien faire, et je pensais bien souvent que j'aurais échangé une poignée de ces
pièces contre une grosse de pipes à fumer ou une meule à
moudre mon blé; j'aurais même donné le tout pour la
valeur de douze sous en graines de navets et de carottes
d'Angleterre, une poignée de pois et de haricots, et une
bouteille d'encre.

Mais, dans ma position, je ne pouvais tirer le moindre
avantage de cet argent, et il resta dans un tiroir, où il se
rouilla par l'humidité de la caverne dans les saisons pluvieuses. Si le tiroir eût été rempli de diamants, je n'y
aurais pas fait plus d'attention.

Maintenant j'avais rendu mon existence beaucoup plus
douce qu'elle ne l'était d'abord, et beaucoup plus supportable pour mon esprit et pour mon corps. Souvent je me
mettais à table, plein de reconnaissance, et j'admirais la
main de Dieu, qui avait ainsi pourvu à ma subsistance
dans le désert.

Je passais des heures, même des jours entiers à me
représenter sous les plus vives couleurs ce que j'aurais fait

si je n'avais rien tiré du vaisseau. Je n'aurais pu rien me procurer à manger, hors du poisson et des tortues ; et comme je restai très-longtemps sans avoir aucune de ces dernières, je serais mort de faim, ou j'aurais vécu en véritable bête sauvage ; car, en supposant que j'eusse trouvé moyen de tuer une chèvre ou un oiseau, je n'aurais pu les dépouiller, les découper, ni ôter leurs entrailles ; j'aurais été forcé de les déchirer et de les ronger avec mes ongles et mes dents.

Ces réflexions me faisaient mieux sentir la bonté de la Providence envers moi, et me rendaient tous les jours plus reconnaissant de mon état présent, malgré les peines qui l'accompagnaient.

Il y avait assez longtemps que j'étais dans cette île pour que plusieurs des objets que j'avais apportés du navire fussent consommés et usés ; mon encre, je l'ai déjà dit, était finie, sauf un petit reste que j'avais étendu plus d'une fois avec de l'eau, et qui devint enfin aussi blanc que le papier. Tant qu'elle dura, je m'en servis pour noter chaque mois les jours dans lesquels il m'arrivait quelque chose d'important.

La première de mes provisions qui s'épuisa après mon encre, ce fut mon pain, c'est-à-dire le biscuit que j'avais apporté du vaisseau. Je l'avais ménagé à l'excès, me réduisant à un gâteau par jour pendant plus d'un an ; ce qui n'empêcha pas que je n'en fusse privé depuis près d'une année quand je récoltai du blé de mon cru. C'était un bienfait inappréciable du Ciel, ce grain ayant été conservé d'une manière miraculeuse.

Mes habits et mon linge s'usèrent aussi très-rapidement.

Je jugeai donc à propos de faire une revue des haillons qui me restaient, et que j'appelais ma garde-robe. Toutes les vestes étaient usées, et il s'agissait d'essayer d'en faire d'autres avec les capotes ou surtouts que j'avais mis de côté, et quelques autres matériaux. Me voilà donc devenu

tailleur, ou plutôt raccommodeur de vieilles hardes; en
effet, je faisais de pitoyables ouvrages. Cependant je parvins à me façonner trois vestes qui pouvaient durer assez
longtemps, du moins je l'espérais. A l'égard des pantalons
ou culottes, mes essais, pour le moment, furent misérables.

J'ai dit que je conservais les peaux de toutes les bêtes

que je tuais, les quadrupèdes s'entend. J'étendais d'abord
ces peaux sur des bâtons au soleil, et elles devinrent si

sèches et si dures, qu'elles n'étaient bonnes à rien ; mais celles qui n'avaient pas été ainsi desséchées me furent très-utiles. La première chose que je fabriquai de cette matière fut un grand bonnet, où je laissai le poil en dehors, pour mieux me préserver de la pluie. Le succès de cet ouvrage m'encouragea, et j'entrepris de me faire un habit complet de même étoffe, savoir une veste et une culotte allant aux genoux, et l'une et l'autre assez larges, étant destinées à me tenir frais plutôt que chaud. Je dois avouer que ces vêtements étaient fort mal faits ; et si j'étais médiocre charpentier, j'étais très-mauvais tailleur. Toutefois mon habit, tel qu'il était, me fut d'un excellent usage ; quand j'étais surpris par la pluie, elle coulait sur les poils de ma veste et de mon bonnet, et j'en étais garanti.

Ensuite, à force de temps et de peine, je me fis un parasol ou parapluie, dont j'avais grand besoin. J'en avais vu fabriquer au Brésil, où les grandes chaleurs rendent ce meuble nécessaire ; et j'étais dans un climat au moins aussi chaud que celui du Brésil, étant plus près de la ligne. D'ailleurs, comme il me fallait être souvent dehors, une ombrelle m'était utile, aussi bien pour la pluie que pour le soleil. Je me donnai un mal infini pour cette affaire. Je fus longtemps avant d'obtenir quelque chose de passable, et souvent, quand je croyais avoir atteint mon but, j'étais obligé de rejeter mes informes essais. Enfin, cependant, je fis un parapluie en état de servir. La grande difficulté consistait à le faire ouvrir et fermer à volonté. Il était aisé de construire un parapluie ouvert ; mais, si je ne pouvais le replier, il devenait impossible de le porter autrement que sur ma tête, et cela n'aurait pu aller.

Cependant je parvins, comme je l'ai dit, à en faire un dont je me contentai, et je le couvris de peaux, laissant le poil en dehors de manière à offrir un écoulement à la pluie et à intercepter les rayons du soleil assez pour que je pusse m'aventurer dehors par les temps les plus chauds.

7

Quand je n'avais pas besoin de m'en servir, je le repliais et le mettais sous mon bras.

Outre mes travaux annuels pour la culture de mon blé et la récolte de mes raisins, deux produits dont j'avais toujours une provision suffisante; outre mes heures de chasse journalière, mes principales occupations furent de construire un canot, ensuite de creuser un bassin de six pieds de large et de quatre pieds de profondeur, pour conduire le canot dans la crique presque à un demi-mille de l'endroit où il était en chantier. Quant au premier, que j'avais fait d'une grandeur démesurée (faute d'avoir réfléchi, avant de le commencer, aux moyens de le lancer), je fus obligé, ne pouvant ni le conduire à la mer, ni amener la mer vers lui, de le laisser sur place, comme un monument de ma folie et une invitation à être plus avisé une autre fois.

Cependant, bien que ma petite pirogue fût achevée, sa dimension n'était pas adaptée au dessein que j'avais en construisant la première, de tâcher d'atteindre la terre, dont j'étais séparé par un espace de plus de quarante milles. Ainsi la petitesse de ma barque contribua à me faire abandonner ce projet, et je finis par n'y plus penser. Mais, pour utiliser mon canot, je songeai à faire une croisière autour de l'île. Mes découvertes dans le voyage que j'avais fait en traversant d'un bord à l'autre, comme je l'ai raconté, me donnaient grande envie de voir le reste de la côte, qui m'avait paru si belle, et j'étais impatient de commencer cette tournée.

Mais afin d'exécuter ce plan avec toute la discrétion nécessaire, je fis un petit mât pour l'adapter à mon bateau, et une voile, que je composai de plusieurs morceaux de toile dont j'avais un magasin assez considérable. Quand le mât et la voile furent arrangés, j'essayai mon embarcation, et je trouvai qu'elle allait très-bien; ensuite j'y pratiquai des boîtes à chaque bout, afin de contenir mes provisions, vivres, munitions, etc., et de les mettre à

l'abri de la pluie et de l'écume de la mer. Je creusai une
ogette dans la longueur du bateau en dedans, pour y pla-
er mon fusil, et je clouai par-dessus une toile. Je fixai
ncore mon parapluie sur la poupe, en manière de mât,

fin qu'il me servît de tente ; je faisais ainsi de temps en
emps quelques promenades en mer, sans m'éloigner
beaucoup cependant, et demeurant toujours en vue de la
petite baie. Enfin je me décidai, impatient que j'étais de
voir la circonférence de mon royaume, à commencer mon
excursion. J'embarquai des vivres suffisants sur mon
canot, savoir : deux douzaines de pains ou plutôt de
gâteaux d'orge, un pot rempli de riz séché, nourriture

dont je faisais grand usage, une petite bouteille de rhum, la moitié d'une chèvre, de la poudre et du plomb pour en tuer d'autres, et deux grands surtouts, de ceux que j'avais tirés des coffres des matelots, et que je destinais à me servir, l'un de matelas et l'autre de couverture.

Ce fut le 6 novembre de la sixième année de mon règne, ou, si l'on veut, de ma captivité, que je commençai ce voyage, qui fut beaucoup plus long que je ne m'y attendais, parce que, bien que l'île ne fût pas très-grande, je trouvai, lorsque j'arrivai du côté de l'E., une chaîne de rochers s'étendant à environ deux lieues en mer, les uns au-dessus, les autres au-dessous de l'eau, et ensuite un banc de sable d'une demi-lieue. Je fus donc obligé de faire un grand détour pour doubler cette pointe.

Quand je la découvris d'abord, je fus bien près de renoncer à mon entreprise et de revenir sur mes pas, ne sachant à quelle distance je serais obligé de prendre le large, surtout n'étant pas sûr de pouvoir revenir une fois que je me serais avancé parmi ces récifs. Je jetai l'ancre (j'en avais fait une avec un grappin brisé et tiré du navire), et lorsque ma barque fut en sûreté, je pris mon fusil, j'allai à terre et montai sur une colline d'où je vis toute l'étendue de la pointe; alors je résolus de m'aventurer à la doubler.

En observant la mer de cette éminence, j'aperçus un courant rapide allant du côté de l'E. et serrant de près la pointe de sable; je fis une sérieuse attention à cette circonstance, qui pouvait être dangereuse pour moi; car je pouvais être emporté par ce courant et me trouver ensuite dans l'impossibilité de regagner l'île. Je suis persuadé que cela me serait arrivé si je n'avais pas fait cette reconnaissance, le même courant existant de l'autre côté de l'île à une plus grande distance de la côte. Je vis de plus une barre assez marquée contre le rivage. Il s'agissait donc de se dégager du premier courant, et l'on était presque tout de suite porté vers la terre.

Toutefois je restai là deux jours à l'ancre, parce que, le vent s'étant élevé assez frais à l'E.-S.-E. et luttant contre le courant, la mer était violemment refoulée sur la pointe, en sorte qu'il eût été dangereux et de rester près de terre à cause des vagues, et d'avancer trop au large à cause du courant.

Le matin du troisième jour le vent s'apaisa, la mer se calma, et je m'aventurai; mais ce qui m'arriva peut servir de leçon aux pilotes ignorants. A peine avais-je gagné la pointe, me trouvant séparé du rivage seulement de la longueur de mon canot, que je me sentis sur une mer très-profonde, et un courant pareil à l'écluse d'un moulin m'emporta avec une telle puissance, que tout ce que je pus faire fut d'éviter le centre du courant. Cependant il m'éloignait toujours de plus en plus de la barre, qui était à ma gauche. Pas le moindre souffle de vent ne vint à mon aide, et je ne pouvais pas grand'chose avec mes rames. Je me crus un moment tout à fait perdu. Il existait des courants des deux côtés de l'île, et ils devaient se rejoindre à quelques lieues de la côte. Dans ce cas j'étais sûr de périr, soit par les flots, qui se trouvaient alors assez tranquilles, soit par la famine. J'avais, il est vrai, embarqué une tortue que j'avais prise sur la grève, et qui était aussi grosse que je pouvais la porter. J'avais aussi une grande jarre pleine d'eau douce. Mais tout cela ne m'aurait pas mené loin; et, poussé dans le vaste océan, j'aurais été peut-être à mille lieues de tout rivage, soit du continent, soit d'une île.

Alors je vis combien il est facile à la Providence de rendre pire la plus malheureuse des situations. Maintenant je voyais mon île solitaire et désolée comme un lieu charmant, et tous mes vœux tendaient à m'y retrouver. « Heureux désert! m'écriai-je en étendant les mains vers elle. Je ne te verrai plus. Infortuné que je suis! que vais-je devenir? » Alors je me reprochai mon ingratitude et mes vains murmures contre une solitude au milieu de laquelle j'aurais voulu me retrouver. C'est ainsi que nous ne voyons jamais notre position sous un jour vrai, tant qu'elle n'est pas éclairée par des contrastes; et nous ne savons estimer ce que nous possédons que par le sentiment de sa perte.

On ne peut imaginer ma consternation quand je me vis emporté vers la haute mer, presque sans espoir de remettre jamais le pied sur mon île bien-aimée, comme je la nommais en ce moment. Cependant je ramai de toutes mes forces en me tenant le plus possible dans la direction du N., celle où le courant pouvait joindre la barre. Vers midi, je sentis une légère brise du S.-S.-E. souffler contre mon visage, et cela me donna un peu d'espoir, qui augmenta lorsque cette brise devint, au bout d'une demi-heure, un bon vent frais. J'étais alors à une distance effrayante de l'île, et, si le moindre nuage, le moindre brouillard eût obscurci le ciel, je me serais infailliblement égaré; car je n'avais point de boussole, et, si j'avais perdu de vue le point vers lequel je me dirigeais, il m'aurait été impossible de le retrouver. Heureusement le temps resta clair; je rajustai mon mât, et, déployant ma voile, je m'efforçai de sortir du courant en gouvernant au N.

Je venais de prendre ces arrangements, lorsque je reconnus à la transparence de l'eau que le courant allait changer de nature. En effet, les eaux étaient sales dans les endroits où le courant avait le plus de violence, et cette violence diminua aussitôt que les eaux devinrent plus claires. Peu de temps après je vis, à environ un quart de lieue à l'E., un brisant formé par des rochers qui divisaient le courant; la masse principale continuait de courir au S., laissant les brisants au N.-E.; le second bras, repoussé par les rochers, refluait vers le N.-E.

Ceux qui ont reçu leur grâce ayant déjà le pied sur l'échafaud, ceux qu'un secours inespéré a sauvés du poignard des assassins, ceux-là, dis-je, peuvent seuls se représenter ma surprise et ma joie à la vue de ce courant, et le ravissement avec lequel j'y poussai ma petite barque. A l'aide de cette barre, je me rapprochai de la terre à peu-près d'une lieue, mais en déviant de deux lieues au N. Ainsi je me trouvai en vue de l'extrémité septentrionale de l'île, c'est-à-dire devant la côte directement opposée à celle d'où j'étais parti.

Après avoir fait, à l'aide de ce courant ou de ce remous, un peu plus d'une lieue, je m'aperçus qu'il s'amortissait et ne pouvait me conduire plus loin. Alors j'étais entre deux grands courants, celui du S. qui m'avait d'abord entraîné, et celui du N. qui régnait sur un espace d'environ une lieue de l'autre côté; mais je me trouvais sur une mer paisible, je voyais l'île en face de moi, et, le vent continuant de me favoriser, je fis voile directement vers la terre, avançant toutefois moins vite que lorsque j'étais aidé par la marée.

Vers quatre heures du soir, étant encore éloigné de l'île d'une lieue environ, je vis la pointe de rochers, cause de mon désastre, qui s'étendait du côté du S. et produisait, en refoulant le courant dans cette direction, un contre-courant au N. Celui-ci avait beaucoup de force; mais il ne portait pas exactement dans la ligne que je devais suivre, laquelle était N.-O. presque plein N. Cependant, à la faveur d'un bon vent, je traversai cette barre en déviant légèrement au N.-O, et j'arrivai au bout d'une heure à un mille du rivage, où le calme de la mer me permit d'aborder.

Quand je fus à terre, je tombai à genoux et remerciai le Ciel de ma délivrance, me promettant bien de renoncer à toute pensée d'échapper à mon exil avec le seul secours de ma barque. Je fis un léger repas à l'aide de mes provi-sions; ensuite j'amarrai mon canot dans une petite crique ombragée par des arbres, et je me couchai pour réparer mes forces épuisées par les fatigues de ce voyage. J'étais fort en peine pour ramener mon canot à mon habitation. Je connaissais trop les dangers du chemin que je venais de suivre pour être tenté de le reprendre; j'ignorais ce que je pourrais trouver de l'autre côté (le côté occidental), et je n'étais pas disposé à risquer d'autres aventures. Je me décidai enfin, le matin du jour suivant, à longer le rivage, en me dirigeant à l'O., pour chercher une baie où ma petite frégate pût rester en sûreté, et où je la retrouverais si j'en avais besoin. A trois milles plus loin je découvris un canal ou baie qui pénétrait dans les terres en diminuant toujours de largeur, et qui se perdait dans une petite rivière. Je ne pouvais rencontrer un port plus commode pour mon bâtiment, et il se trouvait là comme dans un bassin construit tout exprès. Après avoir pourvu à ce soin, je songeai à moi-même et à reconnaître d'abord où j'étais.

Je vis que j'avais dépassé de bien peu la place où je m'étais arrêté dans mon excursion pédestre sur cette côte; et, ne prenant de tout mon bagage que mon fusil et mon parasol, à cause de la chaleur excessive, je me mis en marche. La route me sembla très-agréable après le pénible voyage que je venais de faire, et j'atteignis le soir mon bosquet, où je trouvai toutes choses telles que je les avais laissées, en très-bon ordre; car je regardais cet enclos comme ma maison de campagne, et j'en prenais grand soin.

Je franchis la clôture et je m'étendis sur le gazon pour reposer mes membres fatigués, et je ne tardai pas à m'endormir. Mais, jugez, si vous le pouvez, de ma surprise, vous qui lisez cette histoire, quand je fus tiré de mon sommeil par une voix qui m'appela plusieurs fois par mon nom : « Robin, Robin, Robin Crusoe, pauvre Robin Crusoe! Où êtes-vous, Robin Crusoe, où êtes-vous? où avez-vous été? »

Je dormais si profondément que je ne m'éveillai d'abord qu'à demi, et je crus avoir rêvé que quelqu'un m'appelait. Mais la voix continuant de répéter : « Robin Crusoe, Robin Crusoe », je m'éveillai tout à fait, et je fus un instant excessivement effrayé. Je me levai en sursaut et dans une con-

sternation complète ; mais aussitôt que mes yeux furent
bien ouverts, je vis Jacquot perché sur le sommet de la

HANS

haie, et sur-le-champ je compris que c'était lui qui m'a-
vait parlé ; je lui tendis le poing et l'appelai à mon tour par
son nom. Mon aimable compagnon vint à moi, se plaça sur
mon pouce, selon sa coutume, et recommença à me dire
pauvre Robin ! Je l'emportai ensuite au logis.

7.

J'en avais assez pour quelque temps des courses en mer, et je passai plusieurs jours à me reposer et à méditer sur les dangers que j'avais courus.

Dans cette sage disposition d'esprit, je restai près d'un an menant une vie bien tranquille, comme on le croira sans peine. J'étais dans des sentiments conformes à ma situation ; je me sentais heureux de m'abandonner aux soins de la Providence, avouant qu'elle m'avait accordé toutes les jouissances, excepté celle de la société

En ce temps-là, je fis des progrès dans tous les arts mécaniques auxquels je m'étais adonné par nécessité.

Malheureusement ma poudre baissait ; c'était une des choses nécessaires et que je ne pouvais remplacer. Je pensai donc très-sérieusement à ce que je ferais quand je n'aurais plus de munitions et ne pourrais plus, par conséquent, tuer de chèvres. J'avais pris, comme je l'ai dit, une chevrette pendant ma troisième année, et je l'avais apprivoisée dans l'espoir de trouver un chevreau mâle, mais je n'en pus trouver avant que ma chevrette fût devenue vieille. Je n'eus pas le courage de la tuer, et elle mourut de vieillesse.

Mais, étant alors dans la onzième année de ma résidence sur l'île, et mes munitions baissant beaucoup, je m'ingéniai à faire des piéges pour prendre les chèvres, espérant en attraper de vivantes. Je désirais surtout avoir une mère et ses petits. A cet effet je tendis des filets, et sans doute plus d'une chèvre y fut prise : mais, comme ils n'étaient pas très-forts, parce que je manquais de fil d'archal, je les trouvais toujours rompus, et l'amorce mangée.

Enfin j'essayai de faire des trébuchets. Je creusai des trous assez profonds dans les endroits où les chèvres avaient coutume de venir brouter ; sur ces fosses je posai des claies de ma façon, je les couvris de terre, je les parsemai d'épis de blé ; mais je ne les disposai pas tout de suite en trébuchets. Je m'aperçus à la trace des pieds de

chèvres qu'elles étaient venues manger les épis, et un
soir j'établis trois des claies en manière de trappe : le
lendemain je les trouvai penchées, le blé mangé, et point
de chèvres prises. Je changeai de méthode, et, sans fatiguer le lecteur de plus longs détails, je dirai qu'un jour
je trouvai dans une des fosses un vieux bouc de très-
grande taille, et dans une autre, trois chevreaux, un mâle
et deux femelles.

Je ne savais que faire du bouc : il avait l'air si farouche, que je n'osais descendre près de lui afin de tâcher
de l'avoir vivant. Le tuer était chose facile, mais cela ne

faisait pas mon affaire. Je finis par lui rendre la liberté, et il s'enfuit comme si la frayeur l'avait rendu fou. Je n'avais pas encore observé, comme je l'observai ensuite, que la faim pouvait dompter même un lion. Si j'avais laissé le bouc seulement trois ou quatre jours sans nourriture, et que je lui eusse donné ensuite un peu d'eau et puis quelques brins d'herbes, il serait devenu aussi doux que les chevreaux ; car ce sont des animaux très-intelligents et très-faciles à conduire quand on les traite bien.

Cependant je le laissai aller, faute de savoir alors que je pouvais mieux faire, et je pris l'un après l'autre les chevreaux, je les attachai ensemble et les emmenai tous, non sans difficulté, à la maison. D'abord ils ne voulaient pas manger ; mais je leur jetai quelques épis verts, ils se laissèrent tenter et commencèrent à s'apprivoiser. Le seul moyen par lequel je pouvais m'assurer de la viande de chèvre quand je ne pourrais plus chasser, était assurément d'élever quelques-uns de ces animaux, qui formeraient peut-être enfin un troupeau sur ma petite pelouse.

Je me décidai à enclore d'abord un terrain de cent cinquante verges de long sur cent de large ; cela suffirait pour contenir un troupeau aussi grand que je pouvais l'avoir pendant assez longtemps, et quand mon bétail augmenterait, je pourrais augmenter le parc. C'était une sage résolution, et je me mis à l'œuvre avec courage. En trois mois j'entourai mon parc de bonnes haies, et, pendant que j'y travaillais, je mis les trois chevreaux dans la meilleure partie de la prairie, et le plus près possible de ma maison. Afin de les rendre familiers, souvent je leur portais des épis ou une poignée de riz, et je les faisais manger dans ma main, en sorte que lorsque la clôture fut finie et que je les détachai, ils me suivaient partout en bêlant pour une poignée de blé.

Ainsi j'avais atteint mon but ; en moins de dix-huit mois j'eus un troupeau de douze bêtes, jeunes et vieilles ; au bout de deux ans j'en avais quarante-trois, et plusieurs avaient servi à ma nourriture. Après cela je fermai de haies cinq autres pièces de terre, sur lesquelles mes chèvres paissaient ; j'y établis de petits parcs où je les faisais entrer quand je voulais les prendre, et des portes qui communiquaient d'un clos à l'autre.

J'avais donc non-seulement de la viande de chèvre quand il me plaisait, mais aussi du lait, chose à laquelle je n'avais pas pensé et qui me surprit agréablement lorsque je vis le parti que je pouvais en tirer. Je disposai ma laiterie, et quelquefois j'avais huit à dix pintes de lait par jour. La nature, en donnant à toutes les créatures les aliments qui leur conviennent, leur apprend en même temps à en faire usage. Ainsi, moi qui de ma vie n'avais trait une vache ni une chèvre, et qui n'avais jamais vu faire du beurre ou du fromage, excepté dans mon enfance, je parvins, après quelques essais malheureux, à en faire, ainsi que du sel : ce dernier, je le trouvai en partie formé par la chaleur du soleil sur certains rochers.

Le plus grave des hommes n'aurait pu s'empêcher de sourire en me voyant dîner, entouré de ma petite famille. D'abord, il aurait admiré ma Majesté, le prince, le roi de l'île, le maître absolu de toutes les créatures qui l'habitaient ; car je pouvais les pendre, les mettre en prison, leur rendre la liberté, selon mon bon plaisir, et je ne comptais pas un rebelle parmi mes sujets. Il fallait voir avec quelle dignité royale je dînais, seul, mes serviteurs rangés autour de moi ! Jacquot avait le privilége exclusif de me parler en qualité de favori. Mon chien, devenu vieux et infirme, avait toujours sa place à ma droite ; et deux chats, de chaque côté de la table, attendaient que je leur jetasse quelques morceaux en signe de faveur spéciale.

Je tenais de plus en plus à voir la partie de l'île où, dans ma dernière excursion, j'étais monté sur une colline pour reconnaître la côte et les courants.

Enfin je me décidai à me rendre jusqu'à ce point de la

côte, à pied et en suivant le rivage. Si l'on avait rencontré en Angleterre un homme accoutré aussi singulière-

ment que je l'étais lorsque je commençai cette course, on
n'aurait pu s'empêcher ou d'éclater de rire, ou de crier de
peur.

J'avais un très-haut bonnet de forme irrégulière fait
en peau de chèvre et pourvu d'une sorte d'appendice qui
retombait sur mes épaules, pour me garantir du soleil et
surtout de la pluie, rien n'étant plus dangereux, en ces
climats, que d'être mouillé par-dessous les habits.

J'avais une sorte de robe courte, aussi en peau de chèvre, et descendant au-dessus des genoux; des culottes de la même manière, ouvertes comme des pantalons, et, comme elles étaient faites de la peau d'un vieux bouc, les poils en étaient si longs qu'ils atteignaient le milieu de mes jambes. Je n'avais ni bas, ni souliers, mais une sorte de chaussure de ma façon assez semblable aux brodequins des sauvages, et que j'attachais de côté comme des guêtres : cette partie du costume était aussi bizarre que le reste.

J'avais de plus un ceinturon de peau lisse, que je serrais avec deux courroies en guise de boucle, et auquel étaient attachées, au lieu d'épée ou de poignard, une hache et une scie. Un autre ceinturon moins large était jeté sur mon épaule, et à son extrémité qui tombait au-dessous de mon bras, étaient suspendues deux poches, également en peau de bouc, et contenant, l'une ma poudre, l'autre ma dragée. Je portais une corbeille sur le dos, mon fusil sur mon épaule, et je tenais sur ma tête mon parasol, grande et hideuse machine en peau de bouc, mais qui me rendait plus de services qu'aucun autre meuble, mon fusil excepté. Mon visage était moins hâlé qu'il aurait dû l'être sous une latitude qui n'était pas à plus de huit à neuf degrés de la ligne. J'avais d'abord laissé croître ma barbe jusqu'à un quart de verge de longueur; mais, comme j'avais des ciseaux et des rasoirs en assez grand nombre, je me rasai par la suite assez court, à l'exception d'une paire de moustaches qu'il me plut d'avoir sur la lèvre supérieure, à la mode des Turcs que j'avais vus à Salé (les Barbaresques n'ont pas cet usage), et ces moustaches, sans être assez longues pour me permettre d'y suspendre mon bonnet, étaient d'une dimension et d'une forme si étranges, qu'en Angleterre elles auraient fait peur aux petits enfants.

Ainsi équipé je commençai ma nouvelle tournée, et j'y employai cinq à six jours. D'abord je suivis le bord de la mer et me rendis à l'endroit où j'avais mouillé, pour monter sur les rochers et reconnaître la côte; et, n'ayant point de canot à amarrer cette fois, je gravis la colline par un chemin plus court. En regardant de cette hauteur la pointe de rochers qui s'avançait dans la mer, et que j'avais

été obligé de doubler, comme je l'ai raconté ci-dessus, je fus étonné de voir la mer tout à fait calme et unie, sans plus de courant, de vagues ni de mouvement en ce lieu qu'en aucun autre. Je ne pouvais comprendre cette singularité, et je voulus consacrer quelque temps à en connaître la cause. Bientôt je m'assurai que la marée montante, se joignant à l'embouchure de quelque grande rivière, près du rivage, produisait ce courant, et que, selon la direction du vent, il se trouvait plus ou moins près de la côte. En effet, j'attendis jusqu'au soir sur cette rive, et je remontai alors sur les rochers, d'où je vis le courant aussi impétueux que je l'avais vu la première fois, parce que c'était l'heure de la marée montante. Je remarquai aussi que le courant était à une demi-lieue du rivage, tandis que, lors de mon aventure, il régnait tout près du bord et m'avait entraîné, ce qu'il n'aurait pas fait à une autre heure.

D'après ces observations, et tenant compte des heures du flux et du reflux, je pouvais facilement faire le tour de l'île sur ma petite barque; cependant, quand je songeai à exécuter ce projet, le souvenir des dangers précédents m'inspira encore tant de terreur, que je n'osai les braver de nouveau. Je pris un parti tout opposé et plus sûr, mais plus laborieux; ce fut de bâtir une autre pirogue, afin d'avoir une embarcation de chaque côté de l'île.

J'avais alors ce qu'on pouvait appeler deux plantations. D'abord ma tente ou mon château fort, au pied du rocher, avec son enceinte et la caverne derrière la tente. J'avais agrandi la caverne de plusieurs pièces conduisant l'une à l'autre; et dans la plus grande et la plus sèche, qui avait une issue hors de mes fortifications, c'est-à-dire de l'endroit où la muraille joignait le roc, je conservais mes provisions, particulièrement le blé en épis coupés sous le chaume, ou en grains détachés à la main. Les grands vases de terre que j'ai décrits, et quatorze ou quinze corbeilles contenant chacune cinq à six boisseaux, renfermaient ma récolte.

Les piquets de la seconde clôture avaient pris en terre, comme je l'ai dit; avec le temps ils devinrent des arbres, et leurs branches s'étendirent de manière qu'il eût été impossible d'apercevoir, derrière ce taillis, mon habitation.

Près de mon château, mais un peu plus avant dans les terres, et sur un niveau plus bas, étaient mes deux champs de blé, toujours soigneusement cultivés, et rapportant chaque année une moisson régulière. Si j'avais eu besoin d'une plus grande quantité de blé, des terrains adjacents à mes deux pièces labourées auraient été aussi faciles qu'elles à cultiver et d'un aussi bon produit.

J'avais ensuite, autour de ma maison de campagne, une assez belle plantation. Mon bosquet (c'est ainsi que je nommais l'enceinte de haies vives que j'avais plantée au sein d'une riche vallée) était toujours entretenu avec beaucoup de soin, l'échelle placée dans l'intérieur, les arbres taillés de manière à rester à la hauteur convenable et à donner, par leurs cimes larges et touffues, l'ombrage le plus agréable. Au milieu de ce bocage, qui me semblait délicieux, s'élevait une tente faite d'une voile de vaisseau posée sur des piquets. Je la réparais promptement quand cela était nécessaire, et sous cet abri j'avais un lit composé de peaux de bêtes et d'autres choses molles, avec une couverture de laine et une grande capote prises sur le navire. Là je pouvais passer quelques jours très-commodément quand il m'en prenait envie.

Les enclos dans lesquels je tenais mon bétail étaient près de mon bosquet. J'avais tant d'intérêt à rendre leur clôture solide pour que les chèvres ne pussent l'entamer, que je ne pouvais quitter ce travail. J'avais renforcé la haie par un si grand nombre de petits bâtons, et si près les uns des autres, que c'était plutôt une palissade qu'une haie : il était impossible de passer entre eux seulement une main ; et lorsqu'ils poussèrent dans la saison pluvieuse, ils formèrent une clôture aussi forte, plus forte même qu'une muraille.

C'était un témoignage de mon industrie et de ma persévérance, et l'on voit par là que je ne vivais pas dans l'oisiveté et n'épargnais point mes peines, quand il s'agissait de m'assurer une nourriture agréable et saine. En me procurant un troupeau de chèvres domestiques, je me donnais un magasin vivant de viande, de lait, de beurre et de fromage, qui durerait aussi longtemps que je resterais dans l'île, dussé-je y vivre quarante ans. Le seul moyen d'avoir ce troupeau à ma disposition était de donner à mes parcs le degré de sûreté nécessaire ; et les précautions que je pris pour les rendre impénétrables eurent un plein succès ; j'avais même planté mes bâtons de palissade si serrés, que je fus obligé d'en arracher quelques-uns lorsqu'ils devinrent plus gros.

C'est aussi dans ce quartier que se trouvaient les vignes, qui me fournissaient une de mes principales provisions d'hiver. Je ne manquais jamais de faire sécher mes raisins; car c'était un des mets délicats de ma table, en même temps que nourrissant, rafraîchissant et d'un goût délicieux. Quand j'allais de ma résidence ordinaire à l'endroit où j'avais laissé ma pirogue, mon bosquet, se trouvant à mi-chemin, me servait de station. Je visitais souvent ma petite barque, et je la tenais en bon état. Quelquefois je m'en servais pour me promener sur la mer, non pour essayer de périlleux voyages. Rarement je m'éloignais à plus d'un jet de pierre de la rive, tant je craignais d'être encore pris par les courants, une tempête ou d'autres accidents. Maintenant j'arrive à une nouvelle scène de ma vie.

Un jour je m'acheminais, sur le midi, du côté de mon canot, lorsque je vis l'empreinte bien marquée d'un pied d'homme sur le sable du rivage. Je restai immobile, comme si quelque fantôme se fût dressé devant moi ou comme si j'avais été frappé de la foudre. J'écoutai, je regardai autour de moi, et je n'entendis ni ne vis rien. Je montai sur une éminence voisine, pour découvrir un plus grand espace; je descendis sur le bord de l'eau; je parcourus la grève d'un côté et de l'autre, et je ne trouvai pas une seconde empreinte. Je voulus examiner encore celle que j'avais vue, et m'assurer que mon imagination ne m'avait point trompé; mais il était impossible de douter : c'était bien un pied; les doigts, l'orteil, le talon, enfin toutes les parties étaient marquées. Comment cette empreinte avait-elle pu se faire? Une foule de pensées confuses flottaient dans mon esprit troublé, et, las de vaines conjectures, je repris le chemin du logis, terrifié au dernier degré, regardant presque à chaque pas si personne ne me poursuivait, prenant pour des hommes les arbres, les buissons, tout ce que je voyais à un certain éloignement. Il est impossible de décrire les formes diverses sous lesquelles mon imagination se figurait les choses, combien de folles idées se présentaient à moi, et quelles résolutions bizarres je formais tout le long de la route.

Arrivé à mon château (ce fut, je crois, à dater de ce moment que je donnai ce nom à ma première demeure), je m'y jetai comme si j'avais été poursuivi. Je ne me rappelle point si j'entrai par l'échelle ou par la porte du rocher; je ne m'en souvenais même pas le lendemain matin. Jamais lièvre ou renard ne se sauva dans son gîte ou sa tanière avec une épouvante égale à celle que j'éprouvais en me réfugiant dans mon asile.

Je ne dormis point cette nuit-là. Plus je m'éloignais de la cause de ma frayeur, plus cette frayeur augmentait, ce qui était contraire à l'effet ordinaire des émotions de ce genre. Mais les images terribles évoquées par l'incident du matin ne pouvaient sortir de mon esprit; et plus je les considérais, plus leur impression prenait de force. Je pensai un moment que cette empreinte avait été faite par le diable, et ma raison appuyait cette supposition, aucune créature humaine ne pouvant être venue en ce lieu. Où était le vaisseau qui l'aurait amenée? Quelles marques d'autres pieds avais-je discernées? Comment un homme seul serait-il arrivé là?

Au milieu de ces pensées je me dis qu'il était heureux que je ne me fusse pas alors trouvé dans mes promenades, et j'espérai que ces étrangers n'auraient peut-être pas aperçu mon canot, d'après lequel ils auraient vu que l'île était habitée, et auraient pu concevoir l'idée d'en chercher les habitants. Là-dessus ma tête se monta. Ils ont sans doute vu mon canot, me disais-je, et, s'il en est ainsi, ils reviendront bientôt en grand nombre pour me dévorer; et si j'échappe à leurs recherches, ils trouveront au moins mes parcs, ils ravageront mon blé, emmèneront mes chèvres, et je mourrai de misère et de faim.

Au milieu de ces réflexions et de ces craintes, il me vint un jour à l'esprit que toute mon inquiétude était chimérique, et que l'empreinte de ce pied était celle du mien, lorsque j'avais abordé la rive en sortant de mon canot. Cela me rendit le courage, et je tâchai de me per-

suader que ma frayeur avait été mal fondée et que j'avais
vu la trace de mon pied; car je pouvais aussi bien avoir
pris ce chemin pour venir de mon canot que pour aller
vers lui. Je considérai de plus que je ne pouvais me rappeler avec certitude où j'avais passé, et que, si cette
marque était réellement laissée par mon pied, j'avais joué
le rôle de ces gens qui veulent faire des contes de spectres
et de revenants, et sont les premiers à s'en effrayer.

Alors je commençai à me rassurer un peu et à m'aventurer dehors. Depuis trois jours et trois nuits j'étais resté
enfermé dans mon château, et je manquais déjà de vivres,
n'ayant plus chez moi que des gâteaux d'orge et de l'eau.
Je savais de plus que j'avais à traire mes chèvres, ouvrage
qui faisait ordinairement ma récréation du jour. Les pauvres bêtes devaient souffrir de ce retard, et plusieurs en
effet en furent très-incommodées, et leur lait se perdit.
Ainsi je m'encourageai moi-même en me persuadant que
j'avais vu la trace de mon pied, que je m'étais effrayé de
mon ombre, et je sortis enfin pour aller à ma maison de
campagne traire mes chèvres. Mais si l'on avait vu avec
quelle timidité j'avançais, comme je regardais sans cesse
derrière moi, et comme j'étais prêt à tous moments à
jeter ma corbeille à terre et à prendre la fuite, on aurait
imaginé ou que ma conscience était chargée de quelque
méfait, ou que je venais d'être effrayé par un objet terrible; et je l'avais été en effet. Cependant je sortis ainsi
deux à trois jours de suite, sans rien rencontrer d'extraordinaire, et cela me confirma dans la pensée que mon imagination avait été cause de toutes mes terreurs. Cependant je ne pouvais être parfaitement tranquille avant
d'être descendu sur la grève, pour examiner l'empreinte
en question et constater sa similitude avec la forme de
mon pied. Mais, en arrivant à la place où j'avais vu cette
marque, je fus convaincu d'abord qu'il était impossible
que je fusse venu là quand j'avais amarré ma barque; ensuite, en mesurant la marque avec mon pied, je vis

qu'elle était beaucoup plus grande et plus large. Ces deux
choses réveillèrent toute mon anxiété, et de nouvelles

craintes bouleversèrent encore mon cerveau, au point de
me donner le frisson. Je retournai au logis, persuadé qu'un
homme, que des hommes peut-être, avaient débarqué en
cet endroit ; bref, que l'île était habitée et que je pouvais
être attaqué à l'improviste. En pareil cas je ne saurais quel
parti prendre.

Quelles ridicules résolutions nous formons sous l'influence de la peur ! Ce sentiment nous prive des moyens
que la raison nous offrirait pour nous tirer de peine. La

première chose que je me proposai de faire, ce fut d'abattre mes clôtures et de chasser tout mon bétail dans les bois, de peur que l'ennemi ne le trouvât et ne fût tenté de revenir prendre ce butin ou d'autre de même espèce. Mon second projet extravagant était de bêcher mes champs de blé, la vue de ce grain étant capable d'attirer, de même que celle des troupeaux, de fâcheuses visites. Je voulais aussi démolir mon bosquet et ma tente, et ne laisser nuls vestiges d'habitation propres à donner aux étrangers l'idée de chercher les habitants du pays.

Tels furent mes sujets de réflexions pendant la nuit qui suivit ma première sortie; mais, vers le matin, je m'endormis, et très-profondément, grâce à l'épuisement produit par l'extrême tension de mon esprit. En m'éveillant je me sentis beaucoup mieux, et je réfléchis un peu plus posément à l'état des choses. Après de longs débats avec moi-même, j'arrivai à conclure que cette île si fertile, si belle et si peu éloignée du continent, n'était pas aussi abandonnée que je l'avais imaginé; que, sans habitants établis sur le sol, elle pouvait être de temps en temps visitée par des canots, venus volontairement, ou poussés sur ses rives par des vents contraires. Si, depuis quinze ans que je vivais dans ce lieu je n'avais pas aperçu la figure ou l'ombre d'un homme, c'est que sans doute ceux qui avaient été jetés sur ses bords en étaient partis aussi vite qu'ils l'avaient pu, et n'avaient pas eu l'idée de s'y fixer. La seule chance dangereuse pour moi était donc le débarquement accidentel d'un certain nombre de gens du continent; mais, comme ils ne seraient pas arrivés dans mon île de leur plein gré, ils se hâteraient d'en sortir et passeraient bien rarement plus d'une nuit sur le rivage, dans la crainte de manquer la marée du point du jour. Ainsi je n'avais rien à faire qu'à chercher une retraite sûre, pour le cas où des sauvages paraîtraient dans le pays.

Dès lors je regrettai beaucoup d'avoir creusé ma caverne assez profondément pour y laisser une issue qui se

trouvait, comme je l'ai dit, hors de mes fortifications. En
considérant cette circonstance, je pris la résolution de construire une seconde palissade en demi-cercle, de même
que la première, et à quelque distance de la muraille,
précisément à l'endroit où j'avais planté un double rang
d'arbres douze ans auparavant. Ces arbres ayant été placés
fort près l'un de l'autre dans l'origine, il fallait peu de
chose pour remplir les intervalles entre eux ; ainsi ma
clôture fut bientôt achevée. J'avais donc un double mur,
et celui de l'extérieur était renforcé par des madriers, de
vieux câbles et tout ce qui me parut propre à augmenter sa
solidité. Je pratiquai dans ce mur sept petites ouvertures,
où je pouvais passer le bras. Dans l'intérieur je portai
l'épaisseur de mon rempart jusqu'à dix pieds, en y jetant
sans cesse de la terre que je tirais de la caverne, et que je

tassais en la foulant aux pieds. A travers les sept meurtrières que j'avais faites, je trouvai moyen de passer mes

8

sept fusils : je les posai comme des canons sur des affûts,
ce qui me permettait de faire partir toutes mes bouches à
feu en moins d'une minute. Je mis un mois entier à finir
cet ouvrage, et je travaillai rudement ; mais je ne me crus
vraiment en sûreté que lorsqu'il fut complet.

Après cela je parsemai le sol, à un grand espace autour
de mes fortifications, de tous les bâtons que je pus trouver
de ce bois semblable à l'osier, qui venait si facilement.
J'en mis, je crois, vingt mille pieds dans la terre, en laissant toutefois un intervalle entre eux et mon enceinte,
pour que je pusse voir venir l'ennemi et qu'il ne pût se cacher derrière les jeunes arbres. Ainsi, en deux ans, je fus
entouré d'un épais bosquet, et trois à quatre ans après j'a-
vais devant mon château un bois si touffu et si serré, qu'il
était réellement impénétrable, et que des hommes sauvages ou autres n'auraient rien pu soupçonner au delà de
ce fourré, surtout une habitation humaine.

Je n'avais point laissé d'avenue pour arriver à mon
château ; j'entrais et sortais par le moyen de deux échelles.
Je posai l'une contre un endroit du rocher assez peu élevé,
et sur lequel je pouvais placer la seconde échelle : une
fois que l'une et l'autre étaient retirées, personne n'arriverait à moi par ce chemin sans risquer de se blesser ;
d'ailleurs, on serait encore hors de mon enceinte extérieure.

Je pris pour ma conservation toutes les mesures que
pouvait dicter la prudence humaine, et l'on verra qu'elles
n'étaient pas tout à fait sans motifs, bien qu'à cette époque
aucune crainte ne se fût présentée à mon esprit, hors celle
dont j'ai parlé.

Tandis que je m'occupais de ces ouvrages, je ne négli-
geais pas mes autres affaires. Je m'inquiétais beaucoup de
mon petit troupeau ; c'était pour moi une ressource bien
utile, et déjà il me fournissait assez de viande pour me
dispenser d'user mes munitions et de me fatiguer à la
chasse. J'aurais été désolé de perdre un si grand avantage,

et d'avoir à recommencer tout ce que j'avais fait pour me le procurer.

Pour éviter ce malheur je ne vis, après mûre délibération, que deux moyens : l'un était de creuser un autre souterrain dans un lieu convenable, et d'y faire entrer mon troupeau tous les soirs ; l'autre était de clore deux ou trois pièces de terre, à une certaine distance l'une de l'autre, et cachées au fond des bois, et de placer dans chacun de ces parcs une demi-douzaine de chèvres. De cette manière j'aurais eu de quoi réparer la perte de mon bétail, sans beaucoup de temps et de peine, dans le cas où il m'aurait été enlevé. Ce dernier moyen, bien qu'il exigeât un long travail, me parut le plus raisonnable, et je le mis en pratique sur-le-champ.

D'abord je cherchai dans les parties les plus retirées de l'île un emplacement favorable à mon plan, et j'en trouvai un tout à fait selon mon désir. C'était un petit coin de terre humide, au milieu de ces bois épais dans lesquels je m'égarai lors de ma première excursion vers l'est. Là je découvris un espace d'environ trois acres entièrement dépourvu d'arbres, mais entouré d'une ceinture de taillis qui formait une muraille naturelle. Il fallut en effet moins de travail pour clore exactement cette plaine que je n'en avais employé pour les autres.

Je me mis à l'œuvre sans retard, et mon nouvel enclos se trouva, au bout d'un mois, prêt à recevoir et à tenir en sûreté un petit troupeau de mes chèvres, qui n'étaient pas aussi sauvages qu'on pourrait l'imaginer. Je conduisis dix chevrettes et deux boucs à ce parc de réserve, avant que j'eusse achevé la palissade, que je rendis aussi forte que les autres ; mais je fis le dernier travail à loisir et bien plus lentement. Et toutes ces peines, ces inquiétudes, avaient pour cause unique la terreur que m'avait inspirée l'empreinte d'un pied d'homme !

Je n'avais jamais vu une créature humaine dans l'île ou dans ses parages ; pourtant je vivais depuis deux ans

dans une anxiété qui ôtait à ma vie beaucoup de sa douceur.

Je reprends mon récit. Après avoir ainsi pourvu à la
sûreté d'une partie de mes provisions vivantes, je parcourus de nouveau le pays, pour chercher une autre place
aussi cachée que la première, afin d'y établir une seconde
réserve. Dans mes courses, je m'avançai, une fois, plus
loin que je ne l'avais jamais fait du côté de la pointe occidentale de l'île, et, en jetant les yeux sur la mer, je crus
distinguer un bateau à une très-grande distance. J'avais
trouvé une ou deux lunettes dans un des coffres de nos
matelots, mais je ne les avais pas sur moi en ce moment,
et l'objet était si éloigné qu'il me fut impossible de le
reconnaître. Je le regardai aussi longtemps que ma vue ne
me refusa point le service, et je ne pus deviner si c'était
ou non une embarcation. Quand je fus en bas de la colline, je ne vis plus ce qui m'avait frappé, et je cessai de
m'en occuper ; seulement je me promis de ne jamais sortir
à l'avenir sans avoir une lunette dans ma poche.

En arrivant au pied de la colline qui formait la pointe
occidentale de l'île, et qui était toute nouvelle pour moi,
je reconnus par des témoignages évidents que la marque
d'un pied humain n'était pas une chose aussi extraordinaire dans cette île que je l'avais imaginé. Je vis que
c'était par une grâce spéciale de la Providence que j'avais
abordé sur la partie de la côte où les sauvages ne venaient
point. J'aurais vu, si j'étais venu plus tôt dans ce quartier,
que très-souvent des canots partis du continent relâchaient
sur ce rivage, quand ils se trouvaient entraînés un peu
loin en mer. Là, très-souvent aussi, après avoir livré des
combats sur leurs canots, les vainqueurs amenaient leurs
prisonniers, et, suivant leur coutume barbare, ils les
tuaient et les mangeaient. Je parlerai de tout cela plus
tard.

Quand je parvins donc au pied de la colline, formant
l'extrémité occidentale de l'île, je restai confondu de sur-

prise et d'horreur en voyant le rivage couvert de crânes, de mains, de pieds et d'autres ossements humains. Je remarquai surtout une place où l'on avait fait du feu et autour de laquelle on avait creusé un cercle dans la terre, sans doute pour servir de siége à ces misérables sauvages, pour consommer leur atroce festin.

A ce spectacle je fus si complétement atterré, que je ne sentis pour quelques instants aucune frayeur personnelle. Toutes mes facultés étaient absorbées par l'idée de cette infernale brutalité, et par l'indignation que m'inspirait une pareille dégradation de la nature humaine, dont j'avais entendu parler, mais sans avoir jamais vu des témoignages aussi terribles de sa réalité. Bref, je détournai mes regards de ces objets affreux; mon estomac se soulevait, et je serais tombé en défaillance si je n'avais été soulagé par un vomissement immédiat et très-violent. Cependant je ne pus rester un moment de plus à cette place, et je me hâtai de remonter la colline et de regagner mon habitation.

J'avais passé dix-huit ans sans voir le moindre vestige de créatures humaines, et je pouvais être bien longtemps encore aussi complétement caché que je l'étais mainte-nant, si je ne me découvrais pas moi-même, ce que je n'avais nulle raison de faire. Mon rôle était de me tenir clos et couvert, à moins qu'il ne se présentât pour moi une compagnie plus sortable que celle des cannibales. Cependant l'horreur que m'avaient inspirée ces infâmes sauvages et leur atroce coutume de s'entr'égorger et de se dévorer, me rendit pour longtemps mélancolique, et je restai pendant deux ans à peu près enfermé dans mon domaine, c'est-à-dire dans mes trois plantations, mon château, ma maison de campagne ou mon bosquet, et mon enclos dans les bois : ce dernier, je le visitais seu lement pour aller y prendre des chèvres ; car je me sentais une aversion d'instinct si puissante contre ces hommes dignes de l'enfer, que je craignais autant de les apercevoir que j'aurais craint de voir le diable en personne. Pendant

8.

ce laps de temps je m'abstins d'aller voir mon canot, et je
songeai à m'en faire un autre. Il m'était impossible de
tenter de ramener l'ancien en lui faisant faire le tour de

VERDEIL . SC.

l'île ; car il y aurait eu danger de rencontrer en mer les
cannibales, et, si je fusse tombé dens leur mains, je
savais quel sort je devais attendre.

Le lecteur ne trouvera pas étrange si je lui avoue que

ces anxiétés continuelles, ces dangers au milieu desquels
je vivais, et les soins exigés par ma situation nouvelle,
avaient tari chez moi l'esprit d'invention, le désir de me
procurer pour un temps à venir des choses plus com-
modes, plus douces. Ma sûreté m'occupait plus que ma
nourriture. Je n'osais planter un clou ni couper un morceau de bois, de peur d'être entendu ; et je me gardais
bien plus encore de tirer un coup de fusil. Mon feu surtout
me causait de grandes inquiétudes ; la fumée, visible à
une distance très-considérable, pouvait me trahir : par ce
motif, je transférai tout ce qui devait se faire avec du
feu, comme la fabrique de poterie, de pipes, etc., à mon
habitation dans les bois, près de laquelle je trouvai, à ma
satisfaction inexprimable, une caverne naturelle qui s'enfonçait très-avant dans la terre et où j'étais sûr que pas
un sauvage, en eût-il trouvé l'entrée, n'aurait voulu se
hasarder. Il fallait en effet avoir, ainsi que moi, sa vie à
préserver, pour s'aventurer en pareil endroit.

L'ouverture de cette grotte se trouvait au pied d'une
roche très-élevée près de laquelle la Providence (jadis
j'aurais dit le hasard) me conduisit, tandis que je coupais
des branches d'arbre pour faire du charbon. Avant d'aller
plus loin, je dois dire pourquoi je faisais du charbon. Le
voici : je craignais d'avoir de la fumée autour de mon habitation ; et cependant il fallait faire cuire mon pain, ma
viande, etc. ; j'imaginai donc de fabriquer du charbon,
comme j'en avais vu fabriquer en Europe, en brûlant du
bois à demi couvert par de la terre. Le charbon formé,
je l'éteignais et l'emportais au logis, pour être employé,
sans le danger de la fumée, aux divers usages qui exi-
geaient du feu. Je parlerai de tout cela en son lieu.

En coupant, comme je viens de le dire, des branches
d'arbre près d'un rocher, j'aperçus, derrière un épais
fourré formé par des buissons et des arbrisseaux, une
sorte d'enfoncement. J'eus la curiosité d'y regarder, et,
pénétrant non sans peine par son ouverture, je me trou-

vai dans une grotte dans laquelle deux personnes de ma
grandeur pouvaient se tenir debout. Mais je dois avouer

que j'en sortis plus vite que je n'y étais entré, lorsque
je vis au fond de l'antre, qui était d'une obscurité complète, deux grands yeux appartenant à un animal, à un
homme, à un démon, enfin à un être inconnu, briller
comme deux étoiles et réfléchir la faible lumière que donnait l'ouverture de la caverne. Cependant un instant me
suffit pour prendre un peu d'assurance et me faire honte
à moi-même de ma terreur. Je me traitai mille fois
d'imbécile; je me dis qu'un homme sujet à la peur du
diable n'était guère propre à vivre vingt ans seul dans une
île, et que sans doute il n'y avait rien de plus effrayant
que ma personne dans ce souterrain. Après tous ces raisonnements je pris courage; j'allai chercher un brandon,

et, ce bâton enflammé à la main, je me précipitai dans la grotte. A peine avais-je fait quatre pas, que je fus presque aussi épouvanté que je l'avais été un moment auparavant. J'entendis un soupir qui semblait venir d'un homme souffrant ; ce soupir fut suivi d'un bruit interrompu, semblable à des mots à demi articulés, et d'un second soupir très-profond. Je reculai saisi d'effroi, le front baigné d'une sueur froide ; et, si j'avais eu un chapeau sur la tête, je crois que mes cheveux, en se dressant, l'eussent fait tomber. Mais, recueillant toutes les forces de mon âme, considérant que Dieu était partout et pouvait me protéger là comme ailleurs, je m'avançai de nouveau, et, à la clarté du tison que je tenais au-dessus de moi, je vis couché sur le sol un vieux bouc d'une laideur et d'une grandeur monstrueuses, lequel luttait contre les dernières atteintes de la mort. Il paraît qu'il se mourait de pure vieillesse. J'essayai de le faire changer de place ; il fit quelques efforts pour se lever, mais inutilement ; alors je le laissai tranquille, imaginant que, puisqu'il m'avait effrayé, il pourrait effrayer de même les sauvages, s'il en venait quelques-uns dans la grotte, tant qu'il lui resterait un souffle de vie.

Revenu de ma surprise, je regardai autour de moi, et la caverne, qui d'abord m'avait semblé vaste, me parut alors très-petite. Elle avait environ douze pieds de surface, et sa forme irrégulière était l'œuvre de la nature. Je remarquai dans le fond une ouverture qui s'enfonçait davantage sous terre ; mais elle était si basse, que je ne pouvais y entrer qu'en me traînant sur les mains et sur les genoux. Ne sachant point où je serais allé, je ne voulus pas m'y aventurer sans lumière, et je me proposai d'y revenir le lendemain avec des chandelles, un briquet que j'avais fait avec l'amorce d'un fusil, et du charbon allumé dans une terrine.

Le jour suivant je revins donc, pourvu de six chandelles de ma façon (j'en fabriquais alors de très-bonnes en suif de chèvre ; seulement j'étais embarrassé pour les

mèches, usant à cet effet tantôt de vieux chiffons ou de
vieilles cordes, tantôt de l'écorce desséchée d'une plante du
genre des orties), et j'entrai sous cette voûte. Je fus obligé
d'aller sur mes mains pendant l'espace d'environ dix pieds,
ce qui, soit dit en passant, était passablement hardi, si
l'on considère mon ignorance de l'étendue de ce souterrain et de ce qui se trouvait au delà. Après avoir passé la
partie la plus étroite, je vis la voûte s'élever graduellement
jusqu'à une vingtaine de pieds, et mes yeux furent frappés
du spectacle le plus beau qu'ils eussent jamais contem-
plé dans cette île. Sur les parois et le plafond de la caverne, la lumière de mes deux chandelles se reproduisait
par des milliers de reflets étincelants. Étaient-ce des diamants ou d'autres pierres précieuses? Étaient-ce, comme
cela semblait plus probable, des grains d'or que je voyais
incrustés dans le roc? Je me trouvais alors dans une cavité
ou grotte, la plus délicieuse en son genre qu'il fût possible
de souhaiter, bien qu'elle fût complétement obscure. Le
sol était sec, mais très-uni et parsemé d'un sable extrêmement fin, de sorte qu'on n'y voyait aucune créature veni-
meuse ou repoussante, ni aucune trace d'humidité. Le seul
inconvénient était la difficulté de l'entrée, et, pour un
lieu de sûreté, il devenait un avantage ; ainsi je me réjouis de cette découverte, qui m'offrait le refuge dont j'a-
vais besoin.

Je portai sans délai à ma nouvelle caverne tous les
objets sur lesquels j'avais les plus grandes inquiétudes,
et, avant tout, mon magasin de poudre, et mes armes de
réserve, qui consistaient en deux fusils de chasse et trois
mousquets. J'en gardai cinq dans mon château, montés en
manière de canons sur ma muraille extérieure, mais dis-
ponibles si j'en avait eu besoin pour une expédition. En
déménageant mes munitions, j'ouvris le baril de poudre
qui avait été gâté par l'eau de mer, et je vis que la poudre
humectée en dessus à deux ou trois pouces d'épaisseur
avait durci et avait garanti celle de l'intérieur, comme

une noix est garantie par sa coquille. Je trouvai donc soixante livres de bonne poudre au centre du tonneau; ce fut une agréable découverte pour moi en ce moment; je portai le tout dans la grotte et ne gardai ensuite jamais plus de deux ou trois livres de poudre chez moi. Le plomb qui me restait pour faire des balles fut placé au même endroit. Alors je me comparais à ces géants des anciens temps, qui vivaient dans les cavernes et les creux des rochers où ils trouvaient des retraites inaccessibles. J'étais persuadé que, lors même que ces cannibales seraient à ma poursuite, ils ne pourraient me trouver là, ou bien qu'ils n'oseraient m'y attaquer.

Le vieux bouc que j'avais vu expirant mourut près de l'ouverture de la caverne le lendemain de ma découverte, et je trouvai plus facile de l'enterrer sur la place, pour n'être pas infecté, que de le traîner au loin.

J'étais alors dans la vingt-troisième année de mon séjour dans l'île, et si complétement naturalisé quant à la localité et au genre de vie, que, si je n'avais pas eu la crainte des sauvages, je me serais volontiers résigné à passer le reste de mes jours en ce désert, dussé-je aller mourir dans la caverne, comme le vieux bouc. Je m'étais créé quelques amusements qui me faisaient trouver la journée moins longue. D'abord j'avais appris à parler à Jacquot, comme je l'ai dit, et il articulait si distinctement et avec une telle netteté, que cela me causait un grand plaisir. Jamais, je pense, aucun oiseau ne sut mieux parler. Il vécut vingt-six ans avec moi, et je ne sais combien il a pu vivre ensuite; mais j'ai entendu dire au Brésil que les perroquets vivaient plus de cent ans. Mon chien fut pour moi un compagnon aimable et fidèle pendant seize de mes années d'exil, et il mourut de vieillesse. Pour mes chats, ils s'étaient multipliés, comme je l'ai dit, à un tel degré, que je fus obligé d'en tuer quelques-uns, afin d'empêcher qu'ils n'en vinssent à me dévorer, moi et toutes mes provisions. Cependant, quand les deux anciens chats que

j'avais apportés du vaisseau furent morts, je continuai
toujours de pourchasser les autres et ne laissai rien à leur
portée ; aussi finirent-ils par s'enfuir dans les bois et
devenir sauvages. Je gardai seulement deux ou trois fa-
voris qui restèrent familiers, et dont je noyai sans miséricorde tous les petits. Outre ces animaux, j'avais toujours
quelques chevreaux domestiques autour de moi, et je les
accoutumais à manger dans ma main. J'avais aussi deux
autres perroquets ; ils parlaient assez bien ; ils appelaient
aussi leur maître *Robinson Crusoe* ; mais ils n'étaient pas
comparables à mon premier : il est vrai que je m'occupais
beaucoup moins de ceux-ci. J'avais de plus quelques
oiseaux de mer apprivoisés, dont j'ignorais le nom ; je les
avais pris sur le rivage, et, après leur avoir coupé les
ailes, je les avais lâchés dans le bosquet formé par les
boutures que j'avais plantées près de mon château. Sous
ce taillis ces oiseaux vécurent très-bien et se multiplièrent,
ce qui me fut très-agréable. Ainsi, comme je viens de le
dire, j'étais presque satisfait de mon sort, et la seule
chose que je désirais était d'être délivré de la crainte des
sauvages. Mais les choses devaient tourner dans un sens
contraire à toutes mes prévisions ; et peut-être n'est-il pas
inutile pour les lecteurs de mon histoire de leur faire observer ici combien, dans le cours de la vie, on voit souvent le mal qui d'avance semble le plus redoutable, et qui
cause le plus d'effroi lorsqu'il est arrivé, devenir un
moyen de salut, quelquefois le seul possible. Je pourrais
tirer de ma carrière aventureuse plus d'un exemple à
l'appui de cette assertion ; mais aucun ne prouverait son
exactitude comme les événements qui marquèrent les dernières années de ma résidence dans cette île.

Dans le courant de décembre de la vingt-troisième
année de mon exil, au temps du solstice d'été (car je ne
puis donner le nom d'hiver à une saison aussi chaude), le
soin de la moisson m'obligeait d'être souvent dans les
champs. Un jour, étant sorti du logis de très-grand matin,

même avant le point du jour, je vis avec surprise la clarté d'un feu sur le rivage, à la distance de deux milles environ, et à ma grande terreur, ce n'était pas du côté le plus éloigné de mon habitation, mais précisément devant mon district.

A cette vue je fus saisi d'effroi, et je restai stupéfait dans l'intérieur de mon bosquet, n'osant plus en sortir. Toutefois j'étais aussi inquiet dans mon asile que j'aurais pu l'être en dehors, parce que ces sauvages, en parcourant l'île, pouvaient trouver mon blé sur plante ou moissonné, enfin quelques-uns de mes ouvrages, qui leur montreraient qu'il y avait du monde dans le pays. Je ne doutais pas qu'ils ne se missent à ma recherche jusqu'à ce qu'ils m'eussent trouvé. Dans cette extrémité, je courus droit à la forteresse, je tirai l'échelle après moi, et je rendis les alentours de mon enclos aussi sauvages, aussi naturels que possible.

Alors je me préparai à la défense. Je chargeai tous mes canons, comme il me plaisait de nommer les fusils placés dans mes meurtrières, et tous mes pistolets, résolu de me défendre jusqu'au dernier souffle, et n'oubliant pas de me recommander à la protection de Dieu, que je priai avec ferveur de me délivrer des mains de ces barbares. Je restai près de deux heures dans cette position, et j'étais très-impatient d'avoir des nouvelles de l'extérieur; mais je n'avais point d'espion à envoyer. Enfin, las de réfléchir sur ce que je devais faire, et ne pouvant supporter plus longtemps mon incertitude, je posai mon échelle contre le flanc du rocher, où se trouvait, comme je l'ai dit plus haut, une plate-forme; j'y montai, je tirai l'échelle après moi, et je m'en servis pour arriver au sommet de la colline. Là je me couchai à plat-ventre, et, prenant ma lunette que j'avais apportée exprès, je regardai la place où j'avais vu le feu. Il y avait une douzaine de sauvages tout nus, assis autour d'un petit foyer qu'ils avaient allumé, non pour se chauffer, car il faisait une chaleur excessive, mais probablement pour apprêter un de leurs affreux repas de chair humaine, dont ils avaient amené les matériaux morts ou vifs.

Ils avaient deux canots amarrés au rivage, et, comme c'était le moment du reflux, ils attendaient sans doute la marée montante pour s'en aller. Il est difficile d'imaginer quelle confusion de pensées ce spectacle jeta dans mon esprit. J'étais surtout frappé de voir ces hommes de ce côté de l'île et si près de moi. Cependant, lorsque je considérais qu'ils ne pouvaient aborder qu'à la faveur du courant, je me rassurais un peu. Je compris qu'une fois l'heure de la basse marée venue, je n'avais plus à craindre leur abord, à moins qu'ils ne fussent déjà débarqués, et que je pourrais alors aller et venir en sûreté. Cette observation me tranquillisa, et je vaquai paisiblement aux soins de ma moisson quand ils furent partis.

Ce que je pensais arriva de point en point. A mesure que la marée prit son cours occidental, les sauvages s'embarquèrent et s'éloignèrent à force de rames. J'ai oublié de dire qu'une heure et plus avant leur départ ils s'étaient mis à danser, et je pus discerner leurs postures à l'aide de ma lunette. Ils étaient entièrement nus.

Dès que je les vis embarqués et partis, je pris deux fusils sur mes épaules, mes deux pistolets à ma ceinture, et mon grand coutelas sans fourreau à mon côté, et j'allai en toute hâte à la colline d'où j'avais découvert ces gens.

Quand j'arrivai au sommet, au bout de deux heures, le poids de mes armes ne me permettant pas d'aller plus vite, je reconnus que trois autres canots remplis de sauvages avaient abordé à cette place, et, en jetant les yeux au loin, je les vis tous réunis et cherchant à gagner la pleine mer.

C'était un spectacle assez effrayant, surtout lorsque, descendu sur la plage, je vis des signes de leur cruauté abominable : le sang, les os et quelques lambeaux des victimes humaines dévorées par ces misérables au milieu de la gaieté et des jeux. Mon indignation fut si vive à cette vue, que je préméditai la destruction du premier que je verrais sur le rivage, quelle que fût sa force ou le nombre de ses compagnons. Il était évident que leurs visites dans l'île n'étaient pas très-fréquentes; car il se passa plus de quinze mois entre cette apparition et la suivante. Pendant cet intervalle je ne vis aucune trace, aucun signe de leur présence. Du reste j'étais sûr qu'ils ne se hasarderaient pas à voyager sur mer, du moins à une aussi grande distance et dans les saisons pluvieuses. Toutefois je ne me sentais pas à mon aise, et j'avais sans cesse la peur d'être surpris ; et, je l'ai déjà fait remarquer, la crainte et l'attente du mal sont plus pénibles que sa réalité.

Pendant tout ce temps je restai dans des dispositions meurtrières, et la plupart de mes heures, auxquelles je pouvais donner un meilleur emploi, se passèrent à inventer des moyens pour circonvenir les sauvages et tomber sur eux à l'improviste, la première fois qu'ils viendraient dans l'île, surtout s'ils se divisaient en deux compagnies, comme ils l'avaient fait à leur précédente visite. Je ne songeais pas que, dans ce cas, si je détruisais une de leurs troupes, composées de dix, douze ou vingt hommes, j'aurais, le jour suivant, sinon au bout d'une semaine ou d'un mois, à me débarrasser d'un autre parti, et ainsi de suite à l'infini, et que je deviendrais un meurtrier au moins aussi cruel que ces sauvages, sans être comme eux un mangeur d'hommes.

Mes jours étaient désormais bien tristes. Je m'attendais d'un moment à l'autre à tomber dans les mains de ces êtres sans pitié, et, quand je sortais, je regardais sans cesse autour de moi avec toutes les précautions imaginables. Je me félicitais du fond de l'âme d'avoir rassemblé un troupeau de chèvres domestiques ; car je n'osais pas tirer un coup de fusil, de peur d'alarmer les sauvages, qui se seraient peut-être sauvés, mais pour revenir sur trois cents canots peu de jours après. Toutefois un an et trois mois se passèrent sans que je visse les sauvages, et ils reparurent alors, comme je le dirai bientôt. Il est vrai

qu'ils avaient pu descendre à mon insu, soit qu'ils fussent
restés à terre bien peu de temps, soit qu'ils eussent
échappé à mes regards; mais vers le mois de mai, autant
que je puis calculer, et dans le courant de ma vingt-qua-
trième année de séjour, j'eus avec eux une singulière rencontre, de laquelle je parlerai en son lieu.

Pendant ces quinze ou seize mois, l'anxiété de mon esprit
fut grande. Mon sommeil était troublé, j'avais des songes
horribles, et souvent je m'éveillais en sursaut. Le jour, des
inquiétudes dévorantes brouillaient toutes mes idées; la
nuit, dans mes rêves, je tuais des sauvages, et je cherchais des raisons pour justifier cet acte.

Mais laissons tout ceci pour un moment. Vers le milieu
de mai, le 16, je crois, d'après mon pauvre calendrier de
bois sur lequel je continuais de marquer les jours, un
vent violent souffla tout le jour accompagné de beaucoup
d'éclairs et de tonnerre, et la nuit fut aussi mauvaise que
la journée. Je lisais la Bible, et j'étais préoccupé de
quelques sérieuses pensées sur ma situation présente,
lorsque je fus surpris par le bruit d'un coup de fusil tiré en
mer, à ce qu'il me semblait. Sans doute ma surprise était
d'une nature bien différente de celles que j'avais eues en
d'autres occasions, et les idées qu'elle éveilla furent aussi
d'un tout autre genre. Je sortis à la hâte, je dressai mon
échelle pour gagner la plate-forme, je la tirai après moi,
et je montai au sommet juste au moment où un second
éclair m'annonça un second coup, que j'entendis en effet
au bout d'une demi-minute. Je reconnus que le son venait
de cette partie de la mer vers laquelle le courant m'avait
autrefois entraîné avec mon canot. Sur-le-champ je pensai
que ce devait être un bâtiment en détresse, ayant sans
doute un ou plusieurs compagnons qu'il appelait à son
secours par des signaux.

J'eus assez de présence d'esprit pour songer que, si je
ne pouvais les aider, ils pouvaient m'aider moi-même;
aussi je rassemblai tout le bois sec qui se trouva sous ma

main, et, formant un monceau élevé, je l'allumai sur la colline. Les branches étaient sèches et flambaient facilement, et, bien que le vent fût très-violent, elles brûlèrent de manière à être vues d'un navire, s'il s'en trouvait un dans ces parages; et j'en eus la preuve; car, aussitôt que mon feu commença, j'entendis une nouvelle détonation, qui fut suivie de plusieurs autres venant toujours du même côté. Je continuai mon feu toute la nuit, et, lorsqu'il fit grand jour et que le ciel s'éclaircit, je vis à une distance considérable de l'île, en plein E., quelque chose que l'éloignement ne me permettait pas de reconnaître, même avec ma lunette. Mais ce devait être un vaisseau ou une carcasse de vaisseau.

Je regardai souvent cet objet pendant la journée; et je m'aperçus bientôt qu'il ne changeait pas de place; j'en conclus que c'était un bâtiment à l'ancre, et très-impatient, comme on peut le croire de m'assurer du fait, je pris mon fusil et je courus vers le S. de la côte et les rochers contre lesquels j'avais été autrefois emporté par le courant. Quand je fus arrivé en cet endroit, le temps se trouvant parfaitement clair, je pus voir, à mon grand regret, les restes du navire qui s'était perdu, la nuit, sur ces brisants cachés que j'avais remarqués lors de mon excursion autour de cette pointe, et qui ensuite avaient été la cause de mon salut par le contre-courant qu'ils produisaient, dans une des positions les plus désespérées où jamais je me fusse trouvé. Ainsi ce qui sauve l'un cause la destruction de l'autre. Il paraît en effet que l'équipage de ce bâtiment naufragé, ignorant l'existence de ces rochers que l'eau couvrait totalement, avait couru sur eux la nuit, le vent soufflant très-violemment de l'E.-N.-E. S'ils eussent vu l'île, car il était probable qu'ils ne l'avaient pas vue, ils auraient tâché de gagner le rivage dans leur chaloupe. Cependant les coups de canon qu'ils avaient tirés, surtout, à ce que j'imaginais, après avoir vu mon feu, me donnaient beaucoup à penser. D'a-

bord je croyais qu'en apercevant le feu ils se seraient
mis dans une chaloupe, auraient essayé d'aborder l'île et
auraient été repoussés par les vagues. D'autres fois je
supposais qu'ils avaient perdu leur chaloupe, ce qui pouvait arriver de plusieurs manières, notamment dans le
cas où les vagues entrent dans un navire et obligent les
matelots à dépecer leurs bateaux ou à les jeter à la mer.
Je pensais encore que ce' bâtiment allant de conserve
avec un ou plusieurs autres, ceux-ci avaient recueilli sur
leur bord l'équipage du naufragé, ayant été avertis par
les signaux de détresse. Il se pouvait enfin que les hommes
de ce malheureux équipage se fussent tous embarqués
dans leur chaloupe et eussent été entraînés par le courant
dans lequel je m'étais autrefois trouvé pris, vers la haute
mer, où ils ne pouvaient attendre que la famine et la
mort. Peut-être, me disais-je, sont-ils à cette heure sur le
point de se dévorer les uns les autres.

Cependant, tout cela n'étant que de simples conjectures,
je ne pouvais, dans ma position, faire autre chose que de
plaindre le malheur de ces pauvres gens.

Mille fois je répétai : Plût à Dieu qu'un seul homme, un
seul eût échappé !

Peu de jours après, j'eus seulement le chagrin de voir
le cadavre d'un mousse, porté sur la grève, dans la partie
voisine du naufrage : il n'avait sur lui qu'une veste de matelot, des culottes ouvertes aux genoux et une chemise de
toile bleue. Rien n'indiquait de quelle nation il était : ses
poches ne contenaient que deux pièces de huit et une pipe ;
mais celle-ci avait dix fois plus de valeur à mes yeux que
les premières.

La mer était redevenue calme, et j'avais grande envie
de m'aventurer dans mon canot à visiter le bâtiment naufragé, sûr de trouver à bord des choses qui me seraient
utiles ; mais une autre raison me pressait de m'y rendre,
c'était l'idée d'y trouver quelque créature encore vivante,
que je sauverais en m'assurant la plus douce consolation.

Cette pensée me tenait si fort au cœur, que je ne connus
point de repos le jour ni la nuit avant d'être allé à bord de

ce navire, ce que je fis, abandonnant le succès de l'entreprise à la Providence. Je m'y sentais entraîné par une im-
pulsion tellement irrésistible, que je la prenais pour un
ordre du Ciel, et j'aurais cru me manquer à moi-même si
je ne l'avais pas suivie.

Je me hâtai de retourner à mon château préparer tout
ce qu'il fallait pour mon voyage. Je pris une certaine quantité de pain, un grand pot d'eau douce, une boussole, une
bouteille de rhum (j'en avais encore beaucoup) et un
panier de raisins; et je m'acheminai ainsi chargé vers
mon canot. Je vidai l'eau qu'il contenait, je le mis à flot;
j'y déposai mes provisions, puis je revins au logis pour
prendre d'autres choses. Cette fois j'apportai un grand sac
de riz, le parasol pour garantir ma tête du soleil, un
second pot d'eau, environ deux douzaines de gâteaux ou

petits pains d'orge (plus que je n'en avais pris déjà), une
bouteille de lait de chèvre et un fromage. A la sueur de
mon front, cette cargaison fut embarquée; et, priant Dieu
de me guider dans ma course, je partis. Je longeai la côte
en conduisant le canot à la rame, et je gagnai enfin l'extrémité N.-E. de l'île. Là je devais me résoudre ou non à
m'aventurer en pleine mer. Je regardais ces rapides courants qui règnent constamment des deux côtés de l'île,
à une certaine distance, et leur vue produisit sur moi un
effet terrible, par le souvenir du danger que j'avais couru
jadis. Le courage me manqua à la pensée que je pouvais
être emporté au large par un de ces courants et perdre
de vue la côte; enfin que, mon embarcation étant frêle
et petite, au moindre coup de vent j'étais perdu.

Ces idées me découragèrent à tel point, que je me
décidai à renoncer à l'entreprise, et, attachant ma barque
dans une petite crique, je sautai à terre et j'allai m'asseoir
sur un tertre, tout pensif et tout inquiet, tiraillé entre la
crainte et le désir au sujet de mon voyage. Tandis que
j'étais plongé dans mes réflexions, j'observai que la
marée avait changé et que le flux rendrait le trajet que je
voulais faire impraticable pendant quelques heures. Je
pensai alors que je pourrais monter sur le talus le plus
élevé du voisinage, afin de voir s'il n'était pas possible
qu'un des courants me ramenât sur la rive avec la même
rapidité que l'autre m'en aurait éloigné. A peine cette idée
était-elle entrée dans ma tête, que je cherchai des yeux
et trouvai une petite colline d'où l'on découvrait la mer
des deux côtés et les divers mouvements des marées. Là
je vis que le courant du flux régnait près du rivage, du
côté du N., et que, pour assurer mon retour, je n'avais
autre chose à faire qu'à me tenir de ce côté.

Enhardi par cette observation, je résolus de me mettre
en mer le lendemain matin, à la marée montante. Je passai la nuit dans mon canot, couvert de la grande capote
dont j'ai déjà parlé, et je partis de bonne heure. D'abord

j'avançai un peu au large en plein N., jusqu'à ce que
j'eusse rencontré le courant qui me conduisit à l'E. avec
beaucoup de rapidité, mais non avec la violence de celui
qui m'avait entraîné autrefois au S. de l'île. Cette fois je
pouvais diriger mon bateau, et favorisé, non gêné par le
courant, à l'aide de ma pagaie ou rame je gouvernai droit
au bâtiment naufragé et je l'atteignis en moins d'une
heure.

C'était un triste spectacle; ce vaisseau, qui paraissait
espagnol d'après sa construction, était fortement engagé
entre deux rochers; la poupe et une partie du pont avaient
été fracassées par les vagues, et la proue ayant donné
contre les rochers avec une grande violence, le grand mât
et le mât d'artimon étaient brisés par le pied; mais le
beaupré était entier et restait ferme vers la pointe de l'é-
peron.

Quand j'approchai du navire, un chien parut sur le pont
et, me voyant venir, se mit à japper et à gémir. Je l'appelai; aussitôt il sauta dans l'eau, et je l'aidai à entrer dans
le canot. Il était à demi mort de faim et de soif. Je lui
donnai un gâteau; il le dévora comme un loup qui aurait
jeûné pendant quinze jours sous la neige. Je donnai ensuite à ce pauvre animal un peu d'eau à boire, et, si je
l'avais laissé faire, il en aurait pris au point de crever.
Après cela je montai à bord, et les premiers objets sur
lesquels mes regards tombèrent furent deux hommes noyés
dans la chambre de l'avant, enlacés dans les bras l'un de
l'autre. Je pensai, et cela était probable, que, lorsque le
vaisseau toucha, la mer y était entrée en si grande abondance, que tous les hommes avaient été étouffés comme
s'ils étaient tombés au fond de l'eau.

Il ne restait rien de vivant sur ce bâtiment, à l'exception
du chien, ni aucune marchandise qui ne fût gâtée. Il y
avait dans la cale quelques tonneaux de vin ou d'eau-de-
vie, que je pus voir quand la marée baissa; mais leur dimension ne me permettait pas d'en tirer parti. Je vis aussi

9.

des coffres appartenant sans doute aux matelots, et j'en
mis deux sur mon canot, sans examiner leur contenu. Si
la poupe n'avait pas été engagée et l'avant brisé, je suis
persuadé que j'aurais fait un butin très-précieux sur ce vaisseau ; car, d'après ce que je trouvai dans les deux coffres,
il y avait lieu de croire qu'il était richement chargé. Je
supposai, d'après la route qu'il suivait, qu'il avait pu être
frété à Buénos-Ayres ou à Rio de la Plata, dans la partie
de l'Amérique méridionale qui est au delà du Brésil, pour
la Havane dans le golfe du Mexique, et peut-être ensuite
pour l'Espagne. De riches trésors étaient certainement enfermés dans son sein et ne seraient plus jamais utiles à
personne. Je ne savais alors ce que pouvait être devenu le
reste de l'équipage.

Outre ces coffres je trouvai un petit tonneau de liqueur
contenant une vingtaine de pintes, et je l'embarquai dans
mon canot avec assez de peine. Il y avait plusieurs fusils
et une grande poire à poudre dans la cabine ; je n'avais pas
besoin des premiers, ainsi je les laissai ; mais je pris la
poire, qui renfermait quatre livres de poudre, et de plus
une pelle à feu et des pincettes, ustensiles fort précieux
pour moi ; deux petits chaudrons de cuivre, une chocola-
tière du même métal et un gril.

Avec cette cargaison, et accompagné du chien, je partis,
la marée commençant à refluer vers la terre. Le même jour,
une heure après le coucher du soleil, j'atteignis le rivage,
accablé de fatigue. Je passai la nuit dans le bateau, et le
matin je résolus de porter ce que j'avais recueilli dans ma
nouvelle caverne, et non à mon château.

Quand je fus un peu reposé, je débarquai ma charge et
je l'examinai en détail. Le tonneau contenait une espèce de
rhum différent de celui que nous avions au Brésil et bien
moins bon ; mais quand j'ouvris les coffres, j'y trouvai des
choses d'une grande utilité pour moi, notamment une belle
cave, d'une forme curieuse, remplie de liqueurs très-fines
et très-bonnes. Les bouteilles contenaient chacune trois

pintes, et elles avaient des bouchons d'argent. Je trouvai
deux pots de confitures si bien fermés, que l'eau n'avait
pu les gâter ; quelques chemises en très-bon état qui furent les bienvenues, et une douzaine et demie de mou-

choirs de toile blancs et de cravates de couleur, qui me
firent également plaisir, surtout les mouchoirs, dont la fraîcheur devait me paraître extrêmement agréable pour m'essuyer le visage dans les jours de chaleur. Quand j'arrivai
au fond du coffre, je vis trois grands sacs de pièces de
huit, qui renfermaient en tout onze cents pièces ; et, dans
l'un de ces sacs, je trouvai six doublons d'or pliés dans du
papier, et quelques petits lingots, pesant tous ensemble à

peu près une livre. Dans l'autre coffre étaient des habits
de peu de valeur, qui paraissaient avoir appartenu au
maître canonnier, bien qu'il n'y eût dans le coffre que
deux livres de poudre de qualité supérieure, apparemment conservée pour tirer aux oiseaux. En somme, je
gagnai dans ce voyage peu de choses vraiment utiles. L'argent, ne pouvant me servir à rien, me semblait aussi méprisable que la boue, et j'aurais donné tout celui que j'a-
vais pour trois ou quatre paires de souliers anglais et
autant de paires de bas, qui me manquaient depuis bien
des années. J'avais cependant pris sur le bâtiment les
souliers des deux hommes noyés, et j'en trouvai encore
deux paires dans les coffres, ce dont je fus très-satisfait;
mais ils étaient loin de ressembler à nos souliers d'Angleterre, soit pour la commodité, soit pour la durée; c'é-
taient ce que nous appelons des escarpins. Dans le dernier coffre que j'ouvris il y avait environ cinquante
pièces de huit en réaux, mais point d'or : probablement
il appartenait à un homme peu riche, tandis que le premier était sans doute celui d'un officier. Je portai cet
argent dans ma caverne, et je le mis à part avec celui que
j'avais pris sur notre bâtiment. C'était vraiment dommage,
comme je l'ai déjà fait observer, qu'il ne m'eût pas été possible d'entrer dans la partie submergée du bâtiment
espagnol. J'étais sûr qu'elle renfermait de quoi charger
plusieurs fois mon canot en espèces monnayées. Je pensais que si je pouvais un jour sortir de cette île et gagner
l'Angleterre, cet argent resterait en sûreté dans la grotte,
et que je l'y trouverais quand je viendrais le chercher.

Ma cargaison débarquée et mise à l'abri, je retournai
à mon canot, et, longeant la côte, je le conduisis à son
ancien port. Là je le laissai sous l'eau et je regagnai au
plus vite mon ancienne demeure, où je retrouvai tout en
bon ordre. Je repris avec plaisir mes habitudes, et je m'occupai de mes affaires domestiques. Pendant quelque
temps ma vie fut assez tranquille; seulement j'étais plus

vigilant quant au dehors, et je sortais plus rarement qu'autrefois. S'il m'arrivait de m'éloigner de chez moi, je me dirigeais toujours vers la partie orientale de l'île, où les sauvages ne pouvaient aborder, et néanmoins je portais sur moi autant d'armes et de munitions que lorsque j'allais dans les autres quartiers. Je passai près de deux ans dans cet état; mais ma malheureuse tête, faite pour le tourment de mon corps, se remplit pendant ces deux années de projets de toute espèce pour sortir de l'île.

Un matin, je vis, de très-bonne heure, cinq canots amarrés contre la rive, les uns près des autres, et du côté de mon habitation. Ceux qui les montaient étaient sans doute descendus à terre; mais je ne les voyais point. Leur nombre déjoua toutes mes mesures; je savais qu'ils se mettaient en général quatre ou six, quelquefois plus dans un bateau, et j'étais fort embarrassé pour attaquer moi seul vingt ou trente hommes. Je me retirai dans mon fort, l'esprit troublé et abattu. Cependant je fis les dispositions préméditées, et je me tins prêt à combattre, si le cas se présentait. Après avoir attendu un peu, écoutant de toutes mes oreilles si les sauvages faisaient quelque bruit, impatient de savoir ce qui se passait, je posai mes fusils au pied de mon échelle et je montai sur la cime de la colline par mes deux étages comme de coutume. Je me plaçai toutefois de telle manière que ma tête ne dépassait point le sommet du monticule et qu'on ne pouvait m'apercevoir. De là je distinguai, à l'aide de ma lunette, que les étrangers étaient au moins trente, qu'ils avaient allumé un grand feu, et qu'ils avaient de la chair cuite : quelle chair, et comment l'avaient-ils fait cuire? je n'en savais rien. En ce moment ils dansaient autour du foyer et faisaient les gestes et les contorsions les plus étranges.

Tandis que je les observais à l'aide de ma lunette, je vis deux malheureux, que l'on entraînait hors des canots où ils étaient restés, et que l'on amenait pour être égorgés. L'un d'eux tomba tout de suite, apparemment assommé

avec une massue ou une large épée de bois, car telle est
leur manière, et à l'instant deux ou trois hommes se
mirent à le découper. L'autre victime était là, pendant ce
temps, attendant son tour. En ce moment, ce malheureux
se voyant un peu libre, ses liens étant en partie détachés, la nature lui inspira l'espérance de vivre, et il se
mit à fuir avec une vitesse incroyable le long des sables
directement vers moi, c'est-à-dire sur la partie de la côte
où se trouvait mon habitation. Je fus mortellement effrayé,
je dois le dire, quand je le vis courir de ce côté, d'autant
plus que je crus voir la troupe entière à sa poursuite. Je
m'imaginai que mon rêve allait s'accomplir, et qu'il se ré-
fugierait dans mon bosquet : pour le reste du songe, je
ne pouvais croire à son accomplissement : les sauvages
ne chercheraient pas leur captif et ne le prendraient pas
en ce lieu. Cependant je ne bougeai pas et je repris courage en voyant que trois hommes seulement poursuivaient
le fugitif, et qu'il les surpassait de beaucoup en vélocité et
gagnait toujours plus de terrain sur eux, en sorte que, s'il
pouvait soutenir cette course pendant une demi-heure, il
se mettrait hors de leurs atteintes.

Il y avait entre eux et mon château la crique men-
tionnée dans la première partie de mon histoire, et dans
laquelle j'avais déchargé les radeaux que j'amenais du
vaisseau. Je vis clairement que le fugitif devait passer ce
bras de mer à la nage ; autrement il serait pris sur le
bord. Arrivé là, il se jeta en effet dans l'eau, et une trentaine de brassées le conduisirent de l'autre côté, où il se
mit à courir avec une force et une vitesse surprenantes.
Quand les trois poursuivants atteignirent la baie, je vis
que deux d'entre eux savaient nager, mais non le troisième. Celui-ci regarda ses compagnons traverser en nageant ; puis il retourna lentement sur ses pas, ce qui fut
heureux pour lui, comme on le verra ensuite. J'observai
que les deux poursuivants mirent deux fois plus de temps
pour le trajet qu'il n'en avait fallu à l'homme qui les

fùyait. En ce moment je pensai que l'occasion était venue de me procurer un serviteur, un compagnon, un aide. Ce désir devint irrésistible, et je me crus appelé par la Providence à sauver la vie à ce malheureux. Je descendis à l'instant les deux échelles le plus vite possible; je pris mes deux fusils que j'avais laissés, comme je l'ai dit, au pied de la première échelle; je remontai tout de suite au sommet de la colline, et je courus vers la mer. Ayant suivi un chemin plus court et toujours en descendant, je me plaçai entre les poursuivants et le fugitif, et celui-ci, se retournant à mes cris, fut d'abord peut-être aussi effrayé de moi qu'il l'était de ses ennemis. Mais je lui fis signe de la main de venir à moi; en même temps je m'avançai lentement du côté des autres, et soudain, me précipitant sur le premier, je le renversai d'un coup de crosse. Je n'osai tirer, par la peur du reste de la bande, bien qu'à une telle distance il fût difficile d'entendre un coup de fusil ou de voir la fumée. Quand j'eus expédié cet homme, son compagnon s'arrêta épouvanté, et je courus sur lui d'un pas accéléré; mais en l'approchant je vis qu'il avait un arc et une flèche qu'il dirigeait contre moi. Je fus donc obligé de le prévenir en tirant sur lui, et je le tuai du premier coup. Le pauvre sauvage poursuivi s'était arrêté en voyant ses ennemis tomber; mais, terrifié par le feu et le bruit de mon fusil, il restait immobile et n'osait ni avancer ni reculer. Il paraissait plus disposé à me fuir qu'à venir à moi; je lui fis des signes qu'il comprit aisément; alors il fit quelques pas de mon côté, puis il s'arrêta encore. Je pus voir qu'il tremblait, imaginant sans doute qu'il était devenu mon prisonnier et allait être mis à mort de même que ses deux poursuivants. Je recommençai mes sollicitations, en lui donnant toutes les marques de bienveillance dont je pus m'aviser, et il se rapprocha de plus en plus, s'agenouillant tous les dix pas en signe de reconnaissance pour la vie que je lui avais sauvée. Je lui souris, je le regardai de l'air le plus gracieux, et je

l'invitai à venir plus près encore. Enfin il arriva tout
contre moi, se mit à genoux, baisa la terre, mit sa face
contre le sol, et, prenant un de mes pieds, le posa sur sa
tête. Il paraît que c'était une façon de se déclarer à jamais
mon esclave. Je le relevai, je le regardai avec bonté, je
le rassurai de mon mieux ; mais ma besogne n'était pas
encore terminée. Je vis que le sauvage que j'avais cru
assommé revenait à lui, et je le montrai à celui que
j'avais sauvé. Ce dernier me dit quelques mots que je ne
pouvais comprendre ; mais les sons de sa voix me semblèrent bien agréables, à moi qui, depuis plus de vingt-
cinq ans, n'avais pas entendu une voix humaine. Ce n'était
guère le moment de se livrer à ces réflexions ; le sauvage
que j'avais frappé s'était déjà remis sur son séant, et le
mien paraissait bien effrayé. Quand je remarquai cela, je
présentai mon second fusil à l'homme qui était encore à
terre, comme si je voulais tirer sur lui, et mon sauvage
(je l'appellerai maintenant toujours ainsi) fit un geste par
lequel il me demandait l'épée nue qui pendait à mon
côté. Je lui donnai cette arme ; aussitôt il courut sur son
ennemi, et d'un seul coup lui trancha la tête si lestement,
que pas un bourreau d'Allemagne n'aurait pu en faire
autant : cela m'étonna beaucoup de la part d'une personne
qui probablement n'avait vu de sa vie que les épées de
bois en usage parmi ces peuples. Mais je reconnus par la
suite qu'ils rendent ces sortes d'armes si tranchantes et si
lourdes, et que le bois en est si dur, qu'ils peuvent avec
elles couper têtes et bras, et d'un seul coup. Après cet
exploit, mon sauvage revint à moi en riant d'un air triom-
phant et avec une infinité de gestes que je ne comprenais
point ; il posa à mes pieds l'épée et la tête de l'homme
qu'il avait tué.

Mais ce qui l'occupait surtout, c'était de m'avoir vu
tuer l'autre Indien de si loin. Il me le montra du doigt et
sembla me demander la permission d'aller vers lui : je lui
fis signe qu'il le pouvait. Lorsqu'il fut près de ce corps, il

resta confondu d'étonnement; il le tourna tantôt d'un côté, tantôt d'un autre; il examina sa blessure, d'où il était sorti peu de sang, parce que la balle avait pénétré assez avant dans la poitrine et que le sang s'était répandu en dedans. Cet homme était tout à fait mort; mon jeune homme prit ses flèches et son arc et revint vers moi. Alors je me disposai à partir et lui fis signe de me suivre. Il me fit entendre qu'il voulait auparavant enterrer les cadavres dans le sable, afin que leurs compagnons ne les vissent point, s'ils revenaient les chercher. Je donnai un consentement muet à cette mesure, et il se mit à l'œuvre sur-le-champ. Il creusa en un instant avec ses mains une fosse assez grande pour contenir l'un des morts, qu'il y traîna, et le couvrit, puis il fit la même opération pour l'autre : je crois qu'il ne mit pas plus d'un quart d'heure à cette besogne. Je l'appelai dès qu'elle fut terminée et le conduisis non à mon château, mais à ma caverne, dans le quartier de l'île le plus éloigné de mon habitation principale. Je lui donnai du pain, des raisins secs et de l'eau fraîche, dont surtout il avait grand besoin après sa course forcée. Quand il se fut un peu restauré, je lui montrai une place où j'avais mis de la paille de riz et une couverture pour me servir de lit dans l'occasion, et je l'invitai à s'y coucher. Le pauvre garçon obéit et s'endormit.

C'était un beau jeune homme parfaitement conformé ; ses membres, sans être gros, annonçaient la vigueur ; sa taille était haute et d'une proportion élégante. Il paraissait âgé d'environ vingt-six ans : ses traits, réguliers et gracieux, n'avaient rien de farouche, bien qu'ils eussent l'expression d'une mâle fierté. Il avait réellement la douceur prévenante d'une physionomie européenne, surtout lorsqu'il souriait; ses cheveux, longs et noirs, n'étaient point du tout laineux et crépus; sa peau n'était pas noire, mais d'un brun foncé; non de ce brun jaunâtre si laid et si repoussant des indigènes du Brésil, de la Virginie et d'autres nations américaines, mais d'une nuance olivâtre extrêmement agréable. Son visage était arrondi et plein, son nez petit et non aplati comme ceux des nègres, sa bouche d'une belle forme, ses lèvres minces, ses dents, belles et bien rangées, aussi blanches que l'ivoire.

Après qu'il eut sommeillé pendant une demi-heure, il s'éveilla et sortit de la grotte pour me chercher. J'étais allé traire les chèvres que j'avais près de là dans un enclos, et, lorsqu'il m'aperçut, il courut vers moi, se prosterna de nouveau à mes pieds, et, par tous les signes possibles, s'efforça d'exprimer son humble reconnaissance. Enfin il appuya sa tête contre l'un de mes pieds et posa l'autre sur sa tête, comme il avait déjà fait, ajoutant à ce signe toutes les marques de soumission, de servitude, de dévouement imaginables, pour me montrer qu'il me servirait tant qu'il vivrait. Je compris une grande partie de ce qu'il voulait dire, et je lui fis connaître à mon tour que j'étais content de lui. Bientôt j'essayai de lui parler et de lui enseigner à me parler; et d'abord je lui fis entendre que son nom serait Vendredi, parce que c'était un vendredi que je lui avais sauvé la vie. Je lui appris encore à dire *maître*, en lui montrant que ce nom s'appliquait à moi, et à prononcer *oui* et *non*, en lui expliquant la signification de ces mots. Je lui donnai du lait dans un vase de terre, après en avoir bu devant lui et avoir trempé mon pain dedans; je lui présentai un gâteau d'orge pour qu'il m'imitât, ce qu'il fit avec empressement et en me montrant par signes que cela lui semblait très-bon. Je passai la nuit avec lui dans la caverne, et sitôt qu'il fit jour je lui commandai de me suivre, lui faisant comprendre que j'allais lui donner des habits, ce qui parut lui faire plaisir; car il était complétement nu. Lorsque nous passâmes contre la fosse où il avait inhumé les deux hommes, il m'en montra la place et les marques qu'il avait laissées pour la reconnaître, afin de les déterrer ensuite et de les manger. A cela je parus très-courroucé, et j'exprimai mon aversion et mon dégoût pour un pareil acte en faisant comme si

j'allais vomir et en lui ordonnant par un geste impératif
de se retirer, ce qu'il fit sur-le-champ avec une grande

docilité. Alors je le menai sur le sommet de la colline,
pour regarder si ses ennemis étaient partis, et, prenant
ma lunette, je vis clairement l'endroit où ils avaient été,
mais pas la moindre apparence d'eux ni de leurs canots;
il était donc sûr qu'ils s'en étaient allés sans s'inquiéter
de leurs compagnons.

Cependant cette découverte ne me contenta point, et
me sentant plus de courage, par conséquent plus de curiosité, je me fis suivre de mon serviteur Vendredi. Je
lui donnai à porter mon épée à la main, et sur son dos
l'arc et les flèches, dont il me semblait capable de faire

bon usage; je le chargeai aussi d'un fusil pour moi. J'en
pris deux autres, et nous nous acheminâmes vers le campement des sauvages; car j'avais le projet de me procurer,
en l'examinant, de nouvelles lumières sur eux. Quand
j'arrivai en ce lieu, mon sang se figea et le cœur me manqua, en voyant l'horrible spectacle que Vendredi regardait
d'un œil indifférent. Le sol était couvert d'ossements et
teint de sang humain, et çà et là on reconnaissait des
lambeaux de chair à demi mangés, souillés, écorchés;
bref, tous les signes du festin triomphal qu'ils avaient
consommé là en réjouissance de leur victoire. Vendredi
me fit entendre qu'on avait amené quatre prisonniers, sur
lesquels trois avaient été mangés, et que le quatrième
était lui-même; qu'il y avait eu grande bataille entre le
roi de ces sauvages et le roi le plus voisin, dont lui, Vendredi, était le sujet; qu'ils avaient fait un grand nombre
de captifs et les avaient conduits en diverses places, chacun emmenant ceux qu'il avait pris dans le combat
pour les dévorer, comme avaient fait ces misérables qui
étaient descendus à l'endroit où nous étions.

J'ordonnai à Vendredi de rassembler les crânes, les
os, la chair, tous les restes humains qui gisaient sur le
sol, d'en faire un tas et d'allumer au-dessus un grand feu,
pour les réduire en cendres. Il me sembla qu'il était tenté
de manger quelques-uns de ces morceaux de chair, et que
son instinct de cannibale existait toujours. Mais je montrai une horreur si grande à la seule pensée de cet acte,
qu'il n'osa pas manifester son désir. J'avais trouvé moyen
de lui faire comprendre que je le tuerais, si je lui voyais
faire une chose pareille.

Cette affaire terminée, nous retournâmes à mon château, et je me mis à l'ouvrage pour mon domestique.
D'abord je lui donnai une culotte de toile prise dans le
coffre du pauvre canonnier mentionné ci-dessus, et, grâce
à un léger changement, elle alla fort bien. Je lui fis ensuite une veste de peau de chèvre, aussi bien tournée

que j'étais capable de le faire (et j'étais devenu à cette époque un tailleur passable), enfin un bonnet de peau de lièvre très-commode et d'assez bon air : pour le présent il se trouva décemment vêtu et ravi d'être presque aussi bien que son maître. Il est vrai qu'au premier moment il fut très-gauche dans ses habits : la culotte paraissait le gêner, et les manches de la veste lui faisaient mal aux bras et aux épaules ; cependant, après que j'eus donné un peu d'aisance aux endroits qui le blessaient, et avec un peu d'habitude, il finit par être fort satisfait de ses vêtements.

Le lendemain je songeai à son logement. Je voulais qu'il fût bien, tout en restant moi-même parfaitement à mon aise ; je construisis donc pour lui une petite tente dans la place vide, entre mes deux fortifications, en deçà de la dernière et hors de la première. Comme on avait de là une entrée dans ma caverne, je fis une véritable porte de planches, et je l'établis dans le passage. Elle s'ouvrait par l'intérieur, et la nuit je la barricadais et je retirais aussi mes échelles, en sorte que Vendredi n'aurait pu venir dans mon enceinte intérieure sans faire assez de bruit pour me réveiller ; car ma première muraille était surmontée d'un toit de longues perches qui couvrait ma tente et s'appuyait sur le flanc de la colline, et sur ces perches étaient placés de petits bâtons en guise de lattes, et par-dessus le tout, une grande épaisseur de paille de riz aussi forte que des roseaux. J'avais adapté une sorte de trappe qu'on n'aurait pu lever, ou qui serait retombée avec un grand bruit, à l'ouverture que j'avais laissée dans le toit pour entrer et sortir par le moyen de l'échelle. A l'égard des armes, je les prenais toutes avec moi chaque soir. Mais ces précautions étaient superflues ; jamais homme n'eut un serviteur plus fidèle, plus affectionné, plus sincère que Vendredi ne l'était pour moi. Sans colère, sans humeur, sans artifice, entièrement dévoué, se croyant engagé pour toujours à mon service, il m'aimait comme un fils chérit son père, et j'ose dire qu'il aurait sacrifié sa vie pour sauver la mienne en toute occasion. Des témoignages nombreux ne me permettent pas un doute à ce sujet, et ils me prouvèrent bientôt que je n'avais pas besoin de mesures de sûreté contre lui.

Mon nouveau compagnon me plaisait extrêmement, et je m'empressais de lui enseigner tout ce qui pouvait le rendre plus adroit et plus utile, surtout de le mettre en état de me parler et de m'entendre. C'était un excellent écolier, si gai, si zélé, si enchanté quand il pouvait me comprendre ! Il y avait plaisir à l'exercer en causant avec lui. Alors mon existence me paraissait si douce, que, si ce n'eût été la crainte de voir d'autres sauvages, assurément je n'aurais pas souhaité changer de séjour.

Deux ou trois jours après que j'eus amené Vendredi à mon château, je pensai que pour le corriger de son horrible appétit de cannibale je devais lui donner le goût de quelque autre viande ; dans cette vue, je le conduisis un matin dans les bois. J'avais l'intention de tuer une de mes chèvres ; mais je changeai de dessein en voyant sur mon chemin une chèvre couchée et ses deux petits à côté d'elle. Je pris Vendredi par le bras. « Reste là », dis-je, et je lui fis signe de ne pas bouger. Au même instant je visai, je fis feu, et je tuai un des chevreaux. Le pauvre sauvage, qui m'avait déjà vu tuer de loin un de ses ennemis sans pouvoir deviner comment cela s'était fait, fut saisi d'étonnement, et trembla si fort, que je craignis de le voir tomber. Il ne vit point le chevreau que j'avais couché en joue, il ne vit point que je l'avais tué ; mais il releva sa veste pour tâter s'il n'était pas blessé, et s'imagina, à ce qu'il me parut, que je voulais le faire mourir ; car il se prosterna devant moi, et, embrassant mes genoux, dit une quantité de choses par lesquelles il me priait sans doute de ne point le tuer.

Je trouvai bientôt un moyen de lui montrer que je ne voulais pas lui faire du mal. Je le pris par la main en souriant, et, lui désignant le chevreau que j'avais tué,

ĳe lui ordonnai d'aller le chercher, ce qu'il fit à   l'instant.
[Pendant qu'il s'arrêtait à regarder avec étonnement l'ani-

rmal mort, et cherchait à deviner comment j'avais pu le
ttuer, je rechargeai mon fusil. J'aperçus en ce moment

un oiseau assez gros, et que je pris pour un épervier,
perché sur un arbre à la distance convenable pour le tirer,
et, désirant que Vendredi comprît mon intention, je le
rappelai près de moi et lui montrai d'abord l'oiseau (qui
se trouva être un perroquet et non un épervier), ensuite
mon fusil, tâchant de faire entendre au sauvage que je
voulais tuer cet oiseau. Alors je fis feu, après avoir dit
à Vendredi de regarder, et il vit tomber le perroquet.
En dépit de mon avertissement, le pauvre jeune homme
parut de nouveau saisi de frayeur; il semblait d'autant
plus épouvanté, qu'il ne m'avait rien vu mettre dans
mon fusil et croyait que cette arme renfermait une source
magique de destruction et de mort, capable de tuer les
hommes, les quadrupèdes, les oiseaux, et de près et
de loin. La stupeur dans laquelle cette vue le plongea
fut grande; et je crois que, si je l'eusse permis, il
aurait adoré et moi et mon fusil comme des divinités.
Il fut plusieurs jour sans oser toucher ce dernier; mais
il lui adressait des paroles suppliantes, et paraissait attendre qu'il lui répondît, toutes les fois qu'il se trouvait
à côté de lui : il m'avoua ensuite qu'il avait prié le fusil
de ne point le tuer.

Dès que sa première surprise fut un peu passée, je lui
ordonnai de m'apporter l'oiseau que j'avais tué : il obéit;
mais il fut quelque temps à le chercher, parce que le
perroquet, n'ayant pas été tué sur le coup, s'était traîné
en voletant un peu loin de la place où il était tombé. En
attendant, comme je voyais qu'il ne comprenait pas encore
l'effet du fusil, je profitai de son absence pour recharger
mon arme et me trouver prêt à tirer s'il se présentait
quelque animal; mais il ne s'en présenta plus. J'emportai le chevreau à la maison, je l'écorchai le même
soir et le dépeçai de mon mieux; ensuite, comme j'avais
un pot de terre destiné à cet usage, je fis bouillir un
morceau de la chair de cet animal, qui me donna d'excellent bouillon. Je pris d'abord de cette viande, et j'en

donnai après moi à mon serviteur, qui parut la manger
avec plaisir. Mais il lui semblait bien étrange de m'y voir
mêler du sel, et, pour me faire entendre que c'était une
chose mauvaise, il en mit un peu sur sa langue, fit le
mouvement de vomir, puis le rejeta, cracha dessus, et
se rinça la bouche avec de l'eau fraîche. Moi, de mon
côté, je pris une bouchée de viande sans sel, et j'affectai
de faire les mêmes grimaces que lui; mais tout cela fut
inutile; jamais il ne voulut saler sa viande ni son bouillon.

Après lui avoir fait goûter du bouilli et de la soupe

je résolus le lendemain de le régaler d'une pièce de chevreau rôtie. J'usai pour cela d'un moyen que j'avais vu

10

employer en Angleterre. Je plantai deux bâtons à une
certaine distance l'un de l'autre, devant un bon feu; je
plaçai un troisième bâton en travers sur les deux premiers, et à celui-ci je suspendis ma viande au bout d'une
corde et la laissai tourner. Vendredi admira beaucoup ce
procédé; mais, quand il eut goûté la viande, il s'ingénia
de tant de façons pour exprimer combien il la trouvait
bonne, qu'il était impossible de ne pas le comprendre.
Enfin il me fit entendre de son mieux qu'il ne mangerait
plus de chair humaine, et je fus enchanté de cette déclaration.

Le jour suivant j'employai Vendredi à égrener du blé
et à le nettoyer de la manière ci-dessus décrite. Il fut
très-vite au fait de cette besogne et s'en tira aussi bien
que moi, surtout quand il eut compris que c'était pour
faire du pain; car je lui fis voir ensuite comment je pétris-
sais et faisais cuire mes gâteaux, et en peu de temps il
fut en état de me remplacer dans ce travail.

Je songeai alors que j'avais deux bouches à nourrir,
et que je devais semer une plus grande quantité de blé.
Je choisis donc une pièce de terre plus étendue, et je l'entourai d'une clôture semblable à celle des autres champs.
Vendredi m'aida avec zèle et intelligence dans ces travaux,
dont je lui expliquai l'utilité en lui disant que c'était
pour avoir plus de pain, parce qu'il m'en fallait davantage
à présent qu'il était avec moi. Il parut comprendre cela
parfaitement, et il me fit connaître qu'il voyait combien
mes peines étaient augmentées à cause de lui, et qu'il
tâcherait de m'épargner toutes celles qu'il pourrait, si je
lui enseignais ce qu'il fallait faire pour cela.

Cette année fut la plus agréable de toutes celles que je
passai dans l'île. Vendredi commençait à parler assez bien
et savait le nom de presque toutes les choses que je pouvais lui demander et de tous les endroits où j'avais à
l'envoyer; bref, il m'était permis de faire quelque usage
de ma langue, que j'avais si peu exercée, du moins pour

la parole, depuis un grand nombre d'années. Outre le plaisir de causer avec mon jeune compagnon, je trouvais dans son caractère des côtés fort attachants. Son honnêteté, sa simplicité de cœur, me semblaient tous les jours plus évidentes; je l'aimais, et de son côté je crois qu'il m'aimait plus qu'il n'avait jamais aimé.

Depuis le temps que Vendredi était avec moi, surtout depuis qu'il commençait à pouvoir me parler et m'entendre, je n'avais pas négligé de jeter dans son esprit les bases de la religion. Une fois, entre autres, je lui demandai qui l'avait créé. Le pauvre garçon ne me comprit pas du tout et pensa que je lui demandais quel était son père; mais je pris une autre voie et lui demandai qui avait fait la mer, la terre sur laquelle nous étions, les montagnes et les bois. Il me répondit que c'était un vieillard nommé Benamoucki, et que ce vieillard habitait dans le lieu le plus élevé. Il ne put me rien dire de ce grand personnage, sinon qu'il était beaucoup plus ancien (c'était son terme) que la mer et la terre, la lune et les étoiles. Alors je lui demandai pourquoi ce vieillard, ayant créé toutes les choses de la terre, n'était pas adoré par toutes les choses de la terre. Il prit un air grave et me répondit avec une naïveté parfaite : « Toutes les choses de la terre lui disent : O. » Je lui demandai si les gens qui mouraient dans son pays allaient en quelque autre monde. « Oui, dit-il, ils vont tous vers Benamoucki. » Je lui demandai encore si les gens qu'ils mangeaient allaient aussi vers Benamoucki. Il me répondit affirmativement.

Partant de là, je commençai à lui donner la connaissance de Dieu. Je lui dis que le grand Créateur de toutes choses habitait dans le ciel, que je lui montrai; qu'il gouvernait le monde par la même puissance, la même providence qui l'avait créé; que ce Dieu était tout-puissant, qu'il pouvait nous donner tout et de même nous enlever tout. Ainsi, par degrés, je lui ouvris les yeux. Il m'écoutait avec une grande attention et reçut avec joie la notion de la mission de Jésus-Christ pour nous sauver, et celle des prières que nous devons adresser à Dieu, qui les entend dans le ciel.

Il y avait, Dieu le sait, plus de zèle sincère que de science dans la méthode que j'employais pour instruire ce pauvre jeune homme. Je dois avouer de plus (et tous ceux qui rempliront le même office, mus par les mêmes motifs, auront peut-être un aveu semblable à faire), je dois avouer, dis-je, qu'en cherchant à éclaircir les choses pour mon disciple, je m'instruisis moi-même sur plusieurs points que j'avais jusqu'alors ignorés ou examinés trop légèrement. Mes études religieuses furent, en cette occasion, plus sérieuses, plus approfondies qu'elles ne l'avaient été en aucun temps. Ainsi, quand cet Indien ne serait pas devenu meilleur en ma compagnie, la science aurait toujours été pour moi un des plus grands bienfaits du Ciel. Mes chagrins pesaient moins sur mon cœur depuis que je jouissais de sa société ; mon logis me semblait plus agréable ; et, lorsque je pensais que dans cette vie solitaire à laquelle j'avais été condamné j'avais trouvé non-seulement des motifs d'élever mon esprit à la connaissance de Dieu, mais que j'étais encore devenu l'instrument par lequel la Providence avait sauvé la vie et peut-être l'âme de ce sauvage, en l'éclairant sur la religion véritable et les doctrines chrétiennes, une secrète joie me pénétrait, et je me félicitais d'avoir été jeté sur cette île : tandis qu'autrefois j'avais si souvent regardé cet événement comme l'affliction la plus terrible qui pût tomber sur moi.

Je restai dans cette disposition reconnaissante tout le reste du temps que je passai dans l'île, et les conversations qui employaient nos heures étaient en général de nature à entretenir notre sérénité. Pendant les trois années où je vécus avec Vendredi, nous aurions été parfaitement heureux, si le bonheur parfait pouvait exister ici-bas. Ce sauvage était alors devenu bon chrétien, meilleur

chrétien que moi, bien que j'eusse toutes les raisons possibles d'espérer que nous étions l'un et l'autre, grâce à
Dieu, également fermes dans la résolution de nous amender, et confiants dans la miséricorde de notre Créateur.
Nous avions la parole divine, et nous n'étions pas plus
éloignés de l'esprit divin que si nous avions été en Angleterre. Je m'appliquai à lire la Bible et à l'interpréter
de mon mieux à mon disciple ; et lui, par ses questions
et ses investigations sérieuses, me rendit, comme je l'ai
dit, plus savant dans les saintes Écritures que je ne le
serais jamais devenu en lisant pour moi seul.

Je ne puis m'empêcher de citer une autre observation
que me fournit ma vie retirée. La nature de Dieu et la
doctrine de notre rédemption par Jésus-Christ sont si
clairement expliquées dans les Écritures, que j'y trouvai
tous les secours nécessaires pour comprendre mes devoirs
et travailler au grand œuvre de ma réforme, basée sur la
confiance en Jésus-Christ pour la vie éternelle, et sur la
résignation aux volontés de la Providence pour cette vie.
J'arrivai seul de même, sans l'assistance d'aucun ensei-
gnement humain, au degré d'instruction suffisant pour
éclairer mon jeune serviteur et en faire un chrétien tel
que j'en ai connu bien peu.

Quand nous eûmes fait une connaissance plus intime
l'un avec l'autre, et que Vendredi put entendre à peu
près tout ce que je disais et parler assez couramment
un mauvais anglais, je lui contai mes aventures, du
moins ce qui se rapportait à mon arrivée dans cette île.
Je lui dis comment j'y étais venu, depuis combien de
temps j'y étais, enfin je l'initiai dans les mystères (car
c'en était pour lui) de la poudre et des balles, et je lui
appris à tirer. Je lui donnai un couteau, ce qui lui causa
une joie extrême, et je lui fis un ceinturon auquel je
suspendis un fourreau tel que ceux qui servent en Angleterre à porter les couteaux de chasse, et j'y mis à la
place une petite hache, arme aussi utile que le couteau

10.

de chasse en bien des cas, et beaucoup plus utile en d'autres

Je fis à Vendredi la description des divers pays de l'Europe, et particulièrement celle de l'Angleterre ma patrie. Je lui racontai notre manière de vivre, d'adorer Dieu, de traiter les uns avec les autres ; je lui dis que nous allions pour faire le commerce, sur des navires, dans toutes les parties du monde ; et je lui fis le récit du naufrage du bâtiment que je montais, en lui montrant la place où il était resté longtemps et d'où ses derniers débris avaient disparu. Je lui fis voir ensuite les restes de notre chaloupe; cette chaloupe, que je n'avais pu remuer en employant toute ma force, était alors presque tombée en pièces. A sa vue Vendredi réfléchit pendant quelques moments sans dire un mot. Je lui demandai à quoi il pensait. Enfin il dit : « Moi voir un bateau comme cela venir à une place de ma nation. » Je ne compris pas d'abord ce qu'il voulait dire ; mais, en le questionnant d'avantage, j'appris de lui qu'un bateau semblable à celui-ci avait abordé le pays où il vivait, poussé par le mauvais temps.

Aussitôt j'imaginai qu'un bâtiment européen avait échoué sur ces côtes, et que la chaloupe s'était détachée et avait été portée sur le rivage. Mais je n'eus pas l'esprit de penser que des hommes du bâtiment avaient pu se sauver dans cette embarcation, ni de m'informer d'où elle venait ; je me contentai de demander sa description exacte. Vendredi me décrivit assez bien une chaloupe ; mais je le compris encore mieux quand il ajouta vivement : « Nous sauver les hommes blancs de noyer. » Je lui demandai aussitôt s'il y avait des hommes blancs dans ce bateau. « Oui, oui, dit-il ; le bateau plein d'hommes blancs. — Combien étaient-ils ? » lui dis-je. Il compta sur ses doigts dix-sept. « Et que sont-ils devenus ? — Ils vivent, ils habitent chez ma nation. »

Voilà encore que d'autres idées me vinrent à l'esprit. Je supposai que ces hommes pouvaient appartenir au vaisseau qui s'était perdu en vue de mon île, comme je l'appelais toujours. Après que le bâtiment eut touché et qu'il se fut perdu sans ressource, ils s'étaient peut-être embarqués dans la chaloupe et avaient pris terre sur la côte des sauvages. Je m'informai plus minutieusement du sort de ces gens, et Vendredi m'assura qu'ils vivaient encore et demeuraient dans son pays depuis quatre ans. Les sauvages les laissaient en paix et leur fournissaient des vivres. Je lui demandai comment il se faisait que les Indiens ne les eussent pas tués pour les manger. « Non, dit-il, eux devenir frères à nous. » Ce qui signifiait, je pense, qu'ils avaient contracté une alliance. Mais mon sauvage reprit ainsi : « Nous pas manger hommes, quand ils ne sont pas pris dans une bataille. »

Longtemps après cette conversation, nous nous trouvions sur le sommet de la colline à l'orient, d'où j'avais découvert une fois, pendant une claire journée, la terre ferme ou le continent d'Amérique. Le ciel était encore, ce jour-là, extrêmement serein, et Vendredi, ayant regardé très-attentivement dans la direction de cette terre inconnue, se mit tout à coup à sauter, à danser, à m'appeler à grands cris, parce que j'étais un peu éloigné. « Qu'est-ce? lui dis-je. — O joie! dit-il; oh! moi content! Moi voir mon pays. Là est ma nation. » Un sentiment de délice extraordinaire animait ses traits, un désir véhément s'y montrait aussi; il semblait aspirer à se retrouver dans sa patrie. Cette remarque troubla ma sécurité par rapport à lui. Je ne doutai plus de son empressement à saisir la première occasion qui se présenterait de retourner parmi les siens; et une fois là, il oublierait bientôt les idées religieuses qu'il avait acquises et la reconnaissance qu'il me devait, et il reviendrait peut-être accompagné de cent ou deux cents hommes, pour se régaler de ma chair avec autant de plaisir que si j'avais été pris à la guerre. Mais je faisais grand tort à ce brave garçon, et j'en eus par la suite beaucoup de regret.

Tant que mes soupçons contre lui subsistèrent, tout le jour je l'examinais et le sondais, pour découvrir s'il avait en effet les idées que je lui supposais. Mais tout ce qu'il disait était si honnête, si ingénu, que je ne trouvais rien qui dût nourrir ma défiance, et, en dépit de mes inquiétudes, il me ramena enfin à lui : il ne s'apercevait nullement de mon anxiété; je n'avais donc pas à l'accuser d'artifice.

Un jour que nous nous promenions sur la même colline, mais par un temps brumeux qui nous empêchait de voir le continent, je l'appelai et lui dis : « Vendredi, seriez-vous bien aise d'être dans votre pays, de revoir votre nation? — Oui, dit-il, moi être beaucoup joyeux d'être avec ma nation. — Que feriez-vous là? dis-je; seriez-vous encore un sauvage, un mangeur d'hommes? » Il parut triste, inquiet, et, hochant la tête, il dit : « Non, non, Vendredi leur dire de vivre bon, leur dire de prier Dieu, de manger pain de blé, viande de chèvre, lait et fruits, et plus manger hommes. — Mais ils vous tueraient, si vous leur parliez de la sorte. » Il sembla réfléchir très-sérieusement là-dessus et répondit enfin : « Non, non, ils ne me tueront pas; eux vouloir bien apprendre. » Et il ajouta qu'ils avaient appris beaucoup de choses des hommes barbus qui étaient venus chez eux dans la cha-loupe. Alors je lui demandai s'il désirait retourner vers les siens. Il sourit, et me dit qu'il ne pourrait nager aussi loin. « Et si je vous faisais un canot? » lui dis-je. Il me répondit qu'il retournerait ainsi avec plaisir dans son pays, si je voulais y venir avec lui. « Moi! dis-je, aller dans votre pays me faire dévorer! — Non, non, dit-il, moi empê-cher eux de manger vous, moi leur faire aimer vous beau-coup. » Il voulait dire sans doute qu'il leur conterait comment je lui avais sauvé la vie en tuant ses deux en-nemis, et qu'il les engagerait ainsi à m'aimer. Ensuite il me fit entendre de son mieux combien ses compatriotes avaient été bons pour les dix-sept hommes blancs, ou hommes barbus, comme il les appelait, qui étaient venus sur leur rivage en grande détresse.

Depuis ce moment, je l'avoue, je conçus le désir de m'aventurer sur mer et de tâcher de rejoindre ces hommes barbus, qui devaient être Espagnols ou Portugais. Je ne doutais pas qu'il ne fût possible de trouver quelque moyen de gagner les pays civilisés, étant sur le continent et en nombre assez grand, tandis que je n'avais aucun espoir de m'échapper, moi seul et sans secours, d'une île à quarante milles de la terre la plus voisine. En consé-

quence, peu de jours après cette conversation, je voulu
tâter le terrain avec Vendredi, en lui disant que je lu
donnerais un canot pour retourner dans sa nation. Je l
menai à la frégate que j'avais de l'autre côté de l'île, et
l'ayant dégagée de l'eau sous laquelle je la laissais, pou
plus de sûreté, j'y montai avec lui. Il montra une adress
singulière pour la conduire, et la fit aller presque auss
vite que moi; alors je lui dis : « Vendredi, nous pou
vons à présent aller dans votre pays. » Il parut étonn
d'entendre cela, et probablement il trouvait notre embar
cation trop petite pour un aussi long voyage. Je lui di
alors que j'avais une autre barque plus grande que celle
ci, et le lendemain je le menai à l'endroit où était l
pirogue que je n'avais pu mettre à l'eau. Il la trouva d
grandeur suffisante; mais, comme je n'en avais pris aucu
soin, et qu'elle était exposée, depuis vingt-deux ou vingt
trois ans, à l'ardeur du soleil, elle était fendue, desséchée
presque vermoulue. Vendredi m'assura qu'un bateau sem
blable ferait bien notre affaire, et porterait beaucou
assez de manger et de boire; telle était sa façon de parler

En résumé, j'étais décidé à passer avec mon serviteu
sur le continent, et je lui dis que nous allions construir
une pirogue aussi grande que celle qu'il voyait, et qu'i
pourrait s'en servir pour se rendre dans son pays. Il n
me répondit pas un mot; mais il parut très-sérieux, e
même triste. Je lui demandai ce qu'il avait. « Pourquoi
dit-il, vous être en colère avec Vendredi? qu'ai-je fait? —
Que voulez-vous dire? fis-je à mon tour. Je ne suis poin
du tout en colère. — Pas colère! reprit-il en répétant plu
sieurs fois ces mots. Pourquoi donc envoyer Vendredi
sa nation? — N'avez-vous pas dit que vous désiriez y aller
— Oui, oui, désirer être là tous deux, non désirer Ven
dredi être là, et pas maître. » Bref, il ne voulait pa
entendre parler de partir sans moi. « Et, lui dis-je, qu
rais-je faire là, Vendredi? » Il répliqua promptement
« Vous faire grand beaucoup bien, vous apprendre homme

sauvages être sobres et doux, vous leur dire de connaître, de prier Dieu, de vivre une nouvelle vie. — Hélas! Vendredi, tu ne sais ce que tu dis; je suis moi-même un pauvre ignorant. — Oui, oui, vous apprendre moi être bon, vous apprendre le même à eux. — Non, non, Vendredi, vous irez sans moi; vous me laisserez vivre seul ici, comme je vivais avant votre arrivée. » Ces paroles le troublèrent de nouveau; et, courant chercher une des haches qu'il avait coutume de porter, il me la donna. « Que veux-tu que je fasse de cela? lui dis-je. — Vous la prendre pour tuer Vendredi. — Et pourquoi tuer Vendredi? » Il repartit avec chaleur : « Pourquoi vous envoyer loin Vendredi? Prenez la hache, et tuer Vendredi, pas le chasser. » Il parlait du fond du cœur, on le voyait à ses yeux pleins de larmes. Je reconnus la sincérité de son attachement pour moi et la solidité de son caractère; et je lui dis alors, et lui répétai bien souvent par la suite, que jamais je ne me séparerais de lui, tant qu'il voudrait demeurer près de moi.

Tous ces discours me montrèrent d'abord son dévouement fidèle à son maître, ensuite que son désir de retourner dans son pays était sans doute fondé sur son amour pour ses compatriotes, et l'espérance de leur faire du bien. Mais je n'avais jamais pensé à cela, et je n'avais pas l'intention de tenter une pareille entreprise. Cependant je recueillis de cette conversation plusieurs choses qui me semblaient favorables à mon projet de fuite, notamment la circonstance des dix-sept hommes blancs que les compatriotes de Vendredi avaient secourus. En conséquence, je me mis à l'ouvrage sans délai. Il y avait dans mon île assez d'arbres pour bâtir une flotte, non-seulement de canots, mais de bons vaisseaux; le point essentiel était de trouver un arbre assez près du rivage, afin d'éviter l'inconvénient dans lequel j'étais tombé à ma première tentative en ce genre. Enfin Vendredi découvrit ce qu'il nous fallait, et il savait en effet mieux que moi quelle espèce

de bois était propre à notre construction. Je ne pourrai
dire, même aujourd'hui, le nom de l'arbre que nous coupâmes; son bois ressemblait à celui que nous appelons en
Angleterre *fustic*, et au nicaragua; il en avait du moin
la couleur et l'odeur. Vendredi était d'avis de brûler l'intérieur du tronc pour le creuser; mais je lui montrai la
manière de produire le même effet avec des outils, et i
s'en servit tout de suite très-adroitement. Au bout d'un
mois de travail opiniâtre, l'ouvrage fut achevé, et il avai
très-bonne façon quand nous lui eûmes donné extérieurement, à coups de hache, une véritable forme de bateau
Toutefois il nous fallut encore une quinzaine de jour
pour l'amener, on peut dire pouce par pouce, sur de

grands rouleaux, jusqu'à la mer. Mais quand notre pirogu
fut lancée, nous vîmes qu'elle pouvait aisément porte
vingt hommes.

Lorsqu'elle fut dans l'eau, c'était plaisir de voir avec quelle dextérité Vendredi la manœuvrait, toute grande qu'elle était. Je lui demandai si nous pouvions nous aventurer tous deux sur cette barque. « Oui, dit-il, nous aller sur elle très-bien, et aussi quand souffler grand vent. »

Mais j'avais encore un projet qu'il ne savait pas : je voulais ajouter à notre bâtiment un mât, une voile, une ancre et un câble. Le mât était facile à faire ; je choisis pour cela un jeune cèdre bien droit, qui se trouva près de nous, l'île produisant de ces arbres en grande abondance. Je commandai à Vendredi de l'abattre, ensuite je lui dis comment il devait s'y prendre pour lui donner la forme qu'il devait avoir ; moi, je me chargeai de la voile. J'avais à la maison quantité de vieilles voiles ou plutôt de lambeaux de voiles ; mais, depuis vingt-six ans que je les avais laissées sans y regarder, pensant qu'elles ne me serviraient jamais à rien, il était probable qu'elles étaient pourries ; la plupart l'étaient en effet. Toutefois je trouvai deux morceaux encore assez bons, et je parvins, non sans peine, en cousant aussi mal qu'on peut le faire sans aiguilles, à fabriquer une voile triangulaire ou latine, pareille à celles que nous adaptons à nos chaloupes. J'avais appris à la manœuvrer dans mon expédition le long de la côte d'Afrique.

Je passai près de deux mois à terminer les derniers ouvrages nécessaires pour compléter mon embarcation, savoir : les agrès et l'arrangement du mât et des voiles ; car je perfectionnai ma voilure en y ajoutant un petit étai et une misaine pour le cas où le vent tournerait, et, ce qui valait mieux que tout cela, je fixai un gouvernail à la proue de mon esquif, afin de pouvoir le diriger. Je n'étais qu'un amateur en matière de construction navale ; cependant, comme je sentais l'utilité, la nécessité même d'un appendice semblable, je pris tant de peines pour me le procurer, que je finis par réussir ; mais cette seule pièce

me coûta, je crois, autant de travail que la construction
du bateau.

Enfin il était fait, et il me restait seulement à enseigner
à Vendredi la manière de le conduire. Il savait bien navi-
guer à la rame; mais il n'avait pas la moindre idée de la
conduite d'une voile ou d'un timon, et son étonnement
fut extrême en me voyant faire aller et venir ma barque
avec le timon, et la voile se gonfler suivant le cours du
vent. Cependant un peu de pratique lui rendit ces choses
familières, et il devint habile marin, sauf la boussole, que
je ne pus jamais lui faire bien comprendre.

Je continuai mes travaux; je bêchai, je plantai, je fis
mes enclos, je cueillis et fis sécher mes raisins, enfin je
vaquai à tous les soins habituels. La saison des pluies
était arrivée et me forçait de me tenir plus souvent au
logis. Nous avions mis notre vaisseau neuf dans la baie
où, comme je l'ai dit au commencement, j'avais amené
mes radeaux. Je l'avais fait avancer sur le rivage aussi
loin que la marée avait pu le conduire, et j'avais ordonné
à Vendredi de creuser un petit bassin ou dock assez grand
pour le contenir et assez profond pour qu'il pût flotter. Ensuite, quand la marée se retira, nous fîmes une forte
digue qui ferma le bassin et empêcha la mer d'y rentrer;
et, pour garantir de la pluie le petit navire, nous le couvrî-
mes de branchages qui formaient un toit aussi épais que
celui d'une maison. Après avoir ainsi pourvu de notre mieux
à la sûreté et à la conservation de la pirogue, nous attendîmes, pour entreprendre notre voyage, les mois de novembre et de décembre.

Quand la belle saison revint, le désir de m'embarquer
me revint avec elle. Tous les jours je me préparais pour
le voyage, et la première chose à laquelle je pensai fut de
rassembler les provisions qui nous étaient nécessaires. Je
comptais au bout de huit jours, de quinze jours au plus,
ouvrir le dock et lancer la barque. Un matin, j'étais occupé de quelque soin relatif à mon départ, et j'avais en-

voyé Vendredi au bord de la mer pour chercher une tortue, parce que la chair et les œufs de cet animal nous
auraient fourni de quoi manger pendant une semaine;
tout à coup mon jeune compagnon revint en courant, et
franchit ma première muraille si rapidement, que ses
pieds ne semblaient pas toucher la terre. Avant que j'eusse
le temps de lui parler, il me cria : « O maître! maître! ô
triste! ô mauvais! — Qu'est-ce, lui dis-je, Vendredi? —
Oh! là-bas, dit-il, un, deux, trois canots; un, deux,
trois! » D'après cette répétition des nombres je crus
d'abord qu'il y avait six canots; mais en le questionnant
je vis qu'il y en avait seulement trois. « Eh bien, lui dis-
je, Vendredi, il ne faut pas avoir peur. » Je l'encourageai
de mon mieux; cependant je vis que le pauvre garçon
était horriblement effrayé. Il s'était mis en tête que ces
canots venaient pour le chercher, et qu'il serait massacré
et mangé. Le malheureux tremblait si fort que je ne savais
que faire de lui. Je le rassurai comme je pus, et lui dis
que je courais les mêmes dangers que lui, et que ces gens
me mangeraient s'ils le mangeaient lui-même. « Mais,
Vendredi, lui dis-je, il faut nous résoudre à les combattre.
Êtes-vous prêt à vous battre, Vendredi? — Moi tirer sur
eux, dit-il; mais là être venu beaucoup grand nombre. —
Qu'importe? dis-je, nos fusils effrayeront ceux que nous
ne pourrons tuer. » Je lui demandai si, me voyant décidé
à le défendre, il était résolu de son côté à me prêter
secours. Il répondit : « Moi mourir quand vous m'ordonner de mourir, maître. » Alors j'allai chercher un bon
coup de rhum et le lui donnai. J'avais été si économe de
cette liqueur, qu'il m'en restait encore beaucoup. Lorsqu'il eut pris ce cordial, je lui dis d'aller chercher les
deux fusils de chasse que nous avions coutume de porter,
et je les chargeai de grosses dragées presque aussi fortes
que des balles de pistolet. Je chargeai ensuite quatre fusils
de munition de sept balles, cinq grosses et deux petites, et
chacun de mes pistolets d'une couple de balles. Je plaçai,

suivant mon usage, ma large épée nue à mon côté, et je
donnai à Vendredi sa hache. Ainsi préparé, je montai sur
la colline avec ma lunette, pour voir ce qui se passait au
dehors. Je découvris bientôt qu'il y avait sur la grève
vingt et un sauvages, trois prisonniers, et, contre le rivage,
trois canots. Un festin triomphal paraissait le but de cette
descente : acte révoltant pour moi, mais ordinaire pour
ces peuples. J'observai qu'ils n'avaient pas débarqué à la
même place que lorsque Vendredi s'échappa de leurs mains;
cette fois ils étaient bien plus près de ma crique. La rive
était basse en cet endroit, et un épais fourré s'étendait
presque jusqu'au bord de la mer. A cette vue je fus saisi
d'une si vive indignation, que je redescendis à l'instant dire
à mon serviteur que j'étais décidé à tomber sur ces sauvages
et à les tuer tous. Je lui demandai s'il voulait combattre à
mes côtés. Il avait alors surmonté sa frayeur, et à l'aide de
la liqueur que je lui avais donnée, son courage, sa gaieté
même étaient revenus. Il me répéta qu'il mourrait si je lui
commandais de mourir.

Dans ce premier accès de fureur, je partageai avec mon
Vendredi les armes que j'avais chargées. Je lui donnai un
pistolet, pour le passer dans sa ceinture, et trois fusils; je
pris le second pistolet et les trois autres fusils; ainsi armés nous sortîmes. Je mis dans ma poche une petite bouteille de rhum, et je remis à Vendredi un sac plein de
poudre et de balles. A l'égard de l'ordre de bataille, je lui
enjoignis de se tenir derrière moi et de ne faire aucun
mouvement sans en avoir reçu de ma bouche le commandement formel, surtout de ne pas prononcer un mot. Mes
dispositions ainsi arrêtées, je pris un détour d'environ un
mille sur la droite, afin d'arriver à la crique par le taillis
et de tirer avant d'être découvert; ce qui m'avait semblé très-
facile, d'après la reconnaissance des lieux que j'avais faite
avec ma lunette.

Pendant notre marche, mes anciens scrupules sur ce
que j'allais faire me revinrent, et ma résolution en fut un

peu ébranlée. Ce n'est pas que le nombre des ennemis
me causât la moindre inquiétude ; c'étaient de misérables
sauvages nus et désarmés, et seul je leur eusse été supérieur. Mais je me demandai quelle provocation ou quelle
nécessité me portait à tremper mes mains dans le sang,
à attaquer des gens qui ne m'avaient et ne voulaient
me faire aucun mal. Par rapport à moi, ils étaient innocents ; leurs coutumes barbares étaient un malheur attaché à leur race ; et s'il plaisait à Dieu de les laisser, ainsi
que d'autres nations de cette partie du monde, en cet
état de stupide ignorance, il ne m'appelait pas, moi, à les
juger, bien moins encore à me faire l'exécuteur de sa justice sur eux ; il punirait lui-même, quand il jugerait à
propos, et par un châtiment national, un crime national.
Quant à moi, ce n'était pas mon affaire. Vendredi pouvait, il est vrai, justifier ses hostilités contre eux ; elles
étaient légitimes, car il était leur ennemi déclaré ; mais
moi je n'avais pas la même excuse. Tout le long du chemin ces pensées roulèrent dans mon esprit, et je me déterminai enfin à observer leur festin sanglant et à me
laisser diriger par les circonstances et les inspirations du
Ciel, qui peut-être me fourniraient quelques motifs d'action inattendus.

Dans cette résolution, j'entrai sous les taillis en observant les plus grandes précautions, le plus complet silence,
Vendredi me suivant de près, et je parvins à la lisière du
bois, du côté où se trouvaient les sauvages, dont un seul
groupe d'arbres me séparait. Alors je dis très-bas à Vendredi de monter sur un de ces arbres, et de revenir me
dire ce qu'il aurait vu. Il obéit, redescendit très-vite, et
me dit qu'il avait vu clairement les ennemis ; qu'ils
étaient rangés autour de leur feu, mangeant de la chair
de l'un des prisonniers, et qu'un autre était attaché sur
la grève, à quelques pas du foyer, et devait sans doute
être tué à l'instant. Ce récit me mit hors de moi, car il
ajouta que cet homme n'était pas de leur race, mais un

des hommes blancs et barbus qui s'étaient établis dans
leur pays, comme il me l'avait dit. Je fus saisi d'horreur
quand il prononça ces mots, et, montant sur l'arbre,
j'aperçus à l'aide de ma lunette un homme blanc gisant
sur la grève, les mains et les pieds liés avec des herbes
ressemblant à des joncs ; et je reconnus à ses habits que
c'était un Européen.

Un arbre aussi élevé que celui sur lequel nous étions
montés, et un petit bosquet au delà, nous offraient le
moyen d'avancer un peu plus sans être découverts ; là je
vis que nous serions à portée de fusil de nos adversaires ;
je contins ma colère, bien qu'elle fût excitée au plus haut
degré ; faisant une vingtaine de pas derrière les buissons,
je gagnai l'arbre que j'avais en vue, et le terrain se trouvant plus haut, je découvris pleinement les sauvages à une
distance d'environ quatre-vingts verges.

Je n'avais pas un moment à perdre ; car dix-neuf de
ces êtres redoutables étaient assis en cercle serré, et
avaient envoyé deux des leurs pour faire l'office de boucher sur le pauvre chrétien, et le rapporter peut-être pièce
à pièce à leur foyer ; les deux bourreaux se baissaient
pour détacher les liens des pieds du captif. Je me tournai
vers Vendredi. « Maintenant, lui dis-je, fais ce que je
te commanderai. » Il m'assura qu'il le ferait. « Alors fais
exactement ce que tu me verras faire, ne manque à rien. »
Je posai à terre un des fusils de chasse et un des mousquets que je portais ; il fit de même ; puis, avec le mousquet que j'avais gardé, je visai les sauvages en disant à
Vendredi de m'imiter. « Es-tu prêt ? dis-je. — Oui. — Eh
bien, feu ! Et en même temps je tirai.

Vendredi visa bien mieux que moi, et, du côté sur
lequel il avait tiré, il y eut deux hommes tués et trois
blessés ; moi j'en tuai un et j'en blessai deux. On peut
imaginer leur consternation. Tous ceux qui n'avaient pas
été atteints se levèrent précipitamment ; mais ils ne savaient où regarder, où fuir, ignorant par quelle voie la

destruction était tombée sur eux. Vendredi avait les yeux attachés sur moi, pour voir ce que je ferais ; et aussitôt après notre première décharge, je posai mon fusil à terre et pris le fusil de chasse ; Vendredi fit de même ; il me vit armer, et il arma. « Es-tu prêt ? dis-je. — Oui, répondit-il. — Alors, feu, au nom de Dieu ! » Et je tirai pour la seconde fois sur ces misérables, et Vendredi aussi. Nos fusils n'étant chargés que de dragées, deux hommes seulement tombèrent ; mais il y eut un si grand nombre de blessés, qu'ils se mirent tous à courir çà et là, en hurlant comme des fous, la plupart gravement atteints par les balles et tout couverts de sang. Trois d'entre eux tombèrent peu de moments après, bien qu'ils ne fussent pas morts.

« Maintenant, Vendredi, suis-moi », dis-je en prenant le troisième fusil ; il me suivit d'un air très-délibéré. Je m'élançai hors du bois et me montrai, et Vendredi après moi. Dès que je fus assuré que les sauvages nous avaient vus, je criai de toutes mes forces, et j'ordonnai à Vendredi de faire de même ; ensuite je courus, aussi vite que me permit le poids de mes armes, vers la pauvre victime qui restait couchée sur le sable, entre la mer et le foyer autour duquel les cannibales s'étaient rassemblés. Les deux bouchers qui s'apprêtaient à travailler sur ce malheureux, surpris par notre première décharge, l'avaient laissé et s'étaient sauvés pleins d'épouvante dans un canot, où trois de leurs compagnons les avaient suivis. J'ordonnai à Vendredi d'aller de ce côté et de tirer sur eux. Il me comprit fort bien, et, courant pendant l'espace de quarante verges pour se rapprocher suffisamment du canot, il fit feu. Je pensai qu'il avait tué tous ceux qui le montaient ; car ils tombèrent au fond de la barque les uns sur les autres. Cependant il y en eut deux qui se relevèrent assez promptement ; deux autres étaient morts, et un troisième si grièvement blessé, qu'il restait couché sans mouvement.

Pendant cette expédition, je tirai mon couteau et cou-

pai les liens qui retenaient par les bras et les pieds la
pauvre victime ; je l'aidai à se lever et lui demandai en

portugais qui il était. Il me répondit en latin : Chrétien.
Il était si faible, qu'il pouvait à peine se soutenir et parler.
Je lui présentai la petite bouteille que j'avais dans ma
poche, et l'invitai par signes à en boire, ce qu'il fit ; je lui
donnai un morceau de pain, qu'il mangea. Je lui demandai
ensuite de quel pays il était ; il me répondit : Espagne.
Étant déjà un peu revenu à lui-même, il me donna toutes
les marques de reconnaissance possibles pour sa délivrance. « *Senor,* lui dis-je en me servant de tous les
mots espagnols dont je pus me souvenir, nous causerons
plus tard ; maintenant il faut combattre. S'il vous reste un
peu de force, prenez ce pistolet et cette épée, et défendez
votre propre cause. » Il reçut ces armes avec joie, et ne
les eut pas plutôt entre les mains, qu'une vigueur nou-

velle sembla le ranimer; il courut sur ses meurtriers
comme un furieux, et il en tailla en pièces deux ou trois
en un moment. A dire vrai, ces pauvres gens étaient
tellement effrayés et surpris par le bruit et par les effets
de nos armes à feu, que la plupart tombèrent de peur,
aussi incapables d'essayer de se sauver que de résister à
nos balles. Il en fut ainsi des cinq hommes du canot sur
lesquels Vendredi avait tiré; trois d'entre eux étaient
tombés parce qu'ils étaient blessés, et les deux autres par
pure frayeur.

Je gardai mon fusil tout armé, mais sans le tirer,
parce qu'ayant donné à l'Espagnol mon pistolet et mon
épée, je voulais me réserver un moyen de défense. J'appelai Vendredi et l'envoyai à l'arbre derrière lequel nous
avions fait notre première décharge, pour chercher les
fusils déchargés que nous y avions laissés. Il exécuta cet
ordre avec beaucoup de célérité; alors, lui remettant mon
mousquet, je rechargeai les autres, et lui dis de venir
les prendre quand il en aurait besoin. Tandis que j'étais
occupé de ce soin, un terrible combat avait lieu entre l'Espagnol et un sauvage qui était venu sur lui avec une de
ces grandes épées de bois sous laquelle il aurait péri si je
ne l'avais délivré. L'Espagnol, aussi hardi que brave, sou-
tint longtemps, malgré sa faiblesse, les attaques de l'Indien, et lui fit deux blessures à la tête. Mais le sauvage,
homme robuste et de haute stature, serra de près son
adversaire débile, le terrassa, et s'efforça de lui arracher
mon épée. L'Espagnol, bien qu'il fût dessous, lâcha très-
sagement l'épée, tira le pistolet de sa ceinture, et, envoyant
une balle à travers la poitrine du sauvage, le tua sur la place.

Vendredi, étant alors libre d'agir à sa volonté, poursuivit les fuyards, sans autres armes que sa hache, et avec
elle il acheva les trois hommes blessés au premier choc, et
tous ceux qu'il put atteindre. L'Espagnol vint me demander
un fusil; je lui donnai l'un des fusils de chasse. Il se mit
à la poursuite de deux sauvages et les blessa tous deux;

11.

mais, comme il ne pouvait courir, ils lui échappèrent
dans les bois, où Vendredi les poursuivit et en tua un ;
l'autre, quoique blessé, fut assez agile pour gagner la mer,
se jeta à la nage, et rejoignit ceux qui s'étaient réfugiés
dans le canot, dont deux étaient morts, deux vivants, et
un blessé mortellement. Ainsi trois hommes en état de se
battre restèrent seuls sur vingt et un.

Les hommes du canot ramèrent de toutes leurs forces
pour se mettre hors de notre portée ; Vendredi tira sur
eux deux ou trois coups, mais pas un ne les atteignit. Il
avait grande envie que nous prissions une de leurs barques pour aller à leur poursuite, et j'étais assez inquiet de
les voir s'en aller, parce qu'ils pouvaient, en portant chez
eux la nouvelle de leur désastre, ramener contre nous deux
à trois cents de leurs compatriotes, qui nous auraient accablés par le nombre. Je consentis donc à les poursuivre
en mer, et, courant à un de leurs canots, j'y sautai et dis
à Vendredi de me suivre. Mais je fus bien surpris de trouver dans ce bateau un pauvre homme, les pieds et les
mains liés, comme j'avais trouvé l'Espagnol, et sans doute
destiné, de même que celui-ci, à être massacré. Il était à
moitié mort de frayeur, ne comprenant rien à ce qui se
passait, bien qu'il eût pu se soulever pour regarder par-
dessus les bords de la barque. Il avait été si longtemps
attaché et il était demeuré dans une position si gênante,
qu'il lui restait à peine un souffle de vie.

Je coupai à l'instant ses liens, et je voulus l'aider à se
lever ; mais il ne pouvait ni se tenir debout, ni parler, et
ne faisait que gémir d'une manière pitoyable, croyant
apparemment que je le déliais pour le tuer. Quand Vendredi arriva près de nous, je lui dis de parler à cet
homme et de lui faire connaître sa délivrance ; je lui
donnai en même temps ma bouteille, pour qu'il fît prendre un peu de rhum à ce malheureux. Cette liqueur et la
nouvelle de sa délivrance le ravivèrent, et il s'assit au
fond du canot. Mais lorsque Vendredi entendit sa voix et

vit son visage, il témoigna la plus vive émotion. Il embrassait, il caressait, il pressait contre sa poitrine le pauvre captif; il pleurait, riait, proférait des cris de joie, sautait, dansait, chantait, puis se remettait à pleurer aux sanglots, en se tordant les mains et se frappant la tête et la face; puis il recommençait à gambader comme un véritable insensé. Je fus longtemps avant de pouvoir tirer de lui une parole et savoir ce qu'il avait; enfin, quand il revint à lui-même, il me dit que cet homme était son père.

Je ne saurais exprimer la joie que j'éprouvai en voyant les transports d'amour filial de ce pauvre sauvage à la vue de son père si heureusement sauvé de la mort, et encore moins décrire la moitié des folies que l'affection inspirait à ce bon jeune homme. Il sortit du bateau et y rentra vingt fois. Il s'asseyait à côté de son père et appuyait la tête du vieillard contre sa poitrine découverte, sur laquelle il le tenait plusieurs minutes, comme une mère tient son nourrisson : il prenait ses bras, ses jambes roidies et meurtries par les liens, et les frottait, les réchauffait dans ses propres mains ; reconnaissant la cause du mal, je donnai à mon serviteur du rhum pour frotter son père ; et cela lui fit grand bien.

Cette rencontre mit fin à notre poursuite, le canot des fugitifs étant alors presque hors de vue, et nous fûmes trop heureux d'avoir été arrêtés dans notre dessein ; car deux heures après il s'éleva un vent très-violent qui dura toute la nuit; et comme ce vent soufflait du N.-O. et contre eux, nous pensâmes qu'ils ne pourraient gagner leurs rivages.

Pour revenir à Vendredi, il était si empressé autour de son père, que je n'eus pas le courage de l'en éloigner dans les premiers moments. Mais, quand je supposai qu'il pourrait le quitter un instant, je l'appelai, et il vint à moi en sautant et en riant avec une physionomie où se peignait la joie la plus vive. Je lui demandai s'il avait donné

du pain à son père. Il me répondit en hochant la tête :
« Non, point du tout ; moi vilain chien avoir tout mangé. »
Alors je lui donnai pour son père un gâteau que j'avais
en réserve dans une de mes poches, et pour lui un coup
de rhum ; mais il ne voulut pas le boire, et il le porta au
vieillard. J'avais aussi dans ma poche quelques raisins
secs, et je lui en donnai une poignée pour le pauvre
Indien.

Il avait à peine offert ces fruits, le gâteau et le rhum
à son père, que je le vis s'élancer hors du bateau et
courir si vite que je le perdis de vue en un instant ; car
c'était un des hommes les plus légers à la course que
j'eusse jamais vus. Je criai après lui, mais vainement :
il ne m'entendit pas. Au bout d'un quart d'heure il revint,
mais moins vite qu'il n'était allé ; et lorsqu'il se rapprocha, je vis que son pas était ralenti parce qu'il portait
quelque chose. Il était allé jusqu'au logis pour prendre
une jarre d'eau fraîche pour son père, et il avait pris en
même temps un supplément de gâteaux. Il me donna le
pain, mais porta l'eau à son père. Toutefois, comme j'étais
très-altéré, je prélevai une petite part sur sa boisson, qui
ranima le pauvre sauvage plus que tout le rhum et tous
les spiritueux que je lui avais donnés ; car il mourait de
soif.

Quand le vieillard se fut rafraîchi, je rappelai Vendredi et lui demandai s'il restait encore un peu d'eau ; il
me dit qu'il en restait. Alors je lui ordonnai de la porter
au pauvre Espagnol, qui en avait un aussi grand besoin
que son père, et je lui envoyai encore un des gâteaux
apportés par mon serviteur. Ce malheureux homme était
en effet bien faible. Il s'était jeté sur un tertre de gazon, à
l'ombre d'un arbre, et ses membres enflés et engourdis se
ressentaient des rudes entraves qu'ils avaient portées.
Lorsque je vis qu'à l'arrivée de Vendredi auprès de lui il
s'était assis, avait bu de l'eau et commençait à manger le
pain, j'allai lui offrir une poignée de raisins. Il leva les

yeux sur moi, et son visage exprima la plus vive reconnaissance qui se peignit jamais sur des traits humains. Quelque courage qu'il eût montré dans le combat, il était épuisé à tel point qu'il ne put se mettre sur ses pieds, et ce fut en vain qu'il l'essaya à deux ou trois reprises. Cela était réellement impossible à cause de l'enflure douloureuse de ses jambes ; je l'invitai donc à se tenir en repos, et je commandai à Vendredi de le frictionner avec du rhum, de même qu'il avait fait pour son père.

Ce pauvre garçon, pendant tout le temps qu'il employa à cet office, ne pouvait s'empêcher de tourner la tête de deux en deux minutes, si ce n'est plus souvent, pour voir si son père était toujours à la place où il l'avait laissé. Une fois il ne le vit plus ; alors, se levant sans dire une seule parole, il courut avec une telle vitesse, qu'on ne pouvait apercevoir si ses pieds touchaient la terre. En arrivant à l'endroit où le vieillard était resté assis, il vit qu'il s'était couché pour dégourdir ses membres ; alors il revint à moi sur-le-champ.

Je proposai à l'Espagnol d'accepter le secours de Vendredi pour tâcher de se rendre à l'un des bateaux, sur lequel on le conduirait à notre habitation ; là il recevrait les soins qui lui étaient nécessaires. Mais Vendredi, qui était jeune et vigoureux, prit l'Espagnol sur son dos, le porta dans le canot, et le posa bien doucement sur le côté de la barque, les pieds dans l'intérieur ; ensuite il le souleva, le plaça à côté de son père, sauta à terre, lança le bateau, et le conduisit le long de la côte, plus vite que je ne pouvais marcher, en dépit du vent qui soufflait assez violemment. Il amena ainsi ses passagers en sûreté dans la crique, les laissa dans le canot et courut chercher les autres embarcations. Comme il passait près de moi, je lui demandai où il allait. « Chercher plus bateau. » Et il continua de courir aussi rapide qu'une flèche ; car il pouvait défier à la course les hommes et les chevaux les plus légers.

Il arriva conduisant le second canot dans la crique en même temps que j'y arrivai par terre, et il passa de l'autre côté. Ensuite il alla aider nos hôtes à sortir de la barque; mais ni l'un ni l'autre ne pouvant marcher, le pauvre Vendredi ne savait que faire.

Je cherchai un moyen de sortir de cet embarras; j'appelai Vendredi; je lui dis de faire asseoir nos deux inva-

lides sur le rivage, et en peu de temps je fabriquai une sorte de brancard sur lequel nous les emportâmes.

Mais, arrivés à notre muraille extérieure, nous fûmes plus embarrassés que jamais. Il était impossible de faire passer nos hommes par-dessus la fortification, et je ne voulais point la briser. Je me mis encore à l'ouvrage avec Vendredi, et en deux heures nous ajustâmes une très-belle tente, couverte de vieilles voiles et de branches d'arbres, entre la première clôture et le bois que j'avais planté. là, nous fîmes deux lits avec les matériaux dont je disposais, savoir : de la bonne paille de riz et des couvertures de laine pour se coucher, et une autre pour se couvrir.

Maintenant mon île était peuplée, et je me trouvais très-riche en sujets. Souvent je n'ai pu m'empêcher de rire en songeant à la ressemblance de ma position avec celle d'un roi. D'abord tout le pays était ma propriété incontestable, et j'avais par conséquent le droit de le gouverner. Ensuite mon peuple était d'une soumission parfaite ; j'étais souverain absolu, législateur unique ; tous mes sujets me devaient la vie, et tous étaient prêts à la sacrifier pour moi. Mes trois sujets se trouvaient chacun d'une religion différente. Mon domestique Vendredi était protestant, son père idolâtre et cannibale, l'Espagnol catholique romain. J'accordai la liberté de conscience dans tous mes États. Mais cela soit dit en passant.

Dès que mes deux captifs délivrés eurent un abri et de quoi reposer leur tête, je pensai à moi. La première chose que je fis ce fut de commander à Vendredi de prendre une jeune chèvre ou un chevreau un peu grand, dans le troupeau que je mettais à part pour être tué, et de le découper en morceaux assez petits. Avec quelques-uns des morceaux que Vendredi fit bouillir ou étuver, je fis un très-bon potage et un plat de viande excellent, on peut m'en croire. J'apprêtai tout cela dans ma caverne ; car jamais je ne faisais de feu dans l'intérieur de mes murailles ; je portai ensuite les mets dans la tente nouvelle ; je dressai une table devant mes hôtes, et je m'y plaçai avec eux, les encourageant et les égayant de mon mieux. Vendredi me servait d'interprète, spécialement avec son père, mais aussi avec l'Espagnol, parce que celui-ci parlait assez bien la langue des sauvages.

Après notre dîner, ou plutôt notre souper, j'ordonnai à Vendredi de prendre un canot et d'aller chercher nos armes, que nous avions laissées sur le champ de bataille, pressés que nous étions par le temps. Le lendemain j l'envoyai enterrer les sauvages, dont les cadavres étaien restés exposés au soleil et pouvaient causer de l'infection

Je lui enjoignis aussi d'inhumer les horribles restes de leur fête barbare, que je savais nombreux, et que je n'aurais pas eu le courage de toucher, ni même de voir. Il executa mes ordres ponctuellement, et effaça de la place tous vestiges de la présence des sauvages, si bien qu'en y retournant je ne pus la reconnaître que par le coin de bois qui s'élevait sur cette esplanade.

Alors je commençai à converser un peu avec mes deux nouveaux sujets. D'abord je dis à Vendredi de demander à son père ce qu'il pensait sur la fuite des sauvages dans le canot, et s'il ne fallait pas nous attendre à les voir revenir avec des forces auxquelles nous ne pourrions résister. Sa première opinion fut que ces hommes ne pouvaient avoir survécu à la tempête qui avait soufflé pendant la nuit de leur voyage, et qu'ils avaient dû se noyer ou bien être jetés sur d'autres rivages au S., où il était sûr qu'ils seraient dévorés. Quant à ce qu'ils pouvaient faire dans le cas où ils atteindraient sains et saufs leur contrée, il ne le savait pas ; mais il croyait que la manière dont ils avaient été attaqués, que le bruit et le feu les avaient tellement effrayés, que probablement ils diraient chez eux que leurs compagnons avaient péri par la foudre et les éclairs, non de la main des hommes, et que les deux êtres qu'ils avaient vus (Vendredi et moi) étaient deux Furies venues sur la terre pour les détruire, plutôt que des hommes avec des armes. Cette pensée s'appuyait sur ce qu'il les avait entendus se crier l'un à l'autre ce qu'il venait de dire ; et en effet, ils ne pouvaient concevoir qu'un homme pût faire briller l'éclair, gronder le tonerre, et tuer de loin, sans lever la main, comme ils nous l'avaient vu faire. Ce vieillard raisonnait juste ; car les sauvages, comme je le sus par d'autres, ne tentèrent jamais de revenir dans l'île, ayant été si complétement terrifiés par le récit des quatre fugitifs (lesquels, à ce qu'il paraît, échappèrent au danger de la mer), qu'ils imaginèrent que tous ceux qui aborderaient cette île enchantée périraient par le feu du ciel. Cependant j'ignorais ces faits, et je vécus assez longtemps dans une appréhension continuelle, me tenant toujours sur mes gardes, moi et toute mon armée. Maintenant que nous étions quatre, j'aurais néanmoins affronté une centaine de ces Indiens en bataille rangée.

Toutefois, ne voyant paraître aucune barque pendant un assez long intervalle, mes craintes se dissipèrent, et mes anciens projets de voyage au continent me revinrent à l'esprit. Le père de Vendredi m'avait assuré, de même que le jeune homme, que je pouvais compter sur un bon

traitement parmi ses compatriotes, pour l'amour de lui.
Mais mon projet fut encore suspendu, lorsque j'appris
de l'Espagnol, dans un entretien sérieux que nous eûmes
ensemble à ce propos, que seize hommes, Espagnols et
Portugais, étaient en cette contrée, où ils avaient été
jetés, et vivaient en paix, il est vrai, avec les sauvages,
mais complétement dénués des choses les plus nécessaires à la vie. Je lui demandai les détails sur le voyage
qui s'était terminé si malheureusement pour eux ; il me
dit qu'ils étaient partis sur un bâtiment frété de Rio de la
Plata pour la Havane, où ils devaient laisser leur cargaison, consistant principalement en pelleteries et en argent,
et prendre à sa place des marchandises d'Europe. Ils
avaient pris cinq matelots portugais d'un autre bâtiment
naufragé ; cinq des leurs se noyèrent quand le navire
se perdit, et les autres, échappés à des dangers infinis,
arrivèrent à demi morts de faim sur la côte des cannibales, où ils s'attendaient à être dévorés. Ils avaient
quelques armes, mais elles ne pouvaient leur être d'aucune utilité, faute de munitions. La mer avait gâté leur
poudre, à l'exception d'une très-petite quantité qui leur
servit à se nourrir par la chasse, dans les premiers moments de leur arrivée à terre.

Je lui demandai s'ils avaient formé quelque plan pour
sortir de ce lieu ; il me dit qu'ils avaient eu beaucoup
de conférences à ce sujet, mais que, faute de navire et
d'instruments pour en construire, leurs conseils s'étaient
toujours terminés par les larmes et le désespoir. Je lui
demandai encore s'ils seraient disposés à recevoir de moi
une proposition qui pourrait les tirer de leur exil, et s'il
ne serait pas possible, pour exécuter mon plan, de rassembler tous ses amis dans mon île. Je lui avouai sans
détour que je craignais sur toutes choses d'être trahi par
eux, si je mettais ma vie entre leurs mains, la reconnaissance n'étant pas une vertu commune chez les
hommes, qui ne conforment pas souvent leur conduite

ux obligations que leur imposent des bienfaits reçus,
t considèrent beaucoup plus leur intérêt personnel. J'au-
ais trouvé bien dur, après avoir été l'instrument de leur
élivrance, de devenir leur prisonnier à la Nouvelle-
spagne, où tout Anglais devait s'attendre à être sacrifié,
oit que la nécessité, soit que le hasard l'amenât en ce
ays. « J'aimerais mieux, lui dis-je, être livré aux can-
ibales et dévoré par eux tout vif qu'enfermé dans les
achots de l'inquisition. J'étais persuadé, ajoutai-je, que
i tous ses compagnons étaient ici, nous pourrions con-
truire une embarcation assez grande pour nous porter
ous, soit au Brésil vers le S., soit aux îles ou sur la côte
spagnole au N. Mais, pour ma récompense, lui dis-je
uand je vous aurais mis les armes à la main, vous
'emmèneriez peut-être de force dans vos colonies, où
e serais maltraité, et j'aurais le regret d'avoir aggravé ma
ituation en vous rendant service. »

Il me répondit avec beaucoup de candeur que leur
osition était si misérable, et qu'ils le sentaient si bien,
u'ils auraient horreur de la seule pensée de nuire à un
omme qui aurait aidé à leur délivrance ; il se croyait sûr
e cela, et il me proposa d'aller conférer avec ses com-
agnons sur mes projets, et promit de me rapporter leur
éponse. Il me dit qu'il ferait avec eux des conventions
uxquelles ils s'engageraient à se soumettre par un ser-
ent solennel ; qu'ils me reconnaîtraient pour leur chef,
t jureraient sur les saints sacrements et l'Évangile de
uivre mes ordres, d'aller où je voudrais aller et non ail-
eurs, jusqu'au temps où nous aurions atteint le pays
hrétien vers lequel il me plairait de me rendre.

Il me dit qu'il avait le dessein d'écrire et de leur faire
igner ces conventions, et de me rapporter le contrat. Il
oulut d'abord lui-même jurer de me rester dévoué et
idèle tant qu'il vivrait et que je ne lui ordonnerais pas de
me quitter, et de combattre à mes côtés tant qu'il lui
esterait une goutte de sang dans les veines, s'il arrivait

que ses compatriotes se permissent envers moi la plu
légère violation de leur foi. Il m'assura que c'étaient d
très-honnêtes gens, et qu'ils se trouvaient dans la plu
profonde détresse, n'ayant ni armes, ni vêtements, à l
merci des sauvages pour leur nourriture, et sans espo
de revoir leur patrie; il était, ajoutait-il, parfaitemé
convaincu que, si je voulais entreprendre de les sauve
ils vivraient et mourraient pour moi.

Sur ces assurances, je me décidai à risquer de les sau
ver, s'il était possible, et à leur envoyer l'Espagnol et l
vieux sauvage pour traiter avec eux; mais, quand tout fu
prêt pour le départ, l'Espagnol lui-même éleva une diffi
culté qui montrait de sa part une prudence et une loyauté
dont je fus extrêmement satisfait, et, d'après son avis
je remis la délivrance de ses compagnons à six mois plu
tard.

Voici quelle fut son observation. Depuis un mois qu'
était avec nous, je lui avais laissé voir comment je pou
voyais à tous mes besoins, à l'aide de la Providence.;
avait pu calculer combien je devais récolter de blé et d
riz, et reconnaître que cette quantité, plus que suffisan
pour moi quand j'étais seul avec mon domestique, ne po
vait l'être maintenant que ma maison avait doublé,
moins que nous n'y missions la plus grande économie;
qu'elle ne pourrait nourrir ses compatriotes s'ils venaie
habiter l'île. Ils étaient restés seize, comme je l'ai dé
dit; ainsi mes provisions auraient été trop courtes, po
tant de monde, et de plus il aurait été impossible de rav
tailler un navire, dans le cas où nous serions venus à bo
d'en faire un.

Il me conseilla donc de lui permettre, à lui et au
deux Indiens, de cultiver autant de terre que je pourra
en ensemencer sans trop diminuer mon magasin, et d'a
tendre la prochaine moisson pour faire venir ses compa
gnons. En agissant autrement, disait-il, la disette pour
rait produire des mécontentements, des querelles; se

mis se croiraient tombés d'un malheur dans un autre,
près avoir espéré d'être sauvés. « Vous savez, ajouta-
-il, que les enfants d'Israël se réjouirent d'abord d'avoir
té tirés de l'Égypte, et se révoltèrent ensuite contre Dieu
ui-même, qui les avait délivrés, lorsqu'ils manquèrent de
ain dans le désert. »

Je fus extrêmement touché de sa droiture, et je com-
ris la sagesse de son observation. Son avis me sembla si
on, que je le suivis sans délai, et nous nous mîmes tous

es quatre à bêcher aussi bien que nos mauvais outils de
bois pouvaient le permettre. Au bout d'un mois, à l'ap-

proche des semailles, nous avions préparé assez de terr
pour y semer vingt-deux boisseaux d'orge et seize jarre
de riz, bref tout le grain que j'avais pu épargner. Il n
nous restait en effet pas assez d'orge pour notre nourriture pendant les six mois qui devaient s'écouler avant l
récolte, en y comprenant le temps du labour ; car il n
faut pas croire que, dans ce climat, le blé reste six moi
à lever et à croître.

Maintenant que nous étions assez nombreux pour cesse
de craindre les sauvages, à moins qu'ils ne fussent e
forces très-supérieures, nous allions librement par tout
l'île quand nous en avions l'occasion ; et notre esprit, d
moins telle était ma disposition, était continuellemer
occupé de notre délivrance et de tout ce qui pouvait
servir.

Dans cette vue, je marquai plusieurs arbres qu
je jugeai propres à la construction d'une barque ; je dis
Vendredi et à son père de les abattre, et je priai l'Espa
gnol, auquel je confiai mes projets, de les surveiller et
diriger leur travail. Je leur montrai avec quelle patien
et quelle peine j'avais taillé en planches de grands arbre
et je leur enseignai à faire de même. Ils taillèrent ur
douzaine de bonnes planches de chêne de deux pieds
large, de trente-cinq pieds de long et de deux à quat
pouces d'épaisseur. On peut imaginer quel travail proj
gieux ces pièces demandèrent.

C'était alors l'époque de la moisson ; nos grains étaie
biens venus, et, sans donner la même abondance qu
j'avais eue en certaines années, la récolte répondit ple
nement à nos fins. Vingt-deux boisseaux d'orge produis
rent deux cent vingt boisseaux, et le riz donna la mêr
proportion : cela formait une provision suffisante pour no
alimenter jusqu'à la moisson prochaine ; et, si dans l'ir
tervalle nous nous étions trouvés prêts à nous mettre
voyage, nous aurions eu de quoi fournir notre bâtime
de vivres suffisants pour nous conduire jusqu'à la part

du monde, c'est-à-dire de l'Amérique, vers laquelle nous nous serions dirigés.

Quand notre blé fut moissonné et rentré, nous nous occupâmes à faire de grandes corbeilles pour contenir le

grain. L'Espagnol montra beaucoup d'adresse pour ce genre de travail, et il me blâmait de n'en avoir pas fait usage pour des clôtures ; mais cela eût été, je crois, assez inutile.

Ainsi pourvu de vivres pour tous les hôtes que j'attendais, je permis à l'Espagnol de se rendre sur le continent et de traiter avec ceux de ses compagnons qu'il y avait laissés. Mais je lui enjoignis strictement de n'amener aucun d'eux avant qu'il eût juré, devant lui et le vieux sauvage, de ne faire aucun mal direct ou indirect à l'homme assez bienveillant pour les envoyer chercher dans l'inten-

tion de les sauver ; de le défendre envers et contre tous ;
d'obéir ponctuellement à ses ordres, quel que fût le lieu
où ils le suivraient. J'exigeai que ces conditions fussent
écrites et signées de la main de tous. Comment ils s'y prendraient pour cela, n'ayant ni encre ni plumes, c'est une
question qui ne me vint pas à l'esprit. Avec ces instructions, l'Espagnol et le vieil Indien, père de Vendredi, se
mirent en mer sur un des canots dans lesquels ils étaient
venus, ou plutôt avaient été amenés comme prisonniers de
guerre pour être dévorés. Je leur donnai un fusil à chacun,
et sept ou huit charges de poudre et de plomb, en leur
recommandant de les ménager extrêmement et de les
réserver pour des occasions importantes.

Je m'occupai avec délices des apprêts de leur départ ;
c'était, en effet, la première mesure que je prenais pour
ma délivrance depuis plus de vingt-sept ans. Je donnai
aux voyageurs assez de pain et de raisins secs pour les
nourrir pendant quelques jours, et les Espagnols pendant
une semaine. Je convins avec eux d'un signal par lequel
ils se feraient reconnaître de loin à leur retour ; puis je
leur souhaitai un bon voyage et les regardai s'éloigner. Ils
quittèrent l'île par un vent favorable, le premier jour de
la pleine lune. Nous devions être en octobre, selon mes
calculs ; mais, ayant une fois perdu le compte exact des
jours, il me fut impossible de le retrouver, et je n'avais
pas même marqué très-régulièrement les années ; je n'étais
donc pas bien sûr des dates ; cependant j'ai vu par la suite
que ma supputation des années était juste.

Il y avait une huitaine de jours que j'attendais mes
envoyés, quand il survint un événement imprévu et peut-
être unique dans l'histoire de l'humanité. Un matin je
dormais paisiblement dans ma retraite, lorsque mon domestique, Vendredi, entra en courant, et me cria : « Maître,
maître, eux sont venus ! » Je sautai à bas de mon lit, et
je fus bien surpris, en jetant les yeux sur la mer, de voir
un long bateau ou chaloupe à une lieue et demie de

distance, se dirigeant sur le rivage avec une voile latine et le vent favorable. Je remarquai à l'instant que ce bâtiment ne venait point du côté de la terre que nous apercevions de loin, mais de l'extrémité méridionale de l'île. J'appelai Vendredi et lui ordonnai de se tenir caché et près de moi, parce que ces nouveaux arrivants n'étaient pas les gens que nous attendions, et que nous ne savions s'ils étaient amis ou ennemis. Ensuite j'allai chercher ma lunette pour les observer mieux, et, prenant l'échelle, je montai sur le sommet de la colline, d'où je pouvais, sans être vu, découvrir toute la plage.

A peine avais-je posé le pied sur la colline, que je vis clairement un vaisseau à l'ancre à deux lieues et demie de moi, au S.-S.-E., mais à une lieue et demie au plus de la côte. En l'examinant, je reconnus qu'il était anglais ainsi que la chaloupe qui arrivait, et qui probablement appartenait au vaisseau.

Je ne puis exprimer quelle fut la confusion de mes idées en ce moment. Si ma joie de voir un vaisseau, et un vaisseau monté par des compatriotes, par conséquent des amis, était indicible, il s'y mêlait cependant certains doutes secrets qui m'avertissaient d'être circonspect. D'abord je me demandai quelle affaire pouvait amener un bâtiment anglais en ce coin du monde, qui n'était sur le chemin d'aucune des contrées avec lesquelles nous faisons le commerce. Je savais qu'il n'y avait pas eu en dernier lieu de tempêtes capables de jeter ce navire sur nos bords; ainsi donc, si les gens qui le montaient étaient réellement de mon pays, ils ne pouvaient être là dans un bon dessein, et je ferais mieux de rester où j'étais que de tomber dans les mains de voleurs ou d'assassins.

J'étais resté assez peu de temps en observation, quand je vis le bateau se rapprocher de terre, cherchant, à ce qu'il semblait, une crique pour débarquer plus commodément. Les gens qui montaient cette barque n'allèrent pas, heureusement, jusqu'à la baie dans laquelle jadis j'avais conduit mes radeaux, car s'ils l'avaient vue, ils auraient débarqué presque à ma porte ; bientôt ils auraient découvert mon château, et l'auraient pillé ou saccagé. Dès qu'ils furent sur le rivage, je fus certain qu'ils étaient Anglais, excepté un ou deux que je pris pour des Hollandais ; mais ils ne l'étaient point, comme je le sus ensuite. Il y avait en tout onze personnes, dont trois étaient sans armes et, à ce qu'il me semblait, attachées, et sitôt que cinq ou six hommes eurent sauté hors de la barque, ils en tirèrent les trois que j'avais reconnus à leurs liens pour des prisonniers. Un de ceux-ci faisait les gestes les plus pitoyables de supplication, de détresse, de désespoir, même de folie ; les deux autres levaient de temps en temps les mains aux ciel, et semblaient affligés, mais non au même degré que le premier. A ce spectacle je fus complétement étonné, ne sachant à quoi tout cela tendait. Vendredi me cria dans son mauvais anglais : « Oh ! maître ! vous voir hommes anglais manger prisonniers comme nous autres sauvages. — Comment, Vendredi, lui dis-je, pensez-vous qu'ils se préparent à manger leurs prisonniers ? — Oui, oui, dit-il, oui, ils les mangeront. — Non, non, dis-je, je crains qu'ils ne veuillent les tuer ; mais soyez sûr qu'ils ne les mangeront point. »

Pendant tout ce temps je n'avais pas encore deviné de quoi il s'agissait ; mais je restais tremblant, les yeux fixés sur les Anglais, et je m'attendais d'un moment à l'autre à voir massacrer les prisonniers. Une fois je vis un de ces scélérats lever un grand coutelas, ou sabre de marin, pour frapper un des pauvres hommes attachés, et mon sang se glaça dans mes veines. Je souhaitai ardemment d'avoir près de moi mon Espagnol et le vieux sauvage ; et cependant je cherchais avec anxiété quelque moyen d'arriver à portée de fusil des meurtriers, sans être découvert, espérant alors sauver les trois victimes ; car je ne voyais aucune arme à feu dans les mains des premiers. Mais bientôt mes idées prirent un autre cours.

Après avoir maltraité et insulté leurs prisonniers, ces insolents marins se dispersèrent de côté et d'autre, apparemment pour reconnaître le pays. J'observai que les trois captifs pouvaient aller où bon leur semblait, mais qu'ils restaient assis à terre comme de pauvres désespérés. Leur situation me rappela celle où je m'étais vu lorsque je fus jeté sur ces rives, et que je regardais autour de moi et me croyais perdu. Je me ressouvins des horribles craintes que j'éprouvai en ce moment, et de la nuit où je couchai dans un arbre pour éviter les attaques des bêtes féroces. Je ne savais pas, cette nuit-là, que la Providence amènerait le vaisseau assez près de moi pour me procurer les ressources qui m'ont si longtemps soutenu; de même, ces trois infortunés ne se doutaient pas de l'approche de leur délivrance, à cette heure où ils se croyaient perdus sans ressource.

La marée était dans sa plus grande hauteur quand ces gens débarquèrent. En courant çà et là pour reconnaître les lieux, ils avaient laissé passer le temps du reflux, et, la mer s'étant retirée, la chaloupe se trouvait complétement à sec. Deux hommes étaient restés à bord, et, comme je l'appris ensuite, ils s'étaient enivrés avec de l'eau-de-vie et s'étaient endormis. Cependant l'un d'eux s'éveillant avant l'autre, et voyant le bateau trop éloigné de l'eau pour le lancer, appela le reste de la troupe : à ses cris tous se rassemblèrent autour de l'embarcation. Mais il n'était pas en leur pouvoir de la remettre à flot, à cause de sa pesanteur, et la rive étant à cette place composée d'un sable mou et humide aussi mouvant que du vif-argent. Dans cette conjoncture ces gens, comme de vrais marins, les êtres les moins prévoyants du genre humain, abandonnèrent l'entreprise et recommencèrent à battre le pays. J'entendis un d'entre eux dire très-haut, en invitant un de ses camarades à sortir de la chaloupe : « Eh ! laissons-la ici, Jack ; elle flottera tout naturellement quand la marée remontera. » Ces mots éclaircirent

pour moi un point essentiel, savoir le pays auquel appartenaient ces hommes. Pendant ce temps je me tins clos
et couvert chez moi, n'osant pas aller plus loin que mon
observatoire au sommet de la colline, et très-heureux de
me trouver aussi bien fortifié. Je savais qu'il s'écoulerait
au moins dix heures avant que la chaloupe fût remise à
flot; la nuit serait alors venue, et je pourrais facilement
surveiller les mouvements des marins et tâcher d'entendre
leurs conversations. A tout hasard je me préparai au combat, mais avec plus de précautions que je n'aurais eu
besoin d'en prendre contre les sauvages; car j'avais affaire
à des ennemis bien plus avisés que ces derniers. Je commandai à Vendredi, que j'avais rendu excellent tireur, de
charger plusieurs fusils : j'en pris deux et lui en laissai
trois. Ma figure était vraiment formidable, avec mon habit
de peau de chèvre, le grand bonnet déjà décrit, mon épée
à mon côté, des pistolets dans ma ceinture et un mousquet
sur chaque épaule.

C'était d'abord mon dessein de ne faire aucune tentative avant la nuit; mais sur les deux heures, au moment
le plus chaud de la journée, je m'aperçus que les marins
étaient tous dispersés dans les bois, et probablement endormis. Les trois malheureux captifs, trop inquiets de
leur sort pour avoir la possibilité de dormir, s'étaient assis
à l'ombre d'un grand arbre à un quart de mille de ma
maison, et, à ce qu'il me semblait, hors de la vue des
autres. Alors je résolus de me montrer à eux et d'apprendre, en les interrogeant, quelque chose de leur situation. Je me mis donc en marche dans l'équipage ci-dessus
décrit. Vendredi, mon domestique, me suivait d'un peu
loin, aussi formidablement armé que moi, mais d'un
aspect moins fantasmagorique, moins effrayant. Je m'approchai des étrangers autant que possible sans être vu,
et, avant qu'ils eussent pu m'apercevoir, je leur dis très-
haut en espagnol : « Qui êtes-vous, Messieurs? » Ils tres-
saillirent au bruit de mes paroles; mais ils furent dix

fois plus étonnés à la vue de mon étrange figure. Ils
ne me répondirent point, et ils allaient fuir quand je
leur dis en anglais : « Messieurs, ne craignez rien de
moi : vous avez peut-être près de vous un défenseur sur
lequel assurément vous ne pouviez compter. — Il faudrait alors qu'il nous fût envoyé directement du ciel, dit
gravement un des captifs en ôtant son chapeau ; car nous
ne pouvons espérer aucun secours des hommes. — Tout
secours vient du ciel, Monsieur, lui dis-je. Cependant
voulez-vous indiquer à un étranger le moyen de vous
assister dans l'extrême détresse où vous me semblez
être ? Je vous ai vus débarquer, et, quand vous avez
imploré les brutes qui sont descendues avec vous sur ce
rivage, j'ai aperçu l'une d'elles levant une arme pour vous
tuer. »

Le pauvre homme, tremblant de surprise et le visage
baigné de larmes, répliqua : « Est-ce à un homme, est-ce
à un Dieu que je parle ? Êtes-vous un de mes semblables
ou un ange du ciel ? — N'ayez aucune crainte sur ce
point, lui dis-je en souriant: Si Dieu avait voulu envoyer
un ange pour vous sauver, cet ange serait venu dans
un costume moins bizarre que le mien, et armé d'une
autre manière. Rassurez-vous, je vous prie. Je suis un
homme, un Anglais disposé à vous servir. Vous le voyez,
je n'ai qu'un seul domestique ; mais nous avons des
armes, des munitions. Dites-moi franchement ce que
nous pouvons faire pour vous ; contez-moi votre mésa-
venture. — Elle serait trop longue à raconter, dit-il,
tandis que nos meurtriers sont encore si près de nous ;
mais en résumé, Monsieur, j'étais capitaine de ce vaisseau ; mon équipage s'est mutiné contre moi, c'est à
grand'peine qu'ils ont renoncé au dessein de m'assassiner, et ils se sont enfin décidés à me débarquer en ce
lieu désert avec ces deux personnes, dont l'une était
mon second, l'autre un passager. Ici nous ne pouvions
attendre qu'une triste fin, l'île paraissant inhabitée ; et

12.

maintenant encore nous ne savons quel espoir peut nous
être-permis. — Où sont, dis-je, ces hommes féroces,
vos ennemis? savez-vous où ils sont allés? — Ils sont couchés là, répondit-il en montrant un bouquet d'arbres;
je tremble à la pensée qu'ils ont pu vous voir et vous
entendre; et, dans ce cas, ils nous tueront certainement
tous. — Ont-ils des armes à feu? lui dis-je. — Seulement
deux fusils, reprit-il, et l'un d'eux est resté dans la chaloupe. — C'est bien, dis-je, laissez-moi faire. Je vois
qu'ils dorment tous, il est facile de les tuer sans qu'il
en échappe un seul ; mais ne vaudrait-il pas mieux les
faire prisonniers? » Il répliqua que, dans le nombre de
ces mutins, il y avait deux coquins forcenés auxquels il
n'était pas prudent de faire grâce; mais que, si l'on s'assurait de ces deux hommes, le reste rentrerait probablement dans le devoir. Je le priai de me les montrer, il
me dit qu'il ne pouvait les distinguer de si loin, mais
qu'il exécuterait tous les ordres que je voudrais lui donner. — « Alors, dis-je, retirons-nous hors de la portée de
leurs yeux et de leurs oreilles, de peur qu'ils ne s'éveil-
lent, et nous conférerons ensemble plus à l'aise sur ce
qu'il y a de mieux à faire. » Ils me suivirent tous avec
empressement, et nous entrâmes assez avant dans les bois
pour nous dérober à la vue de nos ennemis.

« Écoutez-moi, Monsieur, dis-je; si je me mets en
danger pour vous sauver, consentez-vous à recevoir de
moi deux conditions? » Il anticipa sur mes propositions
en me disant que lui et son bâtiment, s'il le recouvrait,
seraient absolument à ma disposition, et que, s'il ne re-
tournait point à bord, il vivrait et mourrait près de moi,
quelle que fût la partie du monde où il me plairait de
le conduire : les deux autres firent les mêmes promesses.
« Je vous propose, dis-je, seulement deux conditions :
d'abord, tant que vous resterez avec moi dans cette île,
vous ne prétendrez y exercer aucune autorité; si je vous
confie des armes à feu, vous me les remettrez en toute

occasion, et ne chercherez à nuire ni à moi ni aux miens ;
enfin vous vous laisserez gouverner par mes ordres. Ensuite, si votre navire peut vous être rendu, vous me con-
duirez gratuitement en Angleterre avec mon domestique. »

Il me donna toutes les assurances possibles, fausses
ou vraies, de sa fidélité à remplir des conditions si raisonnables. Il ajouta qu'en tout temps et en toute occasion
il reconnaîtrait qu'il me devait la vie. « Eh bien ! lui dis-
je, voici trois fusils, de la poudre et des balles ; donnez-
moi votre avis sur ce que nous devons faire. » Il me remercia cordialement de ma confiance ; mais il désira se
laisser guider entièrement par moi. « Il est hardi peut-
être, lui dis-je, de tant risquer en un seul coup ; cependant
le meilleur moyen à prendre est, je crois, de tirer sur
eux tandis qu'ils sont endormis, et, s'il en échappe quelques-uns à la première décharge, et qu'ils demandent
quartier, nous pourrons les épargner ; ainsi nous re-
mettrons à Dieu la direction de nos balles. » Il répliqua
avec beaucoup de modération qu'il se sentait une extrême
répugnance pour une mesure qui entraînait la mort de
tant de personnes, et qu'il voudrait pouvoir l'éviter ; mais
que les deux scélérats incorrigibles dont il m'avait parlé,
et qui avaient fomenté la révolte parmi les autres, nous
mettraient en danger s'ils échappaient, parce qu'ils iraient
à bord et ramèneraient ensuite tout l'équipage pour nous
exterminer. « Ce que je conseille est donc justifié par la
nécessité, lui dis-je, puisque c'est la seule manière de
nous sauver. » Toutefois, voyant qu'il ne pouvait se résoudre à répandre du sang, je lui dis, pour terminer,
d'aller lui-même avec ses deux amis conduire l'affaire
comme il le jugerait à propos.

Au milieu de cette conversation, nous entendîmes
quelques-uns de nos gens remuer, et bientôt nous en
vîmes deux sur leurs pieds. « Ceux-ci, demandai-je au
capitaine, sont-ils les fauteurs de la sédition ? — Non,
dît-il. — En ce cas laissons-les aller. La Providence les

a sans doute éveillés en ce moment, afin de les sauver.
Maintenant, si le reste vous échappe, ce sera votre faute. »
Animé par ces paroles, il prit le fusil que je lui avais
donné, mit un pistolet dans sa ceinture et marcha précédé
de ses deux compagnons, armés chacun d'un fusil : ces
derniers, étant à quelques pas en avant du capitaine,
firent un peu de bruit, et l'un des marins qui étaient
debout se retourna, vit les assaillants et poussa des cris
pour réveiller les dormeurs. Mais il était trop tard, les
deux compagnons du capitaine avaient fait feu au même

instant, bien que leur chef se fût très-sagement absténu
de tirer. Ils avaient visé si juste, ayant reconnu les deux

hommes, que l'un d'eux tomba roide mort et l'autre blessé
grièvement; toutefois il put se relever et crier au secours
de toute sa force. Le capitaine accourut alors, et lui dit
que son heure était venue et qu'il n'avait plus qu'à demander pardon à Dieu de son infâme rébellion; en même
temps il l'acheva d'un coup de crosse. Il restait encore
trois hommes, dont l'un était blessé légèrement. J'étais
arrivé alors, et, quand ils virent qu'il était inutile de
résister, ils crièrent merci. Le capitaine leur dit qu'il leur
ferait grâce de la vie, s'ils l'assuraient qu'ils se repentaient
de leur trahison et juraient de l'aider à recouvrer le vaisseau et à le ramener à la Jamaïque, d'où il venait. Ils
donnèrent toutes les assurances possibles de leur sincérité, et le capitaine parut disposé à leur accorder la vie,
ce à quoi je ne m'opposai point; seulement je l'obligeai à
les tenir pieds et poings liés tant qu'ils seraient dans l'île.

Tandis que cela se passait, j'avais envoyé Vendredi et
le lieutenant à la chaloupe, avec ordre de s'en assurer et
de rapporter ses voiles et ses rames, ce qu'ils firent. Un
moment après, deux hommes qui, très-heureusement pour
eux, avaient choisi leur lieu de repos loin du reste de la
troupe, revinrent attirés par le bruit des armes à feu, et
voyant le capitaine, naguère leur prisonnier, maintenant
leur vainqueur, ils consentirent à se laisser attacher comme
les autres. Ainsi notre victoire fut complète.

Il nous restait, au capitaine et à moi, à nous raconter
mutuellement nos aventures. Je commençai à lui conter
mon histoire, qu'il écouta avec autant d'attention que
d'étonnement, surtout la manière miraculeuse dont j'avais
été pourvu de vivres et de munitions. En effet, mon récit
étant une suite de merveilles, il en fut vivement frappé.
Mais quand ses pensées se reportèrent sur lui-même, il
lui sembla que j'avais été préservé exprès pour lui sauver
la vie; les larmes le suffoquèrent, et il ne put prononcer
un mot de plus. Après cette conversation, je le conduisis,
ainsi que ses deux compagnons, à mon logis, où je les fis

entrer par le chemin que j'avais pris pour en sortir, c'est-à-dire par le toit de la maison. Je leur offris les rafraîchissements dont je disposais, et leur montrai toutes les inventions que j'avais eues pour améliorer ma situation pendant ma longue, bien longue résidence sur cette terre déserte.

Tout ce qu'ils voyaient, tout ce qu'ils entendaient de ma bouche, les confondait de surprise; mais le capitaine admira surtout mes fortifications et l'art avec lequel j'avais caché ma retraite par un bosquet. A cette époque ce bosquet, planté depuis vingt ans, et dans un pays où les arbres croissent plus vite qu'en Angleterre, était devenu un bois impénétrable, à l'exception d'un seul côté, où j'avais pratiqué un petit sentier tournant. Je dis au capitaine qu'il voyait mon château, ma demeure principale, mais que j'avais, ainsi que la plupart des princes, une habitation à la campagne, que je lui montrerais une autre fois : car, pour le présent, notre affaire était d'aviser au moyen de reprendre le bâtiment. Il avoua que j'avais raison; mais il me dit qu'il ne savait comment il viendrait à bout de cela, parce qu'il y avait à bord vingt-six hommes qui, ayant tous mérité la mort et se sentant perdus, soutiendraient leur rébellion jusqu'à la dernière extrémité, sûrs qu'ils étaient d'être pendus en arrivant, soit en Angleterre, soit dans une de nos colonies. Il lui semblait donc impossible de les attaquer, étant aussi inférieurs en nombre que nous l'étions.

Je réfléchis quelque temps là-dessus, et les conclusions du capitaine ne me semblèrent que trop justes. Cependant il fallait prendre promptement une résolution, et tâcher d'attirer les gens du vaisseau dans quelque piége, ou bien de les empêcher, de manière ou d'autre, de descendre dans l'île. En ce moment il me vint à l'esprit que les hommes du navire, ne voyant pas revenir leurs camarades avec la chaloupe, les enverraient chercher avec le second bateau, sur lequel ils viendraient peut-être armés et se-

raient alors nos maîtres. Je proposai pour première
mesure de mettre la chaloupe hors d'état d'être emmenée ;
et nous allâmes sur-le-champ ôter de cette barque les
armes qu'on y avait laissées et tout ce qui s'y trouvait,
savoir : une bouteille d'eau-de-vie, une de rhum, quelques
biscuits et un grand pain de sucre enveloppé dans un
morceau de toile à voiles. Je me réjouis fort de cette
prise, surtout en voyant l'eau-de-vie et le sucre, dont
j'étais privé depuis bien des années.

Quand nous eûmes porté tout cela sur le rivage (les
rames, le mât, la voile et le timon ayant déjà été enlevés), nous fîmes un grand trou au fond de la barque,
pour que nos ennemis ne pussent l'emmener, dans le cas
où la supériorité de leur nombre nous empêcherait de les
attaquer. En effet, je comptais peu sur la prise du navire ;
mais j'imaginais que, si les rebelles partaient sans la
chaloupe, elle pourrait nous porter aux îles Sous-le-Vent,
en prenant sur notre chemin nos amis les Espagnols, que
je n'oubliais point. Nous la traînâmes donc après l'avoir
trouée, et à force de bras, assez avant sur la grève pour
que la marée ne pût la remettre à flot, et, de toutes façons, l'ouverture que nous y avions faite n'aurait pu être
bouchée en un moment.

Cette besogne achevée, nous nous étions assis pour
arrêter le plan de nos opérations subséquentes, lorsque
nous entendîmes tirer un coup de canon du vaisseau, et
nous le vîmes faire des signaux pour rappeler la chaloupe,
qui n'avait garde de bouger. Ils tirèrent encore plusieurs
coups et firent d'autres signaux ; enfin, s'apercevant de
l'inutilité de leurs démonstrations, je les vis, à l'aide de
ma lunette, lancer la seconde chaloupe et la diriger sur
l'île. A mesure qu'elle avançait, nous reconnûmes d'aborb
qu'elle était montée par dix hommes, ensuite qu'ils
avaient des armes à feu.

Comme le bâtiment était à plus de deux lieues de terre,
nous eûmes le temps de faire nos observations pendant

que la chaloupe arrivait, et de distinguer même les visages des hommes qui la montaient, parce que, le flux les ayant fait dériver un peu à l'E. de la chaloupe échouée, ils longèrent la côte pour gagner la place où cette première embarcation avait abordé et était restée. Ainsi nous les vîmes parfaitement, et le capitaine les reconnut tous et me dit quel était leur caractère. « Je vois au milieu d'eux, me dit-il, trois honnêtes garçons qui, certainement, ont été entraînés à la révolte par la frayeur qu'ils ont eue des autres ; mais quant au bosseman qui paraît les commander et à tout le reste, ce sont les plus mauvais sujets de l'équipage, et ils se sont trop gravement compromis pour ne pas défendre leur cause en désespérés : je crains, ajouta-t-il, que nous ne soyons incapables de leur résister. »

A la première apparition du bateau détaché du bâtiment, nous avions pensé qu'il convenait de séparer les prisonniers, et nous en avions disposé en effet d'une manière parfaitement sûre. Deux d'entre eux, sur la bonne foi desquels le capitaine ne comptait pas tout à fait, furent envoyés à ma caverne, avec Vendredi et l'un des trois hommes délivrés. Là ils étaient assez éloignés pour qu'il leur fût impossible d'être entendus ou découverts, ou de retrouver leur chemin dans les bois, s'ils parvenaient à se sauver. On les laissa attachés, mais avec des provisions, en leur promettant, s'ils continuaient d'être tranquilles, de les mettre en liberté quelques jours après, tandis que, s'ils essayaient de s'échapper, ils seraient mis à mort sans miséricorde. Ils promirent sous serment de supporter leur prison avec patience, et se montrèrent reconnaissants du bon traitement qu'on leur faisait en leur laissant des vivres et de la lumière. Vendredi leur avait donné des chandelles (telles que nous les avions), afin de les réconforter un peu, et il leur laissa croire qu'il restait en sentinelle à l'entrée de la grotte.

Les autres prisonniers furent mieux traités. Deux restèrent liés cependant, parce que le capitaine ne croyait pas devoir se fier à leur parole ; mais les deux autres entrèrent à mon service, sur la recommandation de leur chef et le serment solennel de vivre et de mourir avec nous. Ainsi, avec eux, et les trois hommes délivrés, nous étions sept, tous bien armés, et je ne doutais point que nous ne fussions en état de tenir tête aux dix hommes qui nous arrivaient, surtout en considérant qu'il y avait parmi eux trois ou quatre braves personnes.

Lorsqu'ils furent arrivés devant la place où la chaloupe était restée, ils poussèrent leur bateau sur la grève et débarquèrent tous, le tirant après eux, ce dont je fus très-satisfait ; car je craignais qu'ils ne le laissassent à l'ancre à quelque distance de la côte, sous la garde d'un ou deux hommes ; et alors nous n'aurions pu nous en emparer. Leur première action en posant le pied à terre fut de courir à la petite embarcation ; il était facile de voir combien ils étaient surpris de la trouver dépouillée, comme je l'ai dit plus haut, et percé d'un large trou dans le fond. Après avoir réfléchi un instant sur cet incident, ils poussèrent trois acclamations à pleine voix, pour tâcher de se faire entendre de leurs compagnons ; mais, voyant que leurs cris ne servaient à rien, ils se rangèrent en peloton et lâchèrent une volée de leurs petits fusils, qui frappa fortement nos oreilles et fit retentir les échos des bois. Ce fut également en vain ; les prisonniers de la caverne ne pouvaient entendre la détonation, et ceux que nous avions sous nos yeux l'entendaient trop bien ; cependant ils n'osèrent y répondre. Ils furent tellement étonnés de la disparition de leurs camarades, qu'ils se décidèrent, comme ils nous le contèrent ensuite, à retourner au vaisseau dire que la chaloupe avait été démâtée, et les hommes tués. Ils lancèrent donc leur bateau et cinglèrent vers le bâtiment.

Le capitaine fut grandement déconcerté par cette mesure : il pensa qu'ils considéraient leurs camarades comme perdus, qu'ils gagneraient le large et nous ôte-

raient ainsi l'espérance de recouvrer le vaisseau. Il fu
bientôt encore plus effrayé par une autre cause.

Peu de temps s'était écoulé depuis leur départ, lorsqu
nous les vîmes revenir vers la terre ; mais cette foi
ils prirent d'autres arrangements. Il paraît qu'ils étaier
convenus de laisser trois hommes pour garder le bateau
et que les autres descendraient et battraient le pays pou
chercher leurs compagnons. Ce fut un grand désappointe
ment pour nous, et nous ne savions quel parti prendre
Nous emparer des sept hommes débarqués ne nous aura
servi de rien, si les trois qui restaient dans la barqu
s'échappaient ; car ils retournaient à bord sur-le-champ
ils mettraient à la voile, et alors plus d'espoir de recon
quérir le bâtiment. Toutefois nous ne pouvions rien faire
sinon de voir comment les choses tourneraient, et d'agi
selon les circonstances. Les sept hommes sautèrent su
le rivage, et les trois qui restèrent dans la chaloupe l
conduisirent assez loin de la côte, et jetèrent l'ancre, d
sorte qu'il nous était impossible de les aborder. Ceu
qui avaient débarqué marchèrent, en se tenant serrés le
uns contre les autres, vers la cime de la petite collin
au-dessous de laquelle se trouvait mon habitation. Nou
pouvions les voir clairement, et ils ne pouvaient nou
découvrir. Nous aurions bien désiré qu'ils vinssent plu
près de nous, afin de pouvoir tirer sur eux, où bien qu'il
se tinssent assez éloignés pour que nous puissions sortir
Lorsqu'ils furent au sommet du monticule, d'où la vu
s'étend à une grande distance sur les bois et les vallée
de la partie N.-E., la plus basse de l'île, ils poussèren
des cris et appelèrent leurs camarades avec tant de forc
que la voix leur manqua. Ne se souciant point sans dout
de s'éloigner du rivage, ni de se séparer, ils s'assiren
tous à l'ombre d'un arbre, pour tenir conseil. S'ils avaien
jugé à propos de dormir, comme avaient fait les autres
cela eût bien arrangé nos affaires ; mais ils étaient tro
alarmés pour oser s'endormir, bien qu'ils n'eussent au

cune idée de la nature des périls qui les menaçaient.

Le capitaine, les voyant ainsi en conférence, me dit très-judicieusement qu'ils se décideraient sans doute à

tirer une seconde fois, dans l'espoir de se faire entendre de leurs compagnons, et que nous pourrions fondre sur eux au moment où leurs armes seraient déchargées; ils se rendraient sans effusion de sang. Cette proposition me parut bonne, pourvu qu'ils se trouvassent assez près de nous pour que nous pussions les attaquer avant qu'ils eussent rechargé leurs armes. Mais cette chance n'arriva point, et nous restâmes encore longtemps dans l'incertitude sur les mesures que nous adopterions. Enfin, je dis à mes compagnons qu'à mon avis il n'y avait rien à faire avant la nuit, et que, s'ils ne retournaient pas alors au

bateau, nous pourrions peut-être nous placer entre eu
et la rive, et user de stratagème pour faire descendre
terre les gardiens de la barque. Nous attendîmes long
temps et très-impatiemment leur départ, et nous fûm
extrêmement inquiets lorsque nous les vîmes, après s'êt
consultés longuement, se lever tous et se diriger vers
mer. Il paraît que les dangers inconnus de l'île les e
frayaient à tel point qu'ils abandonnèrent leurs cama
rades comme des gens perdus, et se disposaient à reg
gner le vaisseau.

Dès que je les vis reprendre le chemin du rivage,
pensai, et avec raison, qu'ils renonçaient à leur recherch
et se disposaient à partir. Le capitaine, auquel je fis pa
de cette supposition, en fut desolé; mais je m'avisai
l'instant, pour ramener nos gens, d'un plan qui obtin
un plein succès. J'ordonnai à Vendredi et au lieutenan
d'aller au delà de la petite baie à l'O., jusqu'à l'endro
où les sauvages avaient débarqué à l'époque de la déli
vrance de Vendredi. Quand ils seraient arrivés là, je leu
dis de monter sur une petite éminence à un quart d
lieue de la côte, de crier le plus haut qu'ils poùrraien
et d'attendre que les marins leur répondissent; alors, s
tenant toujours cachés, ils seraient revenus en prenan
un long détour et en répondant de temps en temps au
cris des autres, afin de les attirer bien avant dans le
bois : ils devaient ensuite se replier vers nous par les che
mins que je leur indiquai.

Les marins étaient prêts à s'embarquer, lorsque Ven
dredi et son compagnon crièrent. Ils furent entendus
l'instant, et nos gens se mirent à courir le long de l
rive, du côté d'où venaient les voix; mais ils furen
arrêtés par la crique, et, comme la marée était haute
ils ne purent la passer et demandèrent leur chaloupe
C'était là ce que j'attendais. Quand ils eurent traversé l
petit bras de mer, ils trouvèrent sans doute leur barque
en sûreté dans cette espèce de port, et ils n'y laissèren

que deux hommes après l'avoir attachée à un tronc d'arbre. Je ne pouvais souhaiter rien de mieux ; et, laissant Vendredi et le lieutenant à leur expédition, je pris le reste de mes hommes, je traversai la crique hors de la vue des marins, et je les surpris, l'un d'eux étant sur le rivage, l'autre à bord. Le premier était moitié endormi, et il allait se relever ; mais le capitaine, qui marchait en avant, courut sur lui, l'assomma, et cria à celui de la chaloupe de se rendre, sinon qu'il était mort. Il eut peu de peine à persuader à un seul homme de céder à cinq autres, après avoir vu périr son camarade. D'ailleurs c'était, à ce qu'il paraît, un des trois qui n'avaient pas adhéré volontairement à la mutinerie ; il fut donc facile de le décider non-seulement à remettre ses armes, mais à se joindre à nous de bonne foi. En même temps Vendredi et le lieutenant avaient si bien conduit leur affaire en criant et en répondant aux cris des autres de colline en colline, de bois en bois, qu'ils les avaient mortellement fatigués, et de plus égarés de manière à leur ôter la possibilité de revenir avant la nuit à leur chaloupe. Nos deux émissaires eux-mêmes étaient harassés à leur retour.

Dès lors nous n'avions plus qu'à les surveiller et à tomber sur eux dès qu'il ferait nuit. Ils ne revinrent à leur chaloupe que trois à quatre heures après le retour de Vendredi ; et nous entendîmes le premier qui arriva crier à ses compagnons de se hâter, et ceux-ci lui répondre, en se plaignant d'être épuisés et incapables d'aller plus vite ; ce qui nous fit grand plaisir. Enfin ils atteignirent leur embarcation, et il est impossible de peindre leur confusion lorsqu'ils la virent à sec sur le sable, la mer s'étant retirée, et qu'ils ne retrouvèrent plus leurs deux compagnons. Nous les entendions se dire l'un à l'autre que cette île était enchantée, qu'elle était habitée par de mauvais esprits ou par des assassins, et qu'ils seraient tous emportés par des diables ou massacrés. Ils appelèrent leurs camarades plusieurs fois par leurs noms, mais sans réponse. Quelque temps après nous les vîmes, à la faible lueur du crépuscule, courir çà et là en se tordant les mains comme des désespérés, s'asseyant quelquefois dans la barque pour se reposer, puis recommençant leurs courses. Mes gens avaient grande envie que je leur permisse d'attaquer les marins à la faveur de la nuit; mais je voulais les prendre avec assez d'avantage pour en tuer le moins possible; surtout je ne voulais risquer la vie d'aucun des nôtres, et je savais que ces hommes étaient très-bien armés. J'étais résolu à attendre, espérant qu'ils se sépareraient; et, pour être plus sûr de mon fait, je rapprochai mon embuscade, et je commandai à Vendredi et au capitaine de se glisser à plat ventre, pour n'être point découverts, aussi près de terre qu'il leur serait possible, et d'arriver ainsi sur l'ennemi avant de tirer.

Ils n'avaient pas été longtemps dans cette posture, quand le bosseman, principal moteur de la sédition, et qui se montrait alors le plus découragé de tous, vint du côté de Vendredi et du capitaine avec deux autres. Le capitaine, voyant ce déterminé coquin en son pouvoir, eut à peine la patience de s'assurer que c'était lui, sa voix le lui ayant fait reconnaître. Aussitôt qu'il approcha d'eux, le capitaine et Vendredi, se redressant sur leurs pieds, lâchèrent leur coup, et l'homme fut tué sur place. L'un de ses compagnons tomba à ses côtés, le corps percé d'une balle; mais il ne mourut qu'une ou deux heures après, et le troisième s'enfuit. Au bruit des coups de feu j'avançai avec toute mon armée, composée de huit hommes, savoir: moi, le généralissime, Vendredi mon lieutenant, le capitaine et ses deux amis, et les trois prisonniers de guerre auxquels nous avions confié des armes. Nous vînmes, il est vrai, sur eux dans l'obscurité, en sorte qu'ils ne purent nous compter, et j'ordonnai à l'homme qu'ils avaient laissé dans le bateau de les appe-

ler par leurs noms et d'essayer de les amener à parlemen-
ter, espérant les réduire à traiter avec nous. Il était en
effet probable que, dans leur position actuelle, ils capitu-
leraient volontiers. Il appela donc d'abord un certain Tom
Smith; Tom Smith répondit tout de suite : « Est-ce toi,
Robinson? » car il paraît qu'il reconnut son camarade
à la voix. Celui-ci répondit : « Oui, oui. Pour l'amour
de Dieu, Tom Smith, mets bas les armes, rends-toi, ou
vous êtes tous morts à la minute.

— A qui nous rendre? où sont-ils? répliqua Smith. —
Ici, répondit l'autre. Notre capitaine est ici avec cinquante
hommes; ils vous ont donné la chasse pendant deux
heures. Le bosseman est mort, Will Fry est blessé, moi
je suis prisonnier; et, si vous ne vous soumettez pas,
vous êtes tous perdus.

— Nous feront-ils quartier? dit Tom Smith. Si l'on
nous donne la vie sauve, nous nous rendrons. — Je vais
le demander si vous voulez, » dit Robinson; et il le
demanda au capitaine. Celui-ci prit la parole et dit :
« Vous connaissez ma voix, Smith; je vous promets, si
vous posez les armes à l'instant, de vous faire grâce de
la vie à tous, excepté à Will Atkins. »

Alors ce Will Atkins s'écria : « Pour l'amour de Dieu,
capitaine, faites-moi quartier. Qu'ai-je fait de plus que les
autres? ils ont tous été aussi méchants que moi. » C'était
faux; ce Will Atkins avait le premier porté la main sur
le capitaine au commencement de la mutinerie, et il l'a-
vait traité d'une manière cruelle en lui liant les mains
et l'insultant grossièrement. Cependant le capitaine lui dit
de se rendre à discrétion et de se confier en la miséricorde du gouverneur; car ils me donnaient tous ce titre.
Bref, les rebelles mirent bas les armes et demandèrent
la vie. J'envoyai l'homme qui avait parlementé avec eux,
et deux autres, pour les garotter : ensuite ma grande
armée de cinquante hommes, qui, même en y comprenant les trois nouveaux enrôlés, montait seulement à huit

hommes effectifs, avança pour se saisir des prisonniers et de leur chaloupe : moi et un autre, nous nous tînmes hors de vue pour raison d'État.

Notre premier soin devait être de réparer la chaloupe et de songer à nous emparer du vaisseau. Le capitaine, libre de parler avec les mutins, leur représenta l'infamie de leur conduite envers lui, et la perversité encore plus grande des projets qu'ils n'avaient pu accomplir. Il leur fit comprendre que de tels actes ne pouvaient les mener qu'à la misère et peut-être à la potence. Tous paraissaient vraiment contrits et demandaient la vie avec instance. Il leur dit qu'ils n'étaient point ses prisonniers à lui, mais ceux du gouverneur de l'île ; qu'ils avaient cru l'abandonner dans un lieu désert, et qu'il avait plu à Dieu que ce lieu se trouvât habité, et que le gouverneur fût Anglais. « Il peut, disait-il, vous faire tous pendre, s'il le juge à propos ; mais comme il vous a donné quartier, je suppose qu'il vous renverra en Angleterre, pour être remis à la justice du pays, excepté Atkins, que le gouverneur fait avertir par moi de se préparer à la mort, parce qu'il sera pendu demain matin. »

Bien que tout cela fût inventé par le capitaine, il en obtint l'effet qu'il attendait. Atkins, tombant à ses genoux, le supplia d'intercéder pour lui auprès du gouverneur de cette île ; et tous les autres demandèrent au nom de Dieu de n'être point envoyés en Angleterre.

Il me sembla que le moment de notre délivrance était arrivé, et qu'il serait facile de disposer ces gens à nous mettre de grand cœur en possession du vaisseau. Toutefois je restai dans l'ombre, ne voulant point qu'ils vissent quelle mine avait leur gouverneur, et j'appelai le capitaine. Lorsque ma voix se fit entendre d'assez loin, un de nos hommes se détacha et alla dire au capitaine que le commandant le demandait. Le capitaine répondit qu'il se rendrait à l'instant près de Son Excellence. Cette feinte en imposa à tous les prisonniers, et ils restèrent per-

suadés que j'étais près de là avec mes cinquante hommes.
Quand le capitaine fut près de moi, je lui fis part de
mon projet pour prendre le bâtiment; il le goûta extrêmement et résolut de le mettre à exécution le lendemain
matin. Cependant, pour exécuter notre plan avec plus
d'art et de précaution, et en assurer le succès, je lui dis
qu'il fallait diviser les prisonniers, l'engageant à aller
prendre Atkins et deux des plus mutins, et à les envoyer
pieds et poings liés à la caverne où les autres étaient
renfermés. Vendredi fut chargé de les conduire, assisté
des deux hommes débarqués avec le capitaine, et ils
dirent aux prisonniers qu'ils étaient dans un cachot, ce
qu'ils pouvaient croire, ce caveau étant réellement un
triste séjour, surtout dans la situation où se trouvaient
ces hommes. Je fis emmener les autres à mon bosquet,
cette retraite que j'ai déjà amplement décrite; et, comme
elle était close et qu'ils étaient liés, la place était suffisamment sûre; d'ailleurs ils avaient intérêt à se bien conduire.

Le lendemain matin j'envoyai le capitaine auprès d'eux,
pour les sonder et me rapporter ensuite s'il croyait pouvoir compter sur leur coopération pour reprendre le navire. Il leur parla de l'offense qu'ils avaient commise
envers lui et de la triste position où elle les mettait,
malgré la grâce qui leur avait été accordée par le gouverneur, pour le présent; car, s'ils étaient reconduits
en Angleterre, ils seraient tous pendus infailliblement.
Il leur dit ensuite que, s'ils voulaient se joindre à une
tentative aussi juste que celle de reprendre le vaisseau, le
gouverneur s'engageait à obtenir leur pardon.

Cette proposition devait être et fut acceptée avec joie
par tous ces gens. Ils tombèrent aux pieds du capitaine
et lui jurèrent de le servir fidèlement, de répandre pour
lui jusqu'à la dernière goutte de leur sang, de le suivre
au bout du monde, s'il le désirait, ajoutant qu'ils lui devaient la vie et le regarderaient comme leur père tant

13.

qu'ils existeraient. « C'est bien, dit le capitaine, je vais aller dire au gouverneur ce que vous venez de me déclarer, et je verrai ce que je pourrai faire pour le disposer en votre faveur. » Il me rendit compte de l'esprit dans lequel il les avait trouvés, et me dit qu'il croyait à leur bonne foi. Cependant, pour plus de sûreté, je l'engageai à retourner et à déclarer à ces cinq hommes qu'ils pouvaient voir que l'on n'avait pas besoin d'eux, et qu'on leur faisait une grâce en acceptant leur service; mais que le gouverneur garderait les deux premier captifs et les trois qu'on avait enfermés dans la caverne de mon château, comme des otages qui répondraient de la fidélité de leurs compagnons, et que, si l'un de ceux-ci trahissait dans l'action, les cinq otages seraient pendus sur le rivage. Cette décision sévère leur montra que le gouverneur ne badinait point. Toutefois il n'y avait pas deux chemins à prendre, et c'était alors l'intérêt des prisonniers, aussi bien que celui du capitaine, d'engager leurs camarades à faire leur devoir.

Nos forces étaient ainsi ordonnées pour l'expédition : 1° le capitaine, son second et son passager; 2° les deux prisonniers de la première affaire, auxquels, sur la recommandation du capitaine, j'avais rendu la liberté et confié des armes; 3° les deux autres que j'avais retenus enchaînés dans mon bosquet, et délivrés actuellement à la requête du capitaine; 4° les cinq derniers prisonniers libérés. Ils étaient douze en tout, outre les cinq retenus dans ma caverne comme otages.

Je demandai au capitaine s'il voulait s'aventurer à aborder le vaisseau avec ces forces. Quant à moi et à mon domestique Vendredi, je ne jugeai pas à propos que nous prissions part à l'affaire, parce qu'ayant sept hommes à garder, nous aurions assez de besogne pour les tenir éloignés les uns des autres et leur porter des vivres. J'étais résolu à tenir sévèrement les cinq hommes de la caverne; mais Vendredi allait deux fois par jour leur donner ce

qui leur était nécessaire. Les deux autres prisonniers portaient les provisions à une certaine distance, et là Vendredi les prenait. Quand je me montrai aux deux otages,
j'étais avec le capitaine, et il leur dit que j'étais la personne chargée par le gouverneur de veiller sur eux, et que
c'était le bon plaisir de Son Excellence qu'ils ne bougeas-
sent sans ma permission, sous peine d'être conduits au
château et enchaînés. De cette manière, n'ayant jamais
paru en qualité de gouverneur, je jouai un autre rôle, et
je parlais à tout propos du gouverneur, de la garnison et
du château.

Maintenant tous les obstacles étant aplanis pour le
capitaine, il lui restait seulement à préparer ses deux
barques, à boucher le trou que nous avions fait à la première, et à les équiper. Il donna le commandement de
l'une à son passager, et quatre de ses hommes formèrent
l'équipage; il commandait la seconde, dans laquelle il prit
son lieutenant et cinq hommes. Ils arrangèrent si bien
leur affaire, qu'ils atteignirent le bâtiment vers minuit.
Aussitôt qu'ils en furent à portée de voix, le capitaine ordonna à Robinson de héler les gens du bord, et de leur
dire qu'il ramenait leurs camarades et la chaloupe, mais
qu'ils avaient passé beaucoup de temps à les chercher.
Bref, il les amusa par ses discours, et, pendant qu'il parlait, la chaloupe arriva sous le navire. Alors le capitaine
et le lieutenant s'élancèrent les premiers sur le tillac, as-
sommèrent à coups de crosse de fusil le second contre-
maître et le charpentier, et, fidèlement aidés par leurs
hommes, ils s'assurèrent de tous ceux qui se trouvaient
sur le pont, et fermèrent les écoutilles, pour empêcher,
ceux d'en bas de monter.

En ce moment la seconde chaloupe aborda le bâtiment
du côté de la proue, et cette nouvelle troupe nettoya le
gaillard d'avant, s'empara de l'écoutille conduisant à la
cuisine, et prit trois hommes qui s'y trouvaient. Tout
étant sauf sur le tillac, le capitaine commanda à son lieu-

tenant et à trois de ses hommes de forcer la cabine où se tenait le capitaine choisi par les rebelles. Celui-ci, ayant pris l'alarme, s'était levé, et, assisté par deux matelots et un mousse, il s'était muni d'armes et tira sur le lieutenant lorsqu'il força la porte, et lui cassa le bras : deux autres furent blessés, mais il n'y en eut pas un de tué. Tout blessé qu'il était, le lieutenant, après avoir appelé à

son secours, se précipita dans la chambre et déchargea son pistolet sur le commandant rebelle. La balle entra par la bouche et ressortit derrière l'oreille, et l'homme tomba sans prononcer un mot. Alors le reste se rendit ; le vaisseau fut repris, et l'on ne répandit pas une goutte de sang de plus.

Dès que le capitaine fut assuré de son navire, il fit tirer sept coups de canon, signal convenu entre nous pour annoncer sa victoire. On s'imaginera sans peine quelle fut ma joie quand je l'entendis. J'étais resté sur le bord de la mer jusqu'à deux heures du matin, et, lorsque j'eus bien entendu ce signal, je me couchai et m'endormis profondément, la journée ayant été pour moi extrêmement laborieuse. Le lendemain matin je fus éveillé par un coup de canon, et, peu de moments après, je m'entendis appeler : « Gouverneur! gouverneur! » Je reconnus la voix du capitaine. Je m'habillai à la hâte, et je grimpai sur le sommet de la colline, où je trouvai en effet le capitaine. Il me montra son vaisseau et me dit, en me serrant dans ses bras : « Mon cher ami et libérateur, voici votre vaisseau ; il vous appartient, ainsi que nous tous. » Je jetai les yeux sur la mer, et je vis le bâtiment à moins d'un quart de lieue du rivage. Aussitôt qu'il avait été maître sur son bord, le capitaine avait levé l'ancre, et, comme le temps était beau, il était venu mouiller près de l'embouchure de la petite baie, dans laquelle, à la faveur du flux, il était entré sur la pinasse, et avait abordé à la place où je conduisais jadis mes radeaux. Je faillis m'évanouir de saisissement en voyant ma délivrance si visiblement remise entre mes mains, toutes les difficultés levées, un bon navire prêt à me porter où je voudrais aller. D'abord je ne pus répondre au capitaine, et, quand il me prit dans ses bras, je me tins fortement à lui pour ne point tomber. Il s'aperçut de mon état et me fit prendre quelques gouttes d'un cordial qu'il avait apporté exprès pour moi. Après avoir bu, je m'assis à terre un peu revenu à moi ; mais je restai encore quelque temps sans pouvoir parler. Ce brave homme était aussi transporté de joie que je l'étais ; mais il n'avait pas éprouvé l'émotion de la surprise. Il me dit mille choses bonnes et tendres pour me calmer ; cependant l'excès du bonheur avait jeté la confusion dans mes idées, et je ne recouvrai la parole que lorsque des

flots de larmes eurent soulagé mon cœur. A mon tour
j'embrassai mon ami, je le saluai comme mon libérateur;

et nous nous félicitâmes mutuellement. » Je vous regarde,
lui dis-je, comme un homme envoyé du ciel pour me délivrer, et toute cette affaire me semble un enchaînement
de miracles. De pareils témoignages montrent bien clairement l'influence mystérieuse de la Providence sur les
événements, et sa puissance, sa bonté infinie, qui vont
chercher un malheureux dans le coin le plus ignoré de
l'univers, et lui envoient des secours inespérés ! » Je n'oubliai point d'élever au ciel mon âme reconnaissante; je
ne pouvais différer un instant de bénir celui qui m'avait
nourri dans ce désert d'une manière si surprenante, celui
auquel toute assistance ou toute délivrance doit être rap-
portée.

Quand nous eûmes causé ensemble quelque temps, le

capitaine me dit qu'il me remettait le peu de rafraîchissements que le bâtiment avait pu fournir, et que les misérables qui s'en étaient emparés n'avaient point pillés encore. Alors il héla sa chaloupe, et ordonna à ses hommes
de débarquer les objets destinés au gouverneur. En effet,
à voir toutes les provisions que l'on m'apportait, on eût dit
que je ne devais pas m'en aller avec eux, mais habiter encore mon île. D'abord il y avait une cave contenant des
liqueurs et six grandes bouteilles de vin de Madère, deux
livres de tabac parfait, douze quartiers de bon bœuf et six
quartiers de porc, un sac de pois et environ cent livres de
biscuit, plus une caisse de sucre, une autre de farine, un
sac de citrons, deux bouteilles de sirop de limon, et quantité d'autres objets. En outre il m'apporta, ce qui était
mille fois plus utile pour moi, six chemises neuves, six
cols très-bons, deux paires de gants, une paire de souliers, un chapeau et une paire de bas, avec un habille-
ment complet à lui appartenant et qui n'avait presque pas
été porté; enfin il me vêtit de la tête aux pieds. Ce fut
réellement un cadeau très-agréable et très-opportun pour
une personne placée dans les circonstances où je me
trouvais; mais on ne peut imaginer à quel point, au premier moment, j'étais gauche, embarrassé, mal à l'aise
dans mes nouveaux habits.

Toutes ces cérémonies terminées, et toutes ces bonnes
choses portées dans mon petit appartement, nous nous
consultâmes sur ce que nous ferions de nos prisonniers;
car il était nécessaire de considérer s'il convenait ou non
de les emmener avec nous, notamment deux d'entre eux,
que le capitaine jugeait insubordonnés au dernier degré.
Il me dit qu'il les connaissait pour des coquins incorrigi-
cles, qu'aucun bienfait ne pourrait les toucher, et que si
l'on se décidait à les emmener, ce ne pouvait être qu'enchaînés comme des malfaiteurs, pour les livrer à la justice dans la première colonie anglaise où nous arrive-
rions. Je lui dis que, s'il y consentait, je tâcherais de

disposer ces deux hommes à demander eux-mêmes, comme
une faveur, de rester dans l'île. « Je le voudrais de tout
mon cœur, répondit le capitaine. — Eh bien, dis-je, je
vais les envoyer chercher et leur parler de votre part. »

J'envoyai donc Vendredi et les deux otages alors libérés, leurs camarades ayant tenu leur promesse, je les
envoyai, dis-je, à la caverne chercher les cinq prisonniers, et leur commandai de les amener, attachés comme
ils l'étaient, au bosquet, où ils les garderaient en attendant que je vinsse leur parler. Je laissai passer un peu
de temps, et je me rendis au bosquet dans mes habits
neufs, et me faisant encore appeler monsieur le gouverneur. Quand nous fûmes tous réunis, et le capitaine
placé à côté de moi, je fis amener les prisonniers et leur
dis que je savais toute l'infamie de leur conduite, et
comment ils avaient déserté avec leur bâtiment, et se
préparaient à commettre d'autres méfaits, si la Providence ne les avait fait tomber dans les piéges qu'ils
avaient tendus pour les autres. Je leur annonçai que, par
mes ordres, le navire avait été saisi, qu'il était maintenant en rade, et qu'ils verraient bientôt leur nouveau
commandant pendu à la grande vergue, comme le méritait sa félonie. Je leur demandai ce qu'ils auraient à dire
si je les faisais de même exécuter, comme pirates pris les
armes à la main ; ils ne pouvaient douter, leur disais-je,
que ma commission ne m'autorisât à faire justice d'eux.

Un d'eux répondit au nom des autres qu'il n'avait
rien à dire, sinon que le capitaine leur avait promis la vie
lorsqu'ils avaient été pris, et qu'ils se recommandaient
humblement à ma clémence. « Mais, leur dis-je, il me
serait difficile d'user de clémence envers vous, puisque
j'ai l'intention de quitter l'île avec tous mes hommes et
que mon passage en Angleterre est arrêté sur votre bâtiment. Le capitaine ne pourrait vous ramener autrement
que dans les chaînes et pour vous livrer à la justice, et,
en dernier résultat, au gibet. Je ne sais réellement ce

qu'on pourrait faire pour vous, à moins que vous ne soyez disposés à rester ici ; et, dans ce cas, ayant moi-même la permission de quitter l'île, je ne serais pas éloigné de vous faire grâce de la vie, si vous croyez pouvoir vous tirer d'affaire sur ces rives. » Ils semblèrent extrêmement reconnaissants, et m'assurèrent qu'ils aimaient mieux risquer de demeurer dans l'île que d'être transportés en Angleterre, où ils étaient certains d'être pendus.

Cependant le capitaine parut élever quelques difficultés et craindre de les laisser à terre. Alors je fis semblant d'être un peu en colère contre lui ; je lui dis que ces gens étaient mes prisonniers, et non les siens ; que je leur avais offert cette faveur, et que je voulais tenir ma parole.

« Du reste, ajoutai-je, si vous ne jugez pas à propos de consentir à ma proposition, je les remettrai en liberté comme je les ai trouvés, et vous les reprendrez comme vous pourrez. » Ces malheureux me remercièrent avec chaleur. Je les fis détacher et leur ordonnai de se retirer au milieu des bois, à l'endroit d'où ils venaient ; je leur dis que je leur enverrais des armes, des munitions et des renseignements utiles pour leur bien-être. Ensuite je me préparai à me rendre sur le vaisseau ; mais je dis au capitaine que je passerais encore une nuit à terre pour arranger mes affaires, le priant d'aller sans moi à bord, de tenir toutes choses prêtes pour le départ, et de m'envoyer, le jour suivant, la chaloupe. Je lui recommandai, à tout événement, de faire pendre au mât le capitaine rebelle qui avait été tué, afin que ses complices pussent le voir.

Quand le capitaine fut parti, je fis amener dans mon appartement tous les exilés, et j'entrai avec eux en conversation sérieuse sur leurs affaires. Je leur dis qu'à mon avis ils avaient fait un bon choix, et que, si le capitaine les avait emmenés, ils auraient été tous très-certainement pendus. Je leur montrai le capitaine rebelle attaché à la vergue du vaisseau, et je les assurai qu'un pareil sort les attendait.

Après qu'ils m'eurent tous déclaré qu'ils se trouvaient heureux de rester à terre, je leur dis que je voulais leur conter l'histoire de ma vie en cette île, et leur expliquer comment ils pourraient eux-mêmes y vivre doucement. Je leur exposai tout ce qui concernait le lieu, et la manière dont j'y étais arrivé; je leur montrai mes fortifications, et de quelle façon je faisais mon pain, je plantais mon blé, je préparais mes raisins; en un mot, je leur dis tout ce qu'ils devaient savoir pour rendre leur existence tolérable. Je leur parlai aussi des dix-sept Espagnols qui devaient arriver, et pour lesquels je laissai une lettre; je leur fis promettre de les traiter en frères et de leur faire part de toutes leurs ressources. Il faut observer ici que le capitaine m'avait fourni de l'encre de son vaisseau, et qu'il fut grandement surpris que je n'eusse jamais trouvé moyen de faire de l'encre avec du charbon et de l'eau, ou quelques autres ingrédients, moi qui avais fait tant de choses bien plus difficiles.

Je laissai à nos exilés mes armes, savoir : cinq fusils de munition, trois fusils de chasse et trois épées. Je leur donnai aussi environ la moitié d'un baril de poudre qui me restait; car, après les deux ou trois premières années, je n'en avais pas usé du tout. Je leur indiquai la manière de soigner les chèvres, d'employer leur lait, de les engraisser; bref, je leur contai tous les détails de mon histoire, je leur promis d'engager le capitaine à leur laisser deux barils de poudre de plus et des graines que j'aurais été moi-même bien content d'avoir; de plus, je leur donnai le sac de pois que m'avait apporté le capitaine, en leur recommandant de les semer, afin d'en avoir ensuite davantage.

Après avoir terminé leur instruction, je les laissai le lendemain, et j'allai à bord. Nous nous préparâmes sur-le-champ à mettre à la voile. Cependant nous ne levâmes pas l'ancre le même soir. Le lendemain de très-bonne heure, deux des cinq exilés vinrent à la nage sous le bâtiment, et, se plaignant tristement des trois autres, demandèrent pour l'amour de Dieu à être reçus dans le vaisseau, implorant le capitaine pour qu'il les prît, dût-il les faire pendre, puisque, s'ils restaient avec les autres, ils seraient assassinés. Le capitaine prétendit qu'il ne pouvait rien faire sans ma permission; mais, sur leur promesse solennelle de s'amender, nous consentîmes à les prendre. Ils furent sévèrement fouettés, et devinrent de très-honnêtes et de très-braves garçons.

Quelque temps après, on envoya la chaloupe à terre, à l'heure de la haute marée, pour porter les objets promis aux prisonniers, et le capitaine, à ma prière, y joignit leurs coffres et leurs effets, ce qui leur causa une grande joie. Je les encourageai aussi en leur disant que, s'il était en mon pouvoir d'envoyer un vaisseau pour les chercher, je ne les oublierais point.

En prenant congé de mon île, j'emportai, comme souvenir de mon exil, le grand bonnet de peau de chèvre que j'avais fait, mon parasol et l'un de mes perroquets; je n'oubliai pas non plus de prendre cet argent dont j'ai parlé, qui avait été si longtemps négligé qu'il était noirci et pouvait à peine passer pour tel avant d'avoir été frotté. Les pièces de monnaie que j'avais trouvées sur le bâtiment espagnol étaient dans le même état. Ainsi je quittai l'île le 19 décembre, et, selon le calendrier du vaisseau, dans l'année 1686, après y avoir passé vingt-huit ans, deux mois et dix-neuf jours, et je touchai le sol de ma patrie le 11 juin 1687, après trente-cinq ans d'absence.

Quand j'arrivai en Angleterre, je m'y trouvai aussi complétement étranger à tout le monde que si je n'avais jamais habité ce pays. Ma bienfaitrice, ma fidèle intendante à laquelle j'avais laissé mon argent, était vivante; mais elle avait eu de grands malheurs; elle était devenue veuve une seconde fois, et ses affaires étaient fort dérangées. Je la priai de ne pas se tourmenter de ce qu'elle me devait, l'assurant que, loin de vouloir lui causer le moindre chagrin, je l'aiderais au contraire selon mes petits moyens, en reconnaissance de ses soins et de son honnêteté envers moi. Il est vrai qu'en ce moment je ne pouvais faire beaucoup pour elle ; toutefois je lui dis que jamais je n'oublierais ses bontés, et je le lui prouvai dès que je fus en état de l'aider, comme on le verra plus tard.

Je me rendis ensuite dans le comté d'York. Mon père était mort ainsi que ma mère, et de toute ma famille je ne retrouvai que deux sœurs et deux enfants de l'un de mes frères ; et, comme on me tenait pour mort depuis longtemps, on ne m'avait laissé aucune part dans notre patrimoine. En un mot, je me trouvai sans ressource, excepté la petite somme d'argent que j'avais apportée, et qui ne pouvait suffire pour m'établir et me faire exister.

Je reçus alors un témoignage de reconnaissance auquel je ne m'attendais point. Ce patron de bâtiment que j'avais si heureusement sauvé ayant rendu à ses armateurs un compte fidèle et bienveillant de tout ce qu'il me devait pour l'avoir tiré, lui, l'équipage et le bâtiment, du plus grand péril, ceux-ci m'invitèrent à me trouver avec eux et d'autres négociants intéressés à la même entreprise ; ils m'adressèrent à ce sujet leurs remercîments et me prièrent d'accepter un présent de près de deux mille guinées.

Cet argent ne pouvait me procurer une existence suffisante ; je résolus donc d'aller à Lisbonne chercher des renseignements sur ma plantation et mon associé du Brésil, lequel devait me croire mort depuis bien des années. Dans cette vue je m'embarquai pour Lisbonne, où j'arrivai au mois d'avril suivant, mon domestique Vendredi m'ayant accompagné dans tous ces voyages et s'étant montré, en toute occasion, le plus zélé, le plus fidèle des serviteurs. Je m'informai à Lisbonne de mon vieil ami le capitaine de

navire qui m'avait recueilli sur la côte d'Afrique, et je
le retrouvai, à ma grande satisfaction. Il était devenu
vieux, et n'allait plus en mer ; il avait cédé son bâtiment
à son fils, qui n'était déjà plus un jeune homme, et qui
suivait, de même que le père, le commerce du Brésil. Le
vieillard ne me reconnut point, et je ne l'aurais peut-être
pas reconnu si je n'avais su que c'était lui ; mais après
les premiers moments, je me rappelai bientôt tous ses
traits, de même que je lui revins en mémoire dès que je
me fus nommé.

Après quelques tendres effusions de vieille amitié entre
nous, je m'empressai de demander dès nouvelles de ma
plantation et de mon associé. Le bonhomme me dit qu'il
y avait neuf ans qu'il n'était allé au Brésil ; que, lors de
son dernier voyage, mon associé était vivant ; mais que
ceux que j'avais chargés de veiller avec lui sur ma part
dans nos affaires étaient morts tous les deux. Cependant
il pensait qu'on me rendrait bon compte de l'accroisse-
ment de ma plantation, parce que, d'après l'opinion générale que j'avais péri dans un naufrage, mes fondés de
pouvoirs avaient remis mes droits sur la plantation au pro-
cureur fiscal, lequel avait décidé que, dans le cas où je
ne viendrais pas réclamer cette propriété, un tiers serait
versé au trésor royal, et deux tiers au monastère de
Saint-Augustin, pour être employés au profit des pauvres
et à la conversion des Indiens à la foi catholique ; et, si
je paraissais, ou quelqu'un avec ma procuration, pour réclamer cette propriété, elle me serait rendue, sauf les
produits annuels qui, ayant été appliqués à des objets de
charité, ne pouvaient plus m'être remboursés. Il m'assura
que l'intendant des domaines royaux et le *provedor* ou
économe du couvent avaient pris grand soin, depuis ce
temps, d'exiger du détenteur de la propriété, c'est-à-dire
de mon associé, un compte exact du produit, et en avaient
dûment touché la moitié qui m'appartenait. Je lui demandai s'il savait à quelle valeur la plantation avait été

portée, s'il croyait que cela valût la peine de s'en occuper, et si j'aurais, en me rendant sur les lieux, quelques
obstacles à surmonter pour établir mes justes droits sur
la moitié de cette propriété. Il me dit que, sans savoir
exactement à quel degré la plantation s'était améliorée, il
était sûr au moins que mon associé était devenu extrêmement riche sur la part qui lui était laissée, et que, si sa
mémoire ne le trompait point, on lui avait dit que le tiers
de ma part attribué au roi, et qui avait été concédé à un
autre monastère ou maison religieuse, montait à plus de
deux cents moïdores par an. A l'égard de ma rentrée
dans la libre possession de ce bien, cela ne pouvait
souffrir aucune difficulté, mon associé étant là pour témoigner de la légalité de mon titre, et mon nom étant d'ailleurs inscrit sur les registres du gouvernement. Il me dit
de plus que les héritiers de mes deux fondés de pouvoirs
étaient des gens très-honnêtes et très-riches ; et il croyait
que non-seulement ils m'aideraient à rentrer dans ma
propriété, mais que je trouverais dans leurs mains une
somme considérable provenant du revenu de la plantation,
dans le temps où leurs pères en avaient la gestion, et
avant qu'ils en eussent disposé comme il me l'avait dit, ce
qui avait eu lieu, autant qu'il pouvait se le rappeler, seulement depuis douze ans.

Ceci me causa un peu d'inquiétude, et je demandai au
vieux capitaine comment mes fondés de pouvoirs avaient
pu disposer ainsi de mon bien, tandis qu'ils savaient que
par testament je l'avais fait, lui le capitaine portugais mon
légataire universel.

Il me dit que cela était vrai, mais que, ma mort
n'étant point prouvée, il ne pouvait agir en qualité d'exécuteur de mes dernières volontés ; que, de plus, il ne s'était
point soucié de se mêler d'affaires aussi éloignées, qu'il
avait seulement fait enregistrer mon testament et réclamé
son droit, et que, s'il avait pu donner quelques preuves
de mon décès ou de mon existence, il aurait agi par

procuration et repris possession de l'*engenho*, comme il
appelait l'usine à sucre, en chargeant son fils, qui était
maintenant au Brésil, de faire pour cela les démarches
nécessaires. « Mais, ajouta le vieillard, je vous dirai encore
une chose qui vous sera peut-être moins agréable que le
reste, c'est que votre associé et vos fondés de pouvoirs,
vous croyant perdu, comme tout le monde le croyait,
m'offrirent de me remettre les profits qui vous revenaient

depuis six à huit ans, ce que j'acceptai. En ce temps, il y
avait eu de grands déboursés pour augmenter les machines
et les bâtiments de l'*engenho* et acheter des esclaves, de
sorte que les produits étaient loin d'être aussi considérables alors qu'ils le sont devenus par la suite. Cependant

je vous rendrai un compte fidèle de ce que j'ai reçu en totalité et de l'emploi que j'en ai fait. »

Après quelques conférences qui durèrent plusieurs
jours entre cet ancien ami et moi, il me donna le compte
du revenu des six premières années de ma plantation signé par mon associé et mes fondés de pouvoirs. La valeur
de ce revenu avait été livrée en marchandises, savoir : des
tabacs en rouleaux, du sucre en caisses, du rhum, de la
mélasse, et autres produits ordinaires des exploitations de
ce genre. Le compte me montra que chaque année les produits augmentaient beaucoup ; mais, les dépenses étant
considérables à cette époque, comme on l'a dit plus haut,
la part qui me revenait était très-petite. Cependant le vieillard me fit voir qu'il était mon débiteur de quatre cent
soixante et dix moïdores, plus soixante caisses de sucre et
quinze doubles rouleaux de tabac, lesquels s'étaient perdus
dans le naufrage de son bâtiment, à son retour à Lisbonne,
onze ans après mon départ du Brésil. Alors le bonhomme
se mit à déplorer ses infortunes, qui l'avaient forcé de se
servir de mon argent pour réparer ses pertes et acheter
une part sur un bâtiment neuf. « Toutefois, mon vieil ami,
vous ne manquerez point de ressources dans votre détresse
momentanée, et, aussitôt que mon fils sera revenu, je
m'acquitterai pleinement envers vous. » En parlant ainsi
il allait chercher un vieux sac ; il en tira cent soixante
moïdores, qu'il me donna, et il y joignit les actes qui con-
stataient que lui et son fils étaient propriétaires chacun
d'un quart du bâtiment commandé par le dernier. Il remit
ces titres dans mes mains, comme sûreté pour le reste de
sa dette.

L'honnêteté et la bonté de ce pauvre vieillard m'arrachèrent des larmes, surtout en me rappelant tout ce qu'il
avait fait pour moi, comment il m'avait pris au milieu de
la mer, combien il avait toujours été généreux à mon
égard en toutes occasions, et quelle sincérité, quelle déli-
catesse il me montrait à cette heure. Je lui demandai si sa

fortune présente lui permettait, sans se gêner, de se priver d'une somme aussi forte. Il me dit qu'il était forcé d'avouer que cela le gênerait un peu, mais que c'était mon argent et que j'en avais peut-être un plus grand besoin que lui.

Tout ce que disait ce brave homme était si affectueux, que j'avais peine à retenir mes larmes en l'écoutant. Bref, je pris cent moïdores et lui demandai une plume et de l'encre pour lui faire un reçu de cette somme; ensuite je lui rendis le reste et lui dis que, si jamais je reprenais possession de ma plantation, je lui remettrais ce que j'acceptais de lui (et je le fis en effet); quant aux titres sur la cargaison du vaisseau de son fils, je refusai absolument de les prendre, l'assurant que, si j'avais besoin d'argent, je le croyais assez galant homme pour me payer, et que, s'il en était autrement, c'est-à-dire si je recevais ce qu'il m'avait donné lieu d'espérer, je ne lui demanderais jamais un denier de plus.

Quand cette affaire fut vidée, le vieillard me demanda s'il pouvait m'aider de ses conseils à l'égard des mesures à prendre pour réclamer ma plantation. Je lui annonçai le projet d'aller moi-même faire valoir mes droits. Il me dit que, si je n'y tenais pas, je pouvais m'en dispenser, et que je ne manquerais pas de moyens pour constater mes droits et me mettre en possession de mes revenus. En ce moment il se trouvait dans le Tage plusieurs bâtiments prêts à partir pour le Brésil; il fit inscrire mon nom sur les registres publics, et certifia sous serment que j'étais le même individu qui avait eu d'abord la concession de la terre sur laquelle était établie la plantation dont il s'agissait. Ce fait fut régulièrement constaté par un acte notarié, et à cet acte on joignit une procuration de moi et une lettre de lui à un négociant de ses amis, résidant au Brésil, dans la partie où se trouvait ma plantation. Tous ces papiers ayant été expédiés, il me proposa de demeurer avec lui en attendant le résultat de leur envoi.

Jamais affaire ne fut réglée avec plus de loyauté. En

14

moins de sept mois je reçus des héritiers de mes fondés d
pouvoirs (ces négociants pour lesquels j'avais fait mon der
nier voyage) un paquet renfermant les lettres et les papier
suivants :

1° Un compte courant des produits de ma ferme ou plan
tation depuis l'année où leurs pères avaient compté ave
mon vieil ami, le capitaine portugais, pour six ans. Ce qu
me revenait pour les années subséquentes montait à onz
cent soixante et quatre moïdores.

2° Un compte de quatre années de plus, pendant lesquel
les ils gardèrent mes effets entre leurs mains, avant qu
le gouvernement en eût réclamé l'administration, comm
appartenant à un individu que son absence depuis longue
années faisait regarder comme mort. La valeur de la plan
tation ayant augmenté, mon dividende sur ces années mon
tait à dix-neuf mille quatre cent quarante-six cruzados, o
trois mille deux cent quarante moïdores.

3° Le prieur de Saint-Augustin avait reçu les profit
de plus de quatorze ans ; mais, n'étant point tenu de rendr
compte de ce dont il avait disposé pour l'hôpital, il décla
rait avec beaucoup de loyauté qu'il lui restait huit cer
soixante et douze moïdores non distribués, qu'il recon
naissait me devoir. Quant à la part du roi, il ne m'en re
vint rien.

A ces papiers était jointe une lettre de mon associé
dans laquelle il me félicitait très-cordialement de ma con
servation, et me donnait l'état circonstancié des produit
annuels et de l'amélioration de la plantation, du nombr
d'arpents qu'elle comprenait, de la manière dont ils étaien
plantés, des esclaves qui y étaient attachés ; ensuite, tra
çant vingt-deux croix en signe de bénédiction, il me disai
qu'il avait récité autant d'*Ave Maria*, pour remercier l
sainte Vierge de m'avoir sauvé la vie. Il m'invitait ave
d'obligeantes instances à venir prendre possession de mo
bien, et me priait de lui envoyer mes ordres à l'égard d
la remise de mes effets, si je ne venais pas moi-même. I

terminait par de vives assurances de son amitié et de celle
des siens, et me priait d'accepter en présent sept belles
peaux de léopards qu'on lui avait apportées d'Afrique,
sans doute sur un bâtiment qu'il avait frété pour ce pays,
et qui avait fait un voyage plus heureux que le nôtre. Il
m'envoyait de plus cinq boîtes d'excellentes confitures, et
une centaine de pièces d'or non frappées, un peu moins
grosses que des moïdores. Par le même convoi, les deux
négociants héritiers de mes agents me firent passer deux
cents caisses de sucre, huit cents rouleaux de tabac, et le
reste de ce qu'ils me devaient en or.

Je pouvais dire maintenant que la fin de Job était
meilleure que son commencement. Il est impossible d'ex-

primer mon agitation quand je me vis entouré de tous ces
biens. Les bâtiments du Brésil arrivant toujours en convoi,

le même qui apportait mes lettres apportait aussi toutes
mes marchandises, et celles-ci étaient déjà en rivière
lorsque je reçus les lettres. Enfin, à la vue de mes
richesses je pâlis, le cœur me manqua, et, si le vieux capitaine ne m'avait pas fait prendre un cordial, je crois
que la surprise et la joie auraient été au-dessus de mes
forces et m'auraient tué sur la place. Je restai plusieurs
heures dans un état assez alarmant ; on envoya chercher
un médecin, on lui expliqua en partie la cause de mon mal,
et il me fit tirer du sang ; après quoi je me sentis mieux
et je me rétablis par degrés. Je pense réellement que je
serais mort si je n'avais pas été soulagé de cette manière.

Maintenant j'étais maître de plus de cinq mille guinées
en argent, et je possédais au Brésil un bien qui rapportait
plus de mille guinées par an, et dont la propriété m'était
aussi assurée que si c'eût été un bien patrimonial dans
mon pays. En un mot j'étais dans une position que je concevais à peine, et de laquelle je ne savais comment jouir.
La première chose que je fis, ce fut de récompenser mon
bienfaiteur, le bon vieux capitaine, auquel je devais l'origine de ma fortune, et qui s'était montré d'abord si cha-
ritable dans ma détresse, ensuite si serviable au commencement de mon établissement, et en dernier lieu si
honnête. Je lui montrai tout ce qu'on m'envoyait, et lui
dis qu'après la Providence, qui gouvernait toutes choses, je
lui devais ces biens, et qu'il me restait à le récompenser,
ce que je voulais faire au centuple. D'abord je lui remis
les cent moïdores qu'il m'avait donnés, ensuite j'envoyai
chercher un notaire et lui fis rédiger une quittance générale ou décharge en bonne forme du reste de la somme
qu'il reconnaissait me devoir. Après cela je fis dresser
une procuration qui l'autorisait à toucher les profits annuels de ma plantation, et enjoignait à mon associé de
compter avec lui en mon nom et de lui envoyer les marchandises par les convois ordinaires ; à la fin de cet acte,
une clause lui assurait cent moïdores sur mon revenu

pendant toute sa vie, et après lui cinquante moïdores à son
fils également viagers. C'est ainsi que je m'acquittai envers mon vieil ami.

Il me fallut alors considérer quelle direction je prendrais, et comment j'emploierais la fortune que Dieu
remettait dans mes mains. J'avais en effet plus de soucis
en ce moment qu'au temps de ma vie solitaire dans mon
île, où je ne manquais d'aucune chose nécessaire et n'avais
rien de superflu. Aujourd'hui je me trouvais chargé de
grands biens, et je ne savais comment les mettre en sûreté.
Je n'avais point de caverne pour cacher mes trésors, point
de réduit secret où ils pussent rester sans clef ni cadenas,
et se rouiller sans que personne songeât à y toucher. Je
ne savais, au contraire, où mettre mon argent, ni à qui le
confier. Mon vieux capitaine, il est vrai, était parfaitement
probe, et c'était mon seul refuge. Mes intérêts m'appelaient
au Brésil ; mais je n'aurais pas voulu partir pour ce pays
avant d'avoir arrangé mes affaires et laissé mes capitaux en
mains sûres. Je pensai d'abord à la veuve, mon ancienne
amie, dont l'intégrité m'était connue ; mais elle était
avancée en âge, très-pauvre et peut-être endettée ; en
sorte que je me crus obligé d'aller en personne en Angleterre et de porter mes fonds avec moi.

Il se passa néanmoins quelques mois avant que je prisse
cette résolution ; et alors, comme j'avais récompensé le
vieux capitaine mon bienfaiteur à ma satisfaction et à la
sienne, je pensai à la pauvre veuve, dont le mari avait
été mon premier protecteur, et qui, tant qu'elle l'avait
pu, avait été ma fidèle intendante et m'avait aidé de ses
bons avis. Je chargeai un négociant de Lisbonne d'écrire
à son correspondant de Londres, non-seulement de payer
une traite souscrite par moi au profit de cette dame, mais
de la chercher et de lui remettre à elle-même cent guinées de ma part, de causer avec elle sur sa situation, de
la consoler en l'assurant que si je vivais elle recevrait
de moi de plus amples secours. En même temps j'envoyai

14.

à chacune de mes deux sœurs cent guinées, parce que,
sans être dans le besoin, elles n'étaient pas tout à fait à
leur aise, l'une étant restée veuve, l'autre ayant un mari
qui ne la traitait pas aussi bien qu'il aurait dû. Cependant parmi tous mes parents ou connaissances, je ne pouvais trouver personne à qui j'osasse confier la masse de
mes fonds, afin de les laisser en sûreté avant d'aller au
Brésil ; et cela me jetait dans une grande perplexité.

Une fois j'eus l'idée d'aller m'établir au Brésil, où
j'étais, on peut le dire, naturalisé ; mais quelques scrupules religieux finirent par me détourner de ce projet.
Cependant ce ne fut point la religion qui m'empêcha
d'abord d'aller en cette contrée ; je n'avais fait aucune
difficulté de paraître attaché à la religion du pays, tant
que j'y étais demeuré, et j'aurais encore fait de même ;
mais de temps en temps, comme j'avais réfléchi sur ces
matières plus sérieusement que je ne l'avais fait dans ma
jeunesse, quand je songeais à aller finir mes jours parmi les
Brésiliens, je regrettais de m'être fait papiste, n'étant pas
assez sûr que cette foi fût la meilleure pour vouloir
mourir en la professant.

Toutefois ce n'était pas là ma principale raison pour différer d'aller au Brésil ; ce qui me retenait surtout, c'est
que je ne savais en quelles mains laisser ma fortune. Enfin je me décidai à la porter avec moi en Angleterre, où
je supposais que je trouverais quelques parents ou ferais
quelques connaissances auxquelles je pourrais me confier. Ainsi je me préparai à partir pour mon pays, avec
tout mon bien.

Avant de retourner dans ma patrie, je profitai du départ de la flotte pour le Brésil, et envoyai par elle des réponses conformes aux procédés de mes comptables en ce
pays. J'écrivis au prieur de Saint-Augustin une lettre
pleine de remercîments, et lui offris les huit cents moïdores dont il n'avait pas disposé, en le priant d'en retenir
cinq cents pour son couvent et de distribuer le reste aux

pauvres comme il le jugerait à propos ; je terminai en me recommandant à ses prières et autres choses semblables. Ensuite j'écrivis à mes anciens gérants une lettre telle que le méritait leur conduite honorable ; mais je n'y joignis aucun présent, car ils auraient été déplacés auprès d'eux. Enfin je marquais à mon associé combien j'appréciais les soins intelligents par lesquels il avait amélioré la plantation, et le sentiment de probité qui l'avait porté à employer une partie du produit à l'agrandissement des fabriques ; je lui donnais des instructions pour l'administration future de ma part, selon les pouvoirs que j'avais remis à mon vieux capitaine, auquel je le priais de faire passer ce qui me serait dû, jusqu'à ce qu'il reçût de moi de nouveaux avis. Je l'assurais que j'avais l'intention, non-seulement de le visiter, mais de me fixer près de lui pour le reste de ma vie. A cela je joignis quelques pièces d'étoffes de soie pour sa femme et deux filles dont le capitaine m'avait appris l'existence, deux pièces du plus beau drap d'Angleterre que je pus trouver à Lisbonne, et quelques pièces de dentelle de Flandre.

Ayant ainsi arrangé toutes mes affaires, vendu mes marchandises et converti mon avoir en bonnes lettres de change, je songeai à mon passage en Angleterre. J'étais assez accoutumé à la mer ; cependant, je ne sais pourquoi, j'avais une étrange répugnance à prendre cette voie pour retourner de Lisbonne dans mon pays, sans pouvoir m'expliquer à moi-même cette répugnance. Elle était telle, que deux ou trois fois je fis débarquer mes effets, après les avoir fait porter sur un bâtiment.

Il est vrai que j'avais eu tant de malheurs sur mer, que cela seul pouvait motiver mon aversion ; mais, je le répète, on ne doit jamais négliger ces sortes d'avertissements, et j'en eus encore la preuve en cette occasion. Deux bâtiments sur lesquels j'avais été sur le point de m'embarquer, ayant déjà envoyé mes effets sur l'un et pris des arrangements avec le patron de l'autre, furent

perdus : le premier fut pris par les Algériens, le second
fit naufrage vers le Start, près de Torbay, sans qu'il
échappât plus de trois hommes de son bord. Ainsi, que
j'eusse monté l'un ou l'autre de ces navires, mes chances
étaient également funestes.

L'esprit agité par ces craintes, je me confiai à mon
vieux marin; il me conseilla de ne point m'embarquer et
d'aller par terre jusqu'à la Corogne, de traverser la baie
de Biscaye pour gagner la Rochelle, d'où j'irais facilement
à Paris, de là à Calais, ensuite à Douvres; ou bien encore
de me rendre à Madrid et de faire la route presque entièrement par terre à travers l'Espagne et la France, jusqu'au
Pas-de-Calais. J'étais si mal disposé pour les voyages de
mer, que je choisis ce dernier parti, lequel d'ailleurs était
le plus agréable et convenait à un homme qui n'avait pas
besoin d'épargner le temps ni la dépense. Pour ajouter à
l'agrément de ce voyage, le capitaine me présenta le fils
d'un négociant anglais établi à Lisbonne qui désirait voyager avec moi; deux autres négociants nos compatriotes se
joignirent à nous, ainsi que deux jeunes Portugais, dont
l'un n'allait que jusqu'à Paris. Nous étions en tout six
maîtres et cinq domestiques, les Portugais et les deux négociants n'ayant qu'un laquais à deux pour économiser les
frais; mais moi j'avais pris un matelot anglais outre mon
fidèle Vendredi, qui ne pouvait, étranger qu'il était à l'Europe, m'être utile en route.

Je partis ainsi de Lisbonne, et, tous bien montés et
bien armés, nous formions une petite troupe dont on me
fit l'honneur de me nommer capitaine, d'abord parce que
j'étais le plus âgé, ensuite parce que j'avais deux domestiques; et c'était en effet à mon occasion que la caravane
s'était arrangée.

De même que j'ai épargné au lecteur le récit de mes
voyages de mer, je ne le fatiguerai point de détails sur mes
courses terrestres.

Je n'ai rien de remarquable à citer de mon passage

à travers l'Espagne et la France ; d'ailleurs d'autres voyageurs ont rendu compte mieux que je ne pourrais le faire
de ce qui mérite l'attention dans ces pays. Je me rendis de
Toulouse à Paris, où je séjournai peu de temps ; de là je
passai à Calais, et j'arrivai heureusement à Douvres, après
un voyage que la rigueur du froid avait rendu très-pénible.

J'étais maintenant arrivé au but de mes excursions.
Ma fortune était réalisée dans mes mains, les lettres de
change que j'avais apportées ayant été payées sans difficulté. Mon principal guide, mon conseil intime, était ma
bonne veuve, qui n'épargnait ni ses soins ni ses peines
pour me servir, en reconnaissance de l'argent que je lui
avais envoyé. J'avais une si entière confiance en elle que
je lui laissai ensuite tous mes effets ; et je fus heureux au
commencement de ma carrière, et je le suis encore maintenant sur le déclin, d'avoir une amie aussi intègre, aussi
dévouée que cette excellente dame l'a toujours été pour moi.

Voulant traiter de ma plantation au Brésil, j'écrivis à
cet effet à mon vieil ami de Lisbonne, et il proposa aux
héritiers de mes anciens agents, qui demeuraient dans le
pays, d'en faire l'acquisition. Ils acceptèrent la proposition et me firent passer par leur banquier à Lisbonne
trente-trois mille pièces de huit, prix que j'avais demandé
pour ma part de ladite plantation. En retour je signai l'acte
de vente, que l'on m'envoya tout dressé, et dans lequel les
ventes viagères que j'avais faites au vieux capitaine et à son
fils étaient comprises comme charges attachées à cette propriété.

J'ai fini de raconter la première partie d'une vie aventureuse, véritable ouvrage de marqueterie où la Providence
a jeté une variété bien rare dans les destinées humaines ;
une vie commencée follement et se terminant dans une
retraite plus heureuse qu'aucune de ses phases ne me
donnait lieu de l'espérer.

Qui se serait imaginé qu'au sein d'une situation si
prospère sous tous les rapports, l'idée de courir de nou-

veaux hasards entrerait dans ma tête ? Et je ne crois pas
en effet qu'elle me fût venue, si diverses circonstances
n'avaient concouru à me détourner d'une vie paisible, à
laquelle il paraît que je n'étais pas destiné. J'étais accoutumé à une existence errante, je n'avais point de famille,
j'avais peu de parents ; quoique riche, je n'avais pas fait
beaucoup de connaissances, et je me sentais toujours un
certain penchant pour le Brésil, bien que j'eusse vendu ce
que je possédais en ce pays. Je mourais d'envie de prendre encore mon vol ; surtout je ne pouvais résister au vif
désir de revoir mon île et de savoir comment les pauvres
Espagnols s'y étaient arrangés. Ma sincère amie, la veuve,
fit tous ses efforts pour me dissuader de ce projet, et elle
parvint pendant sept ans à m'empêcher de l'exécuter. J'a-
vais pris chez moi deux neveux, les fils de l'un de mes
frères. L'aîné avait un peu de fortune à lui ; je l'élevai
comme un gentilhomme et lui assurai une addition à son
revenu, après ma mort. Je confiai le second à un capitaine
de vaisseau, pour le former à l'état de marin, et, au bout
de cinq ans, le trouvant instruit, raisonnable et entrepre-
nant, je lui donnai un bon vaisseau et l'envoyai en mer.
Ce jeune homme m'entraîna ensuite avec lui, tout vieux
que j'étais, dans de nouvelles aventures.

AVENTURES

DE

ROBINSON CRUSOE

DEUXIÈME PARTIE

LES motifs qui entraînent en général à courir des hasards n'existaient point pour moi. Ma fortune était faite; je n'avais rien à désirer; quelques mille livres de plus ne m'auraient pas rendu plus riche, puisque j'avais suffisamment pour moi et pour ceux auxquels je de-

vais laisser mon bien, lequel s'accroissait rapidement;
n'ayant pas une grande famille, je n'aurais pu dépenser
tout mon revenu, à moins d'adopter un train de vie coû-
teux, comme celui des grandes maisons, un domestique
nombreux, des équipages, et autres charges de ce genre
qui n'étaient ni dans mes habitudes ni dans mes goûts. Je
n'avais donc plus qu'à me tenir tranquille, à jouir de ce
que j'avais acquis et à le voir tous les jours s'accroître dans
mes mains. Cependant rien de tout cela ne put me fortifier
contre le désir de changer encore de place, qui me prit
comme une maladie chronique.

L'année 1693 venait de commencer, lorsque mon
neveu, celui que j'avais élevé pour la mer et que j'avais
fait patron d'un bâtiment, revint d'un court voyage à Bil-
bao, le premier qu'il eût fait. Il vint me voir, et me dit
que des négociants de sa connaissance lui proposaient
d'entreprendre pour eux un voyage aux Indes et en Chine.
« Et, mon cher oncle, ajouta-t-il, si vous vouliez vous
embarquer avec moi, je m'engagerais à vous laisser en
passant sur votre ancienne habitation; car nous devons
toucher au Brésil. »

Je réfléchis quelques moments sur sa proposition;
ensuite, le regardant fixement : « Quel démon, lui dis-je,
vous a donné cette mission de malheur? » Mon neveu
parut surpris, même effrayé au premier instant; mais,
observant que je n'étais pas très-fâché de ce qu'il m'avait
proposé, il se remit un peu. « J'espère que ce projet ne
saurait être malheureux, Monsieur, dit-il, et j'imagine
qu'il vous serait agréable de voir votre nouvelle colonie,
cette île où vous avez régné avec un bonheur que la plupart de vos frères, les monarques du monde, auraient pu
vous envier. »

Bref, ce plan cadrait avec mon humeur, ou plutôt avec
l'idée fixe dont j'étais possédé et dont j'ai si souvent parlé;
je lui dis donc en peu de mots que, s'il s'arrangeait avec
les négociants, je partirais avec lui, mais que je ne lui

promettais pas d'aller plus loin que mon île. « Eh quoi?
Monsieur, dit-il, vous ne voudriez pas, j'espère, être en-

core laissé là? — Ne pouvez-vous pas me prendre à votre
retour? » Il me répondit que cela ne serait pas possible,
parce que les négociants ne lui permettraient pas de reprendre, avec un vaisseau richement chargé, cette route,
qui allongeait le voyage d'un mois au moins, et peut-
être de trois ou de quatre. » D'ailleurs, Monsieur, ajouta-
t-il, s'il m'arrivait un malheur, et que je ne pusse revenir
vous chercher, vous vous retrouveriez dans la situation où
vous êtes resté si longtemps. »

Il avait grandement raison; mais nous trouvâmes un
expédient; il consistait à emporter sur le vaisseau un sloop
démonté que l'on monterait dans l'île à l'aide de charpentiers que nous convînmes d'emmener avec nous.

15

Je ne restai pas longtemps indécis; les instances de mon neveu se joignirent à mon inclination, et rien ne pou vait plus la contre-balancer. J'avais un désir irrésistible de voyager.

Mon neveu devait mettre à la voile au commencemen de janvier 1694, et nous allâmes à bord dans les Dunes mon domestique Vendredri et moi, le 8 dudit janvier. Outre le petit bâtiment dont j'ai parlé, j'avais une cargaison très considérable de toutes sortes de choses utiles pour ma co-lonie, que je voulais du moins laisser en bon état, si je n'avais pas le plaisir de l'y trouver.

D'abord, j'emmenais quelques domestiques et ouvriers que je voulais laisser dans l'île comme habitants, et qu seraient du moins cultivateurs pour mon compte, tant que je resterais; ensuite ils reviendraient avec moi, ou bien ils resteraient dans le pays, à leur choix. J'avais pris deux charpentiers, un forgeron, et un homme très-adroit et très ingénieux, tonnelier de son métier, et habile dans la plu-part des états mécaniques. Il savait construire des roues, des moulins à bras; il était bon tourneur, il faisait de la poterie; enfin il pouvait confectionner tout ce qui se fa-brique avec du bois ou de la terre. Nous l'appelions notre *factotum*. Avec ces ouvriers, j'emmenais aussi un tailleur qui avait demandé passage à mon neveu pour aller aux Indes, et qui consentit ensuite à rester sur notre nouvelle plantation. Cet homme se rendit extrêmement utile, et dans son métier et pour bien d'autres objets, la nécessité comme je l'ai remarqué ailleurs, nous donnant de l'adresse pour tous les travaux possibles.

Ma cargaison (autant que je puis m'en souvenir) consis-tait en toiles et en étoffes anglaises légères, pour vêtir les Espagnols, que j'espérais trouver dans l'île; et j'en emportais en assez grande quantité pour les habiller con-venablement pendant sept ans. Si ma mémoire ne me trompe pas, mes provisions en vêtements, étoffes, gants, chapeaux, souliers, bas, etc., montaient à plus de deux

cents guinées, en y comprenant quelques couchers et autres objets de ménage, tels que des ustensiles de cuisine,
des pots, des marmites de cuivre et de fer-blanc ; je portais
pour près de cent guinées de plus en ferrailles, clous,
instruments de toute espèce, gonds, serrures, crochets,
enfin tous les articles de première nécessité dont je pus
m'aviser.

Je joignis à cette cargaison une centaine d'armes, fusils
de chasse, mousquets et pistolets, une grande quantité

de balles de tous les calibres, trois ou quatre tonneaux
de plomb, et deux petits canons. Ne sachant pas dans quel
temps et quelles circonstances je trouverais.mes insulaires,
je leur apportais aussi une centaine de barils de poudre,
des épées, des coutelas et des fers de piques et de hallebardes. Nous avions donc un magasin de toutes sortes de
provisions, et mon neveu avait pris deux canons de plus
qu'il ne lui en fallait pour son bâtiment, avec l'intention

de les laisser dans l'île, si cela était nécessaire. Nous aurions pu construire un fort pendant notre séjour, et l'armer de manière à résister à toutes sortes d'ennemis. Je
pensais en effet que rien de ce que j'apportais ne serait
de trop, et qu'il faudrait même beaucoup plus pour conserver la possession de l'île. On verra dans le cours de
cette histoire que je pensais juste sur ce point.

Je ne fus pas aussi malheureux dans ce voyage que
j'avais coutume de l'être; par conséquent j'aurai peu d'occasions de faire languir mon lecteur, qui peut-être est
impatient de voir comment vont les affaires de ma colonie.
Cependant quelques accidents, des vents contraires, du
mauvais temps, nous retardèrent au commencement de
notre course et la rendirent plus longue que je ne m'y
attendais. Des vents contraires nous poussèrent d'abord
vers le N., et nous fûmes obligés de relâcher à Galway
en Irlande, où nous fûmes retenus vingt-deux jours. Mais
dans notre malheur nous avions une compensation; les
vivres étaient à très-bon marché et en abondance en ce
port, et au lieu d'user nos provisions nous les augmen-
tâmes.

Nous fîmes voile des côtes d'Irlande le 5 février, et
nous eûmes très-bon vent pendant quelques jours. Le 20
du même mois, si je m'en souviens bien, la soirée étant
avancée, le second maître qui était de quart vint dans la
chambre du capitaine et nous dit qu'il avait vu briller un
éclair et entendu un coup de canon. Tandis qu'il parlait,
un mousse entra et dit que le bosseman avait entendu
un autre coup. Cela nous attira tous sur le pont. Pendant quelques instants nous n'entendîmes rien, et nous
vîmes ensuite une grande lumière qui nous fit penser qu'il
y avait un incendie terrible, à une distance assez considérable. Sur-le-champ nous nous orientâmes, et, d'après
nos calculs, nous fûmes certains qu'il n'y avait aucune
terre du côté de ce feu, dans un espace de cinq cents
lieues; car il se montrait à l'O.-N.-O. Il était donc évi-

dent que c'était un bâtiment qui brûlait, et, d'après le bruit des canons que nous avions entendu avant de voir les flammes s'élever, nous jugeâmes que ce navire n'était pas très-éloigné de nous, et nous gouvernâmes sur lui. Bientôt nous pûmes le découvrir, parce que la lueur de l'incendie s'agrandissait à mesure que nous avancions ; et cependant le temps nébuleux ne nous permettait pas de voir autre chose que de la clarté. Au bout d'une demi-heure, le vent nous favorisant et n'étant pas très-fort, et le ciel devenant plus clair, nous pûmes discerner un grand vaisseau en feu au milieu de la mer.

Je me sentis profondément touché de ce désastre, bien que les personnes qui l'éprouvaient me fussent inconnues. Je me ressouvins alors de l'état dans lequel j'étais quand je fus recueilli par le capitaine portugais, et je pensais combien la position de ces pauvres gens était plus déplorable, si leur bâtiment ne marchait pas de conserve avec d'autres. Aussitôt je commandai de tirer cinq coups de canon, à courts intervalles, afin de montrer à ces malheureux que nous étions à portée de les secourir, et qu'ils devaient chercher à se sauver sur leurs chaloupes. Ils ne pouvaient nous voir parce qu'il était nuit, et nous ne les apercevions qu'à la lueur des flammes ; ainsi nos canons seuls leur indiqueraient notre position.

Nous restâmes ainsi quelque temps, en nous réglant sur la marche du bâtiment incendié, et attendant le jour. Tout à coup nous vîmes avec horreur, bien que nous dussions nous y attendre, l'explosion du navire, et peu de minutes après il n'y eut plus de feu, c'est-à-dire que les restes du bâtiment furent engloutis. C'était un spectacle terrible et bien affligeant, quand on pensait à ce pauvre équipage. Je supposai que tous les hommes avaient péri ou se trouvaient dans la plus extrême détresse sur leur chaloupe au milieu de l'Océan. L'obscurité nous aurait empêchés de les voir : toutefois, pour les diriger en cas de besoin autant que je le pouvais, je fis suspendre toutes

nos lanternes aux parties du bâtiment où l'on pouvait en
attacher, et nous ne cessâmes de tirer pendant le reste de
la nuit.

Sur les huit heures du matin nous vîmes, à l'aide de nos

lunettes, les chaloupes du vaisseau incendié. Il y en avait
deux, extrêmement chargées de monde et très-enfoncées
dans l'eau. Nous reconnûmes que les hommes faisaient
force de rames, parce qu'ils avaient le vent contraire,
et qu'ayant vu notre bâtiment ils s'efforçaient de se faire
apercevoir de nous.

A l'instant nous déployâmes notre pavillon, pour leur
montrer qu'ils avaient été vus, et nous leurs fîmes les si-

gnaux nécessaires pour les inviter à venir à bord. Nous forçâmes aussi nos voiles en marchant droit à eux, et en moins d'une demi-heure nous les eûmes joints ; bref, nous les prîmes tous au nombre de soixante-quatre, hommes, femmes et enfants ; car il y avait beaucoup de passagers.

C'était un bâtiment de commerce français revenant de Québec dans la rivière du Canada. Le patron nous conta son désastre dans tous ses détails ; il nous dit que le feu avait pris dans la cabine des provisions par la négligence du pilote, et que cet homme ayant appelé au secours, on avait éteint le feu ; mais quelques étincelles étaient tombées sur d'autres parties du navire où il était si difficile de pénétrer, qu'on ne put les éteindre complétement ; l'incendie se propagea entre les planchers et gagna le corps du bâtiment sans qu'aucun effort pût l'arrêter.

Alors ils n'avaient aucune autre ressource que de se mettre dans les chaloupes, qui fort heureusement étaient très-grandes. Outre un grand canot et la chaloupe proprement dite, ils avaient un petit esquif que l'on pouvait employer à embarquer, sinon du monde, au moins des provisions et de l'eau. Ils avaient peu d'espoir de se sauver en entrant dans ces bateaux, éloignés comme ils l'étaient de la terre. Cependant, comme ils le disaient fort bien, ayant échappé à l'incendie, ils avaient la chance de rencontrer un bâtiment qui les prendrait. Ils avaient des voiles, des rames, une boussole, et ils étaient résolus à se diriger vers Terre-Neuve, le vent leur étant favorable ; car il soufflait au S.-E. quart E. Ils avaient assez d'eau et de vivres pour se soutenir pendant douze jours (en se bornant à la ration suffisante pour ne pas mourir de faim) ; et, si les vents ne changeaient pas, ils auraient pu dans cet espace de temps gagner les bancs de Terre-Neuve et prendre du poisson pour se nourrir jusqu'à ce qu'ils eussent touché le rivage.

Mais que d'incidents pouvaient s'opposer au succès de

leur tentative ! des tempêtes pouvaient les submerger,
le froid et la pluie pouvaient engourdir ou geler leurs
membres, des vents contraires les empêcher d'atteindre
la terre ou les laisser mourir de faim ; enfin il aurait été
presque miraculeux qu'ils arrivassent sains et saufs.

Au milieu de leur consternation, chacun étant dans le
désespoir, le capitaine me conta les larmes aux yeux avec
quelle surprise, quelle joie, ils entendirent un coup de canon, qui fut suivi de quatre autres. C'étaient les coups que
j'avais fait tirer en voyant le feu. Ce bruit les ranima en
leur montrant, comme je le désirais, qu'un bâtiment était
à portée de les secourir. Alors, comme le son leur arrivait
du côté du vent, ils plièrent leurs voiles, démontèrent
leur mât, et se décidèrent à rester en panne jusqu'au jour.
Quelque temps après, n'entendant plus le canon, ils tirèrent à longs intervalles trois coups de fusil ; mais le vent
emportait le son, et nous ne les entendîmes point.

Bientôt après ils furent agréablement surpris en voyant
nos lumières et en entendant les coups de canon que nous
tirâmes toute la nuit. Cela les encourageait à user de leurs
rames pour se tenir dans notre direction, afin que nous
pussions les rejoindre plus facilement ; et ils furent transportés de joie quand ils reconnurent que nous les avions
vus.

Il est impossible de donner une peinture exacte des
gestes multipliés, des attitudes diverses, des extases, par
lesquels ces pauvres délivrés exprimaient leur ravissement.
On décrit aisément le chagrin et la crainte : des soupirs,
des larmes, des gémissements et un petit nombre de mouvements de la tête et des bras représentent dans leur ensemble les signes extérieurs de ces émotions ; mais un excès
de joie, et d'une joie subite, produit mille extravagances
inconcevables.

Au premier moment, leur émotion était trop violente
pour qu'ils fussent capables de la maîtriser ; les transports
de leur joie allaient jusqu'à la frénésie, et ce fut le très-

petit nombre qui resta calme et recueilli dans cet instant.

Il y avait deux prêtres parmi eux, l'un vieux et l'autre jeune ; et, chose étrange, le plus âgé était le moins raisonnable. A peine eut-il posé le pied à bord de notre bâtiment et se fut-il senti hors de danger, qu'il tomba roide mort en apparence ; on ne voyait plus en lui le moindre signe de vie. Sur-le-champ notre chirurgien lui appliqua les remèdes convenables, et il fut le seul dans le navire qui le jugeât encore vivant. Enfin il lui ouvrit une veine du bras, après avoir frotté et réchauffé cette partie. Le sang coula d'abord goutte à goutte, ensuite abondamment ; trois minutes après l'homme ouvrit les yeux ; au bout d'un quart d'heure il reprit la parole, se trouva mieux, et en peu de temps il fut tout à fait bien.

Quand on eut bandé sa saignée, il marcha, nous dit qu'il se sentait à merveille, prit quelques gorgées d'un cordial que le chirurgien lui donna, et revint complétement à lui-même. Environ un quart d'heure après, on vint chercher en toute hâte le chirurgien, alors occupé dans la cabine à saigner une femme qui s'était évanouie, et on lui dit que le prêtre était en démence. Il paraît qu'en repassant dans sa tête les changements subits survenus dans sa position, il était retombé dans une extase de joie, son sang avait afflué plus vite que ses vaisseaux ne pouvaient le contenir ; il était devenu brûlant et fiévreux, et ensuite aussi fou qu'aucun habitant de Bedlam. En cet état le chirurgien ne voulut pas le saigner ; mais il lui donna quelque potion calmante et soporifique ; bientôt elle fit son effet, et il se réveilla le lendemain matin parfaitement rétabli.

Le jeune prêtre montra beaucoup d'empire sur lui-même ; c'était un modèle de dignité et de force morale. En arrivant à bord il se prosterna le visage contre terre, pour remercier le Ciel de sa délivrance. Je le troublai mal à propos dans cet acte pieux, le croyant évanoui ; mais il me parla posément me témoigna sa reconnais-

sance et me dit qu'il rendait grâces à Dieu de son salut;
il me priait de le laisser quelques instants, et que, son

devoir rempli envers son Créateur, il s'acquitterait de ce
qu'il me devait.

Je regrettai sincèrement de l'avoir dérangé, et non-
seulement je le laissai, mais encore j'empêchai les autres
de l'interrompre. Il resta agenouillé environ trois minutes
après que je l'eus quitté; ensuite il vint à moi, comme il
l'avait dit, d'un air sérieux et touché, et les yeux humides; il me remercia d'avoir, à l'aide de Dieu, sauvé la vie
à tant de malheureux. Je lui répondis que je n'avais pas
besoin de l'engager à porter sa reconnaissance vers le Ciel
plutôt que vers moi, puisque je l'avais déjà vu remplir

son devoir à cet égard : « mais, ajoutai-je, je n'ai fait que
ce qui m'était dicté par la raison et l'humanité, et c'est
à vous de rendre grâces au Seigneur, qui a bien voulu
que nous fussions les instruments de sa miséricorde
envers un si grand nombre de ses créatures. »

Après cela le jeune ecclésiastique s'occupa de ses
compatriotes, et travailla à les calmer, usant de prières,
de raisonnements, de persuasion, pour les rétablir dans
le sain exercice de leurs facultés morales. Il réussit auprès de quelques-uns ; les autres furent encore un peu
de temps privés de tout empire sur eux-mêmes.

Nous fûmes un peu gênés, le premier jour, par les
extravagances de nos hôtes ; mais, quand ils se furent
retirés chacun dans le local que nous pouvions leur donner, et qu'ils eurent dormi profondément, du moins
pour la plupart, grâce à leurs fatigues et à leurs terreurs
précédentes, nous les trouvâmes entièrement changés le
lendemain.

Ils ne manquèrent à rien de ce qui pouvait être in-
spiré par la reconnaissance à des hommes polis. Les Français sont connus pour leur disposition naturelle à pousser
même trop loin ces sortes de démonstrations. Le capitaine
et l'un des ecclésiastiques demandèrent, le jour suivant,
une entrevue avec moi et mon neveu. Le premier désirait se consulter avec nous sur ce qu'ils deviendraient. Il
nous dit d'abord que nous leur avions sauvé la vie ; que,
par conséquent, tout ce qu'ils possédaient ne pouvait
payer un tel service. Ils avaient, ajouta-t-il, sauvé des
flammes de l'argent et des objets d'assez grande valeur ;
et, si nous voulions les accepter, ils étaient chargés de
nous les offrir, en nous priant seulement de les débarquer
sur notre route en quelque lieu d'où ils pussent retourner
en France. Mon neveu était d'avis d'accepter leur argent
au premier mot, et de voir ensuite ce qu'on pourrait faire
pour eux ; mais je lui fis prendre une autre résolution ; car
je savais ce que c'était d'être mis à terre sans ressource

dans un pays étranger. Si le capitaine portugais qui m'avait pris en mer eût agi de la sorte avec moi et eût accepté tout ce que j'avais pour prix de ma délivrance, je serais mort de faim, ou j'aurais été réduit à devenir esclave au Brésil comme je l'étais en Barbarie, avec cette différence que je n'aurais pas appartenu à un mahométan ; et peut-être un Portugais n'est-il pas meilleur maître qu'un Turc, si même il n'est pire dans certains cas.

Je dis donc au capitaine français que nous les avions recueillis, il est vrai, dans leur détresse, mais que c'était notre devoir de secourir nos semblables, comme nous voudrions en être secourus dans les mêmes extrémités ; que nous avions fait pour eux ce qu'ils auraient fait pour nous eu pareil cas ; que nous les avions pris dans l'intention de les sauver, non de les rançonner ; que ce serait un acte de barbarie de les priver de ce qu'ils avaient arraché aux flammes, puis de les mettre à terre et de les abandonner ; car ce serait les condamner à mourir de faim après les avoir empêchés de périr dans les flots. Je déclarai donc que l'on ne recevrait pas la moindre chose de leur part. Quant à leur débarquement, cela présentait de grandes difficultés, parce que nous allions aux Indes orientales, et, bien que nous nous fussions détournés beaucoup de notre route à l'O., peut-être dirigés par le Ciel dans le but de leur délivrance, cependant il nous était impossible de changer de direction à cause d'eux, mon neveu le capitaine étant engagé avec ses armateurs à faire route par le Brésil. Tout ce que nous pouvions faire était de nous mettre sur la voie des bâtiments en retour des Antilles, et de tâcher de leur procurer un passage en France ou en Angleterre.

La première partie de mon discours était si généreuse, qu'elle dut être et fut entendue avec reconnaissance ; mais la seconde jeta nos hôtes dans une grande consternation. Les passagers surtout étaient désolés à l'idée d'être con-

duits dans l'Inde. Ils me supplièrent, puisque j'avais déjà si
fort dévié à l'O. avant de les rencontrer, de consentir à
suivre la direction de Terre-Neuve, où probablement je
trouverais quelque bâtiment qui pourrait les ramener au
Canada, d'où ils venaient.

Je trouvais cette demande raisonnable, et j'étais disposé
à l'accorder, en considérant que, si je conduisais tout le
monde aux Indes, ce serait non-seulement très-pénible
pour ces pauvres gens, mais ruineux pour nous, sous le
rapport des vivres. Je ne croyais donc pas manquer à nos
engagements en prenant un parti rendu nécessaire par
un incident imprévu, et dans lequel personne ne pouvait
blâmer notre conduite, les lois de Dieu et de la nature
ne nous permettant point de refuser de prendre deux
chaloupes remplies de gens dans une si triste condition.
Les circonstances nous forçaient, dans notre intérêt et
dans l'intérêt de ceux que nous avions sauvés, de les débarquer dans un pays quelconque. Je consentis donc à les
mener vers Terre-Neuve, si les vents et le temps le permettaient, sinon à les transporter à la Martinique.

Le vent resta frais et à l'E., et le temps assez beau ;
mais, comme les vents avaient été longtemps entre le N.-E.
et le S.-E., nous manquâmes plusieurs occasions de renvoyer nos gens en France sur divers bâtiments destinés
pour l'Europe, particulièrement deux français de Saint-
Christophe. Mais ces bâtiments avaient lutté si longtemps
contre les vents contraires, qu'ils n'osèrent prendre un
aussi grand nombre de passagers, de crainte de manquer
de provisions pour achever leur voyage ; ainsi nous fûmes
obligés de continuer notre chemin. Une semaine après
nous arrivâmes au banc de Terre-Neuve, où, pour abréger l'histoire, nous mîmes tous nos Français sur une
barque louée par eux, pour les conduire d'abord à terre,
ensuite en France, s'ils pouvaient se pourvoir des provisions nécessaires. Quand je dis que tous les Français nous
quittèrent, j'oubliais que le jeune prêtre dont j'ai parlé,

sachant que nous allions dans l'Inde, désira nous accompagner jusque sur la côte de Coromandel. J'y consentis bien volontiers ; car cet homme me plaisait beaucoup, et non sans raison, comme on le verra ensuite. Quatre matelots s'enrôlèrent aussi parmi notre équipage et furent de très-utiles sujets.

De ce point nous gouvernâmes sur les Antilles, au S. et au S. quart E., pendant une vingtaine de jours, avec peu et quelquefois point de vent. Nous trouvâmes alors une autre occasion, presque aussi déplorable que la première, d'exercer notre humanité.

Étant à 27 degrés de latitude N., le 19 mars 1694-95, nous découvrîmes une voile. En ce moment nous courions au S.-E. et S.-E quart S., et bientôt nous vîmes un grand vaisseau qui venait à nous. D'abord nous ne sûmes ce qu'il était ; mais, lorsqu'il se rapprocha, nous distinguâmes qu'il avait perdu son grand mât et ceux d'artimon et de beaupré, et nous entendîmes tirer de son bord un coup de canon de détresse. Le temps était beau, le vent frais au N.-N.-O., et nous fûmes en peu de moments à portée de voix de ce navire.

Il était de Bristol et revenait des Barbades ; il avait été pris, dans la rade même, par un ouragan qui l'avait poussé au large avant qu'il fût en état de mettre à la voile ; et le capitaine et son second se trouvant alors à terre, l'équipage, outre la terreur de la tempête, s'était vu privé de commandants capables de conduire le bâtiment. Déjà ils avaient été ballottés pendant neuf semaines et avaient essuyé, après l'ouragan, un second orage très-violent, qui les avait jetés à l'O., tout à fait hors de leur route, et avait brisé leurs mâts, comme je l'ai dit plus haut. Ils espéraient d'abord voir les îles de Bahama, lorsqu'un grand vent du N.-N.-O , le même que nous avions en ce moment, les avait repoussés au S., et, n'ayant point de voiles pour serrer le vent, excepté une voile du grand mât et une sorte de voile carrée attachée à un mât d'artimon dressé à la hâte, ils faisaient tous leurs efforts pour gagner les Canaries.

Mais le plus triste de leur situation était la rareté des vivres. Outre les fatigues qu'ils enduraient, ils étaient affamés ; leur pain, leur viande étaient consommés entièrement, car ils n'en avaient que pour dix à douze jours : une seule consolation leur restait ; leur eau n'était pas encore épuisée, et ils avaient aussi un demi-baril de farine, du sucre en quantité et sept tonneaux de rhum. Des confitures qu'ils avaient eues comme marchandises étaient alors toutes mangées.

Un jeune homme, sa mère et une femme de chambre, étaient sur ce bâtiment comme passagers ; le croyant prêt à mettre à la voile, ils s'étaient embarqués le soir qui précéda l'ouragan ; et n'ayant point de provisions à eux, leur position était beaucoup plus malheureuse que celle des autres. Les hommes de l'équipage, étant réduits à la plus extrême disette, n'avaient dû avoir, nous en étions très-sûrs, aucune pitié pour les pauvres passagers ; et en effet ils étaient dans un état qu'il est pénible de décrire.

Je n'aurais peut-être pas su tout ce qui les concernait, si je n'avais pas été curieux (le temps se trouvant beau et le vent tombé) d'aller à bord de leur bâtiment. Le contre-maître qui commandait le navire vint sur le nôtre, et nous dit qu'ils avaient dans la grande cabine trois passagers qui probablement étaient dans un triste état. « Je crois même qu'ils sont morts, ajouta cet homme ; car il y a trois jours que je n'ai entendu parler d'eux, et je n'osais les aller chercher, puisque je ne pouvais les soulager. »

A l'instant nous nous empressâmes de leur porter tous les secours dont nous pouvions disposer. J'avais assez d'empire sur mon neveu pour le décider à les ravitailler, dussions-nous être forcés d'aller en Virginie ou en quelque autre partie des côtes d'Amérique, pour remplacer, s'il était nécessaire, ce que nous aurions donné.

Mais ces gens étaient alors dans un nouveau danger,

celui de trop manger; et il était difficile de les en empêcher. Le contre-maître, leur commandant actuel, amena six de ces hommes avec lui dans la chaloupe; ces malheureux ressemblaient à des squelettes, et ils étaient si faibles qu'ils avaient peine à soulever leurs rames. Le contre-maître était lui-même très-malade et à moitié exténué. Il déclara qu'il n'avait rien réservé pour lui au delà de ce qu'il distribuait aux matelots, et qu'il avait partagé également avec eux jusqu'au moindre morceau.

Je lui recommandai de manger avec précaution. Cependant je lui fis servir sur-le-champ de la viande; mais il en avait pris à peine trois bouchées, qu'il se sentit incommodé et interrompit son repas. Notre chirurgien mêla quelque substance dans du bouillon et lui fit prendre ce mélange, qui, disait-il, agirait comme remède et comme aliment; et en effet il s'en trouva très-bien. Je n'avais pas oublié les matelots, et par mon ordre, on leur donna des vivres. Ces pauvres gens les dévoraient; l'excès de la faim les avait rendus voraces et incapables de contenir leur appétit. Deux d'entre eux mangèrent avec tant de gloutonnerie, que le lendemain matin leur vie fut en danger.

La vue de cette détresse me toucha sensiblement et me rappela l'horrible perspective qui s'offrit à moi lors de mon arrivée dans mon île, où je n'avais pas une parcelle de nourriture ni la moindre espérance de m'en procurer, où j'avais de plus la crainte d'être dévoré par les bêtes sauvages. Cependant, tout en écoutant le récit que me faisait le contre-maître des souffrances de son équipage, je ne pouvais détourner mes pensées de ce qu'il m'avait dit des trois infortunés de la cabine, la mère, le fils et la servante, dont on n'avait pas entendu parler depuis trois jours, et qu'il avouait avoir entièrement négligés en raison de l'extrémité où ils étaient réduits eux-mêmes. Je compris qu'on n'avait rien donné à ces pauvres gens, et qu'ils devaient être morts ou mourants sur le plancher de leur chambre.

Je laissai à bord le contre-maître, que nous appelions le capitaine, avec ses hommes, pour les réconforter; mais je n'oubliai point leurs camarades. Je fis préparer ma chaloupe et ordonnai au lieutenant et à douze hommes de leur porter un sac de pain et quelques morceaux de bœuf à mettre bouillir. Notre chirurgien enjoignit à nos matelots de faire bouillir la viande en leur présence et de poser des gardes à la porte de la cuisine, afin d'empêcher les affamés de prendre la chair pour la manger toute crue, ou de l'arracher de la marmite avant qu'elle fût cuite. Il leur dit de la distribuer, lorsqu'elle aurait bouilli suffisamment, par très-petits morceaux. Ces précautions sauvèrent des hommes qui, sans cela, se seraient tués avec les aliments qu'on leur donnait pour les ramener à la vie.

En même temps j'ordonnai au lieutenant d'aller dans la grande cabine voir en quel état se trouvaient les pauvres passagers, et, s'ils étaient vivants, de leur donner les secours nécessaires. Le chirurgien lui donna une grande cruche pleine de ce bouillon préparé qu'il avait donné au contre-maître, et il m'assura que cela les remettrait graduellement.

Je ne me contentai point de ces mesures; mais, comme je l'ai dit plus haut, curieux de voir de mes yeux le spectacle douloureux que le bâtiment devait présenter, spectacle que des récits ne pourraient rendre dans toute sa force, je pris avec moi celui que nous appelions le capitaine du vaisseau, et je me rendis sur son bord, dans son bateau, peu d'instants après le départ de la chaloupe.

Je trouvai l'équipage presque en révolte pour avoir les viandes avant qu'elles fussent cuites; mais mon lieutenant, fidèle à sa consigne, avait mis une garde à la porte de la cuisine; et l'homme qu'il avait placé à ce poste, après avoir employé tous les moyens possibles de persuasion pour engager ces pauvres gens à prendre patience, finit par employer la force contre eux. Cependant il fit tremper du biscuit dans la marmite et le leur distribua

quelque peu saturé par le jus de la viande qu'ils nom-
maient le *brewis*, afin d'amuser leur estomac. Il leur dit

qu'on leur donnait peu à la fois, pour leur sûreté ; mais
c'étaient paroles perdues, et si je n'étais pas arrivé avec
mes officiers et leur capitaine, et si, par des menaces de
ne plus rien leur donner, mêlées à des discours encoura-
geants, nous ne les avions pas contenus, je pense qu'ils
auraient forcé la porte et enlevé les viandes des fourneaux ;
car il est bien vrai que ventre affamé n'a point d'oreilles.
Nous les apaisâmes néanmoins, et nous leur donnâmes par
degrés de la nourriture, d'abord en très-petite quantité,

ensuite un peu plus, jusqu'à ce qu'ils fussent tout à fait
restaurés.

Mais la condition des pauvres passagers était bien plus
déplorable. Il est vrai que l'équipage, ayant très-peu de
vivres pour lui-même, en avait dès le commencement
donné avec une extrême parcimonie aux voyageurs, ensuite
pas du tout; en sorte que, depuis six ou sept jours, on
pouvait dire qu'ils n'avaient rien mangé, et presque rien
les jours précédents. La pauvre mère, qui, suivant le rapport des matelots, était une femme de bon sens, et, à ce
qu'il semblait, d'une classe distinguée, avait tant épargné
sur sa part pour nourrir son fils, qu'elle avait fini par
succomber. Quand notre lieutenant entra dans la cabine,
il la trouva assise sur le plancher, le dos appuyé contre
la paroi du bâtiment, entre deux chaises attachées bien
ferme. La tête de cette pauvre femme tombait en arrière,
comme celle d'un cadavre, quoiqu'elle ne fût pas tout à
fait morte. Mon lieutenant lui dit tout ce qui lui vint à
l'esprit pour l'encourager, et il mit une cuillerée de
bouillon dans sa bouche. Elle ouvrit les lèvres, souleva
une main; mais elle ne put parler : elle entendit cependant ce qu'il disait; elle lui répondit par signes qu'il était
trop tard pour elle, et lui montra son enfant, comme pour
le prier d'avoir soin de lui. Le lieutenant, profondément
touché, tâcha d'introduire un peu de bouillon dans son
estomac, et réussit (du moins il le crut) à en faire passer
deux ou trois cuillerées; mais je doute que cela fût possible. Quoi qu'il en soit, il était en effet trop tard, et elle
mourut le même soir.

Le jeune homme, qui avait été sauvé aux dépens de
la vie de sa mère, n'était pas aussi pèrs de sa fin; cependant il gisait sur un lit, dans la cabine, presque mort. Il
tenait dans sa bouche un morceau de gant dont il avait
mangé le reste. Toutefois, étant jeune et plus vigoureux
que sa mère, lorsque le lieutenant vint à bout d'introduire
quelque chose dans sa gorge, il parut sur-le-champ sen-

siblement ravivé, bien qu'en lui donnant, peu de temps
après, seulement deux ou trois cuillerées de bouillon, il
les rejetât à l'instant.

Mais on avait encore à songer à la pauvre domestique.
Elle était couchée sur le plancher à côté de sa maîtresse,
et l'on voyait qu'une attaque d'apoplexie l'avait fait tomber et qu'elle luttait contre la mort. Ses membres étaient
déformés par les convulsions; une de ses mains était cram-
ponnée au bâton d'une chaise, si fortement qu'il fut très-
difficile de l'en détacher; bref, elle vivait, mais elle paraissait à l'agonie.

La pauvre créature n'était pas seulement affamée et
terrifiée par la pensée de la mort; mais, comme les gens
du navire nous le dirent ensuite, elle avait eu le cœur
brisé en voyant dépérir sa maîtresse, qu'elle aimait ten-
drement. Nous fûmes très-embarrassés de cette malheureuse fille; notre chirurgien, qui était un homme très-
savant et très-expérimenté, parvint à grand'peine à la
ramener à la vie; mais elle resta longtemps presque folle,
comme on le verra tout à l'heure.

Je prie ceux qui liront ces souvenirs de considérer
que les visites en mer ne sont point comme celles que
l'on se fait à la campagne, où l'on passe souvent une ou
deux semaines les uns chez les autres. Nous devions soulager l'équipage de ce bâtiment dans sa détresse, mais
non rester en route pour l'amour de lui. Ils désiraient
marcher de conserve avec nous pendant quelques jours;
mais nous ne pouvions diminuer de voiles, pour aller du
même train qu'un navire démâté. Cependant leur capitaine
nous pria de l'aider à remonter un grand mât et à mettre
une sorte de perroquet à son mât d'artimon, et nous demeurâmes à cet effet deux ou trois jours en panne. Au
bout de ce temps nous leur donnâmes trois barils de
bœuf, un baril de porc, deux muids de biscuit, des pois
dans la même proportion, et tout ce que nous pûmes épargner d'autres articles, en acceptant comme échange trois

tonneaux de sucre, du rhum et quelques pièces de huit ;
et nous les laissâmes, en prenant avec nous, à leur instante
prière, le jeune homme, la femme de chambre et tous
leurs effets.

J'étais alors à 19 degrés 32 minutes de latitude, et
j'avais eu un voyage tolérable sous le rapport du temps,
bien que les vents eussent été contraires au commencement. Je ne fatiguerai point mes lecteurs par le récit des
petits incidents, des courants, du vent, etc., pendant le
reste de ma course ; pour abréger mon histoire, dans l'intérêt de ce qui doit suivre, je dirai seulement que j'arrivai à mon ancienne habitation dans l'île le 10 avril 1695.
Ce ne fut pas sans difficulté que je trouvai la place ; car
j'y étais arrivé et j'en étais parti par le côté méridional
et occidental de l'île, comme cela était naturel en venant
du Brésil ; et maintenant nous vînmes entre la pleine mer
et l'île, et, n'ayant ni cartes ni remarques pour reconnaître
la côte, je pouvais la voir sans savoir que c'était elle, du
moins sans en être sûr.

Nous touchâmes à plusieurs îles de l'embouchure de
l'Orénoque, et cela me servit à reconnaître, en les côtoyant,
combien je m'étais trompé jadis en supposant que la
terre que j'apercevais de mon île était le continent ; c'était
une île très-longue, ou plutôt une chaîne d'îles, qui s'étendaient d'une extrémité à l'autre de la bouche immense
de ce fleuve ; et les sauvages qui fréquentaient mon île
n'étaient pas, à proprement parler, ceux que nous appelons Caraïbes, mais des insulaires et autres peuplades
barbares, lesquels demeuraient plus près de nos rives que
les premiers. Bref, je visitai assez inutilement quelques-
unes de ces îles ; dans l'une d'elles je trouvai des Espagnols, et je pensai qu'ils habitaient cette terre ; mais je
leur parlai, et ils me dirent qu'ils avaient un sloop près
de là, dans une petite baie, et qu'ils étaient venus sur
cette plage pour avoir du sel et prendre des huîtres à
perles, s'ils pouvaient en trouver. Ils étaient de l'île de

la Trinité, située plus au **N.**, sous la latitude de 10 à 11 degrés.

A force de côtoyer d'une île à une autre, soit avec le bâtiment, soit avec la chaloupe des Français que nous trouvâmes très-commode et que nous gardâmes volontiers, nous vînmes enfin en face du côté méridional de mon île, et à l'instant je reconnus toutes les circonstances locales ; je fis donc jeter l'ancre dans un endroit sûr, devant la crique voisine de mon ancienne demeure.

Aussitôt que j'eus parfaitement reconnu la place, j'appelai Vendredi et lui demandai où il était. Il regarda un moment, et soudain, battant des mains, il s'écria : « Oh oui ! voilà ! voilà ! » et il montra notre habitation, et se mit à danser et à faire des gambades comme un fou. Ce fut à grand'peine que je l'empêchai de sauter dans la mer et de gagner le bord à la nage.

« Vendredi, lui dis-je, pensez-vous que nous retrouverons quelqu'un en ce lieu ? pensez-vous que nous y retrouverons votre père ? » Le pauvre garçon resta muet comme une souche pendant un moment ; mais, quand je nommai son père, cette excellente créature parut triste, découragée, et je vis des larmes couler abondamment sur son visage. « Qu'avez-vous, dis-je, Vendredi ? êtes-vous ainsi troublé parce que vous pouvez revoir votre père ? — Non, non, dit-il en hochant la tête, moi plus voir lui, non jamais plus voir lui. — Pourquoi croyez-vous cela, Vendredi ? comment le savez-vous ? — Oh non ! oh non ! reprit-il, lui mourir déjà longtemps ; lui beaucoup vieux homme. — Allons, lui dis-je encore, vous n'êtes pas sûr de cela ; mais nous verrons peut-être d'autres personnes. » Il avait la vue meilleure que moi, à ce qu'il paraît ; il m'indiqua la colline au-dessus de mon ancienne maison, et, bien que nous fussions éloignés d'une demi-lieue, il s'écria : « Nous voir, nous voir, oui, oui, nous voir là beaucoup d'hommes là, et là et encore là. » Je regardai, mais je ne vis personne, pas même avec une lunette, sans

doute parce que je ne l'avais pas pointée sur l'endroit
désigné ; car le lendemain je sus qu'il avait raison et que

cinq ou six hommes étaient montés sur cette hauteur,
pour examiner le bâtiment et reconnaître ses intentions.

Dès que Vendredi m'eut assuré qu'il avait vu du
monde, je fis déployer le pavillon anglais et tirer trois
coups de canon, afin de nous annoncer comme amis. Environ un quart d'heure après, nous aperçûmes de la fumée
qui s'élevait sur un des côtés de la crique, et je demandai
sur-le-champ le bateau ; j'y montai avec Vendredi, et,
déployant un pavillon blanc, ou pavillon de paix, je gouvernai droit au rivage. J'étais accompagné du jeune prêtre
dont j'ai parlé, auquel j'avais conté dans tous ses détails
l'histoire de mon séjour en cette île, et toutes les particularités qui concernaient et moi et ceux que j'y avais
laissés. Il désira vivement me suivre ; et nous emmenâmes

de plus seize hommes bien armés, pour le cas où nous aurions trouvé des hôtes inconnus : heureusement cette précaution était inutile.

Comme c'était le moment de la marée montante, nous entrâmes directement dans la crique, et le premier homme sur lequel mes regards tombèrent fut l'Espagnol que j'avais sauvé, et dont je reconnus parfaitement le visage : quant à son costume, j'en parlerai plus tard. J'ordonnai à mes gens de rester tous à bord et de me laisser descendre seul à terre ; mais il n'y eut pas moyen de retenir Vendredi ; ce tendre fils avait découvert son père à une grande distance des Espagnols, assez loin en effet pour qu'il me fût impossible de le voir. Si l'on n'avait pas voulu le laisser débarquer, il aurait certainement sauté dans la mer. Dès qu'il eut touché terre, il courut vers son père avec la rapidité d'une flèche. L'âme la plus ferme n'aurait pu voir sans émotion les premiers transports de ce pauvre garçon, lorsqu'il aborda le vieillard.

Il l'embrassa, lui caressa les joues, le prit dans ses bras, l'assit sur un tronc d'arbre, se coucha contre lui, et se mit à le contempler, comme un amateur contemple un tableau rare, pendant près d'un quart d'heure ; ensuite il passa doucement ses mains sur les jambes du bonhomme et les baisa, puis il se releva et le regarda encore : on eût dit qu'il était ensorcelé. Mais le lendemain sa passion tourna réellement au comique. Le matin, il se promena quelques heures sur le bord de la mer avec son père, le tenant toujours par la main, comme une dame, et courant à chaque instant au bateau, pour lui chercher soit un morceau de sucre, soit un gâteau, enfin quelque chose de bon. Dans l'après-midi, ces démonstrations furent d'un autre genre. Il fit asseoir le bonhomme sur l'herbe, dansa autour de lui, et fit mille gestes, prit mille postures étranges, tout en racontant ses voyages, ses aventures et celles des autres, pour divertir son père. Enfin, si l'affection filiale avait autant de force parmi les chrétiens, on serait tenté de regarder comme inutile le cinquième commandement de Dieu.

Mais ceci est une digression; je reviens à mon débarquement. Il n'est pas nécessaire de rapporter toutes les cérémonies, toutes les civilités que les Espagnols me prodiguèrent. Le premier, que je reconnus fort bien, comme je l'ai dit, pour celui auquel j'avais sauvé la vie, vint au devant de la barque, suivi d'un autre, et portant, ainsi que nous, un pavillon de paix. Il ne me reconnut point d'abord, il n'eut même pas l'idée que ce pût être moi qui arrivais, jusqu'à ce qu'il entendit ma voix. « *Senhor*, lui dis-je en portugais, ne me reconnaissez-vous pas? » Il ne me répondit rien; mais remettant son fusil à son compagnon, tendant les bras et prononçant en espagnol quelques mots que je ne compris pas parfaitement, il vint à moi et m'embrassa, en m'assurant qu'il ne se pardonnerait jamais de n'avoir pas reconnu ces traits qui lui étaient jadis apparus tels que ceux d'un ange du ciel envoyé pour le sauver. Il ajouta à cela une profusion de très-belles phrases, comme les Espagnols bien élevés savent toujours en faire, et il ordonna à la personne qui le suivait d'aller chercher ses camarades. Il me demanda alors si je voulais aller à mon vieux château, dont il me rendrait la possession et où je trouverais quelques améliorations. Je me dirigeai avec lui vers mon ancienne demeure; mais, hélas! il m'eût été aussi impossible d'en retrouver la place que si je ne l'avais jamais vue. On avait planté une si grande quantité d'arbres, et ils étaient placés de telle manière, et si touffus, si serrés, ils étaient devenus si gros en dix ans, que le lieu n'était plus accessible que par des détours dont les habitants seuls savaient se tirer.

Je lui demandai pourquoi ils s'étaient ainsi fortifiés, et il me répondit que je verrais que ces défenses n'étaient pas inutiles, quand il m'aurait conté ce qui leur était arrivé depuis qu'ils vivaient en cette île, où leur premier

16

malheur avait été de ne plus me retrouver. Il m'assura
néanmoins qu'il s'était réjoui de ma bonne fortune, lorsqu'il avait appris que j'étais parti sur un bâtiment sûr, et
selon mes désirs, et souvent il eut le pressentiment qu'il
me reverrait un jour. Mais il avoua que rien en toute sa
vie ne l'avait surpris et affligé aussi vivement que le
désappointement qu'il éprouva à la première nouvelle de
mon départ.

Quant aux trois barbares, comme il les appelait, que
nous avions laissés et sur lesquels il avait une longue
histoire à me conter, s'ils n'avaient pas été en si petit
nombre, ses compatriotes et lui auraient eu à regretter
d'avoir échangé la compagnie des sauvages pour celle de
pareils hommes. « Il est certain, disait-il, que s'ils nous
avaient été supérieurs en force, nous aurions fait ici
notre purgatoire ; » et, en parlant ainsi, il faisait le signe
de la croix sur sa poitrine. « Mais, Monsieur, reprit-il,
j'espère que vous ne nous désapprouverez point quand je
vous dirai que notre défense personnelle nous a obligés
de les désarmer, de les soumettre, puisque, loin d'agir
avec nous en dominateurs modérés, ils voulaient nous
assassiner. » Je lui répondis que j'avais craint en effet
extrêmement qu'il n'arrivât quelque chose de semblable
en laissant ces hommes dans l'île, et que mon seul regret, en partant, c'était de n'avoir pu attendre son retour,
afin de le mettre en possession de mes propriétés, et de
laisser les matelots anglais dans l'état de sujétion où ils
méritaient d'être. Du reste, s'ils les avaient réduits à cette
condition, j'en étais très-satisfait, loin d'y trouver à re-
dire ; car je savais que c'était une bande de rebelles indis-
ciplinés, capables de toute espèce de méfaits.

Pendant que je parlais ainsi, l'homme que l'Espagnol
avait envoyé pour chercher ses amis vint avec onze
autres individus. Vêtus comme ils l'étaient, on ne pouvait deviner à quelle nation ils appartenaient ; mais mon
ancien hôte nous présenta les uns aux autres. Il se tourna

d'abord vers moi, et, montrant les nouveaux venus, il
dit : « Vous voyez, Monsieur, quelques-uns des gentilshommes qui vous doivent la vie ; » et s'adressant à eux,
il leur fit savoir qui j'étais. Alors ils vinrent tous me
saluer un à un, non comme des matelots ou des personnes du commun, mais réellement comme s'ils avaient
été des ambassadeurs ou de grands seigneurs, et moi un
roi ou un conquérant puissant. Leur conduite fut obli-
geante et courtoise au plus haut degré, et toutefois mêlée
d'une mâle dignité qui leur allait à merveille ; bref, leurs
manières étaient tellement supérieures à ma simplicité,
que je ne savais comment recevoir leurs politesses, et
j'aurais été encore plus embarrassé d'y répondre sur le
même ton.

L'histoire de leur arrivée et de leurs aventures depuis
mon départ est si remarquable, offre tant d'incidents que
la première partie de ma relation aidera à comprendre, elle
se rattache à ce que j'ai déjà dit par tant de points, que
je me fais un grand plaisir de la transmettre à ceux qui
viendront après moi.

Pour épargner au lecteur l'ennui d'un récit à la première personne, qui me mettrait en frais de dix mille
dis-je et *dit-il, il me dit* et *je lui dis*, et autres locutions
de ce genre, je rapporterai les faits historiquement, avec
toute l'exactitude que me permettront le souvenir de ce
qui m'a été dit et ma connaissance des lieux et des gens.

Je dois, pour être aussi concis et aussi clair que
possible, me reporter en arrière et rappeler les circonstances dans lesquelles je laissai mon île et les personnes
dont j'ai à parler. D'abord il est nécessaire de rappeler
que j'avais envoyé le père de Vendredi et l'Espagnol,
que j'avais sauvés l'un et l'autre des mains des sauvages,
pour chercher les compagnons de ce dernier, laissés par
lui sur la côte que je prenais pour le continent. Je désirais les mettre à l'abri de calamités semblables à celles
de leur compatriote, leur offrir des secours pour le pré-

sent, et trouver ensuite, s'il était possible, quelque moyen
de nous délivrer tous.

Quand je les fis partir, il n'y avait pas la moindre appa-

rence, pas le moindre sujet d'espérer que je serais moi-
même délivré. Depuis plus de vingt ans je n'y pensais
plus, et je ne pouvais prévoir ce qui était sur le point
d'arriver, savoir qu'un bâtiment anglais viendrait sur ces
bords, comme s'il eût été envoyé exprès pour me chercher. Ils durent en effet être surpris étrangement, non-
seulement de ne plus me trouver, mais de voir trois étrangers en possession de tout ce que j'avais laissé, et qui sans
cela leur eût appartenu.

Cependant, la première chose dont je m'informai, et
dont il faut que je parle afin de reprendre le récit où je
l'ai laissé, était leur voyage dans le canot, pour aller
rejoindre les Espagnols. Rien de remarquable n'eut lieu
pendant leur traversée, qui fut favorisée par un temps
calme et un bon vent. Les Espagnols, comme on devait le
penser, furent aussi joyeux que surpris de revoir leur compagnon (qui semblait le principal personnage de la troupe,
le capitaine du vaisseau naufragé étant mort depuis quelque temps), parce que, le sachant tombé dans les mains
des sauvages, ils l'avaient cru dévoré, comme tous les prisonniers de guerre faits par ces peuples. Lorsqu'il leur
conta sa délivrance et les moyens dont il disposait pour
les transporter, ils crurent rêver : leur étonnement était
comparable à celui des frères de Joseph, quand il se fit
reconnaître d'eux et leur apprit son élévation à la cour de
Pharaon.

Mais en voyant les armes, la poudre, les balles, les
provisions qu'il leur apportait pour leur voyage, ils revinrent à eux et se préparèrent avec joie à suivre sans délai
leur ami.

Leur premier soin devait être de se procurer des canots,
et, pour cela, ils furent obligés de se relâcher un peu de
la stricte probité à l'égard de leurs amis les sauvages, en
leur empruntant deux grandes pirogues, sous prétexte
d'aller à la pêche ou en promenade. A l'aide des embarcations ils partirent le lendemain matin, leurs préparatifs ne
demandant pas beaucoup de temps, puisqu'ils n'empor-
taient ni bagages ni provisions, et ne possédaient rien que
ce qu'ils avaient sur le corps, et des racines qui leur
tenaient lieu de pain.

Le voyage et le retour de mes envoyés durèrent trois
semaines, et dans cet intervalle l'occasion de sortir de
l'île se présenta pour moi ; je partis, laissant à ma place
trois des plus impudents, des plus intraitables, des plus
méchants coquins avec lesquels il fût possible de se ren-

16.

contrer, au grand chagrin et au grand désappointement
des pauvres Espagnols.

Le seul acte de loyauté de ces vauriens à l'arrivée des
Espagnols, ce fut de leur donner ma lettre, des provisions
et d'autres choses nécessaires, comme je leur avais ordonné
de le faire : ils y ajoutèrent la longue liste d'instructions
que je leur avais laissée et qui contenait tous les moyens
que j'employais pour subvenir à mes besoins : la manière de faire le pain, d'élever les chèvres domestiques,
de conserver le raisin, de semer le blé, de fabriquer de
la poterie, en un mot toutes les particularités de mes travaux que j'avais écrites. Deux des Espagnols entendaient
assez l'anglais pour faire usage de ce document, et les
trois matelots ne refusèrent pas de les pourvoir de tout
ce qui pouvait leur être utile ; car ils furent d'abord assez
bien ensemble. Les premiers installés admirent les nouveaux venus sur le pied d'égalité dans la maison et à la
caverne, et ils vécurent d'une façon très-sociable pendant
quelque temps. Le chef des Espagnols, qui m'avait vu
pratiquer la plupart de mes méthodes de culture et d'industrie, et le père de Vendredi dirigeaient les travaux ;
quant aux Anglais, ils ne faisaient que courir dans l'île,
tuer des perroquets, attraper des tortues, et, lorsqu'ils
rentraient le soir au logis, ils trouvaient leur souper ap-
prêté par les Espagnols.

Ces derniers se seraient arrangés de cette manière
d'être, si les autres, à ce prix, les avaient laissés en paix ;
mais cela n'était pas dans leur nature. Semblables au
chien du jardinier, ils ne voulaient ni faire ni laisser faire
aux autres. Les querelles furent d'abord futiles et peu
dignes d'être rapportées ; plus tard elles amenèrent une
guerre ouverte commencée avec toute la rudesse et l'inso-
lence imaginables, sans raison, sans provocation, contre
tout sentiment naturel, même contre le simple bon sens.
Il est vrai que la première relation de l'affaire me fut
donnée par les Espagnols, que je puis appeler les accusa-

teurs; toutefois, quand j'interrogeai ces drôles, ils ne purent repousser aucun grief.

Avant de passer aux particularités de cette partie de l'histoire, je dois réparer une omission de ma relation précédente. J'ai oublié de noter qu'au moment même où nous allions lever l'ancre une petite émeute s'éleva sur notre bâtiment et me fit craindre une seconde sédition. Pour la conjurer, le capitaine, rassemblant tout son courage et nous appelant tous à son aide, sépara par la force les mutins, et fit enchaîner et renfermer deux des rebelles les plus hardis.

Comme ils avaient activement contribué aux désordres précédents et laissaient échapper alors quelques mots grossiers et dangereux, il les menaça pour cette fois de les conduire en Angleterre, où il les ferait pendre pour mutinerie et tentative de désertion avec le navire. Quoique le capitaine n'eût pas l'intention d'exécuter sa menace, elle effraya plusieurs des hommes de l'équipage, et ceux-ci mirent dans la tête de leurs compagnons que le capitaine les amusait par de belles phrases jusqu'à leur arrivée à un port anglais, où il les ferait mettre en prison et en jugement. Le lieutenant eut avis de cela et assura les matelots que, s'ils se conduisaient bien pendant le reste du voyage, le passé leur serait pardonné. J'intervins aussi, et ils se tranquillisèrent quand je leur eus donné ma parole d'honneur qu'ils ne seraient pas inquiétés, surtout quand je fis absoudre et relâcher ceux qui avaient été pris.

Cette mutinerie nous retint cependant à l'ancre toute la nuit; le vent baissa le lendemain matin et passa au calme, et nous reconnûmes que les deux hommes que nous avions enchaînés avaient volé chacun un fusil, quelques autres armes, des munitions, et qu'ils avaient pris la pinasse, que l'on n'avait pas encore remontée, et étaient allés rejoindre dans l'île leurs compagnons de révolte. Aussitôt que nous nous fûmes aperçus de leur fuite, je commandai la chaloupe, et le lieutenant avec douze hommes y monta pour aller chercher ces misérables.

Mais ils ne purent trouver ni eux ni les autres; car ils se sauvèrent tous dans les bois lorsqu'ils virent nos gens arriver. Le lieutenant fut tenté, pour les punir de leur scélératesse, de détruire les plantations, de brûler tous les ustensiles ou meubles, et de les laisser se tirer d'affaire sans secours; toutefois, comme il n'avait point d'ordres à cet effet, il laissa les choses telles qu'elles étaient, ramena la pinasse, et revint à bord sans les fugitifs. Ces deux hommes portaient le nombre des Anglais à cinq; mais les trois premiers étaient si supérieurs aux derniers en méchanceté, qu'ils mirent les nouveaux venus à la porte et ne voulurent pas en entendre parler. Pendant assez longtemps ils refusèrent de leur donner des vivres. Les Espagnols n'étaient pas encore arrivés à cette époque.

Quand les Espagnols arrivèrent, ils tâchèrent d'engager les trois méchants Anglais à prendre leurs compatriotes et à ne former tous qu'une famille; mais ils ne voulurent pas entendre à cela; ainsi les pauvres diables vivaient comme ils pouvaient, et, comprenant que le travail et l'industrie étaient leurs seules ressources pour rendre leur existence tolérable, ils plantèrent leurs tentes sur la côte septentrionale de l'île, un peu à l'ouest, afin d'être à l'abri des incursions des sauvages qui abordaient toujours à l'est de l'île.

Ils construisirent deux cabanes, l'une pour s'y loger, l'autre pour servir de magasin, les Espagnols leur ayant donné un peu de blé pour le semer, et aussi de ces pois que je leur avais laissés. Ils bêchèrent, plantèrent, élevèrent des enclos d'après les modèles que je leur avais donnés, et bientôt ils se trouvèrent assez bien établis. Leur première récolte était prête à couper, et, bien qu'ils n'eussent d'abord labouré qu'un petit quartier de terre, n'ayant pas le temps d'en préparer davantage, cela était suffisant pour subvenir à leurs besoins. L'un de ces hommes avait été l'aide du cuisinier du bâtiment, et il pouvait

faire des potages, poudings, enfin toutes les préparations que le riz, le lait et le peu de viande qu'ils se pro-
curaient lui permettaient de faire.

Ils étaient dans cette voie de modeste progrès, lorsque
ces trois coquins dénaturés, leurs compatriotes, vinrent
par pure malice les insulter, les provoquer, leur dire que
l'île était à eux; que le gouverneur (en parlant de moi)
leur en avait laissé la possession, et que personne n'avait
le droit de s'établir, de bâtir des maisons sur leur terrain, sans payer un loyer au propriétaire. Les deux
hommes, croyant d'abord qu'ils plaisantaient, les invitèrent à entrer chez eux, à s'y reposer et à voir quelles
belles maisons ils avaient bâties et quel loyer on pouvait
en demander. Un des deux dit en riant que, s'ils étaient
les seigneurs du lieu, ils accorderaient, suivant la coutume, un long bail à ceux qui auraient construit des habitations sur leurs propriétés et les auraient améliorées, et
il les pria d'amener un greffier ou un notaire, pour dresser
les actes. Un des trois vauriens répondit, avec des jure-
ments, qu'on verrait qu'ils ne plaisantaient pas; et allant
à une place voisine, où les colons avaient fait du feu pour
apprêter leur nourriture, ce misérable prit un tison, le
posa contre l'extérieur de la cabane et y mit le feu. Elle
aurait brûlé en quelques minutes, si l'un des deux pauvres colons n'eût repoussé l'incendiaire et éteint la flamme
avec ses pieds, non sans beaucoup de peine.

L'agresseur était dans une telle furie d'avoir été repoussé par l'honnête homme, qu'il revint sur celui-ci un
bâton à la main; si le dernier n'eût pas évité ce coup
adroitement et ne se fût pas sauvé dans la cabane, il
serait mort sur place. Son camarade, voyant le danger
qui les menaçait tous deux, le suivit, et ils sortirent bientôt armés de leurs fusils. L'homme sur lequel avait été
dirigé le coup de bâton frappa et étourdit avec la crosse
de son fusil celui qui avait commencé la querelle, avant
que ses deux camarades fussent venus à son secours;

alors ils présentèrent à ceux-ci le bout du canon et leur crièrent de ne pas avancer. Les assaillants avaient aussi des armes à feu; mais un des deux honnêtes gens, plus hardi que son camarade, et exaspéré par le danger, dit à leurs adversaires que, s'ils faisaient le moindre mouvement, ils étaient morts, et qu'il leur ordonnait de mettre bas les armes. Ils n'obéirent point à cet ordre; mais, voyant qu'ils avaient affaire à des gens résolus, ils entrèrent avec eux en pourparlers, et consentirent à se retirer emportant leur blessé.

Il paraît que la blessure était grave; mais les autres eurent tort de ne pas poursuivre leur avantage; ils devaient désarmer leurs ennemis, ensuite aller rendre compte aux Espagnols de la manière dont ils avaient été traités par ces coquins. Depuis ce temps les trois scélérats ne rêvèrent que vengeance, et tous les jours les autres en recevaient de nouvelles preuves.

Je passe, pour abréger mon récit, les menues méchancetés de ces drôles, telles que fouler aux pieds les blés, tuer les chèvres et les chevreaux des pauvres colons, en un mot les tourmenter nuit et jour; je dirai seulement que tant de persécutions réduisirent ces deux infortunés au désespoir : ils se déterminèrent à combattre une fois pour toutes leurs trois ennemis. Dans cette vue ils allèrent au château, comme on appelait mon ancienne résidence, où les trois méchants Anglais demeuraient alors avec les Espagnols, dans l'intention de prier ceux-ci d'être témoins de leur combat, afin qu'il se passât régulièrement. Ils se levèrent donc un matin avant le jour, se rendirent au château, et demandèrent les Anglais par leur nom, en disant à un Espagnol qui vint les recevoir qu'ils avaient à leur parler.

Il se trouvait que le jour précédent deux Espagnols avaient rencontré dans les bois l'un des deux Anglais que j'appelle les honnêtes gens, par comparaison avec les autres, et pour les distinguer de ceux-ci; cet homme avait fait des plaintes amères aux Espagnols sur les traitements barbares que leurs compatriotes leur faisaient endurer ; il conta comment ils avaient dévasté leur plantation, détruit le blé qu'ils avaient eu tant de peine à faire croître, et tué leur chèvre laitière et ses trois chevreaux, qui composaient toutes leurs ressources de subsistance ; il ajouta que si ses amis, c'est-à-dire les autres Espagnols, ne venaient pas à leur secours, lui et son compagnon mourraient de faim. Quand les Espagnols revinrent le soir au logis, ils prirent la liberté d'improuver pendant le souper la conduite des trois Anglais, en termes mesurés néanmoins et très-polis : ils leur demandèrent comment ils pouvaient être aussi cruels envers des êtres inoffensifs qui avaient trouvé moyen de s'assurer une existence à force de travail, et qui avaient eu assez de peine à mettre leur petit établissement au degré de perfection où il se trouvait.

Un des Anglais répliqua brusquement : « Que viennent-ils faire ici ? Ils sont venus à terre sans permission, et ils n'ont pas le droit de planter et de bâtir dans l'île, où pas un pouce de terrain ne leur appartient. — *Senor Inglese*, dit l'Espagnol avec calme, ils ne doivent pas mourir de faim. » L'Anglais repartit comme une brute qu'il était : « Qu'ils crèvent de faim, que le diable les emporte ! ils ne planteront et ne bâtiront pas dans cette île. — Mais que pourront-ils donc faire, Monsieur ? » dit l'Espagnol. Un autre de ces gueux lui répondit : « Ce qu'ils pourront faire ? eh ! travailler pour nous, devenir nos valets. — Mais comment, reprit l'Espagnol, pouvez-vous exiger cela ? vous n'avez pas acheté ces hommes, vous n'avez pas le droit de les réduire en servitude. » L'Anglais répondit que l'île était à eux trois, que le gouverneur les en avait mis en possession, et qu'eux seuls avaient le droit d'y faire quoi que ce fût ; et il jura par son Créateur qu'ils brûleraient toutes les nouvelles cabanes qui seraient construites sur leurs terres. « En admettant cela, dit l'Espagnol, nous devrions être aussi vos esclaves ? — Oui, dit l'audacieux coquin, et vous le serez peut-être réellement avant peu, » ajouta-t-il en assaisonnant son discours de blasphèmes placés aux endroits convenables. L'Espagnol ne répondit que par un sourire. Cependant ce petit dialogue les avait échauffés, et les Anglais se levant, l'un dit à l'autre (je pense que ce fut le nommé Will Atkins) : « Viens, Jack, laissons-les ; ils auront leur tour. Nous démolirons leur château, et ils ne coloniseront pas sur nos domaines. »

Là-dessus ils sortirent tous ensemble, prenant chacun un fusil, un pistolet et une épée, en murmurant des propos très-insolents sur ce qu'ils voulaient faire aux Espagnols ; mais les Espagnols n'entendaient pas tout à fait ce qu'ils disaient, et ils comprenaient seulement qu'ils les menaçaient pour avoir pris le parti des deux opprimés.

Les Espagnols n'ont jamais su où ils allèrent ni à quoi ils passèrent leur temps ce soir-là ; mais il paraîtrait qu'après avoir erré dans les champs une partie de la nuit, ils s'étaient arrêtés à la place que je nommais mon bosquet, accablés de fatigue et de sommeil. Ils avaient résolu de rester éveillés jusqu'à minuit, et d'aller surprendre alors leurs pauvres compatriotes endormis : leur projet, comme ils l'avouèrent ensuite, était de mettre le feu aux cabanes, et de laisser leurs habitants brûler avec elles, ou de les tuer s'ils tentaient de s'échapper.

Le méchant dort rarement d'un sommeil bien profond ; ils est donc très-surprenant que ces coquins ne se soient pas tenus éveillés. Cependant les deux hommes des cabanes avaient aussi leur plan, mais un plan beaucoup plus honnête que celui de brûler et d'assassiner ; ils étaient déjà partis, très-heureusement pour eux, quand ces coquins sanguinaires vinrent à leurs demeures.

Quand en arrivant ils trouvèrent les maisons vides, Atkins, le plus déterminé de la troupe, dit à l'un de ses camarades : « Jack, voilà bien le nid, mais les oiseaux sont envolés. »

Alors ils se donnèrent la main et se firent le serment l'un à
autre de se venger des Espagnols.

Dès lors, ils se mirent à l'œuvre pour détruire les huttes
de leurs compatriotes. Ils les démolirent et en dispersèrent les matériaux à de grandes distance. Ils brisèrent tout
leur petit ménage. Ensuite ils arrachèrent tous les jeunes
arbres plantés par les malheureux colons, ainsi que les enclos qu'ils avaient faits pour la sûreté de leur blé et de leurs
chèvres.

A cette heure même les deux hommes étaient en che-

17

min pour chercher leurs persécuteurs et les combattre, bien
qu'ils ne fussent que deux contre trois ; en sorte que si les
uns et les autres se fussent rencontrés, il y aurait eu sans
nul doute du sang répandu. Mais la Providence ne permit
point leur rencontre. Un événement qui survint alors mit
chacun en danger et les força d'oublier leurs ressentiments
privés pour s'occuper de la sûreté générale.

Une nuit, le gouverneur espagnol et l'un de ses compatriotes sortirent ensemble et montèrent d'abord sur le
haut de la colline où j'avais coutume d'aller faire mes observations ; mais, étant en force au lieu d'être isolés comme
moi, ils n'usèrent d'aucune de mes précautions ; ils ne se
servirent point de l'échelle pour grimper d'un étage à
l'autre, en la retirant chaque fois ; ils se dirigèrent vers
le sommet, par le chemin du bosquet, sans la moindre
appréhension. Tout à coup ils virent la clarté d'un feu à
une petite distance, et ils entendirent en même temps les
voix, non pas de deux ou trois hommes, mais d'un grand
nombre.

Autrefois, dès que j'eus découvert les descentes habi-
tuelles des sauvages dans l'île, mon soin principal et
constant fut toujours d'empêcher qu'ils ne pussent reconnaître qu'il existait un habitant sur ce coin de terre ; et,
quand vint l'occasion de me montrer à eux, ce fut tellement à leurs dépens, que ceux qui se sauvèrent eurent
sans doute bien de la peine à rendre compte de ce qu'ils
avaient vu. Nous avions disparu très-promptement, et les
seuls qui eussent jeté les yeux sur moi étaient les trois
hommes échappés à l'aide du canot, et dont je craignais les
récits dans le cas où ils arriveraient dans leur pays. Ce débarquement des Indiens, plus nombreux que de coutume,
était-il le résultat de la fuite des trois hommes, ou ve-
naient-ils par accident et pour quelque festin atroce ? c'est
ce que les Espagnols ne purent savoir ; mais, en tout cas,
ils devaient soit se cacher soigneusement aux Indiens, soit
tomber sur eux de manière à n'en pas laisser échapper un

seul, et cela ne pouvait se faire qu'en se plaçant entre eux et leurs canots. Cette présence d'esprit manqua à mes insulaires, et leur tranquillité en fut troublée pour bien longtemps.

On n'a pas besoin de dire que le gouverneur et son compagnon, surpris à cette vue, se hâtèrent de courir éveiller tous les autres et les avertir du danger imminent dans lequel ils se trouvaient. Tant que la nuit dura, ils furent assez en sûreté, et, pendant quelques heures, ils purent apercevoir les ennemis à la lueur de trois feux qu'ils avaient allumés à une grande distance l'un de l'autre. Ils ne pouvaient toutefois distinguer ce qui se

passait, et eux-mêmes ne savaient que faire. D'abord les sauvages étaient trop nombreux pour qu'on dût les attaquer : ensuite ils n'étaient point réunis, mais divisés en plusieurs troupe ayant débarqué en différentes places.

Les Espagnols furent dans une grande consternation ; et, comme ces sauvages rôdaient de tous côtés, ils devaient tôt ou tard arriver sinon à l'habitation, du moins à quelque endroit où ils verraient des signes de culture, de travail humain ; ils craignaient surtout pour leur troupeau de chèvres, dont la destruction les aurait réduits presque à la famine. Leur premier soin fut donc d'envoyer avant le jour trois hommes, deux Espagnols et un Anglais, pour chasser toutes les chèvres vers la grande vallée de la caverne, et pour les faire entrer, s'il était nécessaire, dans la caverne même. Ils décidèrent ensuite que, si les sauvages venaient à se rassembler en un corps, et un peu loin de leurs canots, ils les attaqueraient, fussent-ils une centaine ; mais cette occasion ne se présenta point, les troupes diverses des Indiens restèrent à deux milles l'une de l'autre, et l'on sut par la suite qu'elles appartenaient à différentes nations.

Après avoir longtemps réfléchi sur les circonstances dans lesquelles ils se trouvaient et sur le parti qu'ils pourraient prendre, les colons se décidèrent enfin à envoyer, tandis qu'il était encore nuit, le vieux sauvage, père de Vendredi, pour espionner les ennemis et savoir leurs desseins. Le vieillard comprit fort bien sa mission, et se mettant presque nu, à la manière des Indiens, il partit. Au bout d'une ou deux heures, il revint dire qu'il avait été parmi eux sans qu'on l'eût découvert ; qu'il y avait deux partis, de deux nations différentes qui étaient en guerre l'une avec l'autre, et avaient eu récemment dans leur pays une grande bataille, à la suite de laquelle on avait des deux côtés fait des prisonniers, et que le hasard avait amené une bande de chaque nation sur le même rivage, pour y dévorer leurs captifs et se réjouir. Cependant leur rencontre avait gâté la fête pour les uns et les autres ; ils étaient tous furieux ; et le vieux sauvage pensait qu'ils se battraient aussitôt que le jour paraîtrait. Du reste, il n'avait rien aperçu qui pût lui montrer qu'ils croyaient l'île habitée. A peine avait-il achevé son rapport, qu'il reconnut, au bruit extraordinaire que faisaient les étrangers, qu'ils se livraient un combat sanglant.

Le père de Vendredi usa de tous les raisonnements dont il put s'aviser pour engager nos gens à rester clos et couverts, à ne point se laisser voir. Il leur dit que leur sûreté dépendait de cette précaution ; que les sauvages se tueraient les uns les autres, et que ceux qui survivraient s'en iraient : tout cela arriva de point en point ; mais il fut impossible de retenir la curiosité de nos gens, surtout celle des Anglais ; elle finit par l'emporter sur leur prudence, et ils sortirent pour voir la bataille. Cependant ils eurent encore assez de raison pour ne point s'avancer du côté de leur habitation : ils firent un long détour dans les bois et se placèrent de manière à voir sans être vus, du moins à ce qu'ils croyaient ; mais les Indiens les aperçurent, comme on le verra plus tard.

Le combat était acharné, et, s'il faut en croire les Anglais, plusieurs guerriers montrèrent une grande bravoure, une fermeté indomptable, et aussi beaucoup d'habileté dans le commandement. La bataille dura deux heures avant qu'il fût possible à nos gens de deviner quel parti devait être battu : mais, au bout de ce temps, le côté le plus près de l'habitation parut faiblir, et bientôt il fut en déroute complète. Cela inquiéta beaucoup les colons ; ils avaient en effet lieu de craindre que quelques fuyards n'entrassent dans le bosquet devant le château et ne le découvrissent involontairement ; les poursuivants y seraient arrivés de même en cherchant leurs ennemis. Les gens de l'île se décidèrent en conséquence à rester sous les armes, dans l'intérieur de leurs murailles, résolus à courir sus à quiconque se montrerait dans le petit bois et à tuer, s'il était possible, tous ceux qui avanceraient jusque-là, afin qu'ils n'allassent pas annoncer leurs découvertes aux autres. On avait ordre de faire ces exécutions à l'arme blanche, ou à coups de crosse de fusil, de peur

d'attirer l'attention de la troupe par le bruit des armes
à feu.

Ce qu'ils craignaient arriva. Trois hommes de l'armée
défaite, en fuyant, traversèrent la crique et vinrent droit
au bosquet sans se douter de ce qu'il recélait et cherchant
seulement un bois épais pour se cacher. L'espion placé

pour observer les alentours du château avertit ceux de
l'intérieur de la venue des trois fugitifs, en ajoutant, à la
grande satisfaction de nos gens, que pas un des vainqueurs
ne les avait suivis, ou ne les avait vus prendre la direction du petit bois. Le gouverneur espagnol avait trop
d'humanité pour permettre que l'on tuât les trois malheu-

reux ; mais il envoya par la colline trois des siens, pour les surprendre par derrière et les faire prisonniers ; ce qui fut exécuté. Les restes des vaincus se jetèrent dans leurs canots et prirent le large. Les vainqueurs cessèrent bientôt leur poursuite ; ils se rassemblèrent en un seul groupe et poussèrent deux cris retentissants, probablement des cris de triomphe, et la bataille finit. Le même jour, à trois heures après midi, ils s'acheminèrent aussi vers leurs embarcations ; ainsi les Espagnols et l'île furent délivrés de la présence des sauvages, et ils n'en virent aucun pendant plusieurs des années subséquentes.

Ils vécurent deux ans parfaitement tranquilles. Cependant un matin ils avaient eu une fausse alerte qui les effraya beaucoup. Quelques Espagnols, étant sortis de bonne heure se dirigèrent vers le côté ou plutôt la pointe occidentale de l'île (où je n'allais jamais de peur d'être découvert), et ils furent très-surpris de voir une vingtaine de canots approcher de la côte. Il se hâtèrent de rentrer et donnèrent l'alarme à leurs compagnons. Ils se tinrent renfermés tout ce jour et le jour suivant, ne sortant que la nuit pour faire leurs observations. Mais cette fois ils en furent quittes pour la peur ; les Indiens ne débarquèrent point, et sans doute ils se dirigèrent vers une autre terre.

Cinq à six mois se passèrent sans qu'on entendît parler des sauvages, et nos gens espéraient qu'ils avaient oublié leur défaite précédente, ou bien qu'ils craignaient d'en éprouver une seconde ; mais soudain l'île fut envahie par des forces vraiment formidables. Vingt-huit canots montés par des Indiens, armés d'arcs, de flèches, de massues, d'épées de bois et d'autres instruments de guerre, abordèrent dans l'île et jetèrent la consternation parmi tous ses habitants.

Comme les sauvages débarquèrent le soir et à l'extrémité orientale de l'île, nos gens eurent toute la nuit à se consulter sur les mesures à prendre. Les sauvages, lais-

sant leurs canots à la pointe orientale, vinrent, en suivant
la côte, directement en face de la plantation. Ils étaient
au moins deux cent cinquante, autant que nos hommes
purent en juger ; notre armée était bien faible ; et ce qu'il
y avait de pire, c'est que tous les combattants ne pouvaient
être armés.

Voici l'état précis des forces de la colonie. Combattants : Espagnols, 17 ; Anglais, 5 ; le père de Vendredi, 1 ;
esclaves, 6 ; savoir, trois amenés avec les femmes, et dont
la fidélité ne se démentit point ; et trois autres pris après la
bataille des deux tribus sauvages, et qui vivaient avec les
Espagnols.

On avait pour armer ces hommes : fusils, 11 ; pistolets, 5 ;
fusils de chasse, 3 ; petits mousquets, 5 ; épées, 2 ; hallebardes (vieilles), 3.

On ne donna point d'armes à feu aux esclaves ; mais
ils avaient chacun une pique ou un long bâton, au bout
duquel était emmanchée une pointe de fer, et une petite
hache. Deux femmes voulurent absolument venir sur le
champ de bataille, armées avec les arcs et les flèches recueillis par les Espagnols après le combat des sauvages
entre eux. Ces femmes avaient aussi des haches.

Le gouverneur Espagnol, dont j'ai souvent parlé, commandait en chef, et Will Atkins, non moins remarquable
par son extrême bravoure que par sa perversité, servait
de lieutenant. Les sauvages arrivaient comme des lions, et
par malheur, les nôtres n'avaient pas l'avantage de la position. Cependant Atkins, qui rendit en cette occasion de
grands services, avait été placé avec six hommes derrière
un fourré, comme garde avancée, et il avait l'ordre de
laisser passer les premiers Indiens, ensuite de faire feu au
milieu d'eux, puis de se retirer lestement, et de revenir
par un détour se mettre derrière les Espagnols qui étaient
couverts par un bouquet d'arbres.

Les sauvages arrivaient courant çà et là en désordre ;
Atkins en laissa passer cinquante, et, voyant venir le reste

en masse plus compacte, il ordonna à trois de ses hommes
de charger leurs armes de six ou sept balles, à peu près
de la grosseur des balles de pistolet. Ils ne purent savoir
combien, à leur première décharge, il y eut d'hommes
tués ou blessés ; mais la surprise et la consternation furent
grandes parmi les sauvages. Entendre un bruit aussi terrible, et voir tomber leurs camarades, les uns morts, les
autres blessés, sans apercevoir personne qui eût pu les
toucher, il y avait en effet de quoi les jeter dans l'épouvante : au moment de leur première frayeur, Atkins et sa
seconde troupe firent encore feu sur le gros de leur armée ;
une minute après, le premier détachement d'Atkins,
ayant rechargé, leur envoya une troisième volée.

Si Atkins et ses hommes se fussent retirés aussitôt
qu'ils eurent fait feu, comme on le leur avait ordonné,
ou bien si le reste des forces de l'île eût été à porté de
continuer les décharges, les sauvages auraient été mis
en déroute complète. La terreur qui s'était répandue dans
leurs rangs tenait surtout à l'idée qu'ils avaient été frappés par les éclairs et le tonnerre, parce qu'ils n'avaient
vu personne autour d'eux ; mais Atkins éventa la mèche ;
en s'arrêtant pour recharger, il fut aperçu par quelques
sauvages qui les épiaient de loin, et qui vinrent surprendre l'embuscade par derrière. Atkins et ses hommes
tirèrent deux ou trois fois sur leurs assaillants, et en
tuèrent plus de vingt, en continuant toujours leur retraite
le plus promptement qu'ils le pouvaient ; mais les Indiens
blessèrent à coup de flèches Atkins lui-même et l'un de
ses suivants et compatriotes, et ensuite un Espagnol et
l'un des esclaves amenés avec les femmes. Cet esclave
était extrêmement courageux, et s'était battu en déses-
péré : armé seulement de sa pique et de sa hache, il avait
tué cinq ennemis.

Nos hommes ainsi maltraités, Atkins ayant été blessé
et deux de ses gens tués, se retirèrent sur un tertre dans
le bois et les Espagnols, après avoir lancé trois volées,

17.

firent retraite sur eux-mêmes ; car les sauvages, bien que cinquante des leurs fussent sur le carreau, et qu'ils eussent un plus grand nombre encore de blessés, avançaient hardiment et tiraient des flèches en telle quantité, que le ciel en était obscurci. Il faut observer de plus que leurs blessés, quand ils n'étaient pas tout à fait hors de combat, étaient exaspérés par leurs blessures, et se battaient avec fureur.

Quand nos gens firent retraite, ils laissèrent les corps de l'Espagnol et de l'Anglais sur le champ de bataille ; et les sauvages, lorsqu'ils les trouvèrent, exercèrent sur ces corps toutes sortes de cruautés, comme des barbares qu'ils étaient : ils leur cassèrent les bras et les jambes et leur écrasèrent la tête avec leurs massues et leurs épées de bois ; mais ils ne songèrent pas à poursuivre les insulaires, et, se rangeant en cercle comme il semble que c'est leur coutume, ils poussèrent deux exclamations en signe de victoire. Après cela ils eurent le chagrin de voir plusieurs de leurs blessés tomber morts, seulement à cause de la perte de leur sang.

Le gouverneur Espagnol ayant réuni sa petite troupe sur une éminence, Atkins, tout blessé qu'il était, proposa de retourner contre l'ennemi et de tirer tous à la fois. Mais l'Espagnol répliqua : « Monsieur Atkins, vous voyez comment leurs blessés se battent, laissons-les jusqu'à demain ; alors ils seront tous engourdis et souffrants de leurs blessures, surtout affaiblis par la perte de leur sang ; nous aurons ainsi moins d'hommes à combattre. »

L'avis était bon ; toutefois Atkins répondit gaiement « C'est vrai, monsieur ; mais moi, je serai faible et souffrant comme eux, et c'est pourquoi je voudrais aller en avant pendant que je suis encore échauffé. — Monsieur Atkins, dit l'Espagnol, vous vous êtes conduit bravement, vous avez rempli votre devoir ; maintenant c'est à nous de combattre pour vous, si vous ne pouvez nous suivre ; je pense qu'il vaut mieux attendre au matin. » Ils attendirent donc.

Cependant, comme la nuit était claire, la lune brillante, et qu'ils observèrent que les sauvages étaient rassemblés en désordre autour de leurs morts et de leurs blessés, et qu'ils faisaient beaucoup de bruit et semblaient très-occupés, nos gens résolurent de tomber sur eux avant le jour. Mais ils désiraient pouvoir faire une décharge sans être vus, et le moyen s'en présenta.

L'un des Anglais, sur la plantation duquel l'affaire s'était engagée, conduisit la troupe par un chemin détourné, entre les bois et le bord de la mer du côté de l'O.; ensuite, tournant brusquement au S., ils arrivèrent si près de l'endroit où reposait le gros des Indiens, qu'avant d'avoir été vus ou entendus, huit de nos gens tirèrent et firent un grand massacre parmi les ennemis. Au bout de quelques secondes, huit autres coups partirent, déchargeant une si grande quantité de plomb, qu'il y eut une foule de morts et de blessés; et cependant les Indiens ne savaient d'où leur venait le mal ni de quel côté ils devaient s'enfuir.

Les Espagnols rechargèrent leurs armes très-promptement, et se divisèrent en trois corps, afin d'attaquer tous ensemble l'ennemi sur divers points. Chaque division se composait de huit personnes, c'est-à-dire qu'ils étaient en tout vingt-quatre : vingt-deux hommmes et deux femmes, lesquelles, soit dit en passant, se battaient comme des désespérées. On distribua les armes à feu également dans chaque compagnie, et de même les bâtons ferrés et les piques. Ils voulaient laisser les femmes; mais elles dirent qu'elles étaient décidées à mourir avec leurs maris. Ayant ainsi formé leur petite armée, ils s'avancèrent à travers les arbres sur l'ennemi, poussant des cris et des hourras le plus fort qu'ils pouvaient. Les sauvages étaient tous réunis, mais dans une étrange confusion, en entendant nos gens crier de trois côtés. Ils se seraient défendus s'ils avaient vu leurs assaillants; et aussitôt que ceux-ci se montrèrent, ils reçurent des flèches dont l'une blessa le pauvre vieux Vendredi, mais sans danger. Nos hommes cependant ne laissèrent pas à leurs adversaires le temps de tirer, et courant sur eux, ils firent feu des trois points et tombèrent à coups de crosses de fusil, d'épées, de piques et de haches, à travers les groupes des sauvages qui se sauvèrent çà et là en hurlant.

Nos gens étaient las de frapper, et dans les deux rencontres ils avaient tué ou blessé mortellement cent quatre-vingts ennemis. Le reste, presque fou de terreur, courait dans les bois et sur les collines, de toute la vitesse que donne la peur secondée par des pieds agiles. Les insulaires ne prirent pas la peine de les poursuivre, et ils se rassemblèrent tous au bord de la mer, à l'endroit où ils avaient débarqué et laissé leurs canots. Cependant leurs malheurs n'étaient pas finis ; un orage terrible souffla toute la soirée et les empêcha de s'éloigner de la côte, et, la tempête continuant toute la nuit, quand la marée monta, la plupart de leurs canots furent poussées si avant sur la grève qu'il devint difficile de les remettre à flot, et plusieurs se brisèrent contre le rivage ou les uns contre les autres.

Au milieu de la joie de leur victoire, les colons passèrent néanmoins cette nuit-là sans se donner beaucoup de repos ; et, après avoir pris quelques rafraîchissements, ils résolurent de visiter la partie de l'île vers laquelle les sauvages avaient fui, et de voir ce qu'ils devenaient. Cela devait nécessairement ramener nos gens sur le champ de bataille, où ils trouvèrent un grand nombre de ces malheureux Indiens respirant encore, mais hors d'état de survivre : spectacle pénible pour des hommes généreux ; car une âme vraiment élevée, quoique forcée par les lois de la nature à détruire celui qui est son ennemi, ne prend aucun plaisir à le contempler dans son malheur. Toutefois, sans qu'il y eût besoin de donner aucun ordre à ce sujet, les esclaves indiens, leurs compatriotes, les achevèrent tous avec leurs petites haches.

Enfin les colons arrivèrent à l'endroit où se trouvaient

les misérables restes de l'armée sauvage, montant à environ cent hommes. Presque tous étaient assis à terre, la tête cachée entre les deux mains appuyées sur leurs genoux relevés jusqu'au menton.

Quand nos hommes furent à portée de fusil des sauvages, le gouverneur fit tirer deux coups de mousquet à poudre, seulement pour les inquiéter, afin de juger, d'après ce qu'ils feraient, s'ils avaient encore assez de courage pour se battre, ou s'ils étaient tout à fait démontés; ce qui déterminerait la conduite des siens. Ce stratagème réussit. Au bruit des armes à feu, les Indiens se remirent sur leurs pieds et donnèrent des marques d'une terreur extrême; et comme les colons avancèrent contre eux, ils s'enfuirent à toutes jambes en poussant des hurlements et une sorte d'aboiement, de gémissement singulier, que nos gens n'avaient jamais entendu, et gagnèrent le haut des collines de l'intérieur de l'île.

D'abord nos insulaires regrettèrent que le temps n'eût pas permis à ces sauvages de s'enfuir; ils oubliaient que peut-être cela eût donné lieu ensuite soit à une invasion trop considérable pour lui résister, soit à des incursions fréquentes qui auraient désolé la colonie et affamé les colons. En cette occasion Atkins, qui malgré sa blessure ne s'était point retiré, donna le meilleur conseil : ce fut de profiter de l'avantage qui s'offrait, en se plaçant entre les Indiens et leurs barques, pour leur ôter le pouvoir de revenir jamais ravager l'île. Ils se consultèrent longtemps sur cette proposition; quelques-uns la désapprouvaient, en disant que ces hommes se réfugiraient dans les bois, y vivraient misérablement; qu'on serait forcé de les chasser comme des bêtes, qu'on ne pourrait vaquer aux soins des champs sans être armé ; enfin que les plantations et les chèvres seraient exposées à des dépradations continuelles.

Atkins répondit qu'il valait mieux avoir à combattre cent hommes que cent tribus, et qu'il fallait d'abord dé-

truire les canots, ensuite tuer les sauvages, sinon se
résoudre à être tué par eux. En un mot, il démontra la
nécessité de cette mesure d'une manière si claire, que
tout le monde se rangea à son avis, et l'on procéda à
l'instant à la destruction des bateaux. En ramassant quel-

ques rameaux d'un arbre mort, ils tâchèrent de mettre le
feu à quelques-unes de ces barques ; elles étaient si profondément pénétrées d'humidité qu'elles ne pouvaient
brûler ; cependant la flamme détériora bientôt leurs parties
supérieures, et les rendit impropres à flotter.

Quand les Indiens s'aperçurent de ce que nos gens fai-
ient, plusieurs d'entre eux sortirent des bois, vinrent
ssi près que possible des colons, et, se jetant à genoux,
crièrent : « Oa, ao, Waramokoa. » et quelques autres
ots de leur langue que personne ne comprenait ; mais
leurs gestes suppliants, à leurs gémissements singuliers,
était facile de deviner qu'ils demandaient que leurs
mbarcations fussent épargnées, promettant alors de par-
et de ne plus revenir. Mais les gens de l'île étaient
sormais persuadés qu'ils ne pouvaient se sauver, eux
la colonie, qu'en empêchant jusqu'au dernier de ces
iens de retourner dans son pays; en sorte qu'après leur
oir fait connaître qu'ils ne devaient s'attendre à au-
ne miséricorde, on continua la destruction des canots
e la mer avait laissés entiers. A cette vue, les sauvages
ussèrent un cri effroyable dont nos gens entendirent
sez clairement la signification, et ils se mirent à courir
r toute l'île comme des forcenés. On ne sut d'abord
el parti prendre à leur égard, et les Espagnols, avec
ite leur prudence, n'avaient pas réfléchi qu'avant de
luire ces hommes au désespoir, ils auraient dû prendre
s précautions pour garantir les plantations. Il est vrai
'ils avaient mis à l'abri leurs chèvres, et que les sau-
ges ne trouvèrent point leur principale habitation, c'est-
lire mon ancien château sous la colline, non plus que
caverne de la vallée ; mais ils découvrirent ma planta-
n du bosquet, où ils ravagèrent tout, cassèrent les
bres et les haies, écrasèrent le blé, arrachèrent les
nes, dont les fruits étaient alors presque mûrs; enfin
causèrent aux colons un dommage incalculable sans
tirer le moindre avantage.
Nos gens étaient bien de force à leur faire tête dans
is les cas; cependant ils n'étaient pas en état de les
ursuivre ou de les cerner. Ces sauvages étaient trop
ers à la course pour que nos hommes pussent les
eindre, quand ils les rencontreraient isolés; et les

colons n'osaient aller seuls, de peur d'être entourés
un grand nombre de ces misérables. Heureusement
n'avaient point d'armes ; il leur restait des arcs, m
n'avaient plus de flèches ni aucune matière propre à
fabriquer, et pas un seul instrument tranchant.

Leur détresse était en effet déplorable ; mais en mê
temps nos gens étaient réduits par eux à un état extrêm
ment fâcheux ; car, si leur retraite avait été assurée, le
provisions étaient détruites, leur récolte perdue ; enfin
ne savaient que devenir. Leur unique ressource était
bétail de la vallée, un peu de blé semé en ce coin, et
plantation des trois Anglais, dont l'un avait été dans
combat frappé d'une flèche à la tempe et étendu roi
mort.

La condition dans laquelle ils se trouvèrent en ce m
ment me semblait pire que la mienne en aucun tem
de mon exil, depuis qu'ayant découvert les épis de b
je m'ingéniai à les semer, à en faire du pain, et plus t
à élever des chèvres. On pouvait dire que mes colo
avaient à l'époque dont je parle, une centaine de lo
dévorants, déchaînés dans l'île et ruinant sur pied tou
leurs substances, sans qu'il leur fût possible d'en attra
un seul.

Pour apporter quelque remède à cette situation
cheuse, leur première résolution fut de tâcher de pous
par degrés les sauvages à l'extrémité de l'île au S.-
afin que, si d'autres Indiens débarquaient, ils ne viss
point ceux-ci. Ensuite on convint de les harasser tous
jours, d'en tuer autant que l'on pourrait, et, quand l
nombre serait moins grand, de tâcher alors de les app
voiser, de leur donner du blé, de leur enseigner à le c
tiver et de vivre de leur travail. Dans cette vue, on
poursuivit , on les effraya tellement par des coups de fu
qu'il suffisait de tirer sur l'un de ces malheureux p
qu'il tombât, mort ou vif. Leur terreur était si gran
qu'ils se sauvaient toujours plus loin, et, comme on

tuait journellement, ils furent enfin forcés de se tenir cachés au fond des bois ou dans les cavernes, réduits au dernier degré de misère par le manque de nourriture. On en trouva en effet plusieurs réellement morts de faim dans les creux des rochers ou des taillis.

Quand nos gens virent cette détresse, leur cœur fut touché de pitié, surtout celui du gouverneur, le plus noble, le plus généreux des hommes. Il proposa de prendre, s'il était possible, un des sauvages vivants auquel on ferait entendre les intentions qu'on avait pour ses compagnons, et qu'on chargerait de les en instruire.

On fut quelque temps avant de pouvoir exécuter ce plan; mais à la fin, les Indiens étant à moitié morts de faim et très-affaiblis, on en saisit un. D'abord il refusa obstinément de boire et de manger; cependant se voyant traité avec douceur, il devint peu à peu moins farouche. Le père de Vendredi causa longuement avec lui, et lui dit combien les colons seraient bons pour ses compatriotes, puisqu'ils voulaient leur donner non-seulement la vie, mais encore une partie de l'île pour s'y établir, pourvu qu'ils promissent de se renfermer dans les limites qui leur seraient assignées, et de ne faire aucun mal sur les terres des autres. Il lui dit qu'on leur donnerait du blé pour le semer et se faire du pain avec ce grain, et un peu de pain pour leur subsistance actuelle. Le vieux Vendredi engagea cet homme à retourner vers ses compagnons pour leur proposer ces conditions, et leur dire que, s'ils ne les acceptaient pas sur-le-champ, ils seraient tous détruits.

Les pauvres misérables, profondément abattus et réduits au nombre de trente-sept, acceptèrent les propositions au premier mot, et demandèrent quelque chose à manger. Alors douze Espagnols et deux Anglais bien armés, accompagnés de trois esclaves indiens et du père de Vendredi, se rendirent où s'étaient réunis les fugitifs. Les trois esclaves leur apportaient des gâteaux de riz bouillis et séchés au soleil, et cinq chèvres vivantes, et on leur ordonna d'aller

s'asseoir sur le penchant d'une colline, et là ils mangèrent
avec joie et reconnaissance les vivres qu'on leur avait
donnés. Ils gardèrent très-fidèlement leurs promesses, et
jamais ils ne sortaient de leurs limites que pour demander
soit des conseils, soit des provisions. Je visitai leur quartier lorsque je vins dans l'île.

Ils avaient appris à cultiver le blé, à faire du pain, à
élever des chèvres domestiques et à faire usage de leur
lait. Il ne leur manquait que des femmes pour former une
nation ou tribu. On les avait renfermés dans une gorge
des collines entourée de roches élevées d'un côté et descendant de l'autre vers la mer, à l'extrémité S.-E. de l'île.
Ils avaient assez de terres, et elles étaient bonnes et fer-
tiles ; leur étendue était d'environ trois quarts de lieue de
largeur et d'une lieue et demie en longueur. Nos colons
leur avaient montré à faire des bêches en bois pareilles à
celles que j'avais fabriquées pour moi, et ils leur donnèrent
douze petites haches et trois ou quatre couteaux. Ces
pauvres gens vivaient tranquilles dans leur coin ; et c'étaient
les créatures les plus soumises, les plus inoffensives qu'il
fût possible de voir.

Après ces événements, la colonie jouit d'un repos complet par rapport aux Indiens jusqu'à mon arrivée, qui eut
lieu deux ans plus tard. Cependant, de temps en temps
quelques canots de sauvages abordaient dans l'île pour
leurs barbares festins de triomphe ; mais, comme ils appartenaient à différentes nations et n'avaient peut-être
jamais entendu parler de ceux qui étaient venus avant
eux sur cette côte, ni du motif qui les y avait attirés, ils
ne cherchèrent point leurs compatriotes, et, quand ils
l'auraient fait, ils auraient eu bien de la peine à les
trouver.

Je crois avoir donné l'histoire complète de ce qui était
arrivé aux colons depuis mon départ jusqu'à mon retour,
du moins des choses dignes d'être citées. Les Indiens ou
sauvages furent merveilleusement civilisés par nos gens,

t souvant visités par eux, mais il leur était défendu ous peine de mort de venir dans la colonie, parce qu'on e voulait pas risquer une seconde trahison. Un fait sin-ulier, c'est que, les Européens ayant enseigné aux sau-ages à faire des ouvrages de vannerie, ces derniers en eu de temps surpassèrent leurs maîtres, et firent quan-ité de travaux très-ingénieux, des corbeilles de toutes ortes, des cribles, des cages, des dressoirs, etc., même es chaises, des tabourets, des lits et une infinité d'autres bjets qu'ils exécutaient avec intelligence, quand on les ettait sur la voie.

Mon arrivée fut heureuse pour eux, parce que nous leur onnâmes des couteaux, des ciseaux, des bêches, des pelles t des pioches, enfin tout ce qui leur manquait en ce enre. Mais, sans le secours de ces instruments, ils élevè-ent de jolies cabanes en vannerie, sorte de construc-on de bonne défense, et contre les bêtes fauves, et contre es animaux rongeurs. Nos colons trouvèrent ces maisons bien inventées qu'ils firent venir des sauvages libres our en bâtir de semblables chez eux. Quand j'allai visi-r les deux plantations des Anglais, en voyant de loin urs habitations, elles me firent l'effet de grandes ruches abeilles. Celle d'Atkins, qui, soit dit en passant, était evenu parfaitement industrieux et rangé, était la chose plus curieuse qu'il fût possibe de voir.

Maintenant que j'ai parlé de la colonie en général, et lusieurs fois de mes renégats de matelots anglais, je dois ire quelque chose des Espagnols, qui formaient le corps rincipal de la famille, leur histoire offrant d'ailleurs des cidents assez remarquables.

Je causai souvent avec eux sur leur séjour parmi les uvages. Ils m'avouèrent ingénument qu'ils n'avaient dé-loyé aucune intelligence, aucune adresse dans ce pays; ue le malheur les avait tellement abattus, que, quand ême ils eussent disposé de quelques moyens pour amé-orer leur sort, ils auraient manqué d'énergie pour les

appliquer ; ils ne voyaient d'autre perspective devant eux
que celle de mourrir de faim. L'un de ces Espagnols, homme
grave et sensé, me dit qu'il était convaincu maintenant
qu'ils avaient tort de se laisser aller ainsi au découragement, l'homme sage devant toujours user des moyens que
la raison lui inspire pour rendre le présent plus supportable et se préparer un meilleur avenir. Il me dit que le
chagrin lui semblait le sentiment le plus vain, puisqu'il
porte en général sur des choses passées auxquelles il n'y
a point de remède, et nous fait oublier les choses futures,
ajoutant ainsi au malheur, et ne produisant aucune idée
propre à le soulager. Il me cita là-dessus un proverbe
espagnol que je traduis en ces termes :

> Si dans le trouble on se trouble,
> Cela rend le trouble double.

A ce propos il loua extrêmement les petites améliorations
que j'avais faites dans ma solitude, mon application infa-
tigable, et l'énergie qui m'avait permis de rendre ma situation, d'abord pire que la leur, mille fois meilleure que
celle dans laquelle ils étaient maintenant. Il ajouta qu'il
avait remarqué que les Anglais conservaient dans la détresse plus de présence d'esprit que les autres peuples dont
il avait connaissance ; ses malheureux compatriotes, par
exemple, et les Portugais étaient, disait-il, les êtres les
moins aptes du monde à lutter contre l'infortune ; car,
après leurs premiers pas dans les dangers, après avoir fait
les efforts les plus vulgaires pour leur défense, ils se livrent
au désespoir, courbent la tête, et meurent sans chercher
les moyens de se tirer de peine.

Je lui répondis que le cas dans lequel ils s'étaient trouvés différait essentiellement du mien ; qu'ils avaient été
jetés en cette contrée sauvage sans provisions pour se
nourrir en attendant qu'ils eussent trouvé des moyens de
subsistance. J'avais, moi, il est vrai, le désavantage d'être
seul ; mais le secours inespéré qui me fut envoyé par le

bâtiment devait encourager toute créature humaine à ne
point s'abandonner à elle-même ; et c'est ce qui m'était
arrivé. « Seigneur, reprit l'Espagnol, si nous avions été
à votre place, nous autres pauvres Espagnols, nous n'aurions pas tiré du navire la moitié des choses que vous en
avez tirées, nous n'aurions certainement pas trouvé moyen
de faire un radeau, ni de le conduire sans voiles et sans
aviron ; et, si l'un de nous eût été seul, il aurait encore été
bien plus incapable de tout cela. » Je le priai de faire trêve
à ses compliments, et de me conter leur histoire depuis le
premier moment de leur arrivée chez les sauvages.

Il me dit qu'ils abordèrent malheureusement à une
place où les habitants manquaient de vivres, tandis que,
s'ils avaient eu le bon sens de se remettre en mer et de
gagner une île un peu plus éloignée, ils y auraient trouvé
de quoi manger et point d'habitants. On leur dit ensuite
que les Espagnols de la Trinité était venus souvent dans
cette île, et chaque fois y avaient laissé des chèvres et
des cochons qui s'étaient multipliés à tel point, outre les
tortues et les oiseaux de mer qui abondaient sur les rivages, que la viande ne leur aurait pas manqué s'ils avaient
été privés de pain. Au lieu de cela, ils ne se nourrissaient
que de certaines racines et de certaines herbes qui leur
étaient inconnues et contenaient peu de substance nutri-
tive ; encore les naturels ne leur prodiguaient-ils pas cet
aliment, et ne pouvaient-ils offrir rien de mieux à des
étrangers, à moins qu'ils ne fussent cannibales, la chair
humaine étant le mets le plus friand que l'on connût dans
la contrée.

Ils me contèrent combien de tentatives diverses ils
avaient faites pour civiliser les sauvages, pour leur sug-
gérer des coutumes raisonnables dans les choses habi-
tuelles de la vie ; mais tout cela avait été vain. On leur
répliquait que rien n'était plus inconvenant que de s'ériger
en maîtres auprès de ceux qui les assistaient dans leurs
besoins, et que l'on ne pouvait donner des leçons aux

autres que quand on était en état de se passer d'eux.

Ils me donnèrent de tristes détails sur les extrémités auxquelles ils furent réduits. Ils passèrent plusieurs jours sans manger, l'île dans laquelle ils étaient se trouvant peuplée par des sauvages indolents et paresseux, par conséquent plus mal pourvus des choses nécessaires à la vie qu'aucune autre nation de la même partie du monde. Cependant ces sauvages étaient moins voraces que ceux chez lesquels les moyens de subsistance étaient plus abondants. D'ailleurs ils eurent des preuves évidentes de la sagesse de la Providence divine qui conduit tous les événements d'ici-bas, et si, pressés par la misère, ils avaient cherché un pays moins stérile, ils se seraient écartés de la voie de salut que j'étais destiné à leur offrir.

Alors ils me contèrent comment les sauvages parmi lesquels ils vivaient voulurent les emmener avec eux dans leurs guerres; et en effet, ayant des armes à feu, s'ils n'avaient pas eu le malheur de perdre leurs munitions, ils auraient été non-seulement d'utiles auxiliaires pour leurs amis, mais ils auraient pu se faire caindre et des amis et des ennemis. Privés de poudre et de balles, ils n'avaient aucun moyen de défense; cependant ils ne pouvaient refuser de marcher avec leurs dominateurs dans les expéditions guerrières, et ils se trouvaient plus mal pourvus que les Indiens eux-mêmes dans les combats, n'ayant pas l'usage des flèches que leurs maîtres voulaient leur donner. Ils restaient donc immobiles, attendant les flèches de l'ennemi jusqu'au moment de la mêlée; alors les trois hallebardes qu'ils possédaient faisaient merveilles, et souvent ils mettaient en fuite une petite armée avec ces armes et des bâtons pointus attachés au canon de leurs fusils. Cependant, comme ils étaient parfois entourés par un grand nombre de combattants et criblés de flèches, ils s'ingénièrent à se fabriquer de grands boucliers de bois couverts de la peau d'un certain animal qu'ils ne connaissaient pas. Malgré cette défense, ils furent très-fréquemment en

danger de périr, et une fois cinq des leurs tombèrent
étourdis par les massues des sauvages, et un autre fut fait
prisonnier, celui-là même que je sauvai. On l'avait cru
mort ; et quand ses amis surent ensuite qu'il était pris, ils
furent désolés, et tous auraient volontiers risqué leur vie
pour le délivrer.

Lorsque les cinq Espagnols furent renversés sous les
coups des Indiens, les compagnons des premiers vinrent se
ranger autour d'eux, et, soutenant le choc des ennemis,
leur donnèrent le temps de se relever. Alors ils se comp-
tèrent, et, voyant qu'il leur manquait un homme, ils pensèrent qu'il était mort et se firent jour à travers une masse
de mille sauvages, en frappant de tous côtés avec leurs
fusils et leurs hallebardes. La victoire leur resta ; mais elle
leur parut bien amère par la perte de leur ami. Les ennemis, l'ayant trouvé vivant, l'avaient ennemé avec d'autres,
comme je l'ai raconté.

Ils me firent la plus touchante peinture de leur surprise, de leur ravissement au retour de leur ami et compagnon d'infortune, qu'ils croyaient dévoré par les pires
des bêtes féroces, les sauvages. Leur étonnement augmentait toujours à mesure qu'il leur rendait compte de sa
mission, et leur apprenait qu'il existait à leur porte un
chrétien, et un chrétien possédant des moyens pour les
secourir et assez d'humanité pour contribuer à leur délivrance.

Ils me contèrent à quel point ils avaient été étonnés à
la vue des secours que je leur envoyais, surtout à la vue
du pain, chose que leurs yeux n'avaient pas aperçue depuis leur arrivée en ce lieu misérable. Ils me dirent combien ils avaient fait de signes de croix en bénissant ce
pain envoyé par le Ciel, et quel délicieux régal ce fut pour
eux d'en goûter, aussi bien que des autres choses que je
leur envoyais ; enfin ils auraient voulu me décrire leur
joie à l'aspect du canot et des pilotes qui pouvaient les
conduire hors de ce pays, et vers cette terre d'où leur

venaient des secours ; mais ils ne purent exprimer par les
paroles des transports qui les poussèrent à mille extravagances inconcevables, et ils ne pouvaient en donner l'idée
qu'en disant qu'elles approchaient de la démence. Ils ne
savaient comment trouver une issue aux émotions violentes
qui les agitaient. Elles produisaient chez les uns et chez
les autres des effets tout différents. Quelques-uns exprimaient leurs sentiments par des larmes, d'autres déliraient,
plusieurs tombèrent évanouis. Ce récit m'affecta extrêmement et me rappela l'extase de Vendredi lorsqu'il retrouva
son père, celle des pauvres gens que je recueillis après
l'incendie de leur vaisseau, la joie du capitaine anglais
quand il se vit délivré en ce lieu même où il s'attendait
à périr, et enfin la mienne quand je vis un bon vaisseau
prêt à me ramener dans ma patrie. Ces souvenirs me faisaient mieux concevoir la relation de ces pauvres Espagnols et augmentaient l'émotion qu'elle me causait.

J'ai donné une idée générale de l'état des choses lors de
mon retour à la colonie ; je dois à présent parler de ce que
j'ai fait de plus important pour les colons pendant mon
séjour au milieu d'eux. Ils pensaient, et j'étais de leur
avis, que les sauvages ne viendraient plus les troubler,
et que, s'ils revenaient, les habitants de l'île seraient assez
forts pour les repousser, fussent-ils deux fois plus nombreux qu'à la dernière invasion. Ainsi toute inquiétude à
ce sujet avait cessé. Je causai longuement avec l'espagnol
auquel je donne le nom de gouverneur, sur leur établissement, et lui dis que je n'étais pas venu dans l'intention
d'emmener une partie d'entre eux, parce qu'il serait in-
juste d'emmener les uns en laissant les autres, qui peut-
être ne se soucieraient pas de rester si leurs forces se
trouvaient diminuées. Loin de vouloir leur faire abandonner l'île, je désirais y consolider la colonie ; et je leur fis
connaître les secours de tous genres que je leur apportais
à mes frais. Je leur dis que j'avais débarqué non-seulement tous les objets nécessaires à leur bien-être et à leur

défense, mais encore plusieurs personnes qui augmente-
raient leur nombre, et se rendraient utiles dans les divers
métiers qu'elles professaient en leur procurant des choses
dont ils manquaient maintenant.

Ils étaient tous réunis quand je leur parlai ainsi ; et

je leur demandai, avant de faire débarquer les provisions
que je leur destinais, s'ils avaient entièrement oublié les
ressentiments, l'animosité qui avaient existé entre eux ;
s'ils étaient disposés à se toucher la main mutuellement
et à s'unir tous ensemble d'amitié et d'intérêt, en bannis-
sant tous sujets de mésintelligence et de jalousie.

18

Alors Atkins répondit avec beaucoup de franchise et de gaieté qu'ils avaient eu assez de malheurs pour devenir tous sages, et vu assez d'ennemis pour devenir tous amis ; que, pour sa part, il vivrait et mourrait avec ses compagnons, et que, loin d'avoir aucun mauvais dessein contre les Espagnols, il avouait qu'ils ne lui avaient rien fait que son humeur violente ne rendît nécessaire, et qu'à leur place il aurait agi peut-être plus sévèrement ; il ajouta qu'il était prêt, si je le désirais, à leur demander pardon de toutes les actions brutales et folles dont il s'était rendu coupable envers eux, et il m'assura qu'il souhaitait sincèrement vivre avec eux dans des termes de bienveillance, et qu'il ferait son possible pour les en convaincre. A l'égard de l'Angleterre, il ne se sentait pas l'envie d'y retourner, et s'engagerait sans répugnance à passer vingt ans dans le lieu où il était.

Les Espagnols dirent qu'ils avaient en effet désarmé Atkins et ses deux compatriotes, et les avaient bannis de la société à cause de leur mauvaise conduite ; ils en appelèrent à moi sur la nécessité où ils étaient d'agir ainsi ; mais Atkins avait montré tant de bravoure dans le grand combat avec les sauvages, et en plusieurs occasions subséquentes il avait déployé tant de zèle pour le bien général, qu'ils avaient oublié ses fautes passées, et avaient jugé qu'il méritait qu'on lui confiât des armes et qu'on le traitât sous tous les rapports comme un des leurs. Ils avaient témoigné le retour de leur estime pour lui, en lui confiant le commandement immédiatement au-dessous du gouverneur ; et ils déclaraient que s'ils avaient montré la plus entière confiance à Guillaume Atkins et à ses compatriotes, ces derniers avaient répondu à cette confiance par toutes les voies que d'honnêtes gens peuvent prendre pour se faire estimer : ils saisissaient de grand cœur cette occasion de leur rendre justice et de les assurer qu'ils ne sépareraient jamais leurs intérêts respectifs.

Après ces franches déclarations d'amitié, nous convînmes de nous réunir tous pour dîner ensemble le lendemain : et ce fut réellement une fête brillante. Je mandai le cuisinier du bord et son aide pour apprêter le repas, et l'ancien aide de cuisine que nous avions parmi les colons donna un coup de main à ses confrères. Nous fîmes venir du bâtiment six quartiers de bœuf, quatre morceaux de porc, le grand bol à punch et les matériaux nécessaires pour le remplir ; je donnai de plus dix bouteilles de clairet de Bordeaux et dix bouteilles de bière anglaise, boissons que ni les Espagnols ni les Anglais n'avaient goûtées depuis bien des années, et qu'ils retrouvèrent, on peut le croire, avec grand plaisir. De leur côté, les Espagnols fournirent cinq chevreaux que le cuisinier fit rôtir ; et l'on en envoya trois à bord, afin de faire participer nos matelots au régal en leur donnant de la viande fraîche en échange de leur viande salée.

A l'issue de ce festin, pendant lequel régna une gaieté franche et cordiale, je fis apporter ma cargaison. Je leur montrai que les divers articles étaient en quantité suffisante pour qu'il n'y eût point de disputes sur les partages, et leur dis qu'ils auraient chacun une provision égale des différents objets pour le besoin présent et futur. D'abord je distribuai de la toile pour faire à chacun quatre chemises ; ensuite, sur la demande des Espagnols, je portai le nombre à six. Ce fut une grande douceur pour des gens qui en étaient privés depuis si longtemps. Je donnai à tous les colons de quoi se faire une sorte de blouse en étoffes anglaises légères, que j'avais jugées convenables pour le climat ; et la forme de l'habit ample et flottant était de même adaptée à la chaleur de l'atmosphère. Je leur dis qu'ils renouvelleraient ces habits avec les étoffes qui restaient en magasin, à mesure qu'ils s'useraient ; il en fut de même pour les souliers, les bas, les chapeaux.

Je ne puis exprimer le plaisir, le bonheur qui se peignait sur le visage de ces pauvres gens, en voyant avec

quelle sollicitude j'avais pourvu à leurs besoins. Ils me
dirent que j'étais pour eux un père, et qu'avec un correspondant tel que moi, ils ne pouvaient se croire oubliés et
perdus en ce coin reculé du monde: et ils s'engagèrent
tous à ne point le quitter sans mon consentement.

Alors je leur présentai les ouvriers que j'avais amenés,
le tailleur, le forgeron et les deux charpentiers, tous gens
extrêmement utiles ; mais mon artisan universel réndit
plus de services qu'eux tous à la colonie, et après lui le
tailleur, lequel, pour montrer son zèle, se mit à l'œuvre
sur-le-champ, et avec ma permission tailla une chemise
pour chaque habitant ; de plus il apprit aux femmes à
manier l'aiguille, et se fit aider par elles à faire les chemises de leurs maris et des autres. A l'égard dès charpentiers, il est facile de concevoir quelle fut leur utilité.
Ils brisèrent mes grossiers et incommodes ouvrages, et
firent des tables, des tabourets, des chaises, des buffets,
des tablettes parfaitement propres et convenables. Je
voulus cependant leur montrer que la nature faisait quelquefois à elle seule de bons artisans, et je les conduisis
à la *maison-panier* d'Atkins. Tous deux avouèrent qu'ils
n'avaient jamais vu un exemple aussi frappant d'adresse
naturelle, et un travail, du moins en ce genre, aussi régulier. « Cet homme, me dit l'un des deux ouvriers, n'a pas
besoin de nous ; qu'on lui donne des outils, et il fera tout
ce qu'il voudra. »

Je fis apporter ensuite ma provision d'outils, et je
distribuai à chaque homme une bêche, une pelle, un
râteau (nous n'avions ni herses, ni charrues), et à chaque
plantation séparée, une pioche, une grande hache et une
scie, en ordonnant, comme pour les vêtements, que les
outils usés seraient remplacés sans parcimonie sur le
magasin général que je leur laisserais. Les clous, les
gâches, les ciseaux, les marteaux, les coins, les couteaux
et autres choses semblables furent donnés à discrétion,
chacun ne devant en prendre que ce qu'il pouvait en em-

ployer. Je laissai deux tonnes de fer brut pour le forgeron.

Mon magasin d'armes et de munitions était d'une telle abondance qu'ils en furent enchantés, et pensèrent qu'ils pouvaient tous maintenant marcher avec un fusil sur chaque épaule, si cela était nécessaire ; ils se voyaient ainsi capables de combattre mille sauvages, en s'assurant l'avantage de la position, ce qui leur était facile.

Je menai avec moi dans l'île le jeune homme dont la mère était morte de faim, et aussi la femme de chambre : c'était une jeune personne bien élevée, modeste, pieuse, et sa conduite avait été si honnête que tout le monde l'aimait et avait un mot obligeant à lui dire quand on la voyait. La pauvre fille avait mené une triste vie parmi nous, étant seule de son sexe sur le bâtiment ; mais elle supporta son isolement avec résignation. Au bout de quelques jours, ayant vu les choses si bien ordonnées et si prospères dans la colonie, et son maître et elle n'ayant ni affaires ni connaissances aux Indes, tous deux vinrent me demander la permission d'entrer dans ma famille, comme j'appelais mes colons. Je leur accordai avec plaisir cette demande, et leur donnai un espace de terre sur lequel on éleva trois cabanes, entourées d'une clôture en vannerie comme celle de l'habitation d'Atkins, et contiguës à la plantation de celui-ci. Deux de ces cabanes servaient de chambres, et celle du milieu, de magasin et de salle à manger. Les deux autres Anglais vinrent aussi s'établir en ce quartier ; ainsi l'île eut seulement trois colonies. La première se composait des Espagnols avec le vieux Vendredi et les premiers esclaves ; ils occupaient mon ancien château, qui pouvait passer pour la capitale, et pour lequel ils avaient tellement étendu leurs travaux dans l'intérieur de la colline et sur ses flancs, qu'ils vivaient là fort au large, et cependant parfaitement cachés. Jamais il n'exista une petite ville au milieu d'un bois aussi bien garantie même des regards. Mille hommes auraient pu explorer le pays pendant un mois sans découvrir cette

18.

retraite, si elle ne leur eût été connue d'avance. Les arbres étaient si touffus et si serrés autour d'elle, leurs branches s'entrelaçaient si solidement que, pour apercevoir l'habitation, il aurait fallu abattre cette barrière, excepté en deux ou trois places difficiles à trouver et conduisant

des chemins encore plus difficiles à suivre. L'une des issues touchait le bord de l'eau sur un des côtés de la crique, l'autre était l'échelle. Ils avaient planté sur le sommet de la colline un arpent de bois qui empêchait de voir le côté par lequel on descendait à l'habitation.

La seconde colonie, celle d'Atkins, se composait de

quatre familles d'Anglais, les premiers que j'avais laissés, avec leurs femmes et leurs enfants ; trois esclaves sauvages, la veuve de l'homme tué à la guerre et ses enfants, le jeune homme et la femme de chambre, à laquelle nous trouvâmes un mari avant notre départ ; les deux charpentiers, le tailleur et le forgeron, lequel se rendit très-utile comme armurier ; et mon *factotum*, qui valait à lui seul vingt ouvriers, et qui non-seulement était ingénieux dans toutes sortes d'ouvrages, mais se faisait aimer par son humeur joviale. Je le mariai à l'honnête jeune fille qui avait suivi son maître sur notre vaisseau.

En parlant de mariage, je suis naturellement conduit à dire quelques mots de l'ecclésiastique français que j'avais recueilli en mer après l'incendie de son vaisseau. C'était, il est vrai, un catholique romain ; mais la première conversation que j'eus avec lui après qu'il fut arrangé qu'il nous suivrait aux Indes me causa le plus grand plaisir. « Monsieur, me dit-il, après Dieu c'est à vous que je dois la vie, et de plus, en me faisant la grâce de me recevoir sur votre bord, vous avez poussé l'obligeance jusqu'à m'admettre dans votre intimité et me donner l'occasion de causer librement avec vous. Mon habit vous indique ma religion, et la nation à laquelle vous appartenez me fait supposer quelle est votre communion. Je sais que mon devoir est de m'efforcer en tous temps et en tous lieux de ramener les âmes à la connaissance de la vérité et aux dogmes catholiques ; mais, étant ici par votre permission, je me regarde comme un membre de votre famille ; et ce que je dois à vos bontés, ainsi que les lois de la simple bienséance, m'obligent à me renfermer dans les limites qu'il vous plaira de m'imposer. »

Il m'intéressa infiniment par le récit de sa vie depuis le petit nombre d'années qu'il errait dans le monde. Une chose me parut surtout remarquable, c'est que, pendant son voyage actuel, il avait changé cinq fois de bâtiment et de destination. Sa première intention était de passer à la

Martinique, et il s'embarqua à Saint-Malo sur un navire
frété pour cette île ; mais le mauvais temps le força de
relâcher à Lisbonne ; le navire fut endommagé en entrant
dans le Tage, et ne pouvant continuer sa course, il déchargea sa cargaison dans ce port. Le jeune ecclésiastique,
trouvant là un bâtiment portugais prêt à faire voile pour
Madère, y monta, supposant qu'il ne manquerait pas d'occasions pour aller de Madère à la Martinique ; mais le
capitaine de ce bâtiment, assez mauvais navigateur, fit
fausse route, alla toucher à Fyal, où il se défit avantageusement de sa cargaison, qui consistait en grains ; alors il
se décida, au lieu d'aller à Madère, à passer à l'île de Mai,
pour charger du sel, puis à se rendre à Terre-Neuve. Le
passager n'avait pas d'autre parti à prendre que de suivre
le bâtiment, et il arriva assez heureusement aux bancs
de Terre-Neuve, où il s'embarqua sur un bâtiment français qui venait de France et se rendait à Quebec, de là à
la Martinique, pour y porter des vivres ; mais le patron
mourut à Quebec, et son navire n'alla pas plus loin. Le
jeune prêtre s'embarqua enfin pour retourner en France
sur le vaisseau que nous vîmes brûler en mer ; il fut recueilli par le nôtre, et partit avec nous pour les Indes.
Ainsi il avait été cinq fois détourné de son but, sans parler
de ce que j'aurai à conter de lui par la suite.

Je termine cette digression, ne voulant pas m'étendre
trop longuement sur les parties de cette histoire qui n'ont
aucun rapport avec la mienne, et je reviens à ce qui concerne nos affaires de l'île. Ce jeune ecclésiastique était
descendu avec moi dans ma colonie, et il y demeura tout
le temps que nous y restâmes. Un matin il vint me trouver,
au moment où j'allais visiter le quartier des Anglais, à
l'autre extrémité de l'île. En m'abordant, il me dit d'un
air très-sérieux que depuis deux ou trois jours il désirait
me parler d'une chose qui ne me déplairait pas, du moins
il l'espérait, parce qu'elle entrait dans mes vues géné-
rales pour le bien de ce nouvel établissement, et pourrait

le mettre, plus qu'il ne l'était présentement, sur la voie
des bénédictions du Ciel.

La fin de ce discours me surprit un peu, et je répondis
assez vivement : « Eh quoi! monsieur, peut-on dire que
nous ne sommes pas dans la voie des bénédictions de Dieu,
après les secours visibles et les délivrances merveilleuses
qu'on a vues en ce lieu, et que je vous ai racontées? —
S'il vous avait plu, monsieur, répondit-il avec une extrême douceur et cependant avec beaucoup de prompti-
tude; s'il vous avait plu de m'écouter jusqu'au bout, vous
n'auriez trouvé dans mes discours rien qui pût vous déso-
bliger; et vous ne m'auriez pas fait le tort de supposer
que je doute de la protection divine qui vous a été accordée. J'espère, quant à vous, que vous êtes sur une voie de
bénédictions, parce que vos desseins sont extrêmement bons
et doivent prospérer; mais, monsieur, en admettant que
vous fussiez, s'il était possible, en de meilleures circonstances sous le rapport des obligations religieuses, il en
est cependant parmi vous dont les actions ne sont pas
aussi droites. Vous avez vu dans l'histoire d'Israël comment
le crime d'Achan éloigna la bénédiction de Dieu du camp
des Hébreux et attira la vengeance divine sur trente-six
d'entre eux qui n'avaient pris aucune part au péché de cet
homme. »

Sensiblement touché par ce discours, je lui dis que ses
représentations étaient si justes et que ses intentions devaient être si pieuses, si bienveillantes, d'après son caractère, que je regrettais de l'avoir interrompu, et le priai
de reprendre son discours. En même temps, supposant que
notre conversation pouvait être longue, je lui demandai s'il
voulait venir avec moi aux plantations anglaises, et me
dire tout en cheminant ce qu'il avait à me dire. Il répondit
qu'il y consentait d'autant plus volontiers, que c'était précisément de ces colons qu'il désirait m'entretenir. Nous
nous mîmes en marche, et je le priai de me parler franchement.

« Eh bien, monsieur, dit-il, permettez-moi en ce cas
de vous soumettre quelques propositions qui seront la base
de ce que j'ai à vous dire, afin de nous entendre sur les
principes généraux, si nous différons dans la pratique de
quelques détails. Je regrette, monsieur, que nous ne

soyons pas d'accord sur certains points de doctrine religieuse ; je le regrette surtout par rapport au sujet dont je
veux vous occuper. Il est cependant des principes fonda-
mentaux sur lesquels nous nous accordons : par exemple,
l'existence d'un Dieu et l'obligation où nous sommes de le

servir, d'obéir à ses lois, de ne point l'offenser volontairement et sciemment, soit en négligeant ce qu'il commande, soit en faisant ce qu'il défend expressément. Dans toutes les religions il est admis que Dieu ne bénit point celui qui pèche orgueilleusement contre ses lois; et tout bon chrétien doit s'employer avec zèle à empêcher ceux qui dépendent de lui de négliger les divins commandements. Que vos colons soient protestants, cela ne me dispense point, quelle que soit mon opinion sur leurs doctrines, de m'intéresser au salut de leur âme, de faire tous mes efforts pour les rapprocher de leur Créateur, si vous me permettez de me mêler en ce sens de leurs affaires. »

Je ne devinais pas encore où tendait ce discours, et je tombai d'accord de tout ce qu'il avait dit, en le remerciant de l'intérêt qu'il prenait à nous, mais je le priai de me faire part des circonstances qui l'avaient choqué.

« D'abord, monsieur, vous avez ici quatre anglais qui sont allés chercher des femmes parmi les sauvages, et en ont eu plusieurs enfants sans être légitimement mariés avec elles. Ces hommes peuvent, quand il leur plaira ou quand l'occasion s'en présentera, abandonner leurs femmes, désavouer leurs enfants, les laisser tous mourir de faim et prendre d'autres femmes, tandis que les premières seront encore vivantes. »

« Je parlerai, lui dis-je, à mes colons du mariage par contrat signé des époux et de témoins, et je reconnais la justice parfaite de tout ce que vous avez dit. Mais je ne pense pas que ces gens se fassent le moindre scrupule d'être mariés par vous, un mariage fait par un prêtre de votre communion étant regardé comme légal et valide en Angleterre. »

« Vos sujets anglais, reprit-il (c'est ainsi qu'il les appelait), depuis sept ans vivent avec leurs femmes; ils leur ont enseigné l'anglais et même à lire en cette langue, et ont pu s'apercevoir qu'elles ne manquaient pas d'in-

telligence et étaient capables de recevoir de l'instruction :
cependant ils ne leur ont, jusqu'à cette heure, rien enseigné de la religion chrétienne, pas même qu'il existe un
Dieu, un culte, ni de quelle manière il faut servir ce Dieu,
ni la fausseté, l'absurdité de leur idolâtrie. C'était là, disait-il, une négligence vraiment inconcevable, dont ces
hommes seront certainement appelés à rendre compte.
l'espère, Dieu bénissant mes efforts, que ces pauvres âmes
ignorantes seront ramenées dans la grande sphère du
christianisme, sinon dans les communions particulières
auxquelles nous sommes respectivement attachés ; et cela
peut arriver avant votre départ. — Je vous accorde, lui
dis-je, ce que vous demandez, en y ajoutant mille et
mille remercîments. »

Vous savez, du reste, monsieur, ajoutai-je, en quelles
circonstances je me trouve. Je dois aller aux Indes sur
un bâtiment frété par des négociants, et je leur ferais un
tort grave si je retenais leur navire trop longtemps ici,
l'équipage vivant pendant cet intervalle aux dépens des
armateurs. Il est vrai que, d'après nos conventions, il
m'est permis de séjourner douze jours en cette île ; si je
reste davantage, je payerai trois guinées pour chaque
jour de délai, et ce délai ne pourra dépasser huit jours.
En voilà treize de passés ; je ne pourrais donc entreprendre l'œuvre dont vous me parlez, à moins de me
résoudre à être laissé ici ; et si le vaisseau de mon neveu
se perdait, je me retrouverais dans l'état où j'étais
lorsque je fus si heureusement délivré. » Il avoua que
j'étais en effet très-pressé par le temps ; mais il me demanda si, dans ma conscience, l'espoir de sauver trente-
sept âmes ne l'emportait pas sur toute espèce de crainte,
n'était pas assez puissant pour m'engager à risquer tout
ce que je possédais au monde. Je ne jugeai pas la chose
de la même manière. « Monsieur, lui dis-je, il est assurément très-beau de devenir entre les mains de la Providence l'instrument de la conversion de trente-sept païens

à la connaissance du Christ ; mais vous êtes un ecclésiastique dévoué par état à de telles œuvres ; comment se
fait-il que vous ne pensiez pas à vous offrir vous-même
pour cet apostolat, au lieu de me presser de m'en charger ? »

Il marchait alors un peu en avant, et se tournant vivement en face de moi, il me fit un profond salut et dit d'une
voix émue : « Je rends grâce à Dieu et à vous, monsieur,
et du fond de mon cœur, pour cet appel si évident à un
saint travail. Si vous croyez pouvoir vous en dispenser et
qu'il vous plaise de me le confier, je l'accepte avec joie et
me crois amplement récompensé des dangers et des difficultés de mon voyage tant de fois interrompu, en trouvant
l'occasion de m'employer à cette œuvre glorieuse. »

Enfin je lui demandai s'il était décidé à risquer d'être
confiné pour sa vie dans une île à peu près déserte, pour
l'unique intérêt des pauvres Indiens, et sans être sûr de
pouvoir leur faire le bien qu'il avait en vue.

« Puisque vous me faites l'honneur de me confier cette
œuvre, honneur en retour duquel je prierai pour vous journellement tant que j'existerai, j'ai encore une humble demande à vous adresser. — Quelle est-elle ? dis-je. — C'est,
dit-il, que vous me laissiez votre domestique Vendredi pour
me servir d'interprète et m'assister dans ma mission : autrement je ne pourrais rien faire, car les Indiens ne me
comprendraient pas. »

Je fus sensiblement affecté de cette demande. Je ne
pouvais supporter l'idée de me séparer de Vendredi, et
par plus d'une raison. Il m'avait suivi dans tous mes
voyages, et il m'avait toujours été fidèle et sincèrement
attaché. J'avais le dessein de lui laisser de quoi vivre
très-convenablement, s'il me survivait, comme cela était
probable. D'ailleurs, j'avais instruit Vendredi dans la religion protestante, et c'eût été mettre la confusion dans
son esprit que de le pousser à embrasser une autre foi.
Il ne pourrait jamais croire que son vieux maître fût hé-

19

rétique et dût être damné; et, si l'on disait de telles choses à ce pauvre garçon, c'en serait assez pour ébranler ses principes et le rejeter dans l'idolâtrie. Cependant une soudaine pensée me tira de cet embarras. Je dis au jeune prêtre que j'étais assurément peu enclin à me détacher de Vendredi pour moi-même, bien que l'œuvre à laquelle il consentait à sacrifier sa vie dût me sembler d'une assez grande valeur pour me décider à me priver d'un domestique. Mais d'autre part j'étais persuadé que Vendredi ne consentirait jamais à me quitter, et je ne pouvais l'y forcer sans injustice, lui ayant promis de ne point le renvoyer, comme il s'était engagé à ne s'éloigner de moi que si je le chassais.

L'ecclésiastique parut très-affligé de ce contre-temps; et en effet il n'avait aucun moyen de communiquer avec les sauvages, ne sachant pas un mot de leur langue, de même qu'ils ne savaient pas un mot de la sienne. Pour lever cet obstacle, je songeai au père de Vendredi, qui avait appris l'espagnol, et il se trouva que mon jeune prêtre entendait cette langue. Le vieil Indien pouvait donc lui servir d'interprète; et, satisfait de cette assistance, il persista dans son dessein; mais la Providence donna à toutes ces choses un tour différent et bien plus heureux.

Quand nous arrivâmes au quartier des Anglais, je les fis venir tous, et, après leur avoir rappelé en peu de mots ce que j'avais fait pour eux, combien de choses nécessaires je leur avais apportées, ce dont ils me témoignèrent leur satisfaction et leur reconnaissance, je leur parlai de la vie scandaleuse qu'ils menaient et des observations qui m'avaient été faites à cet égard par l'ecclésiastique. Pour leur montrer à quel point leur manière de vivre était antichrétienne et impie, je leur demandai d'abord s'ils étaient mariés ou célibataires. Ils répondirent que deux d'entre eux étaient veufs et les trois autres célibataires. Je leur demandai ensuite comment ils avaient osé prendre ces Indiennes chez eux, leur donner le nom de femme, avoir des enfants d'elles, sans être légalement leurs maris.

Ils répondirent, comme je m'y attendais, qu'il n'y avait personne qui eût qualité pour les marier, qu'ils étaient convenus, en présence du gouverneur, de les reconnaître et de les garder comme leurs épouses, et que, vu l'état des choses, ils se croyaient aussi légitimement mariés que s'ils l'avaient été par un curé avec toutes les cérémonies usitées.

« Vous êtes mariés sans doute devant Dieu, leur dis-je, et vous êtes obligés en conscience de garder ces femmes comme vos épouses; mais, d'après les lois humaines, vous pourriez les abandonner, elles et leurs enfants, et ces infortunées, sans appui, sans argent, ne sauraient que devenir. Je suis donc résolu à ne rien faire pour vous avant d'être assuré de vos intentions honnêtes sur ce point, sinon je réserverai aux femmes et aux enfants les secours que je vous destinais. De plus, si vous ne me promettez pas d'épouser vos femmes, je ne crois pas convenable de vous laisser plus longtemps vivre avec elles maritalement; c'est scandaliser les hommes; surtout c'est offenser Dieu, qui ne vous bénira point si vous continuez ce désordre. »

Tout cela réussit comme je l'avais espéré. Atkins, parlant au nom des autres, me dit qu'ils aimaient leurs femmes aussi chèrement que si elles étaient nées dans leur pays, et que pour rien au monde ils ne voudraient s'en séparer. Ils étaient persuadés qu'elles étaient aussi vertueuses, aussi modestes, et remplissaient leurs devoirs domestiques avec autant de dévoucment que les meilleures mères de famille. Atkins ajouta que, pour sa part, on lui proposerait de le ramener en Angleterre et de lui donner le commandement de notre plus beau vaisseau de guerre, qu'il refuserait, à moins qu'on ne lui permît d'emmener sa femme et ses enfants, et qu'il était prêt à l'épouser régulièrement, si nous avions un ministre à bord.

C'était là que je l'attendais. Le prêtre n'était pas avec moi, mais il n'était pas loin; et, pour m'assurer mieux des intentions de l'homme, je lui dis qu'un ecclésiastique de mes amis m'avait accompagné, et que, s'il était sincère, lui Atkins, dans sa déclaration, il serait marié le lendemain. Je l'invitai à y réfléchir et à en causer avec ses compagnons. Il répondit que, quant à lui, il n'avait pas besoin d'y réfléchir, et qu'il était prêt à faire ce que je désirais, ajoutant que les autres penseraient probablement de même. Alors je lui dis que mon ami le ministre était Français, et ne savait pas l'anglais, mais que je leur servirais d'interprète. Atkins ne me demanda point si ce prêtre était catholique ou protestant; et c'était ce que je craignais le plus : ainsi nous nous séparâmes, moi pour aller rejoindre mon ecclésiastique, et Atkins pour aller parler à ses camarades. Je priai le Français de ne point parler de l'affaire avant qu'elle fût tout à fait mûre, et je lui rendis compte de ce que mes colons avaient dit.

Avant que j'eusse quitté leur quartier, ils vinrent à moi et me dirent qu'ils avaient appris avec joie qu'un ecclésiastique était en ma compagnie, et qu'ils étaient prêts à me donner la satisfaction que je désirais, en se mariant dans les formes quand il me plairait; car ils n'avaient pas la moindre envie de se séparer de leurs femmes, et leurs intentions avaient été honnêtes lorsqu'ils les avaient prises pour compagnes.

Je leur donnai rendez-vous chez moi pour le lendemain matin, et leur enjoignis dans l'intervalle de faire connaître à leurs femmes les obligations imposées par le mariage, qui non-seulement rendrait leur union honorable, mais empêcherait leurs maris de les abandonner, quoi qu'il pût arriver.

Ces femmes eurent peu de peine à comprendre le but de cette cérémonie; elles en furent très-contentes, et avec raison. Tous ensemble ne manquèrent donc point de se rendre chez moi le lendemain matin, et je leur présentai mon ecclésiastique.

Il leur dit que je l'avais instruit de leur situation et de leur dessein actuel ; qu'il était très-disposé à leur prêter son ministère et à les marier, selon mes vœux, mais qu'il prendrait auparavant la liberté de leur adresser quelques mots. « Aux yeux de tout homme indifférent, leur dit-il, et d'après les lois ordinaires de la société, vous avez vécu dans un état irrégulier, et vous ne pouvez en sortir qu'en vous mariant ou en vous séparant. Cependant, selon les lois matrimoniales chrétiennes, je trouve un obstacle à la célébration de vos mariages ; je ne crois pas pouvoir marier à un homme qui se dit chrétien une femme idolâtre, une païenne non baptisée, non convertie à la foi du Christ, et l'on n'a pas le temps d'instruire suffisamment ces femmes pour qu'elles reçoivent le baptême au nom du Christ, que sans doute elles ne connaissent pas. Peut-être vous-mêmes êtes-vous très-ignorants des voies de Dieu ; il est donc naturel que vous n'ayez jamais parlé à vos compagnes de ce sujet. Toutefois, si vous ne me promettez pas de faire tous vos efforts pour les amener à devenir chrétiennes, si vous ne me promettez pas de les disposer à connaître Dieu leur créateur, Jésus-Christ leur rédempteur, je ne vous marierai point. »

Ils écoutèrent avec attention ce discours, que je leur transmis fidèlement, et autant que possible sans changer les termes, en y ajoutant seulement parfois quelque chose de mon fait, pour leur montrer combien les observations du prêtre me semblaient justes, distinguant toujours cependant ce qui venait de lui de ce qui venait de moi. Mes colons répondirent que, comme le supposait monsieur le ministre, ils étaient tous d'assez pauvres chrétiens, n'ayant jamais dit un mot de religion à leurs femmes. « En bonne foi, monsieur, dit Atkins, comment pourrions-nous les instruire de ce que nous ignorons nous-mêmes ? D'ailleurs, si nous nous avisions de leur parler de Dieu et du Christ, du ciel et de l'enfer, elles nous riraient au nez, et nous demanderaient si nous croyons à tout cela; et si nous leur disions que nous croyons à toutes ces choses, et que les bonnes gens iront au ciel et les mauvaises gens au diable, elles voudraient savoir où nous comptons aller, nous autres, ayant été si méchants. Réellement, monsieur, ce serait assez pour les dégoûter à jamais de la religion; et certes il faut être soi-même religieux, si l'on veut en-seigner aux autres à le devenir. — Atkins, lui dis-je, il n'y a que trop de vérité dans votre observation; toutefois vous devez dire à votre femme qu'elle est dans l'erreur à l'égard de sa religion, de ses dieux; que ceux-ci ne sont que des idoles incapables de nous entendre, de nous parler; qu'il existe un Dieu véritable, un grand être créateur de toutes choses, qui peut détruire tout ce qu'il a fait, qui récompense les bons, punit les méchants, et jugera nos actions à la fin de notre vie. Quand vous seriez encore plus ignorant que vous ne l'êtes, le simple bon sens vous ferait comprendre que tout cela est vrai, et je suis sûr que vous le comprenez, que vous le croyez.

— C'est vrai, monsieur, dit Atkins; mais de quel front irais-je parler de ces choses à ma femme, quand je suis sûr qu'elle me répondrait sans hésiter que cela n'est pas? — Pourquoi parlerait-elle ainsi? lui dis-je. — C'est, monsieur, parce qu'elle penserait que si Dieu était juste, et en même temps assez puissant pour châtier les mé-chants, depuis longtemps je n'existerais plus, moi qui me suis conduit avec tant de perversité même envers elle, et surtout envers tous les autres; moi qui toute ma vie ai fait le contraire de ce que je lui indiquerais, comme de ce que j'aurais dû faire. — Vraiment, lui dis-je, Atkins, j'ai peur que tu n'aies raison. » Alors je traduisis au prêtre les discours de cet homme, qu'il était fort empressé d'en-tendre; et le bon ecclésiastique s'écria :

« Dites-lui, je vous en prie, qu'il peut devenir le meill-

leur prédicateur du monde par le repentir. Le pénitent
sincère est plus capable que personne d'enseigner à connaître et à déplorer les erreurs. S'il éprouve une vraie
contrition, il pourra dire à sa femme que Dieu est non-
seulement souverainement juste et puissant, mais aussi
infiniment bon, miséricordieux, lent à punir, prompt à
faire grâce; désirant non la mort du pécheur, mais son
retour à la vie éternelle; que souvent il accorde de longs
jours à des méchants, et les réserve pour le jugement
final; enfin qu'une preuve évidente de l'existence de
Dieu et d'une vie future, c'est que les bons ne sont point
toujours récompensés ni les méchants punis en celle-ci,
et de là il peut en venir à instruire sa femme de la doctrine de la résurrection et du jugement dernier. Qu'il se
repente lui-même, je le dis encore, il prêchera efficace-
ment le repentir à sa femme. »

Je répétai ces paroles à Atkins, qui m'écoutait d'un air
très-sérieux, et paraissait même fort touché, quand tout
à coup, me laissant à peine le temps d'achever, il me
dit : « Je sais tout cela, maître, et plus que tout cela;
mais je n'aurai pas l'impudeur d'en parler à ma femme,
quand Dieu et ma conscience savent, et ma femme peut
l'attester aussi, que j'ai vécu comme si je n'avais jamais
entendu nommer Dieu et la vie future, et quant à mon
repentir, hélas! (il poussa un profond soupir, et je vis
ses yeux se remplir de larmes) hélas! le temps en est
passé. — Qu'entendez-vous par là? dis-je. — Je le sais
trop bien, reprit-il; oui, il est trop tard pour me repentir. »

Je rendis mot pour mot à l'ecclésiastique ce qu'il disait,
et le digne prêtre ne put retenir ses larmes ; cependant il
se remit, et me pria de demander à Atkins s'il vivait
tranquille dans cette pensée qu'il était trop tard pour se
repentir, ou bien s'il souhaitait qu'il en fût autrement.
Je fis cette question, et le pauvre homme répondit avec
chaleur : « Comment pourrait-on vivre tranquille dans un
état qui doit nécessairement finir par une condamnation

éternelle? Je suis loin d'être tranquille; je crois même que le chagrin qui me dévore me conduira quelque jour à ma perte. — Comment cela? lui dis-je. — Oui, dit-il, je crois qu'un jour ou l'autre je finirai par me couper la gorge pour échapper aux terreurs qui m'obsèdent. »

NIVET

Le prêtre le regarda tristement en hochant la tête quand je lui répétai ces derniers mots, et il se hâta de me dire : « S'il en est ainsi, nous pouvons l'assurer qu'il n'est pas trop tard pour lui : le Christ lui accordera la grâce du repentir. Faites-lui comprendre, je vous prie, que personne ne peut être sauvé que par le Christ et les mérites de sa passion, et qu'il n'est jamais trop tard pour obtenir ainsi la miséricorde divine. Croit-il pouvoir pécher au delà du pouvoir que Dieu possède de faire grâce? Dites-lui qu'il n'est jamais trop tard pour crier merci, et que, nous, les serviteurs du Christ, nous avons l'ordre de prêcher le pardon en tout temps, au nom de Jésus, à tous les pécheurs qui se repentent. »

Atkins écouta ce discours avec un extrême intérêt, me demanda la permission de causer quelques instants à part avec sa femme; je le lui permis, il sortit, et pendant son absence nous parlâmes à ses compagnons. Je m'aperçus qu'ils étaient tous d'une ignorance stupide en matière de religion, et à peu près tels que j'étais au temps où je me sauvai de la maison paternelle. Toutefois aucun d'eux ne montrait de répugnance à entendre ce qu'on lui disait, et ils s'engagèrent tous à parler à leurs femmes sur ce sujet et à tâcher de les amener à se faire chrétiennes.

Le jeune prêtre sourit quand je lui rapportai les réponses de nos gens; il garda le silence pendant un moment, ensuite il dit en hochant la tête : « Nous autres serviteurs du Christ, nous pouvons seulement exhorter, instruire; et, si l'on reçoit nos reproches avec déférence, si l'on promet de faire ce que nous demandons, nous devons être satisfaits et accepter les bonnes paroles qui nous sont données. Cependant croyez-moi, monsieur, malgré ce que vous m'avez conté de celui que vous nommez Guillaume Atkins, lui seul me paraît sincèrement converti. Je ne veux pas désespérer des autres; mais cet homme sent et déplore certainement ses fautes passées, et, s'il parle religion à sa femme, il sera lui-même touché de ses propres paroles; car la meilleure méthode pour s'instruire est d'enseigner les autres. »

Après ce discours et sur la foi des promesses faites, il maria les deux couples présents, Atkins et sa femme n'étant pas encore rentrés. Aussitôt qu'ils furent de retour, le prêtre, s'adressant à Atkins, l'exhorta de la manière la plus affectueuse à persévérer dans ses bonnes dispositions actuelles et à les soutenir par une ferme résolution de changer de vie, le repentir n'étant rien sans l'amendement. Il lui représenta qu'il devait s'efforcer de se rendre digne de la grâce si précieuse que Dieu lui avait accordée en permettant qu'il devînt l'instrument de la conversion de sa femme, car, s'il négligeait ce devoir, l'idolâtre convertie serait bientôt meilleure chrétienne que lui. Il leur dit à tous deux beaucoup de bonnes choses, et, les recommandant à la bonté de Dieu, il leur donna une seconde fois la bénédiction, dont je répétais chaque mot en anglais; et tout fut terminé. Je ne crois pas avoir été témoin d'une scène plus douce ni plus touchante dans le cours de ma vie.

Cependant mon religieux n'avait pas encore achevé son œuvre; ses pensées se portaient sans cesse sur les trente-sept sauvages, et il désirait toujours demeurer à terre pour entreprendre leur conversion. Je réussis toutefois à lui prouver d'abord que cette entreprise était impraticable, ensuite que je trouverais moyen de la mettre en bon chemin sans son secours et à sa pleine satisfaction.

J'avais à peu près terminé les affaires de la colonie et je me préparais à retourner à bord, mais je voulus auparavant effectuer un partage général de l'île afin d'éviter toute querelle entre les colons sur leurs limites.

Je chargeai de la distribution des lots Atkins, devenu grave, sensé, économe, réformé sur tous les points, et d'une piété exemplaire. Je crois, si l'on peut se rendre juge de semblables questions, qu'il était sincèrement repentant. Il fit le partage des terres à la satisfaction générale, et les colons ne demandèrent après cela qu'un écrit de ma main confirmant les concessions en masse. Je fis dresser cet acte, ils le signèrent tous, et j'y spécifiai les bornes de chaque plantation, déclarant que j'en concédais la jouissance et l'héritage, avec leurs améliorations, aux planteurs et à leurs héritiers, me réservant la propriété du reste de l'île, et une certaine rente payable au bout de onze ans sur le vu d'un extrait de ce même acte produit par moi ou par une personne autorisée pour agir en mon nom.

A l'égard du gouvernement et des lois, je leur avouai que j'étais incapable de leur donner de meilleures règles qu'ils ne pouvaient se les donner à eux-mêmes; seulement je leur fis promettre de vivre en bons voisins les uns avec les autres, et là-dessus je me disposai à les quitter.

Je ne dois pas omettre de parler d'un autre objet. Les colons formant une sorte de société organisée politiquement, et ayant déjà des affaires en commun, il était assez singulier de voir dans un coin de l'île trente-sept sauvages indépendants et presque inoccupés. En effet, excepté les travaux nécessaires pour leur subsistance, à laquelle ils pourvoyaient avec assez de peine, ils n'avaient rien à faire. Je proposai donc au gouverneur espagnol d'aller, avec le père de Vendredi, offrir à ces Indiens de se déplacer, de faire des plantations plus étendues pour eux-mêmes, ou bien d'entrer comme domestiques chez les colons, où ils gagneraient leur vie en travaillant sans être tout à fait esclaves, chose que je ne voulus permettre sous aucun prétexte, parce qu'ils s'étaient rendus en vertu d'une capitulation dont les clauses ne devaient pas être violées.

Ils accueillirent avec joie cette proposition et suivirent le gouverneur. On donna des terres à trois ou quatre d'entre eux, pour former des plantations; tout le reste fut employé dans diverses familles. Ainsi la colonie se trouva en quelque sorte établie comme il suit. Les Espagnols possédaient ma première habitation, qui était la ville capitale, et leurs plantations s'étendaient le long du ruisseau qui formait la crique si souvent citée, jusqu'à mon bosquet, et quand ils agrandirent leur culture, ce fut toujours à l'E. Les Anglais vivaient sur la partie N.-E., où Atkins et ses compagnons s'étaient d'abord établis, et ils s'étendaient au S. et au S.-O, derrière la partie espagnole. Chaque plantation avait un supplément considérable de terres, qui pouvait être ajouté à sa culture s'il était nécessaire, en sorte que les planteurs n'avaient jamais pour motif de querelle le manque d'espace. Tout le reste de l'extrémité orientale demeura inhabité, afin que les sauvages, s'ils venaient sur ces rives pour célébrer leurs fêtes barbares, pussent arriver et s'en aller sans être inquiétés, s'ils ne cherchaient à inquiéter personne. Il est probable qu'ils descendirent plus d'une fois et se retirèrent sans être aperçus; le fait est que les colons ne furent jamais attaqués ni alarmés par eux.

Je me ressouvins alors que j'avais fait espérer à mon ami l'ecclésiastique que la conversion des sauvages pourrait être commencée sans lui et à sa satisfaction, et je lui dis que je croyais la chose en bon train maintenant. Les sauvages étant alors distribués dans les familles chrétiennes, si chacune d'elles voulait remplir son devoir envers ceux des Indiens qui tomberaient dans ses mains, j'espérais les meilleurs résultats de cet état de choses.

« Oui, me dit-il, si chacun veut remplir son devoir; mais comment obtenir cela? » Je lui dis que nous pouvions faire appeler les colons et leur recommander en masse cette tâche, ou bien leur parler à tous séparément. Il jugea ce dernier parti le meilleur, et il se chargea de s'adresser aux Espagnols, qui étaient tous catholiques; moi je me réservais les Anglais, qui étaient tous protestants. Nous leur recommandâmes, et même nous leur fîmes promettre de ne faire aucune distinction papiste ou protestante dans leurs exhortations aux Indiens et de leur donner simplement une connaissance générale du vrai Dieu et du Sauveur. Ils s'engagèrent de plus à ne jamais avoir de dispute entre eux par rapport à la religion.

Ainsi je laissai mes colons dans une situation prospère, et je remontai sur le bâtiment le 6 mai, après avoir passé vingt-cinq jours dans l'île. Les habitants paraissant tous décidés à rester dans leurs plantations jusqu'à ce que je revinsse les chercher, je leur promis de leur envoyer du Brésil différentes choses utiles, par exemple, des bestiaux, des moutons, des cochons et des vaches. Nous avions été obligés de tuer en mer les vaches que j'avais embarquées en Angleterre, parce que, notre voyage ayant été plus long que nous ne le pensions, nous n'avions plus de quoi les nourrir.

Le jour suivant nous saluâmes l'île de cinq coups de canon, nous déployâmes nos voiles, et au bout de vingt-deux jours nous arrivâmes à la baie de Tous-les-Saints, au Brésil. Une seule aventure avait eu lieu dans notre passage, la voici. Trois jours après notre départ, nous fûmes pris par un calme, et le courant portant fortement à l'E.-N.-E., comme s'il eût reflué dans un golfe du côté de terre, nous fûmes un peu détournés de notre ligne, et une ou deux fois nos matelots crièrent : « Terre à l'est ; » toutefois nous ne pouvions décider si c'était le continent ou une île.

Vers le soir, la mer étant unie et le temps calme, nous vîmes, du côté de la terre, les flots couverts de taches noires ; nous ne pouvions deviner ce que c'était ; enfin le contre-maître, montant jusqu'à la moitié du grand mât avec une lunette, examina les objets et nous cria que c'était une armée. Je ne concevais pas ce qu'il voulait dire, et je le lui demandai avec un peu d'impatience. « Monsieur, dit-il, ne vous fâchez point : c'est une armée, et de plus une flotte ; car il y a bien, je crois, mille canots, et vous les distinguerez bientôt, puisqu'ils se dirigent rapidement vers nous. »

Je fus un peu étonné, je l'avoue, et mon neveu le capitaine aussi ; car il avait entendu, dans l'île, de terribles histoires des sauvages ; et, n'ayant jamais fréquenté ces parages, il ne savait que penser de cette aventure ; il répéta deux ou trois fois : « Nous serons tous dévorés. » Il est vrai que, le calme nous empêchant de nous servir de nos voiles, et le courant nous faisant dériver vers la terre, notre position était assez mauvaise ; toutefois j'encourageai nos gens à ne point s'effrayer et à mettre le vaisseau à l'ancre dès que nous nous verrions forcés à combattre.

Le calme continuait, et les sauvages arrivaient sur nous très-vite ; je commandai de jeter l'ancre et de carguer les voiles. De la part des sauvages nous n'avions à craindre que le feu ; je donnai donc l'ordre d'amarrer les deux chaloupes, l'une contre la poupe, l'autre contre la proue, et de les garnir d'un nombre d'hommes suffisant, qui se tiendraient prêts avec des seaux et des voiles mouillées à éteindre le feu que les Indiens pourraient lancer sur le navire.

Dans cette attitude, nous les attendîmes quelque temps; enfin ils approchèrent, et jamais spectacle plus terrrible ne s'offrit à des chrétiens. Le contre-maître s'était trompé de beaucoup dans son calcul de leur nombre ; cependant, à mesure qu'ils arrivaient, nous comptâmes cent vingt-six canots, quelques-uns montés par seize ou dix-sept hommes, et même davantage ; mais les moindres en contenaient six ou sept.

Quand ils furent plus près de nous, ils semblèrent frappés d'étonnement et d'admiration, en voyant ce qu'ils n'avaient probablement jamais vu. Au premier moment, ils ne savaient quel parti prendre, comme nous le sûmes ensuite ; cependant ils avancèrent hardiment, et montraient l'intention de nous entourer ; mais nous criâmes à nos gens des chaloupes de ne point les laisser venir trop près de nous. Cet ordre donna lieu à un engagement contre notre volonté ; cinq ou six grands canots s'approchèrent si fort de notre chaloupe, que nos gens leur firent signe de la main de reculer. Ils entendirent très-bien ces signes, mais en se retirant ils lancèrent une cinquantaine de flèches, et l'un de nos hommes fut blessé. Toutefois je leur criai de se garder de faire feu ; nous descendîmes quelques planches dans les chaloupes, et le charpentier fit une sorte de rempart à l'abri duquel les hommes ne pouvaient être atteints par les flèches.

Une demi-heure après, les Indiens vinrent en masse derrière nous, et assez près pour que nous vissions clairement leurs personnes, mais sans pouvoir cependant deviner leurs desseins. Je reconnus en eux mes anciennes connaissances, les sauvages avec lesquels j'avais eu tant d'affaires ; en peu d'instants ils ramèrent à quelque distance au large, pour revenir nous prendre en flanc ; et ils avancèrent au point de pouvoir nous entendre parler. J'ordonnai à mes hommes de se tenir à couvert de peur des flèches, et je fis préparer les canons. Je dis cependant à Vendredi de monter sur le pont et de leur parler dans leur langue, afin de savoir ce qu'ils voulaient. Il obéit, et je ne sais s'il fut entendu ou non ; mais aussitôt qu'il eut fini de parler, dix des Indiens qui se trouvaient le plus près de nous éloignèrent un peu leur canot et, se retournant. nous montrèrent, sauf respect, leur derrière tout nu.

J'ignore si c'était un défi ou une insulte, une marque de mépris pour donner aux autres le signal de l'attaque ; mais Vendredi nous cria à l'instant qu'ils allaient tirer, et cela arriva en effet bien malheureusement pour lui, le pauvre garçon : ils lancèrent trois cents flèches, et, à mon inexprimable regret, tuèrent mon brave Vendredi, qui se trouvait le seul homme en vue. Ce malheureux reçut trois flèches, trois autres tombèrent à côté de lui, et les premières partaient de mains trop sûres pour manquer leur but.

J'étais si furieux de la perte de mon fidèle serviteur et compagnon, que je fis sur-le-champ tirer cinq canons chargés à mitraille et quatre de forts boulets, et je leurs envoyai une bordée telle qu'ils n'en avaient de leur vie reçu une pareille. Ils n'étaient pas à la distance de la moitié d'un câble de nous, et nos canonniers visèrent si bien, que trois ou quatre canots furent renversés, selon tout apparence, par le choc de nos boulets.

L'impolitesse qu'ils nous avaient faite en nous montrant leur derrière ne nous offensa pas beaucoup, ne sachant point si ce geste, le plus outrageant possible parmi nous,

avait pour eux la même signification ; je voulais donc
répondre à cette démonstration par quelques coups de
canon chargé à poudre, ce qui aurait suffi pour les effrayer. Mais quand ils eurent tiré sur nous avec fureur, et
surtout quand ils eurent tué le pauvre Vendredi, que j'aimais, que j'estimais parfaitement, et qui le méritait si
bien, je me crus justifié devant Dieu et devant les hommes,
si je cherchais à couler toutes les barques des Indiens ;
et en effet j'aurais été content, je l'avoue, de les noyer
jusqu'au dernier.

Je ne puis dire combien de sauvages cette bordée tua
et blessa ; mais on ne vit jamais une multitude d'hommes
frappée d'un trouble, d'un effroi semblable. Treize ou quatorze canots étaient en pièces ou enfoncés ; tous les hommes nageaient çà et là ; les autres barques fuyaient à la
hâte, sans chercher à sauver ceux dont les canots avaient
sombré. Je suppose que la plupart de ces derniers péri-
rent ; car nos gens recueillirent, une heure après que tous
eurent été partis, un malheureux qui tâchait de se soutenir
en nageant.

Probablement notre mitraille tua ou blessa un grand
nombre de ces Indiens. Mais nous ne sûmes rien de po-
sitif sur ce point ; car ils s'éloignèrent si vite, qu'en moins
de trois heures nous ne pouvions plus voir que trois ou
quatre canots traînards ; le reste ne reparut point. Le
même soir une brise favorable s'éleva, et nous fîmes voile
pour le Brésil.

Nous avions un prisonnier ; mais il était si effrayé,
qu'il refusait de manger et de parler, et nous crûmes
qu'il voulait se laisser mourir de faim. Cependant je pris
un bon moyen pour le guérir de cette fantaisie ; je le fis
prendre et embarquer dans la chaloupe, en lui donnant
à entendre qu'on allait le jeter à la mer et le laisser
comme on l'avait trouvé, s'il s'obstinait à se taire : cela
ne suffit point, et on le jeta en effet dans l'eau et on s'é-
loigna de lui. Alors il suivit la chaloupe, car il nageait

comme un poisson, et supplia nos gens de le reprendre ;
ils ne comprenaient point ses paroles ; cependant ils le
recueillirent enfin, et il se montra plus traitable : c'était
ce qu'on voulait ; car je n'aurais pas souffert qu'on le
laissât se noyer.

Nous étions donc en marche de nouveau ;· mais j'étais
l'homme le plus désolé du monde, privé de mon fidèle
Vendredi. J'aurais souhaité retourner dans l'île, pour
prendre quelqu'un à sa place ; mais cela ne se pouvait
pas, et nous continuâmes notre route. Quant à notre prisonnier, on fut longtemps avant de pouvoir lui faire entendre la moindre chose ; mais enfin nos matelots parvinrent
à lui enseigner un peu d'anglais, et il devint plus com-
municatif.

Je lui demandai de quel pays il venait, et ne pus comprendre ces paroles, son langage étant si singulier, si gut-
tural, si étrangement sourd, que l'on n'en pouvait distinguer les mots. Il nous sembla qu'un homme bâillonné
aurait pu parler cette langue aussi bien que s'il eût été
libre, les dents, les lèvres, la langue et le palais ne servant point à la formation des sons qui la composent, et
qui sont produits dans la gorge comme ceux d'un cor de
chasse. Quelque temps après, lorsque cet homme eut appris un peu d'anglais, il nous dit qu'ils étaient partis avec
leurs rois pour une grande bataille. Nous lui demandâmes
combien de rois étaient avec eux : il répondit qu'il y en
avait sept, cinq nations étant réunies contre deux nations.
Nous lui demandâmes aussi pourquoi ils étaient venus sur
nous ; il répondit que c'était pour voir la grande merveille.
Nous ne pûmes jamais lui faire comprendre notre manière d'indiquer le pluriel, ni l'empêcher d'ajouter un
second *e* à la fin des mots qui finissent par cette lettre.
Tous les indigènes de ces contrées et ceux de l'Afrique
font la même faute en parlant notre langue. Ce ne fut pas
sans peine que j'en corrigeai Vendredi.

Maintenant que le nom de ce pauvre garçon est encore

revenu sous ma plume, je veux prendre congé de lui. Pauvre brave Vendredi! Nous lui rendîmes les derniers devoirs avec toute la convenance et toute la solennité possible, en

mettant son corps dans un cercueil et en le jetant à la mer. Je fis tirer onze coups de canon pour lui; et ainsi finit la vie du plus reconnaissant, du plus fidèle, du plus honnête, du plus affectionné serviteur qui ait jamais existé.

Un bon vent nous poussait alors vers le Brésil, et en douze jours nous arrivâmes en vue de la terre, à 5 degrés de la ligne, à l'extrémité N.-E. de l'Amérique. Nous gouvernâmes au S. quart E., en vue des côtes, pendant quatre jours: alors nous doublâmes le cap Saint-Augustin, et trois jours après nous jetâmes l'ancre dans la baie de Tous-les-Saints, lieu de ma première délivrance, d'où me vinrent et le bien et le mal de ma destinée.

Jamais navire n'entra dans ce port avec moins d'affaires à traiter que le mien n'en avait; cependant nous ne fûmes admis qu'avec les plus grandes difficultés à communiquer avec la place. Mon associé lui-même, qui vivait encore et tenait un rang considérable en ce pays, les deux négociants mes anciens agents, et la célébrité que je devais à ma conservation miraculeuse dans l'île, rien de tout cela ne put obtenir pour moi cette faveur. Heureusement mon associé, se rappelant que j'avais donné cinq cents moïdores au prieur de Saint-Augustin, et deux cent soixante et douze aux pauvres, se rendit au couvent, et obligea son prieur actuel à intercéder auprès du gouverneur, pour qu'il me fût permis de descendre à terre avec le capitaine du bâtiment, une autre personne et huit matelots, et sous la condition expresse de n'emporter aucune marchandise du bâtiment, et de n'amener aucune personne de plus. Ils furent si sévères avec nous, que j'eus la plus grande peine à faire débarquer trois balles d'étoffes anglaises que j'apportais en présent à mon associé.

C'était un homme très-généreux et très-bienveillant, quoiqu'il fût parti, ainsi que moi, d'une condition assez humble. Sans se douter de l'intention que j'avais de lui faire un cadeau, il m'en envoya un de viandes fraîches, de vin, de confitures, de la valeur de trente moïdores, en y comprenant un peu de tabac et trois ou quatre belles médailles d'or. Mais je ne me trouvais pas en reste avec lui, mon présent se composant, comme je l'ai dit, de beaux draps et de belles étoffes anglaises, de dentelles et de toiles de Hollande. Je remis en outre dans ses mains, afin qu'il en fît l'usage que je désirais, pour environ cent guinées de ces mêmes marchandises, le chargeant de faire remonter le sloop que j'avais apporté, et d'envoyer sur ce bâtiment, à mes planteurs, les secours que je leur avais promis. En peu de jours le sloop fut prêt, et je donnai au patron des indications assez précises pour qu'il ne pût manquer de reconnaître la situation de l'île ; et il la reconnut en effet, comme je l'appris ensuite de mon associé. Un de nos matelots, qui était descendu avec moi dans ma colonie, offrit d'y retourner avec le sloop, me demandant seulement une lettre pour le gouverneur espagnol, dans laquelle je marquerais à celui-ci de donner au porteur une quantité de terre suffisante et les outils et les autres provisions nécessaires pour commencer une plantation, besogne à laquelle il s'entendait, ayant été planteur au Maryland, et boucanier par-dessus le marché. J'accordai à cet homme tout ce qu'il me demandait, et de plus j'y ajoutai le sauvage, notre prisonnier de guerre, pour s'en servir comme d'un esclave. J'écrivis au gouverneur espagnol de lui donner en toutes choses une part égale à celle des autres habitants.

Tandis que je m'occupais du départ de cet homme, mon ancien associé me parla d'un honnête planteur de sa connaissance, qui avait encouru la défaveur de l'Église. « Je ne sais trop comment cela est advenu, me dit-il, mais, en conscience, je le crois hérétique au fond du cœur, et il a été forcé de se cacher de peur de l'inquisition. Il serait heureux d'échapper avec sa femme et ses deux filles ; et, si vous voulez lui allouer une plantation dans votre île, je lui donnerai de quoi commencer leur établissement ; car les agents de l'inquisition ont saisi tous ses biens, quelques meubles et deux esclaves exceptés ; et, bein que j'abhorre ses erreurs, je ne voudrais pas le voir tomber dans les mains du saint office, parce qu'il serait très-certainement brûlé vif.

Je consentis volontiers à sa demande, et je réunis cette famille à mon Anglais. Le Brésilien, sa femme et ses filles restèrent cachés sur mon bâtiment jusqu'au moment où le sloop fut prêt à partir, et, leurs effets s'y trouvant d'avance, ils y montèrent ensemble quand il fut hors de la baie. Notre marin était charmé de son nouvel associé, et leurs fonds étaient en effet à peu près égaux, c'étaient des outils et la promesse d'une ferme. Ils y joignirent, ce qui valait plus que tout le reste, des matériaux pour planter des cannes à sucre, genre d'exploitation que le Portugais entendait fort bien.

Parmi les choses utiles envoyées à mes colons, je fis

mettre trois vaches laitières et cinq veaux, une vingtaine de cochons parmi lesquels il y avait trois femelles pleines, deux juments et un cheval; de plus, selon ma promesse aux Espagnols, j'engageai trois Portugaises à passer dans l'île, et je recommandai aux premiers d'épouser ces femmes et de les traiter avec douceur. Je ne pus m'en procurer un plus grand nombre, mais je me ressouvins que le pauvre Portugais persécuté avait deux filles, et que cinq Espagnols seulement étaient à marier, les autres avaient des femmes dans leur pays.

Toute cette cargaison arriva saine et sauve et fut très-bien venue des habitants, qui se trouvaient maintenant moyennant cette addition, à peu près soixante et dix, sans compter quantité de petits enfants. Je trouvai à Londres des lettres d'eux tous, venues par la voie de Lisbonne, quand je revins en Angleterre; je parlerai de leur contenu tout à l'heure.

Maintenant je n'ai plus rien à dire de mon île; et ceux qui liront la suite de mes souvenirs doivent lui faire aussi leurs adieux et s'attendre à trouver seulement dans ces pages les folies d'un vieillard que ses propres malheurs, et encore bien moins ceux des autres, n'ont pas su rendre assez sage pour éviter de retomber dans les mêmes erreurs. Quarante ans d'infortunes sans égales n'avaient pu en effet, calmer mon esprit inquiet; et la prospérité la plus complète, la plus inespérée, ne réussissait pas à le satisfaire.

Il était aussi extravagant à moi d'aller aux Indes, qu'il l'eût été à un homme jouissant de toute sa liberté d'aller prier les guichetiers de Newgate de l'enfermer et de le mettre au pain et à l'eau. Si j'avais pris en Angleterre un plus petit bâtiment pour me rendre directement à mon île, en le chargeant des diverses provisions que j'y voulais porter; si j'avais pris une patente du gouvernement pour m'assurer ma propriété et établir mon autorité sur ce coin de terre, sous la domination souveraine de l'Angleterre; si j'avais embarqué des canons, des munitions, des ouvriers et des laboureurs; que j'euse pris possession

de la place au nom de l'Angleterre, que je l'eusse fortifiée, peuplée d'un grand nombre de gens, comme cela
m'était facile; si je m'étais établi dans la colonie et si
j'avais renvoyé mon bâtiment chargé de bon riz au bout
de six mois, en donnant ordre à mes amis de le réexpé-
dier avec les objets nécessaires; certes j'aurais agi en
homme de bon sens. Mais une manie vagabonde me do-
minait et m'aveuglait sur tous ces avantages. Cependant
quelle vie heureuse j'aurais pu mener au milieu d'une
peuplade dont j'aurais été le protecteur, le père ! Tel qu'un
patriarche des anciens temps, j'aurais exercé une domination toute bienveillante et hautement respectée. Je ne
songeais à coloniser pour aucun gouvernement, aucune
nation; je n'eus pas même l'idée de donner un nom à mon
île, et je la laissai comme je l'avais trouvée, n'appartenant à personne, et ses habitants ne connaissant d'autre
discipline ou d'autre pouvoir que le mien; et, bien que
j'eusse une grande influence sur eux comme leur bienfaiteur, leur sauveur, mon autorité n'avait de force que
par leur consentement volontaire.

Néanmoins cette influence seule, si j'étais resté avec
eux, aurait encore produit de bons effets; mais je les
quittai pour ne plus les revoir. Les dernières nouvelles
que je reçus de leur colonie me vinrent par mon associé,
qui avait envoyé là un autre sloop; et je ne reçus sa lettre
que plusieurs années après, à mon retour à Londres : elle
portait que mes planteurs étaient en assez pauvre état, et
en général ennuyés de leur long séjour dans l'île. Atkins
était mort, cinq des Espagnols étaient partis; ils avaient
eu des affaires ou plutôt des escarmouches avec les sauvages. Enfin ils l'avaient prié de m'écrire pour me rappeler la promesse que je leur avais faite de leur faire
revoir leur patrie avant de mourir.

Mais je poursuivais des chimères; et si l'on veut savoir quelque chose de plus sur ma personne, on doit se
résoudre à me suivre dans une nouvelle série d'extrava-

gances et de mésaventures, par lesquelles la justice de la
Providence a montré combien il lui est facile de nous punir
en nous accordant ce que nous souhaitons le plus. Ce
n'est pas ici le lieu d'examiner si j'avais tort ou raison
d'aller où j'allais, je dois revenir à mon histoire je m'étais
embarqué pour les Indes, et je continuai ce voyage.

Du Brésil nous allâmes par l'Atlantique au cap de
Bonne-Espérance, et notre course fut assez heureuse,
presque toujours à l'E., avec de courts intervalles d'orages
et de vents contraires. Ma mauvaise fortune en mer était
usée, mes futures contrariétés m'attendaient au rivage,
comme pour me montrer que la terre peut devenir, aussi
bien que la mer, un instrument de punition pour nous.

Un subrécargue était chargé des opérations commer-
ciales pour lesquelles notre bâtiment était frété, et il n'était
limité dans ses pouvoirs que sur le nombre de jours que
nous devions rester dans chaque port. Les affaires du
bâtiment ne me regardaient point, mon neveu, le capitaine,
et le subrécargue les conduisaient à leur guise.

Nous ne restâmes au Cap que le temps nécessaire
pour prendre de l'eau fraîche, et nous fîmes voile pour la
côte de Coromandel. On nous avait dit qu'un vaisseau de
ligne français et deux bâtiments marchands de la même
nation nous avaient précédés dans la direction que nous
allions prendre, et je n'étais pas sans crainte de les rencontrer, parce que nous étions en guerre avec la France;
mais il continuèrent leur route, et nous n'entendîmes pas
parler d'eux.

Je ne fatiguerai point le lecteur de descriptions fasti-
dieuses des lieux visités par moi, du journal de notre
voyage, des variations de la boussole, des latitudes des
moussons, etc.

Enfin, après maints événements et une révolte de l'équipage de mon neveu qui exigea mon renvoi du bâtiment,
triste aventure que mon neveu ne put éviter, et dont
j'épargne au lecteur les trop longs détails, j'eus la dou-

leur de voir notre bâtiment faire voile sans moi. Jamais homme dans une position telle que la mienne ne fut, je crois, plus indignement traité, si ce n'est par des pirates; et l'équipage de mon neveu avait agi de manière à mériter presque ce nom. Cependant il me laissa deux domestiques, pour mieux dire un compagnon et un domestique : le premier était le secrétaire de l'intendant, que le capitaine avait engagé à rester avec moi; l'autre était son propre valet de chambre. Je me logeai assez commodé-

ment chez une Anglaise, qui logeait aussi plusieurs négociants français, deux juifs italiens et un Anglais. Je me trouvais bien, et, ne voulant rien faire précipitamment, je passai là environ neuf mois à méditer sur le parti que je devais prendre. J'avais quelques marchandises anglaises de prix, et une forte somme d'argent, mon neveu m'ayant

20

avancé mille pièces de huit et une lettre de crédit pour une
somme plus considérable, si j'en avais besoin, afin que je
ne fusse point gêné pour la dépense, quoi qu'il pût arriver.

Je disposai promptement et avantageusement de mes
marchandises, et, selon mes intentions premières, j'achetai
de très-beaux diamants, ce genre d'objets convenant particulièrement à ma situation, parce que je pouvais ainsi
porter avec moi toute ma fortune.

Après un long séjour, pendant lequel diverses propositions m'avaient été faites pour mon retour en Angleterre,
propositions que j'avais refusées parce qu'elles ne me
convenaient pas parfaitement, le négociant anglais avec
qui je logeais, et dont j'avais fait la connaissance intime,
vint me trouver un matin. « Mon cher compatriote, me
dit-il, j'ai un projet à vous communiquer, et je pense
qu'il vous paraîtra aussi bon qu'il me le paraît à moi,
quand vous l'aurez mûrement médité. Nous sommes,
vous par accident, moi volontairement, dans une partie
du monde très-éloignée de notre pays, mais où des gens
qui entendent comme nous le commerce et les affaires peuvent gagner beaucoup d'argent. Si vous voulez joindre un
millier de livres à pareille somme que je mettrai de mon
côté, nous louerons ici un bâtiment, le premier qui nous
semblera convenable, et vous en serez le capitaine. Je
m'embarquerai comme négociant, et nous ferons un voyage
commercial en Chine. A quoi bon rester sans rien faire ?
Tout le monde est en mouvement ; toutes les créatures de
Dieu, les corps célestes et ceux de la terre, suivent leur
cours naturel, remplissent leur tâche respective. Pourquoi
l'oisiveté nous serait-elle permise ? On ne voit d'êtres
inoccupés que parmi les hommes ; ne soyons pas, s'il est
possible, de ce nombre. »

Cette proposition me plut d'autant mieux qu'elle était
exprimée d'une manière franche et cordiale. Je crois bien
que les circonstances incertaines dans lesquelles je me
trouvais me déterminaient principalement à me lancer

dans le commerce, qui n'était pas mon élément ; cependant je puis dire avec vérité que si j'avais peu de penchant pour le commerce, j'en avais beaucoup pour la vie errante; et il m'était presque impossible de refuser une occasion de voir un pays nouveau. Nous ne trouvâmes pas tout de suite un navire tel que nous le désirions, et il fallut encore quelque temps de plus pour avoir des matelots anglais, c'est-à-dire en nombre nécessaire pour conduire ceux que nous prendrions dans le pays. Nous nous procurâmes enfin un bosseman, un contre-maître et un canonnier anglais, plus un charpentier et trois matelots hollandais. Notre équipage nous parut ainsi passablement composé, en le complétant par des Indiens.

Un grand nombre de voyageurs ont écrit sur ces contrées, et il serait assez peu divertissant pour le lecteur de trouver ici la description détaillée des lieux que nous avons visités, et de leurs habitants. Je renvoie ceux qui auraient ce genre de curiosité à ces journaux, à ces voyages d'Anglais, publiés en si grande quantité, et promis en plus grande quantité tous les jours. Il me suffit de dire que nous allâmes d'abord à Achem dans l'île de Sumatra, de là à Siam ou nous échangeâmes quelques-unes de nos marchandises pour de l'opium et de l'arack, le premier étant d'une grande valeur à la Chine et s'y trouvant rare en ce moment. En un mot, nous allâmes jusqu'à Suskan, et après une longue course de huit mois, nous retournâmes au Bengale ; et je fus très-satisfait de ma spéculation.

Bref, notre voyage fut très-heureux, et je gagnai tant d'argent et compris si bien les moyens d'en gagner davantage, que, si j'avais eu vingt ans de moin, j'aurais été tenté de me fixer au Bengale, et de ne plus chercher fortune ailleurs. Mais que signifiait tout cela pour un homme plus que sexagénaire, déjà assez riche, et qui n'avait quitté son pays que par un désir inquiet, insatiable de voir le monde, non par l'envie d'augmenter son bien? En effet, je puis justement appeler ce désir inquiet et insatiable; car au logis je n'aspirais qu'à changer de place, et à l'étranger qu'à revoir ma patrie. Le gain n'était rien pour moi, ma fortune me suffisait, et l'argent ne fut jamais l'objet de ma convoitise. Les profits de ma première aventure n'étaient donc pas une grande tentation pour commencer de nouvelles entreprises; d'ailleurs je pensais que ce voyage n'avait pas avancé mes affaires, puisque j'étais revenu au point d'où j'étais parti, sans avoir fait un pas de plus vers mon pays. Mais je ressemblais à l'homme dont parle Salomon, mes yeux ne pouvaient se lasser de contempler ou de chercher de nouveaux objets; et me trouvant dans une partie de la terre inconnue pour moi et dont j'avais entendu dire tant de choses, je résolus de voir tout ce qu'il me serait possible en ces contrées, imaginant que je pourrais ensuite me vanter d'avoir vu tout ce qui mérite de l'être sur le globe.

Mais mon compagnon de voyage avait des idées toutes différentes des miennes. Je ne dis pas cela pour me donner raison; au contraire, sa manière de voir les choses était, je crois, parfaitement juste, un commerçant devant s'occuper avant tout des moyens de gagner de l'argent. Mon nouvel ami, se renfermant dans cet objet, aurait volontiers continué d'aller et venir comme un cheval de poste entre les mêmes relais, pourvu qu'il y trouvât son compte; mais mon esprit vagabond répugnait à voir deux fois la même place. De plus, j'avais une grande impatience de me rapprocher de mon pays, et en même temps une indécision extrême sur le chemin que je prendrais pour mon retour. Pendant que j'étais livré à ces hésitations, mon associé, toujours à la recherche des affaires, me proposa un voyage aux îles des Épices, pour rapporter de Manille ou des îles voisines une cargaison de girofles; le commerce de ces ports était, il est vrai, livré aux Hollandais, bien que les Espagnols possèdent une partie des îles; mais nous pouvions, même sans aller jusqu'à leurs possessions, toucher à quelque port où la puissance hollandaise serait moins absolue qu'à Batavia, Ceylan, etc.

Nos préparatifs pour ce voyage ne furent pas longs ; le plus difficile était de me décider à l'entreprendre. Mais enfin il ne se présentait aucune autre chose à faire ; les profits de ce commerce étaient très-grands et tout à fait certains ; il me parut plus agréable de m'occuper ainsi que de rester oisif, état que j'ai toujours trouvé le plus malheureux du monde ; j'entrepris donc cette excursion, qui réussit très-bien. Nous touchâmes à Bornéo et à d'autres îles dont j'ai oublié le nom, et nous revînmes au bout de cinq mois. Nous vendîmes nos épices, qui consistaient principalement en girofles et en muscades, aux marchands persans, qui les emportèrent par le golfe ; et nous réalisâmes l'énorme bénéfice de près de cinq pour un.

Mon ami, quand nous fîmes nos comptes, me dit en souriant, comme pour me reprocher doucement mon indolence : « Cela ne vaut-il pas mieux que d'errer çà et là comme un pauvre désœuvré, et de gaspiller votre temps à méditer sur l'ignorance et l'absurdité des païens ? — Je suis tout à fait de votre avis, lui dis-je, et je commence à prendre goût au commerce ; mais il est bon de vous en avertir, si je triomphe une fois de ma timidité, et m'embarque tout de bon dans le négoce, malgré mon âge, vous aurez peut-être peine à me suivre, et je vous laisserai peu de repos. »

Mais pour abréger l'histoire de mes spéculations, peu de temps après la dernière, un bâtiment hollandais vint de Batavia ; c'était un caboteur d'environ deux cents tonneaux. Les gens de l'équipage prétendaient que les maladies avaient réduit leur nombre au point que le capitaine avait été forcé de mouiller au Bengale ; ayant gagné assez d'argent ou désirant par d'autres raisons retourner en Europe, il fit annoncer qu'il voulait vendre son vaisseau : cela me vint aux oreilles avant que mon associé en eût entendu parler, et je le priai d'aller voir ce navire que je désirais acheter ; il l'examina. « Il est un peu trop

20.

grand, me dit-il ; cependant nous l'achèterons. » Le marché eut lieu, et nous résolûmes ensuite de garder l'équipage si nous le pouvions ; mais soudain ces gens s'en allèrent, ayant reçu non-seulement leur paye, mais une part de la vente du bâtiment ; on ne put en retrouver un seul, et après beaucoup de recherches, nous sûmes qu'ils étaient allés par terre à Agra, résidence du Grand-Mogol, pour passer de là à Surate et se rendre ensuite par mer au golfe Persique.

Rien ne m'avait autant contrarié depuis bien longtemps, que de manquer l'occasion d'avoir un équipage si bien approprié à notre but, surtout à mon principal dessein, celui de voir le monde et de me rapprocher de mon pays. Je regrettais et les services que ces marins auraient pu nous rendre et l'amusement que m'aurait procuré leur compagnie ; mais mes regrets cessèrent par la suite, quand je sus ce qu'ils étaient. Il paraît que l'homme auquel ils donnaient le nom de capitaine était le canonnier du bâtiment ; ils avaient été attaqués à terre par des Malais, qui avaient tué le capitaine et trois matelots ; et que le reste de l'équipage, composé de onze hommes, avait volé le navire et l'avait conduit au Bengale, en laissant sur le rivage le contre-maître et cinq hommes. Je dirai plus tard ce que devinrent ceux-ci.

Toutefois, quelle que fût la manière dont ils s'étaient approprié le bâtiment, nous l'avions acquis légalement. J'avoue cependant que nous aurions dû examiner les choses de plus près ; car nous ne fîmes aucune question aux matelots, qui probablement se seraient contredits dans leurs réponses, et auraient éveillé ainsi nos soupçons. Mais le prétendu capitaine nous montra un acte de vente du vaisseau à un sieur Emmanuel Clostershoven, ou quelque nom semblable, sans doute faux aussi bien que l'acte ; il se donna pour cet individu, et comme nous n'avions aucune raison pour ne pas le croire, notre marché fut conclu.

Nous engageâmes quelques matelots anglais et hollandais, à la place de ceux que nous ne pûmes avoir, et nous nous décidâmes à faire un second voyage au S.-E. pour acheter du girofle, c'est-à-dire à nous rendre aux îles Philippines et Moluques ; bref, pour ne pas remplir mon histoire de futilités quand il me reste des choses si

remarquables à dire, je passai six ans dans ce pays, commerçant d'un port à l'autre avec beaucoup de succès, et la dernière année je me rendis à la Chine avec mon associé, sur le bâtiment ci-dessus mentionné, ayant le dessein de toucher à Siam sur notre route pour y charger du riz.

Pendant ce voyage, les vents contraires nous ayant

retenus longtemps dans le détroit de Malacca et parmi les
îles, quand nous fûmes hors de cette difficulté, nous nous
aperçûmes que nous avions une voie d'eau, et il nous
fut impossible de découvrir où elle était. Cela nous obligea
à nous diriger vers un port, et mon associé, qui connaissait le pays mieux que moi, dit au capitaine de gouverner sur la rivière de Cambodia. J'avais fait capitaine
le contre-maître anglais, un M. Thompson, ne me souciant pas de me charger moi-même de la conduite du
navire. Cette rivière de Cambodia est au nord de la
grande baie ou golfe de Siam. Tandis que nous étions là,
descendant souvent à terre pour avoir des provisions fraîches, un Anglais vint un jour me trouver. Il était, à ce
qu'il paraît maître canonnier d'un vaisseau de notre Compagnie des Indes, qui se trouvait dans la même rivière
près de la ville de Cambodia. Cet homme me dit en anglais : « Monsieur, nous sommes étrangers l'un à l'autre ;
mais j'ai à vous dire quelque chose qui vous touche de
très-près. »

Je le regardai un moment avec attention, et d'abord il
me sembla le connaître, mais je vis ensuite que je me
trompais. « Si cela me concerne, lui dis-je, et non pas
vous, par quel motif venez-vous me le dire? — C'est,
dit-il, l'imminent péril dans lequel vous êtes, et sans
vous en douter, qui me porte à vous parler — Je ne crois
pas, lui dis-je, être dans aucun péril, si ce n'est à cause
de la voie d'eau de mon vaisseau que je n'ai pu trouver;
mais j'ai l'intention de le mettre à sec demain matin,
pour voir si nous pourrons la découvrir. — Monsieur, reprit-il, que votre bâtiment prenne l'eau ou non, que vous
trouviez ou non sa fissure, vous ne serez pas assez imprudent pour le mettre à sec demain, quand vous aurez
appris ce que je vais vous dire. Savez-vous, monsieur,
que la ville de Cambodia est à quinze lieues de cette
rivière, et qu'il y a deux grands vaisseaux anglais à cinq
lieues en deçà de cette ville, et trois vaisseaux hollandais?

— Eh bien, lui dis-je, que m'importe? — Comment! monsieur, reprit-il, un homme qui se lance dans des aventures telles que les vôtres doit-il négliger de savoir à quels vaisseaux il peut avoir affaire, et s'il est en état de leur résister? et certes vous ne pouvez vous flatter de tenir contre ceux-ci. »

Ce discours m'amusait beaucoup et ne me donnait aucune inquiétude, car je ne concevais pas ce que cet homme avait dans l'esprit; enfin je le priai de s'expliquer plus clairement. « Quelle raison, lui dis-je, puis-je avoir de craindre des vaisseaux de la Compagnie des Indes ou des vaisseaux hollandais? Je ne fais pas le commerce interlope, et ils n'ont rien à me dire. » Il me regarda d'un air moitié fâché, moitié content, et, après un moment de silence, il reprit en souriant : « Bien, monsieur, si vous vous croyez en sûreté, suivez votre destinée ; je vois avec peine qu'elle vous rend sourd à un bon avis ; cependant, soyez-en certain, si vous ne prenez pas le large à l'instant vous serez attaqué à la prochaine marée par cinq chaloupes bien montées ; et si vous êtes pris, vous serez peut-être pendu comme pirate, sauf à examiner plus tard votre affaire. Je pensais, monsieur, que vous auriez mieux reçu un avertissement de cette importance. — Je ne serai jamais ingrat, lui dis-je, pour aucun acte de bienveillance ; mais j'avoue qu'il m'est impossible de concevoir pourquoi ces vaisseaux auraient un pareil dessein contre moi. Toutefois, puisque vous dites qu'il n'y a pas de temps à perdre, je vais aller à bord sur-le-champ, et je mettrai à la voile sans délai, si l'on peut réparer la voie d'eau ou si nous pouvons aller sans la réparer. Mais, monsieur, puis-je partir sans savoir la cause de mes dangers, me pouvez-vous me donner plus de lumières sur ce point? — Je ne puis vous dire qu'une partie de l'affaire, répliqua mon homme ; mais j'ai avec moi un matelot hollandais, que je déciderai peut-être à vous conter le reste ; cependant nous n'aurions pas le temps, et pour faire

court, l'histoire, dont la première partie doit vous être
connue, c'est que vous étiez avec votre bâtiment à Sumatra, où votre capitaine a été tué par les Malais avec trois
de ses hommes, et que vous ou l'un de vos camarades
vous vous êtes sauvé avec le navire et êtes devenu pirate.
Telle est l'histoire en abrégé; et je puis vous assurer que
vous serez tous pendus sans cérémonie; car vous savez
que les vaisseaux du commerce ne se piquent pas de pro-
céder légalement avec les pirates qui leur tombent dans
les mains.

— Vous parlez bon anglais, maintenant, dis-je, et je
vous remercie; car s'il est vrai que nous ne soyons im-
pliqués en rien dans l'affaire dont vous parlez, et que le
bâtiment se trouve très-légitimement dans nos mains, le
complot formé contre nous est tellement pressant, qu'en
supposant que vous ayez parlé avec franchise, je me
tiendrai sur mes gardes. — Ce n'est pas assez, monsieur,
reprit-il, il faut vous mettre hors de danger, si vous
tenez à votre vie et à celle de vos gens; il faut mettre à
la voile avant la marée montante; et, comme vous aurez
l'intervalle d'une marée devant vous avant l'arrivée des
chaloupes, vous pourrez être bientôt hors de leur portée.
Elles partiront à l'heure du montant, elles ont vingt milles
à faire, vous gagnez deux heures sur elles par la différence du flux, sans compter la longueur du chemin; de
plus, des chaloupes n'oseront pas suivre trop loin en mer
un vaisseau, surtout s'il fait du vent. — Vous nous avez
rendu un grand service, lui dis-je; que puis-je faire
pour vous prouver ma reconnaissance et mes regrets de
ma défiance primitive? — Monsieur, dit-il, vous ne me
devez point d'excuses, parce que vous ne pouvez être
tout à fait convaincu de la vérité de mes paroles; mais je
vous fais une proposition. Il m'est dû ma paye de dix-
neuf mois par *le...* sur lequel je suis venu d'Angleterre;
il en est dû sept au Hollandais qui m'accompagne; si
vous voulez nous payer cet argent, nous irons avec vous.

Ensuite, si vous trouvez que nous vous avons donné une fausse alarme, nous n'aurons rien à demander de plus ; mais si vous êtes convaincu par des faits que nous avons sauvé votre vie et votre bâtiment, nous nous en rapporterons à votre générosité pour notre récompense. »

Je consentis à la proposition, et j'allai sur-le-champ à bord suivi des deux hommes. Dès que nous fûmes sous le navire, mon associé vint sur le pont, et me cria d'un air joyeux : « Victoire ! victoire ! nous avons bouché la voie. — Est-il vrai ? dis-je ; alors rendons grâces à Dieu, et levons l'ancre tout de suite. — Comment ! dit-il ; que signifie cela ? — Point de question, lui dis-je ; mais que tout le monde se mettre à la manœuvre, et partons sans perdre une minute. » Il parut surpris, néanmoins il manda le capitaine, lui ordonna de lever l'ancre, et bien que le reflux ne fût pas encore fini, un petit vent de terre nous permit de prendre le large. Je fis venir alors mon associé dans la cabine, et lui contai l'histoire ; après quoi nous appelâmes les deux hommes, qui nous donnèrent les détails que nous ignorions. Avant la fin de ce récit un peu long, un matelot parut à la porte de la cabine, et nous annonça de la part du capitaine que nous étions chassés. « Et par qui ? demandai-je. — Par cinq grandes chaloupes bien montées. — C'est bien, dis-je, il paraît qu'il y a quelque chose de vrai dans tout cela. » Ensuite je rassemblai nos hommes. Je leur dis qu'il y avait un dessein formé pour nous saisir comme des pirates, et leur demandai s'ils étaient décidés à combattre pour nous et pour eux-mêmes. Ils répondirent d'une voix unanime qu'ils vivraient et mourraient avec nous. Je priai alors le capitaine de me donner son avis sur les meilleurs moyens de défense que nous pouvions employer. Il répondit qu'il fallait d'abord tenir l'ennemi à distance en tirant nos pièces de longue portée, et en le recevant avec nos fusils dans le cas où il approcherait ; ensuite, si cela ne suffisait pas pour le tenir en respect, nous n'aurions

rien de mieux à faire que de nous mettre à couvert dans
nos quartiers, parce que les chaloupes n'auraient peut-être
pas les matériaux nécessaires pour briser nos planches et
pénétrer jusqu'à nous.

Le canonnier reçut l'ordre de placer deux canons de manière à protéger notre pont sur l'avant et sur l'arrière, et
de les charger de balles de fusil et de toutes les vieilles
ferrailles qu'on trouverait. Ainsi nous nous préparâmes au
combat tout en avançant au large, le vent étant assez bon;
mais déjà nous apercevions au loin les chaloupes, qui nous
suivaient aussi vite qu'elles pouvaient.

Deux de ces barques, qu'avec nos lunettes nous reconnûmes pour anglaises, avaient dépassé les autres de près
de deux lieues et gagnaient sur nous de telle manière, que
nous pouvions être sûrs qu'elles nous atteindraient bientôt.
Nous tirâmes un coup de canon à poudre, afin de leur montrer qu'elles pouvaient sans crainte arriver, et nous déployâmes pavillon de trêve, comme pour demander un
pourparler; mais elles avancèrent sans répondre jusqu'à la
portée de nos pièces. Nous retirâmes notre drapeau blanc,
auquel on n'avait pas répondu : il fut remplacé par un drapeau rouge, et l'on tira un coup de canon chargé à balles.
Nonobstant cela, ils vinrent assez près pour que nous pussions leur parler avec le porte-voix : alors nous les hélâmes
et leur dîmes que s'ils refusaient de s'éloigner, ce serait à
leurs risques et périls.

Tout fut inutile : les deux chaloupes tâchèrent de se
placer sous notre poupe, de manière à nous aborder par le
tillac; et les voyant résolues à nous attaquer, comptant
sur les forces qui les suivaient, je fis tourner le bâtiment
pour leur présenter le flanc, et nous tirâmes cinq coups
de canon à la fois; l'un d'eux avait été pointé si juste
qu'il emporta la poupe de la chaloupe la moins avancée,
et son équipage fut obligé de carguer toutes les voiles
et de courir vers la proue, afin de ne point couler à fond.
Elle restait donc en panne en assez mauvais état; nous

dirigeâmes alors nos coups sur la première chaloupe. Pendant ce temps-là une des trois chaloupes qui suivaient
précéda les deux autres et courut au secours de celle
que nous avions désemparée; et nous vîmes les hommes

passer de celle-ci dans la nouvelle venue. Nous hélâmes
encore la première chaloupe, et nous proposâmes une
trêve, en leur demandant ce qu'ils nous voulaient; mais
au lieu de répondre, ils nous serrèrent de plus près.
Alors notre canonnier, homme très-habile, pointa ses

deux canons de chasse, et fit feu ; mais le coup manqua,
et les gens de la chaloupe poussèrent des cris de joie,
agitèrent leurs chapeaux et continuèrent d'avancer. Le
canonnier, ayant rechargé lestement, tira une seconde
fois, et si le coup manqua la barque, il tomba au milieu
des hommes, et nous pûmes voir qu'il avait fait de grands
ravages. Nous ne nous amusâmes pas à cet examen ; mais,
virant de bord, nous fîmes jouer contre eux trois autres
canons, et la chaloupe fut presque abîmée : le timon et
un morceau de la poupe avaient été emportés, et les
hommes se hâtèrent de plier les voiles et de se retirer en
grand désordre. Pour les achever, le canonnier fit tirer sur
eux deux pièces ; nous ne pûmes voir où les coups portèrent, mais la barque enfonça, et quelques hommes étaient
déjà dans l'eau, quand j'envoyai notre pinasse avec ordre
de sauver, s'il était possible, quelques-uns de ces gens,
et de les amener à bord avant que les autres chaloupes
fussent arrivées. Cet ordre fut exécuté, et l'on nous ramena trois hommes, dont l'un était si près d'être noyé,
qu'il fut très-longtemps sans reprendre connaissance. Aussitôt qu'ils furent embarqués, nous fîmes force de voiles
pour gagner la haute mer, et nous vîmes que les dernières
chaloupes, lorsqu'elles eurent joint les premières, avaient
renoncé à leur poursuite.

Étant ainsi délivré d'un danger qui me semblait, sans que
je pusse m'en rendre compte, plus grand que nous ne l'a-
vions jugé d'abord, je crus devoir changer de route et ne
laisser connaître à personne de l'équipage où nous allions.
Nous courûmes à l'E. et tout à fait hors de la voie des navires européens allant en Chine ou en d'autres pays où tra-
fiquent les nations de l'Europe.

Quand nous fûmes en pleine mer, nous interrogeâmes
de nouveau les deux marins qui nous avaient avertis si à
propos, et le Hollandais nous mit à l'instant dans le secret, en nous disant que l'homme auquel nous avions
acheté notre bâtiment l'avait volé. Il nous conta com-

ment le capitaine de ce navire (il nous dit son nom, que j'ai oublié) avait été tué avec trois de ses gens par les naturels sur la côte de Malacca, et comment lui (le Hollandais) et quatre de ses camarades, ayant été abandonnés par les déserteurs, avaient erré longtemps dans les bois ; et enfin il s'était sauvé lui seul, presque par miracle, en gagnant à la nage un vaisseau hollandais qui revenait de la Chine et qui se tenait près de la côte, parce qu'il avait envoyé sa chaloupe faire de l'eau.

Alors le matelot alla à Batavia, où deux de ses anciens camarades arrivèrent ; ils avaient abandonné les autres en chemin, et ils lui contèrent que l'homme qui avait volé le navire l'avait vendu au Bengale à des pirates, qui s'en servaient pour faire la course et avaient déjà pris un bâtiment anglais et deux hollandais richement chargés.

Cette dernière partie du récit nous concernait directement, bien que nous en connussions la fausseté : toutefois, comme le dit fort bien mon associé, si nous avions été pris, une présomption aussi grave s'élevant contre nous, il nous eût été impossible de nous disculper ou d'espérer la moindre clémence, d'autant plus que nos accusateurs eussent été nos juges et auraient suivi à notre égard les impulsions d'une colère aveugle. Son avis était donc de retourner droit au Bengale sans toucher aucun port, étant sûrs de pouvoir, une fois arrivés là, prouver de quelle manière et à quel dessein nous avions acheté le bâtiment. De toutes façons, si nous étions obligés de comparaître devant la justice, c'eût été du moins une justice régulière et nous n'aurions pas été pendus avant d'être jugés.

Je pensai comme mon associé au premier moment ; mais après de sérieuses réflexions, je lui dis qu'il me semblait hasardeux de retourner au Bengale, parce que nous nous trouvions du mauvais côté du détroit de Malacca, et que, si l'alarme était donnée contre nous, il était probable que nous risquerions de tomber soit dans les mains des Hollandais à Batavia, soit ailleurs dans celles des Anglais, et en ce cas, étant surpris en fuite, nous nous serions condamnés nous-mêmes, et il ne faudrait pas d'autre preuve pour nous perdre. Le matelot anglais, consulté là-dessus, fut de mon avis. Ce danger effraya un peu mon associé et tout l'équipage, et nous résolûmes d'aller sur la côte de Tunquin et de continuer jusqu'à celle de la Chine, et, tout en suivant nos premières intentions de commerce, nous aurions trouvé moyen de nous défaire du navire et de revenir sur des bâtiments du pays, tels que nous pourrions les avoir. Cela fut approuvé comme le parti le plus sûr : en conséquence, nous gouvernâmes N.-N.-E., en nous tenant à environ cinquante lieues de la voie ordinaire à l'E. Cependant cette marche donna lieu à quelques inconvénients : d'abord les vents, quand nous arrivâmes à cette distance de la côte, semblèrent fixés contre nous, soufflant presque de l'E. et de l'E.-N.-E., direction de ce qu'on appelle les moussons. Notre voyage fut donc plus long que nous ne le pensions, et nous étions fort à court de vivres ; ce qui était pire, nous pouvions craindre que les bâtiments anglais et hollandais, dont les chaloupes nous avaient pourchassés, ne nous eussent précédés en ces parages, ou bien n'eussent donné notre signalement à d'autres vaisseaux destinés pour la Chine.

J'avoue que j'étais extrêmement inquiet, et je regardais le danger auquel je venais d'échapper dans l'attaque des chaloupes comme le plus grand de tous ceux qui m'avaient assailli dans ma vie. En effet, quels qu'eussent été mes malheurs à diverses époques, jamais je n'avais été poursuivi comme voleur ; on n'avait jamais pu m'accuser d'aucune action malhonnête, illicite, encore moins d'un vol. J'avais été mon seul ennemi ; en d'autres termes, je n'avais été l'ennemi de personne, excepté de moi-même ; mais maintenant je me voyais jeté dans la situation la plus désastreuse. J'étais parfaitement innocent, et je ne pouvais le prouver : si j'avais été pris, j'aurais été sous le coup d'une accusation du genre le plus dégradant. J'avais donc le plus grand intérêt à me sauver ; mais je ne savais de quel côté me diriger. Mon associé, me voyant découragé, chercha à me consoler, bien qu'il eût été d'abord plus accablé que moi. Il me décrivit les différents ports de cette côte ; me dit que nous pouvions aller sur les côtes de la Conchinchine ou dans la baie de Tunquin, ensuite à Macao, ville possédée autrefois par les Portugais, et dans laquelle résident encore beaucoup d'Européens, parce que les missionnaires catholiques s'arrêtent ordinairement dans ce port, en allant en Chine et à leur retour de cet empire.

Nous nous décidâmes donc à gagner Macao, et, après une course longue, irrégulière et fâcheuse à cause de la disette de vivres, nous arrivâmes en vue de la côte de très-grand matin. En songeant à notre position dangereuse, nous jugeâmes prudent d'aller mouiller dans une petite rivière, assez profonde cependant pour notre bâtiment, et nous voulions ensuite, soit par terre, soit avec la chaloupe, nous rendre au port et savoir quels vaisseaux se trouvaient dans ces parages. Cette mesure nous sauva ; car, bien que nous n'eussions vu aucun vaisseau européen dans la baie de Tunquin, le lendemain matin deux vaisseaux hollandais y arrivèrent, et un troisième qui ne portait aucun pavillon, mais que nous eûmes lieu de croire hollandais, passa à deux lieues de la baie, faisant route vers la Chine. L'après-midi, deux vaisseaux anglais se montrèrent suivant la même direction : ainsi nous étions entourés d'ennemis de tous côtés. Le pays était sauvage, les habitants voleurs de profession ; et, bien que nous eussions peu d'affaires avec eux, à l'exception des échanges nécessaires pour obtenir quelques provisions, nous eûmes bien de la peine à échapper à des insultes de tous genres. Nous étions dans une rivière à quelques lieues de l'extré-

mité N.-E. de la pointe de terre qui forme la baie de Tunquin, et c'est en la côtoyant avec notre chaloupe que
nous découvrîmes les vaisseaux qui pouvaient nous me-
nacer. La peuplade au milieu de laquelle nous nous
trouvions était la plus barbare de toutes celles de la côte,
et n'avait aucun commerce avec les autres, vivant de poissons, d'huiles et d'autres substances grossières. Entre
autres coutumes abominables, ces gens ont celle de regarder tous ceux qui font naufrage sur leurs côtes comme
leurs prisonniers, et nous eûmes bientôt l'occasion de voir
un trait de leur hospitalité.

J'ai dit que notre bâtiment avait une voie d'eau, et
qu'on n'avait pu la trouver qu'au moment même où nous
allions être pris dans la baie de Siam : cependant, comme
nous ne trouvions pas suffisamment solide la réparation
faite à la hâte, nous voulûmes profiter de notre séjour
dans ce lieu reculé pour décharger le navire des choses
les plus lourdes, débarrasser la cale et trouver toutes les
fissures. Dans cette vue, nous allégeâmes le bâtiment en
descendant à terre nos canons, afin de pouvoir le mettre
à sec sur le côté ; mais une seconde réflexion nous empêcha d'exécuter ce projet, pour lequel d'ailleurs nous
n'avions aucune place convenable.

Les habitants, qui n'avaient jamais vu rien de pareil,
vinrent en foule pour nous regarder ; voyant le bâtiment
penché et presque échoué, et n'apercevant pas les matelots qui étaient, les uns dans les chaloupes, les autres
occupés à réparer sur des échafauds la quille du vaisseau,
ils imaginèrent qu'il avait chaviré ; et, dans cette supposition, ils vinrent en masse deux à trois heures après,
dans une douzaine de barques contenant chacune huit à
dix hommes, probablement pour nous piller. S'ils nous
avaient trouvés là, sans doute ils nous auraient conduits
comme esclaves à leur roi ou chef ; nous ne savions quel
nom ils lui donnaient.

Quand ils firent le tour du vaisseau, ils nous décou-

vrirent tous travaillant sur le flanc et sur la quille du bâtiment, lavant, grattant, bouchant les trous, comme tout
homme de mer sait le faire.

Ils restèrent un moment arrêtés à nous regarder, et
nous ne fûmes pas moins surpris de les voir, ne pouvant
deviner leur dessein. Cependant quelques-uns de nous
allèrent chercher à bord des armes et des munitions, pour
que les travailleurs eussent le moyen de se défendre s'il
y avait lieu. La précaution ne fut pas inutile ; car, après
qu'ils eurent tenu conseil pendant une heure, il paraît
qu'ils s'accordèrent à regarder notre vaisseau comme
naufragé sur leur côte. Ils pensaient que nous tâchions
de le relever ou bien de nous sauver dans nos chaloupes,
et, lorsqu'ils virent descendre les armes pour les hommes
qui les montaient, ils imaginèrent que c'étaient des effets
que nous désirions tirer du naufrage. Alors ils ne doutè-
rent plus de leurs droits sur nous et s'avancèrent en ordre
de bataille.

Nos gens, voyant les ennemis en si grand nombre, furent un peu effrayés, n'étant pas en bonne posture pour
combattre, et ils nous demandèrent ce qu'ils devaient
faire. A l'instant je commandai aux hommes qui travaillaient sur des échafauds de les laisser glisser dans la mer
et de remonter le long du bord, et je dis à ceux des chaloupes de faire le tour et de rentrer sur le bâtiment : pendant ce temps-là, ceux qui restaient à bord employèrent
toutes leurs forces pour remettre le navire sur sa quille.
Mais ces mouvements de part et d'autre ne purent être
exécutés avant que les Cochinchinois eussent abordé
notre pinasse et commencé à saisir les hommes qui la
montaient. Le premier sur lequel ils mirent la main était
un matelot anglais, homme robuste et déterminé, qui
jeta son fusil dans le fond de la barque, très-follement à ce
que je croyais ; mais il savait son affaire mieux que moi.
Il empoigna le païen, le traîna par force de sa barque
dans la nôtre, et, le tenant par les oreilles, lui frappa la

tête contre le bord de la chaloupe si vigoureusement, qu'il mourut entre ses mains. Un Hollandais prit alors le fusil de l'Anglais, et avec la crosse il assomma cinq des assaillants. Cependant tout cela n'était rien, quand il fallait résister à trente ou quarante hommes qui, ne connaissant point le danger qu'ils couraient, commençaient à se jeter sur la pinasse défendue par cinq hommes. Heureusement l'incident suivant, incident en lui-même risible, donna la victoire à nos gens.

Notre charpentier s'était préparé à calfater l'extérieur du navire et à unir les sutures dans les endroits où il avait bouché des trous. Il avait pour cela fait bouillir deux chaudières, l'une de poix, l'autre de résine, et venait de les faire descendre dans le bateau avec du suif, de l'huile et autres matières à cet usage. L'aide du charpentier tenait une grande cuiller en fer, qui lui servait à faire passer aux travailleurs la poix ou la résine toute chaude. Deux Cochinchinois entrèrent dans notre barque précisément à la place où cet homme se trouvait; il les salua sur-le-champ avec une cuillerée de sa sauce, toute bouillante. Brûlés au vif, car ils étaient demi-nus, ils sautèrent dans la mer en hurlant comme des taureaux. Le charpentier, voyant cela, cria : « Bien, très-bien, Jack, doublez la dose ; » et, descendant lui-même, il prit un des torchons, le plongea dans la poix bouillante, et lui et son garçon aspergèrent si abondamment les ennemis, que, sur trois canots il n'y eut pas un seul homme qui ne fût échaudé de la plus horrible façon; et ils faisaient des cris et un vacarme tels, que je n'entendis jamais rien de semblable. Une chose digne de remarque, c'est que le cri est commun à tous les hommes comme expression de la douleur, mais que, pour chaque peuple, le cri diffère de même que le langage. Je ne puis comparer le cri de ces hommes qu'aux hurlements des loups que j'avais entendus, comme je l'ai conté, dans une forêt sur la lisière du Languedoc.

Jamais victoire ne me fut plus agréable en toute ma vie, non-seulement comme parfaitement inespérée, mais encore en raison de l'imminent danger dont elle nous tirait, et cela sans effusion de sang, à l'exception de l'homme que notre matelot avait tué de ses mains, ce qui m'affligea beaucoup. La pensée d'exterminer tant de misérables sauvages me faisait horreur, bien que ce fût à mon corps défendant, sachant qu'ils ne croyaient pas mal faire. Je trouvais triste d'être ainsi obligé de détruire nos semblables pour notre propre conservation. Je pense toujours de même, et je souffrirais beaucoup de choses avant de me résoudre à ôter la vie à l'homme le plus méchant et qui m'aurait fait les plus grandes injures. Tout homme réfléchi et qui connaît la valeur de la vie partagera, je crois, mon opinion.

Pour revenir à mon histoire, mon associé et moi nous fîmes remettre le bâtiment en état de marcher, nous replaçâmes les canons, et le canonnier me pria d'ordonner à notre chaloupe de se mettre hors du chemin, parce qu'il voulait tirer sur les ennemis. Je lui défendis de le faire, le charpentier étant suffisant pour faire la besogne sans lui, pourvu qu'on lui envoyât un supplément de poix; et notre cuisinier se chargea de ce soin. Il ne fallut rien de plus; terrifiés de ce qu'ils avaient reçu à leur première attaque, les Cochinchinois ne se soucièrent point de revenir, et les plus éloignés, nous voyant à flot, abandonnèrent leur projet. Ainsi nous fûmes délivrés de cette guerre burlesque, et, comme nous nous étions procuré un peu de riz et quelques racines, nous ne voulûmes pas rester là plus longtemps et nous nous décidâmes à aller en avant à tout hasard; autrement nous étions sûrs d'avoir le lendemain sur les bras plus de coquins que nos chaudières de poix ne pouvaient en échauder. Le même soir nous embarquâmes tous nos effets, et le lendemain matin nous étions prêts à mettre à la voile. Pendant nos préparatifs nous restâmes mouillés à quelque distance de

21

la côte, en bonne position, soit pour combattre, soit pour prendre le large. Enfin, notre bâtiment étant complétement réparé, et nos arrangements terminés, nous mîmes à la voile. Nous aurions voulu aller dans la baie de Tunquin, pour prendre des informations sur le vaisseau hollandais; mais nous n'osâmes pas y entrer, plusieurs vaisseaux y étant arrivés peu de temps auparavant. Nous continuâmes donc notre course au N.-E., vers l'île Formose, craignant d'être vus par un bâtiment anglais ou hollandais, autant qu'un de ceux-ci aurait craint d'être aperçu, dans la Méditerranée, par un corsaire algérien.

Une fois en pleine mer, nous suivîmes au N.-E. la direction de Manille ou des Philippines, afin d'éviter les vaisseaux européens; ensuite nous gouvernâmes au N. jusqu'au 22e d. 30 m. de latitude, ce qui nous conduisit à l'île Formose, où nous jetâmes l'ancre pour renouveler notre eau et nos provisions. Les naturels du pays, qui sont extrêmement traitables et civils, nous apportèrent tout ce que nous demandâmes, et furent parfaitement probes et ponctuels dans toutes leurs transactions avec nous.

De là nous fîmes voile au N., en vue des côtes de la Chine, nous tenant toujours à certaine distance, jusqu'à ce que nous eussions dépassé les ports fréquentés par les Européens, ne voulant pas tomber entre leurs mains, surtout en ce pays, où, dans nos circonstances, nous n'aurions eu aucun espoir.

Quand nous fûmes au 30e d., nous résolûmes d'entrer dans le premier port commerçant qui se présenterait; et tandis que nous gouvernions vers la côte, une barque vint à nous de deux lieues, amenant un vieux pilote portugais; celui-ci, nous ayant reconnus pour Européens, venait nous offrir ses services, que nous acceptâmes volontiers. Il monta sur notre bord, et, sans nous demander où nous voulions aller, il renvoya la barque qui l'avait amené.

J'étais si sûr de pouvoir nous faire conduire où il nous plairait par ce vieillard, que je lui parlai de nous mener au golfe de Nankin, la partie la plus septentrionale des côtes de la Chine. Il répondit qu'il connaissait bien le golfe de Nankin; mais il nous demanda en souriant ce que nous voulions y faire. Je lui dis que nous voulions y vendre nos marchandises et acheter des porcelaines, des percales, des soieries, etc., et que nous retournerions par le même chemin. Il nous dit que nous aurions dû aller plutôt à Macao, parce que nous y aurions vendu notre opium très-avantageusement, et que nous y aurions trouvé autant de produits chinois qu'à Nankin.

Ne pouvant détourner le vieillard de cette idée, à laquelle il s'obstinait, car il était opiniâtre et présomptueux, nous lui dîmes enfin que nous voyagions autant pour notre plaisir que pour le commerce, et que nous désirions voir la grande ville de Pékin et la fameuse cour du roi de la Chine. « Eh bien, dit-il, vous devez aller à Ningpo, et par le fleuve qui se jette dans la mer à cette place, vous gagnerez bientôt le grand canal. Ce canal est un courant navigable qui traverse le centre de ce vaste empire, croise toutes ses rivières, passe quelques montagnes assez hautes par le moyen d'écluses, et aboutit à la ville de Pékin, après un cours de deux cent soixante et dix lieues.

— C'est fort bien, dis-je, seigneur Portugais, mais ce n'est pas notre affaire pour le moment. La grande question est de savoir si vous pouvez nous conduire à Nankin; de là nous irons ensuite à Pékin. » Il répondit qu'il le pouvait très-certainement, et qu'un gros vaisseau hollandais avait pris ce chemin, il y avait peu de temps. Cela me donna une petite alerte; car un vaisseau hollandais était devenu pour nous un épouvantail, et nous aurions mieux aimé rencontrer le diable, pourvu qu'il ne prît pas une figure trop effrayante. Nous savions qu'un vaisseau hollandais pouvait nous perdre; nous n'étions pas en état de le combattre. Le vieillard remarqua mon trouble quand il avait parlé du vaisseau hollandais, et il me dit : « Monsieur, n'ayez aucune crainte de ce bâtiment. Je suppose que la Hollande est en guerre avec votre pays?

— Je ne le crains point, lui dis-je; mais on ne sait quelles licences les hommes peuvent se donner quand ils sont hors de portée des lois de leur pays. — Eh quoi! reprit-il, vous n'êtes pas des pirates : que pouvez-vous donc craindre? ils n'auront rien à dire à de paisibles marchands. »

Si tout mon sang ne se porta pas à mon visage à ces mots, il en fut sans doute empêché par le resserrement de quelques-uns des vaisseaux destinés par la nature à le faire circuler. Je me sentis dans la plus grande confusion, et le bonhomme s'en aperçut aisément.

« Monsieur, dit-il, mes discours paraissent jeter quelque désordre dans vos idées; mais veuillez croire que je suis à votre service pour vous conduire où il vous plaira d'aller. — *Senhor*, lui dis-je, il est vrai que je suis un peu incertain dans mes résolutions pour le moment, et ce que vous avez dit sur les pirates a redoublé mon incertitude. J'espère qu'il n'y a point de pirates dans ces mers, car nous serions bien peu en état de leur résister : vous voyez que nous sommes en très-petit nombre. — Oh! monsieur, dit-il, soyez sans inquiétude : depuis quinze ans on n'a point vu de pirates dans ces mers, excepté un seul qui s'est montré, à ce que j'ai entendu dire, dans la baie de Siam, il y a environ un mois; mais vous pouvez être assuré qu'il aura été vers le S., et ce n'était pas un navire de grande force ni construit pour faire la course. C'était un bâtiment volé par des coquins de matelots, après que le capitaine et quelques-uns des siens eurent été assassinés par les Malais, à Sumatra ou près de là. — Comment! dis-je, feignant d'ignorer tout cela, ils ont tué leur capitaine? — Non; je ne dis pas cela, reprit-il; mais, comme ils ont emmené le bâtiment, on

croit généralement qu'ils ont livré le capitaine aux Malais, qui l'ont tué peut-être par leur ordre. — Alors,
dis-je, ils méritent la mort comme s'ils avaient commis
eux-mêmes le meurtre. — Sans doute, répliqua le pilote,
et ils seront certainement pendus s'ils rencontrent un

vaisseau anglais ou hollandais ; car tous les commandants
sont convenus de ne pas faire grâce à ces coquins, s'ils
tombent dans leurs mains. — Mais le pirate est sorti de
ces mers, dites-vous ; alors comment ces bâtiments pourront-ils le rencontrer ? — Ils ne l'espèrent guère non plus ;
cependant il était, comme je vous l'ai dit, dans la baie de

Siam, dans la rivière de Cambodia, et là il fut découvert par des matelots hollandais qui avaient fait partie de son équipage et avaient été abandonnés à terre lors de la désertion des autres; et plusieurs bâtiments anglais et hollandais se trouvant dans la rivière, ils furent sur le point de prendre le corsaire. Mais les premières chaloupes qui l'attaquèrent n'ayant pas été soutenues, il les mit hors de combat et prit le large avant l'arrivée des autres. Cependant on a la description exacte de ce bâtiment, il sera reconnu partout, et partout le capitaine et ses hommes seront pendus sans miséricorde à la grande vergue. — Sans les entendre, dis-je, on les exécuterait d'abord et on les jugerait ensuite? — Eh! monsieur, dit le vieux pilote, avec des gens pareils on n'a pas besoin de plus de formalités; qu'on les attache dos à dos et qu'on leur donne un plongeon, c'est tout ce qu'ils méritent. »

Je savais que ce vieillard était en mon pouvoir et n'avait pas le moyen de nous faire du mal; je lui répliquai donc brusquement : « C'est justement pour cela, monsieur, que je veux que vous nous conduisiez à Nankin et non pas à Macao, ni dans un autre port de ces contrées fréquenté par les Anglais et les Hollandais. Sachez, *Senhor*, que les capitaines des bâtiments anglais et hollandais desquels vous parlez sont d'insolents et présomptueux personnages, qui ne connaissent ni les lois de la justice humaine, ni celles que dictent la nature et Dieu ; mais qui, dans l'orgueil de leur autorité, dont ils comprennent mal les devoirs, deviendraient des meurtriers eux-mêmes, croyant punir des voleurs, insulteraient des hommes faussement accusés, les condamneraient sans examen, et rendraient peut-être ensuite un compte sévère de leur conduite et apprendraient à leurs dépens qu'aucun homme ne doit être traité comme un criminel, si l'on n'a pas des preuves évidentes que le crime a été commis par l'homme accusé. »

Je lui contai alors toute notre histoire, la folle attaque

des chaloupes, la manière dont le bâtiment avait été acheté par nous, le service que le Hollandais nous avait rendu; j'ajoutai que le massacre du patron par les Malais et la désertion des matelots avec le bâtiment étaient probablement des faits réels; mais que tout le reste était sup-

posé, par exemple, l'assertion que ces matelots étaient devenus pirates. « Avant de nous attaquer, comme on l'avait fait, par surprise, il aurait fallu, dis-je, s'assurer de la vérité; et le sang de ceux que nous fûmes obligés de tuer pour notre défense doit retomber sur ceux qui ont pris si légèrement une mesure si grave. »

Le vieillard, étonné au dernier point de cette relation, dit que nous avions eu grande raison de nous diriger au N., et que, si nous voulions suivre son avis, nous vendrions notre vaisseau en Chine, ce qui serait facile, et en ferions construire un autre dans le pays. « S'il ne vaut pas tout à fait le vôtre, dit-il, cependant il vous conduira fort bien au Bengale ou ailleurs. — Je suivrai votre avis, lui dis-je, dès que j'arriverai dans un port où je pourrai trouver un bâtiment à mon goût et un acheteur pour celui-ci. — Vous ne manquerez pas, me dit-il, de chalands à Nankin, et une jonque chinoise vous ramènera fort bien au Bengale ; je me charge de vous monter celle-ci et de vous faire vendre le bâtiment. — Mais, lui dis-je, si je suis vos conseils, le signalement du bâtiment étant si bien donné, ne placerai-je pas des gens innocents dans la plus funeste situation en les exposant à être mis à mort de sang-froid, puisqu'on est résolu à exécuter sans forme de procès ceux qu'on trouvera sur le vaisseau ? — Il y a un moyen de prévenir ces incidents, dit le vieillard : je connais tous les capitaines dont vous avez parlé ; je les verrai à leur passage et leur ferai connaître combien ils se sont trompés, les gens qui ont volé le bâtiment ne s'étant point faits pirates, et ceux qu'ils ont poursuivis l'ayant acheté fort innocemment. Je suis sûr qu'ils me croiront et qu'ils seront plus circonspects à l'avenir. »

Pendant notre conversation, nous avancions toujours dans la direction de Nankin ; et, treize jours après, nous mouillâmes à la pointe S.-O. du golfe de Nankin ; là, j'appris par hasard que deux vaisseaux hollandais m'avaient précédé, et que je tomberais certainement dans leurs mains. Je consultai mon associé sur ce nouvel incident ; il était aussi embarrassé que moi, et aurait voulu pour tout au monde être bien loin de là. Je n'étais pas aussi inquiet, et je demandai au vieux pilote s'il n'y avait pas quelque petite rade ou baie dans laquelle je pourrais faire mon

affaire avec les Chinois sans être découvert par nos ennemis. « A quarante-deux lieues d'ici, on trouve, me dit-il, un
petit port nommé Quinchang, où les Pères de la Mission
débarquent en se rendant de Macao en Chine, pour répandre la religion chrétienne en ce pays. Jamais les bâtiments de commerce ne viennent dans ce port; mais il
faut réfléchir à ce que vous ferez quand vous serez là. Ce
n'est pas une place commerçante; seulement à certaines
époques, il y a une sorte de foire, et les négociants du Japon y viennent pour acheter des marchandises chinoises. »

Nous convînmes tous d'aller à ce port, auquel peut-
être j'ai donné un nom qui n'est pas le sien; la note sur
laquelle je l'avais inscrit avec celui d'autres lieux se trouvait sur des tablettes qui furent détruites par l'eau dans
une occasion dont je parlerai plus tard. Cependant je me
rappelle que les marchands japonais et chinois avec lesquels nous eûmes des affaires prononçaient le nom autrement que le pilote portugais, et appelaient la place
Quinchang, comme je l'ai dit. Nous levâmes l'ancre dès le
lendemain, notre résolution d'aller dans ce port étant
unanime. Nous ne touchâmes terre que deux fois pour
avoir de l'eau, et dans ces deux occasions les naturels
furent civils envers nous, et nous apportèrent toutes sortes
de provisions, telles que du riz, des racines, du thé, des
oiseaux de mer; mais ils ne donnaient rien sans argent.

Nous fûmes cinq jours à gagner ce petit port à cause
des vents contraires, et nous nous trouvâmes bien heureux d'y arriver. Quant à moi, je remerciai le Ciel avec
une grande joie en posant le pied sur le rivage, et mon
associé et moi nous prîmes la résolution de disposer de
nous-mêmes et de nos effets d'une manière quelconque,
plutôt que de remonter sur ce malencontreux bâtiment.
Je puis dire, d'après ma propre expérience, que de
toutes les positions de la vie la plus complétement misérable est celle que trouble une crainte perpétuelle. L'É-
criture le dit : « La crainte est en elle-même un danger.

C'est une vie de mort, et l'esprit en est tellement abattu, qu'il devient incapable de se relever. » Cette émotion de crainte eut son effet accoutumé sur notre imagination, en nous représentant les commandants des bâtiments anglais et hollandais comme des hommes incapables d'entendre raison et de distinguer entre d'honnêtes gens et des coquins, entre une histoire forgée et une déclaration véridique de notre voyage et de nos intentions. Nous avions en effet mille moyens de convaincre des créatures raisonnables que nous n'étions pas des pirates. D'abord, les marchandises que nous avions à bord, la direction que nous suivions, et la confiance avec laquelle nous étions entrés dans tel ou tel port; ensuite la faiblesse de notre équipage et la petite quantité de munitions que nous avions, ainsi que nos provisions bornées, tout cela aurait pu prouver aux gens les plus prévenus que nous n'étions pas des pirates. Mais la peur, cette passion aveugle et inutile, nous entraîna dans un autre sens et remplit notre esprit d'images terribles, d'événements qui ne devaient peut-être jamais arriver. Nous pensions qu'il y avait tant d'apparences contre nous, qu'elles suffiraient pour justifier notre condamnation : le bâtiment était bien le même et connu des matelots qui servaient sur les vaisseaux qui nous pourchassaient.

Plus le poids de ces anxiétés avait été accablant tandis que nous errions sur la mer, plus vive fut notre joie en nous voyant en sûreté sur le rivage. Le vieux pilote, que nous regardions comme un ami, nous trouva un logement et un magasin pour nos marchandises, lesquels, soit dit en passant, étaient peu différents l'un de l'autre. Le premier était une petite maison ou cabane, jointe à une autre maison plus grande, toutes les deux bâties en cannes et entourées de palissades des mêmes plantes, pour servir de défense contre les voleurs qui abondent dans le pays. Cependant les magistrats nous accordèrent une petite garde, et nous eûmes un soldat armé d'une sorte de hallebarde ou demi-pique en sentinelle à notre porte. Nous lui donnions chaque jour une pinte de riz et une petite pièce de monnaie de la valeur de six sous; par ce moyen, nos effets étaient en parfaite sûreté.

La foire ou le marché annuel était fini depuis quelque temps; cependant il y avait encore trois ou quatre jonques dans la rivière, et deux vaisseaux du Japon chargés de marchandises achetées en Chine; ces derniers attendaient des marchands japonais que leurs affaires retenaient à terre.

La première chose que fit notre pilote fut de nous mettre en rapport avec trois missionnaires catholiques, fixés dans la ville depuis un certain temps pour y prêcher le christianisme. A mon avis, ils avaient fait d'assez pauvre besogne et de tristes chrétiens; mais ce n'était pas notre affaire. Un de ces ecclésiastiques était Français et se nommait Simon, le second était Portugais, le troisième Génois. Le père Simon avait de la politesse, de l'aisance dans les manières; il était de très-bonne compagnie; les deux autres, plus réservés, et en apparence plus rigides, s'occupaient uniquement de l'œuvre pour laquelle ils étaient venus en ce pays, et cherchaient à saisir toutes les occasions qui se présentaient pour causer avec les habitants et s'insinuer dans leur intimité. Nous mangeâmes souvent avec ces moines; et, je dois l'avouer, si leurs conversions n'avaient point les caractères distinctifs des conversions véritables, et se bornaient pour les nouveaux chrétiens à la connaissance du signe de la croix, du nom de Jésus, et de quelques prières à la vierge Marie et à son divin Fils dans une langue inconnue, les missionnaires étaient fermement persuadés de l'efficacité de leurs travaux pour le salut des païens. Dans cet espoir, non-seulement ils supportaient les fatigues du voyage et les dangers de la résidence en des pays lointains et barbares, mais ils bravaient quelquefois la mort et les plus cruelles tortures.

Pour revenir à mon histoire, ce moine français, le père
Simon, devait, par ordre de son supérieur, se rendre à
Pékin, résidence de l'empereur de la Chine, et il n'atten-
dait pour partir que l'arrivée d'un autre prêtre de Macao.
A peine avions-nous fait connaissance avec lui, qu'il

VERDEIL. Sc.

m'engagea à faire ce voyage en me promettant de me
montrer toutes les curiosités de ce puissant empire, et
entre autres la plus grande ville du monde : « une ville,
disait-il, que votre Londres et notre Paris joints ensemble
ne pourraient égaler. » Il parlait de Pékin, ville immense à
la vérité, et extrêmement peuplée ; mais, comme j'ai re-

gardé ces choses avec des yeux différents de ceux des autres hommes, je donnerai brièvement mon opinion sur elles, à mesure qu'elles se présenteront dans le cours de mes voyages.

D'abord je parlerai de mon ami le moine ou le missionnaire. Un jour, ayant dîné avec lui, nous avions causé très-gaiement ensemble, et je lui montrai quelque envie de l'accompagner. Il nous pressa beaucoup, mon associé et moi, de prendre cette résolution; et mon associé lui dit : « Comment pouvez-vous désirer autant la compagnie d'hérétiques tels que nous, père Simon? Assurément vous ne pouvez nous aimer. — Oh! répondit-il, vous pourrez un jour devenir bons catholiques. Nous sommes ici pour convertir les païens, et qui sait si je ne pourrai pas vous convertir aussi? »

Laissons un moment le père Simon, bien qu'il ne cessât de nous solliciter pour aller avec lui; mais nous avions d'autres affaires à terminer.

Nous étions maintenant sans bâtiment sur les rivages de la Chine; et si je me croyais banni de mon pays étant au Bengale, où j'avais tant de facilités de revenir en Angleterre pour mon argent, que pouvais-je penser en me voyant à mille lieues plus loin de ma patrie, et sans avoir même en perspective aucun moyen de retour? Le seul qui s'offrait était la foire prochaine de la ville où nous étions; elle devait avoir lieu dans quatre mois, et elle amènerait les jonques chinoises du Tunquin, que nous pourrions acheter, afin de nous y embarquer avec les marchandises que nous aurions achetées. Ce projet me convenait, et je me décidai à attendre le temps de la foire; d'ailleurs nos personnes n'ayant rien de suspect, si quelque bâtiment anglais ou hollandais fût venu dans le port, nous aurions pu y trouver passage pour nous et nos marchandises jusqu'à un port de l'Inde. Nous demeurâmes donc, et pour passer le temps nous fîmes quelques tournées dans le pays. D'abord nous allâmes en dix jours à

Nankin, ville bien digne d'être vue, et qui renferme, dit-on, un million d'âmes. Elle est régulièrement bâtie, les rues sont tirées au cordeau et se croisent à angles droits, ce qui leur donne un bel aspect. Mais quand je comparai les misérables habitants de ce pays à ceux du nôtre, leurs fabriques, leur manière de vivre, leur gouvernement, leur religion, leur fortune et leur gloire, comme on veut bien l'appeler, tout cela me parut à peine digne de remarque. Il est probable que l'admiration générale qui s'est répandue en Europe sur la grandeur, le luxe, les cérémonies, le gouvernement, le commerce, les manufactures, les mœurs des Chinois, ne tient pas à la valeur réelle de ces choses, ni à leur rareté, mais à ce qu'elles étaient inattendues dans une contrée si peu civilisée. Que verrait-on sans cela de merveilleux à leurs édifices, en comparaison des monuments royaux de l'Angleterre, de la France, de l'Espagne, de la Hollande? Que seraient leurs villes à côté des nôtres, pour la splendeur, la force, la beauté extérieure, la richesse et la commodité intérieure, la variété infinie des objets? Que seraient leurs ports avec leurs petites barques et leurs jonques, au prix de nos flottes marchandes, de nos grands et puissants navires? Notre cité de Londres fait plus de commerce à elle seule que la moitié de leur vaste empire. Un vaisseau de guerre anglais, français ou hollandais, serait capable de mettre en fuite toute la marine chinoise. Mais on s'est émerveillé, comme je l'ai dit, de leur opulence, de leur industrie, de leur force politique et militaire, parce qu'on ne s'attendait à trouver rien de pareil chez une nation idolâtre, que l'on savait être presque au niveau des sauvages pour l'ignorance et la barbarie. Sous l'influence de cette idée, leur puissance, leur grandeur, ont été considérées et présentées sous un jour avantageux, tandis qu'en réalité elles sont peu de chose; car ce que j'ai dit de leur marine peut s'appliquer à leurs armées de terre.

Il est certain que toutes les forces de la Chine, en les

portant à deux millions d'hommes, ne seraient pas capables d'emporter une des villes fortifiées de la Flandre, ou de se mesurer avec des troupes disciplinées. Une ligne de cuirassiers allemands ou de cavalerie française tiendrait tête à tous les cavaliers chinois, et un million de leurs fantassins ne pourraient battre un de nos régiments d'infanterie, si celui-ci était posté de manière à ne pouvoir être cerné. Je ne crois pas faire une rodomontade en disant que trente mille hommes de pied, allemands ou anglais, et dix mille chevaux, bien conduits, triompheraient de toutes les armées de la Chine. Nous avons la même supériorité dans l'art du génie militaire défensif et offensif; il n'est pas une ville en Chine qui pût tenir un mois contre des assaillants européens, et toutes les forces de cet empire ne pourraient, en dix ans, prendre Dunkerque, si ce n'est par famine. Les Chinois ont les armes à feu, il est vrai; mais ils s'en servent avec indécision et maladresse, et leur poudre a peu de force. Leurs soldats, mal dressés, manquent d'intelligence pour l'attaque et de sang-froid pour la retraite.

D'après ces observations, il me sembla fort étrange, à mon retour chez nous, d'entendre chacun exalter le pouvoir, la gloire, la magnificence des Chinois, qui m'avaient paru, autant que je pouvais les juger, une horde méprisable d'esclaves ignorants et sordides, soumis à un gouvernement digne de conduire un pareil peuple. Sans doute, si la distance qui sépare la Chine de la Russie n'était pas aussi immense, et si la Russie n'était pas aussi impuissante, aussi mal gouvernée que la Chine, le czar n'aurait pas de peine à chasser les Chinois de leur pays et à le conquérir en une seule campagne. Et si le czar (qui maintenant est dans une voie de progrès) avait tourné ses armes de ce côté, au lieu de s'attaquer aux belliqueux Suédois, et s'il eût été mieux instruit dans l'art de la guerre comme on dit qu'il l'est maintenant, enfin si quelqu'une des puissances de l'Europe se fût opposée à ses desseins sur la Suède, il serait peut-être aujourd'hui empereur de la Chine, au lieu d'avoir été battu à Narva par le roi de Suède, dont les soldats étaient à peine un contre six. De même que leur navigation, leur commerce, leur force militaire, leur agriculture, sont très-imparfaits, comparés

aux mêmes choses en Europe ; ainsi, sous le rapport des connaissances et de l'habileté dans les sciences et les arts, ils sont extrêmement faibles, bien qu'ils aient des globes, des sphères, une teinture des mathématiques, et s'imaginent en savoir plus que tout le monde. Ils sont en effet peu instruits des mouvements des corps célestes, et la masse du peuple est chez eux d'une ignorance si stupide, que lorsqu'il arrive une éclipse de soleil ils pensent qu'un grand dragon est venu assaillir cet astre et l'emporte dans ses griffes ; alors ils font un vacarme horrible avec tous les tambours et tous les chaudrons du pays, afin d'effrayer le monstre et de lui faire lâcher prise, exactement comme nous faisons pour rassembler un essaim d'abeilles.

Je n'ai fait qu'une seule excursion du genre de celle-ci dans le cours de mes voyages, et ce sera la dernière. Il n'entre point dans mon plan de faire des remarques sur les pays que j'ai visités, mais bien de conter mes propres aventures pendant une vie de changements inouïs, telle qu'on en a vu et qu'on en verra bien peu. Je parlerai donc succinctement des nations nombreuses, des lieux célèbres, des terres désertes, à travers lesquels j'ai passé, et je me bornerai à dire ce qui sera nécessaire pour l'intelligence de mon histoire.

J'étais alors, d'après les meilleurs calculs que je pus faire, au centre de la Chine, à 30° N. de la ligne, car nous étions revenus de Nankin. J'avais quelque envie de voir la ville de Pékin, dont j'avais entendu dire tant de choses, et le père Simon m'importunait pour cela tous les jours. Enfin l'époque de son départ fut arrêtée ; le missionnaire qu'il attendait de Macao étant arrivé, il fallait nous résoudre à l'accompagner ou non. Je laissai le choix à mon associé ; il se décida pour l'affirmative, et nous fîmes nos préparatifs pour ce voyage, qui se présentait pour nous d'une manière très-avantageuse quant à la sûreté du chemin, ayant obtenu la permission de nous mettre à la suite d'un mandarin, sorte de vice-roi ou de principal magistrat d'une province. Ces mandarins reçoivent, quand ils vont d'une place à l'autre, de grands honneurs des populations, qui sont obligées de les pourvoir amplement de vivres pour eux et leur suite, et souvent de se réduire à la misère pour remplir cette obligation. Du reste, le profit que nous tirâmes de notre réunion à cette caravanne fut d'avoir de suffisantes provisions pour nous et nos bêtes ; mais l'intendant du mandarin avait soin de nous en demander exactement le prix suivant le taux ordinaire du canton, en sorte que notre admission dans le cortége, bien que ce fût une grande faveur, n'était pas entièrement gratuite, en considérant surtout qu'une trentaine de personnes voyageaient sous la même protection. Le pays fournissait gratuitement les denrées au magistrat, et il en recevait de nous la valeur en argent.

Notre voyage à Pékin dura trente-cinq jours, à travers un pays excessivement peuplé, mais selon moi fort mal cultivé par les habitants ; et leur économie domestique, leur manière de vivre, me semblaient misérables en dépit des éloges prodigués à l'industrie de ce peuple ; je dis misérables en comparaison de nos habitudes, car cette existence n'est point pénible pour ceux qui n'en connaissent aucune autre. Ils sont d'un orgueil extravagant, d'un orgueil proportionné à leur pauvreté en certains cantons, et qui ajoute à ce que j'appelle leur misère. Les sauvages nus des déserts de l'Afrique me paraissent plus heureux que les Chinois des plus basses classes, parce que, si les premiers n'ont rien, ils ne désirent rien, tandis que les autres sont insolents, glorieux, et en quelques provinces tout à fait gueux. Leur ostentation est incroyable : ils se plaisent à garder une foule de valets et d'esclaves inutiles, ce qui leur attire le mépris et la dérision de tout le monde, tandis qu'eux seuls ne sentent pas le ridicule d'un pareil étalage.

J'avoue que je voyageai ensuite avec plus de plaisir dans les déserts de la Grande Tartarie, que je ne voyageais en ce pays où les routes sont bien pavées et bien entretenues ; mais rien ne me semblait plus impertinent que ces gens hautains, impérieux, arrogants au milieu de l'ignorance la plus grossière. Mon ami le père Simon et moi, nous avons ri bien souvent de la fierté mendiante de ces peuples. Par exemple, en arrivant aux environs de Nan-

kin, sur les terres d'un gentilhomme de campagne, comme
le moine l'appelait, nous reçûmes pour premier honneur
celui de marcher en pompe avec le seigneur du lieu pendant un ou deux milles. Le mélange de pauvreté et de solennité qui distinguait ce cortége était digne de Don Qui-

chotte. L'habit du gentilhomme aurait pu servir à un
Scaramouche ou à un Paillasse. C'était une souquenille de
calicot très-sale, avec des manches pendantes et des
glands, des crevés de tous côtés ; ce pardessus couvrait
une veste de taffetas plus grasse que celle d'un boucher, et

qui témoignait de la malpropreté insigne du porteur.
Son cheval, haridelle boiteuse et affamée, était conduit
ou suivi par deux esclaves à pied, et le gentilhomme tra-
vaillait avec un fouet sur la tête du pauvre animal,
avec autant de zèle que ses esclaves travaillaient sur la
croupe. En cet équipage, notre Chinois nous précéda sur
le chemin de sa demeure, qui était située à une douzaine
de lieues de Nankin, et il marchait en avant, suivi de dix
ou douze esclaves. Nous allions tout doucement, regardant
cette étrange figure de gentilhomme devant nous; et nous
étant arrêtés pour nous rafraîchir à un village, quand
nous atteignîmes la résidence du grand personnage, nous le
trouvâmes prenant son repas devant sa maison, dans un
jardin si petit qu'on le voyait tout entier d'un coup d'œil,
et nous nous aperçûmes que moins on le regarderait, plus
le propriétaire serait content. Il était assis sous un arbre
assez semblable au palmier, et sa tête se trouvait garantie du soleil par les branches, ce qui n'empêchait pas
qu'on n'eût tendu un grand parasol, par lequel la place
était complétement obscurcie. Il était étendu dans un
grand fauteuil, et deux femmes esclaves portaient les
plats sur sa table. C'était un homme d'un embonpoint
énorme : deux autres esclaves s'occupaient, l'une à lui
mettre sa nourriture dans la bouche avec une cuiller,
l'autre à tenir une assiette dessous et à essuyer ce qui
tombait sur la barbe ou sur la veste de Son Honneur.

Laissant le pauvre hère se complaire dans l'idée que
nous admirions sa magnificence, tandis qu'elle nous faisait pitié, nous allions continuer notre voyage ; cependant
le père Simon eut la curiosité de rester pour savoir de
quels mets succulents notre magistrat campagnard se
nourrissait les jours de gala. Il eut l'honneur d'en goûter,
et c'était, je crois, du riz bouilli avec une gousse d'ail et
un petit sac plein de poivre vert et d'une autre plante
ressemblant à notre gingembre, sentant le musc et pi-
quante comme la moutarde. Le tout avait bouilli avec

un petit morceau de mouton maigre, et le festin de Son Honneur se composait de ce seul plat. Quatre ou cinq domestiques se tenaient à quelques pas, attendant probablement le reste du dîner de leur maître.

Quant à notre mandarin, celui avec lequel nous faisions route, il était honoré comme un roi ; il marchait entouré de ses gentilshommes et d'une étiquette si sévère, qu'à peine pûmes-nous le voir de loin. J'observai néanmoins qu'il n'y avait pas dans tout son cortége un seul cheval qui ne fût au-dessous d'un chevel de poste anglais, bien qu'il fût difficile d'en juger, puisqu'ils étaient affublés de tant de harnais, de manteaux, etc., qu'on ne voyait guère que leurs pieds et leur tête.

J'avais alors le cœur content ; délivré des inquiétudes dont j'ai parlé, aucun souci ne me troublait, et ce voyage me fut très-agréable. Pas un accident grave ne nous arriva ; seulement, au passage à gué d'une petite rivière, mon cheval s'abattit et me jeta dans l'eau, qui n'était pas profonde, mais où je fus mouillé de la tête aux pieds. Je parle de cet incident, parce que mes tablettes, sur lesquelles j'avais écrit les noms de lieux et de personnes que je voulais me rappeler, furent tellement endommagées par l'eau, faute des précautions nécessaires, que l'écriture en devint illisible, à mon grand regret, et que je perdis ainsi les noms des différents endroits que j'avais visités dans ce voyage.

Enfin nous arrivâmes à Pékin ; et comme notre vieux pilote portugais eut le désir de voir la cour, nous nous chargeâmes de ses dépenses pour avoir l'avantage de sa compagnie et l'employer comme interprète, car il savait la langue du pays, parlait bien le français et un peu l'anglais. Ce vieillard nous fut réellement très-utile partout ; et à peine étions-nous à Pékin depuis une semaine, qu'il vint me dire en riant : « Ah ! *senhor Inglese*, j'ai quelque chose à vous apprendre qui vous réjouira le cœur. — Qu'est-ce ? lui dis-je. Il n'est pas probable qu'aucune

22.

chose en ce pays puisse me réjouir ou m'affliger beaucoup. — Oui, oui, dit-il en mauvais anglais, réjouir
votre cœur et attrister le mien. — Pourquoi seriez-vous
fâché de ce qui me réjouirait? lui dis-je. — Parce que
vous m'avez amené ici en vingt-cinq jours et me laisserez retourner seul; et comment retournerais-je à mon
port, sans vaisseau, sans cheval, sans *pécune?* » C'est
ainsi qu'il appelait l'argent dans un latin corrompu qu'il
employait souvent pour nous amuser. Bref, il nous dit
qu'une caravane de marchands moscovites et polonais
était en ville, se préparant à faire son voyage de retour
en Russie, par terre, dans quatre à cinq semaines; et il
pensait que nous saisirions l'occasion d'aller avec eux et le
laisserions là tout seul.

J'avoue que cette bonne nouvelle me surprit, et que je
fus un moment muet de joie; enfin je lui demandai si la
chose était sûre. « Oui, me dit-il, j'ai rencontré ce matin
une de mes vieilles connaissances, un Arménien, qui fait
partie de la caravane; il était arrivé dernièrement d'As-
tracan, et il avait fait le projet d'aller au Tunquin, où je
l'ai connu autrefois; mais il a changé de projet, et maintenant il est décidé à se rendre à Moscou, ensuite à As-
tracan par le Volga. — Eh bien, *Senhor*, lui dis-je, ne
craignez point d'être laissé ici tout seul, car ce sera votre
faute si vous retournez à Macao. » Je consultai alors mon
associé sur la nouvelle, et sur l'opportunité de cette occasion; il me dit de faire comme je l'entendrais sur ce
point, parce que ses affaires au Bengale étaient en si bon
ordre et en mains si sûres, que nous pouvions employer
le gain de notre voyage, qui avait été satisfaisant, en
soieries de la Chine et en soies brutes; qu'il passerait
volontiers en Angleterre, et retournerait ensuite au Bengale par les bâtiments de la Compagnie des Indes.

Quand nous eûmes arrêté ce plan, nous convînmes
entre nous que si notre pilote portugais voulait nous
suivre, nous payerions les frais de son voyage à Moscou,

et même en Angleterre, s'il lui plaisait d'aller jusque-là. Nous ne pouvions moins faire pour lui, et le service qu'il nous avait rendu eût été faiblement récompensé si notre reconnaissance n'avait pas été plus loin. En effet, il nous avait servi de pilote en mer et de courtier au port, et la connaissance du négociant japonais qu'il nous avait procurée avait mis dans notre poche quelques centaines de guinées. Par cette considération, nous désirions le traiter généreusement, ce qui n'était que juste, et de plus nous désirions le garder près de nous, car c'était un homme important en toute occasion. Ainsi il fut convenu que nous lui donnerions en commun une somme de monnaies d'or qui répondrait à peu près à cent soixante-quinze livres sterling, et que nous nous chargerions de le défrayer en route, lui et son cheval, mais en laissant à sa charge le cheval qui porterait ses ballots. Nous le fîmes appeler pour lui faire connaître notre résolution. « Vous avez paru craindre que nous ne vous laissassions retourner seul, lui dis-je, et nous avons décidé que vous ne retourneriez point du tout ; comme nous devons revenir en Europe avec la caravane, nous désirons vous emmener avec nous, et nous vous avons fait appeler pour savoir là-dessus votre pensée. » Il dit en hochant la tête que c'était un bien long voyage, qu'il n'avait pas de *pécune* pour aller si loin, ni pour vivre quand il serait arrivé. « Nous avons pensé comme vous, lui dis-je, et en conséquence nous avons pris la résolution de vous témoigner combien nous apprécions le service que vous nous avez rendu, et combien votre compagnie nous est agréable. » Je lui dis alors ce que nous voulions lui donner sur-le-champ ; j'ajoutai qu'il pourrait en disposer comme nous disposerions de nos propres capitaux ; que, s'il consentait à nous accompagner, nous le conduirions à nos frais (sauf les accidents imprévus) à Moscou, et même en Angleterre, en exceptant seulement le transport de ces marchandises. Il reçut la proposition avec des marques de joie, et dit qu'il nous suivrait jusqu'au bout du monde. Nous nous préparâmes donc à partir ; mais les autres négociants ayant, ainsi que nous, plusieurs choses à faire, au lieu d'être prêts en cinq semaines, ce fut seulement au bout de quatre mois et quelques jours que toutes les marchandises furent réunies.

C'est au commencement de février de notre calendrier que nous sortîmes de Pékin. Mon associé et le vieux pilote étaient allés au port dans lequel nous avions abordé pour disposer de quelques marchandises que nous y avions laissées en arrivant ; et pendant ce temps j'étais allé avec un négociant chinois que j'avais connu à Nankin, et qui était venu à Pékin pour son commerce, acheter dans la première de ces villes quatre-vingt-dix pièces de beau damas, environ deux cents pièces de très-belles étoffes de soie de plusieurs sortes, dont quelques-unes brochées en or, et j'avais fait porter tout cela à Pékin, où j'attendis le retour de mon associé. Nous achetâmes en outre quantité de soie écrue et quelques autres articles. Notre cargaison valait trois mille cinq cents livres sterling seulement dans ces sortes de marchandises ; et en y joignant le thé, quelques beaux calicots, trois chameaux chargés de muscades et de girofles, nous avions dix-huit chameaux sans compter ceux que nous montions, de plus deux ou trois chevaux de relais et deux chevaux pour les provisions ; en somme, vingt-six bêtes, chameaux ou chevaux, composaient notre caravane.

La compagnie était nombreuse, et, si je m'en souviens bien, il y avait trois à quatre cents chevaux et plus de cent vingt hommes bien armés et prémunis contre tous les événements ; car, si les caravanes de l'Orient sont sujettes à être attaquées par les Arabes, celles-ci peuvent l'être par les Tartares ; mais ces derniers ne sont pas aussi dangereux que les Arabes, ni aussi barbares quand ils sont vainqueurs.

La caravane se composait de gens de différents pays ; il y avait environ soixante négociants ou habitants de Moscou, parmi lesquels étaient plusieurs Livoniens : et, à notre grande satisfaction, cinq de ces négociants étaient Écossais et paraissaient des hommes très-expérimentés dans le commerce et très-opulents.

A la fin de notre première journée, les guides, qui étaient au nombre de cinq, appelèrent tous les négociants et voyageurs, c'est-à-dire toute la caravane, excepté les domestiques, à tenir un grand conseil. Dans ce conseil, chacun déposait une certaine quantité d'argent pour former le fonds commun des dépenses nécessaires pour les fourrages que l'on n'aurait pu se procurer autrement, le payement des guides, l'achat de chevaux et autres choses semblables. En même temps on organisa le voyage, c'est le terme, c'est-à-dire qu'on nomma des capitaines et sous-officiers, pour ranger la troupe et commander en cas d'attaque. Chacun commandait à son tour, et l'on n'exigeait pas plus d'ordre qu'il n'était nécessaire dans notre marche, comme on le verra tout à l'heure.

Dans cette partie le pays est très-peuplé et abonde en ouvriers potiers qui préparent la terre pour la porcelaine. Tandis que nous étions en marche, notre vieux pilote, qui avait toujours quelque drôlerie à nous conter pour nous divertir, vint à moi avec une mine moqueuse me dire qu'il voulait me montrer une rareté, et qu'après tout le mal que j'avais dit de la Chine, je serais forcé d'avouer que j'y avais vu une chose impossible à trouver ailleurs. J'étais impatient de savoir ce que c'était : enfin il me dit que c'était une maison bâtie en porcelaine. « Mais, lui dis-je, les matériaux de leurs bâtiments sont tirés de leurs terres, et ceux de la porcelaine sont les mêmes. Cette maison est, comme vous le dites, en terre de la Chine, et nous appelons ainsi leur poterie fine. — Non, dit-il, je ne l'entends pas ainsi : je vous parle d'une maison en terre de Chine pareille à celle qui porte ce nom en Angleterre, et que l'on appelle ailleurs porcelaine. — C'est possible, lui

dis-je ; mais quelle est sa grandeur ? Pourrions-nous l'emporter sur un de nos chameaux ! Nous l'achèterons si nous
pouvons. — Sur un chameau ! s'écria le vieux pilote en
levant les mains ; eh ! bon Dieu ! une famille de trente
personnes habite cette maison. »

Je fus alors vraiment curieux de la voir, et quand je
m'en approchai, je vis seulement une maison construite
en lattes recouvertes, au lieu de plâtre, de terre de por-

celaine. L'extérieur, que le soleil faisait briller, était
verni et paraissait d'un blanc parfaitement pur, sur lequel on avait peint des dessins et des figures en bleu,
comme ceux des grands vases de la Chine que l'on voit
en Angleterre, et la chaleur avait rendu cette pâte aussi
dure que si elle avait passé au four. Quant à l'intérieur,
tous les murs, au lieu de boiseries, étaient couverts de
tablettes carrées de porcelaine très-fine ornée de dessins
élégants, d'une variété de couleurs infinie, et mêlés d'or.
Plusieurs tablettes en tuiles formaient une figure et se joi-
gnaient avec tant d'art, que l'on ne pouvait voir la join-
ture. Le sol des chambres était de la même matière, et
elle me parut aussi dure que nos terres battues et même
que la pierre, et très-unie, mais non cuite ni peinte,
excepté en quelques petites pièces, telles que des cabi-
nets, etc., qui étaient toutes pavées de tuiles pareilles à
celles des murs. Le plafond et tous les murs étaient de
cette terre de porcelaine, de même que les tuiles du toit,
qui étaient d'un noir brillant. Enfin c'était littéralement
une maison en porcelaine, et si je n'avais pas été obligé de
continuer mon voyage, je serais resté quelques jours pour
en examiner les détails. On me dit qu'il y avait dans le
jardin des fontaines et des étangs tous pavés au fond et sur
les côtés de la même matière, et de belles statues en terre
de porcelaine cuite.

Cette fabrication est particulière aux Chinois, et l'on
peut dire qu'ils l'ont poussée à un très-haut degré de perfection, que toutefois, suivant ma conviction, ils exagèrent
dans leurs récits. On m'a dit des choses tellement incroyables sur ce qu'ils ont fait avec cette substance fragile,
que je n'ose les rapporter, certain qu'elles ne peuvent
être vraies. On m'a conté notamment qu'un ouvrier avait
fabriqué en porcelaine un vaisseau avec ses mâts, ses
cordages, ses voiles, assez grand pour porter cinquante
hommes. Si l'on avait ajouté que ce vaisseau avait été
lancé et avait fait le voyage du Japon, j'aurais eu peut-

être quelques objections à présenter, mais le fait, tel qu'il fut énoncé, n'était pas invraisemblable; toutefois c'était un mensonge, si l'on veut bien me passer le terme. Je souris sans rien dire.

Ce singulier spectacle m'avait retenu deux heures en arrière de la caravane; je fus, pour cela, mis à l'amende de trois shillings par le commandant du jour, et il me dit que si nous eussions été à trois journées au delà, au lieu d'être à trois journées en deçà de la grande muraille, mon amende aurait été quatre fois plus forte; il m'obligea de plus à demander pardon au conseil prochain. Je promis d'être plus régulier, et bientôt après je compris la nécessité de rester tous réunis pour la sûreté commune.

Deux jours après nous passâmes la grande muraille de la Chine, ouvrage réellement très-grand, considéré comme défense contre les Tartares. Cette muraille passe sur des montagnes, sur des collines, et souvent même continue en des lieux où elle devient inutile, les rochers et les précipices formant un rempart auquel le travail humain ne peut ajouter aucune force. On dit qu'elle borne en ligne droite, sans compter les détours, un espace d'environ trois cent quarante lieues : elle a vingt-quatre pieds de haut et autant d'épaisseur en certains endroits.

Je restai là environ une heure sans manquer à l'ordre, la caravane ayant mis ce temps à passer la porte, et j'examinai de tous côtés, de près et de loin, tout ce que je pouvais voir. Notre guide, qui m'avait vanté cette merveille du monde, désirait savoir ce que j'en pensais; je lui dis que c'était une excellente chose pour empêcher les invasions des Tartares. Il ne comprit pas le sens de mes paroles et les prit pour un compliment; mais le vieux pilote se mit à rire. « *O senhor Inglese*, fit-il, vous parlez en couleurs bigarrées. — Qu'entendez-vous par là? lui dis-je. — Oui, vos paroles sont blanches d'un côté et noires de l'autre, malignes dans un sens et simples dans l'autre; vous lui dites à lui que la muraille est bonne contre

les Tartares, et à moi vous me dites en même temps qu'elle
n'est bonne *que* contre les Tartares. Oh ! je vous comprends, seigneur Anglais, et le seigneur Chinois vous com-
prend aussi à sa manière. — Bien, monsieur, lui dis-je,
croyez-vous que ce rempart tiendrait contre une armée de
nos pays avec une bonne artillerie, des ingénieurs et deux
compagnies de mineurs? — Oui, je conviens de cela, »
dit-il. Le Chinois mourait d'envie de savoir ce que j'avais
dit, et quand il sut comment je m'étais exprimé sur leur
muraille, il demeura muet pendant le reste du voyage, et
nous fûmes dispensés d'entendre ses belles histoires sur
la puissance et la grandeur de la Chine.

Quand nous eûmes franchi cette grande enceinte, nous
entrâmes dans un pays moins peuplé, les habitants se tenant en général renfermés dans des villes fortifiées, à cause
des invasions des Tartares, qui vont piller en troupes
nombreuses. Là je compris la nécessité de se réunir pour
voyager ; car nous apercevions, à mesure que nous avancions, des bandes de Tartares qui rôdaient autour de nous.
Cependant, quand je les vis de près, je m'étonnai que
l'empire de la Chine eût été conquis par de telles gens,
de vrais sauvages ne connaissant aucune discipline, aucun
art de guerre, avec des chevaux non moins misérables, ché-
tifs, maigres, mal dressés et du pire service possible.

Au bout de cinq jours, nous entrâmes dans un vaste
désert que nous mîmes trois jours et trois nuits à traverser, étant obligés de porter avec nous notre eau dans des
outres, et de camper, comme cela se pratique dans les
déserts de l'Arabie. C'était une sorte de territoire neutre
ou de frontière, qui ne dépendait, à proprement parler,
d'aucun Etat, et faisait partie du Karakathay ou Grande-
Tartarie. Cependant ce territoire était compris dans les
domaines de la Chine ; mais comme on ne prenait aucune
mesure pour le préserver des incursions des voleurs, ce
désert passait pour le plus mauvais pas de tout le voyage,
bien qu'il y eût des déserts plus vastes encore à traverser.

23.

Au premier aspect, ce lieu me parut le plus effrayant que j'eusse jamais vu. Nous aperçûmes plusieurs partis de Tartares peu nombreux, qui semblaient occupés de leurs affaires et peu disposés à nous attaquer; nous fîmes à leur égard comme l'homme qui rencontre le diable: nous pensâmes que, s'ils n'avaient rien à nous dire, nous n'avions rien à leur dire non plus, et nous les laissâmes aller. —

Nous voyageâmes pendant un mois sur des chemins beaucoup moins praticables qu'au commencement; mais les villages que nous traversions étaient en général fortifiés à cause des incursions des Tartares. En arrivant à l'un de ces bourgs, à deux journées et demie de la ville de Naum, je voulus acheter un chameau. La personne à laquelle je m'adressai pour me procurer un chameau se préparait à aller m'en chercher un, et moi je voulus assez niaisement faire l'officieux, et j'allai avec elle. L'endroit où était ce chameau était un parc à deux milles du village, où il paraît que toutes les bêtes étaient renfermées sous bonne garde.

J'allai donc à pied avec mon vieux pilote et le Chinois, désirant voir quelque chose de nouveau. Nous trouvâmes, en arrivant à la place, un terrain marécageux, entouré d'un mur de pierres grossièrement empilées sans mortier ni terre, et gardé par quelques soldats chinois. Ayant choisi un chameau, et étant convenu du prix, je m'en allai, l'homme qui m'avait emmené conduisant mon chameau. Soudain cinq Tartares à cheval survinrent, deux d'entre eux saisirent le Chinois et emmenèrent le chameau, et les trois autres, nous voyant désarmés, s'avancèrent contre le vieux pilote et contre moi. Je n'avais en effet que mon épée, faible défense contre trois cavaliers. Toutefois le premier s'arrêta lorsqu'il me vit tirer mon épée, car ce sont en général de fieffés poltrons; mais un second, venant à gauche et n'apercevant point mon arme, me donna sur la tête un coup tel que je n'en reçus de la vie un pareil, et je ne sus où j'étais quand je revins à moi. Ce coup

m'étendit par terre tout à plat; heureusement notre vieux
pilote, destiné sans doute par la Providence à nous tirer de
tous les dangers imprévus, se trouva encore là bien à propos. Il avait un pistolet sans que je m'en doutasse, ni les
Tartares non plus, autrement ils ne nous auraient pas attaqués; mais les lâches deviennent hardis s'ils pensent qu'ils
ne risquent rien. Le bonhomme, me voyant tomber, courut
bravement à celui qui m'avait frappé, retint son bras d'une
main, tandis que de l'autre il l'attirait à lui; alors il le
visa à la tête et le tua sur la place. Il se tourna ensuite
vers l'homme qui nous avait attaqués le premier, et, avant
qu'il se fût mis en défense, il le frappa d'un sabre qu'il
portait toujours, le manqua et atteignit son cheval, auquel
il emporta une oreille et la moitié d'une joue. La pauvre
bête, furieuse de douleur, ne se laissa plus conduire par
son cavalier, bien qu'il se tînt assez ferme, et l'entraîna
bientôt hors de la portée du pilote. A une certaine distance, elle se dressa sur ses jambes de derrière, renversa
le Tartare et tomba sur lui.

Dans cet intervalle le pauvre Chinois qui avait perdu son
chameau revint; mais il était sans armes. Toutefois, lorsqu'il vit le Tartare par terre et sous son cheval, il courut
sur lui, et lui arrachant une sorte de hache qu'il avait à
sa ceinture, il lui fit sauter avec cette arme sa cervelle
de Tartare. Pendant ce temps mon vieillard avait marché
sur le troisième cavalier, et, voyant qu'il ne bougeait pas
et qu'il restait cloué à sa place, le Portugais chargea de
nouveau son pistolet, et sitôt que le Tartare vit son arme,
il tourna le dos et laissa mon pilote, mon champion,
comme je l'appelai ensuite, maître du champ de bataille.

J'étais un peu revenu à moi, et je crus au premier
instant sortir d'un doux sommeil; mais, comme je l'ai
dit, je ne savais où j'étais, pourquoi j'étais à terre, et ce
qui s'était passé. Bientôt cependant je sentis de la douleur
sans reconnaître où je souffrais; et portant la main à ma
tête, je l'en retirai sanglante. Alors la mémoire me revint

en un instant, et je me rappelai toutes les circonstances
de l'attaque. Je fus debout à la minute, mon épée à la
main ; mais je ne vis pas un seul ennemi, et seulement un
Tartare mort et son cheval tranquille à côté de lui. En
jetant les yeux un peu plus loin, j'aperçus mon libérateur,
qui, étant allé à la recherche du Chinois, revenait le sabre
à la main. Le vieillard, en me voyant sur pieds, courut à

moi et m'embrassa avec une grande joie, parce qu'il avait
craint que je ne fusse mort. Il s'empressa d'examiner ma
blessure, qui n'était, en termes d'écolier, qu'une fêlure ;
en effet, elle n'eut aucune suite fâcheuse, et deux jours
après je n'y pensais plus.

Cependant, loin de gagner quelque chose à cette victoire, nous y perdîmes un chameau, que le cheval qui nous
restait ne pouvait remplacer. Mais ce qu'il y eut de curieux,
c'est que l'homme me demanda, en arrivant au village, le
prix de son chameau. Je refusai de le payer, et l'affaire fut

portée devant le juge chinois du lieu. Je dois rendre justice à ce magistrat; il agit avec beaucoup de sagesse et
d'impartialité. Après avoir entendu les deux parties, il
demanda très-gravement au Chinois qui était allé avec moi
pour acheter le chameau, s'il était mon domestique. « Je
ne suis point domestique, répondit l'homme, mais j'ac-
compagnais l'étranger. — A la requête de qui? demanda
le juge. — A la requête de l'étranger, repartit l'homme. —
Alors, reprit le juge, vous étiez pour le moment le domestique de l'étranger; et le chameau ayant été remis à son
domestique, c'est comme s'il eût été remis en ses propres
mains; il doit donc le payer. »

La chose était parfaitement claire, je n'avais pas un mot
à dire; et, charmé d'entendre des conclusions si justes et
un développement si précis de la question, je payai sans
regret le chameau et j'en fis acheter un autre; mais je
m'abstins d'aller moi-même le chercher.

La ville de Naum est à la frontière de la Chine; elle
passe pour fortifiée, et elle l'est suffisamment pour ce pays;
car j'estime que tous les Tartares du Karakathay réunis,
lesquels, je crois, sont au nombre de plusieurs millions,
ne pourraient battre les murailles de cette ville avec leurs
flèches.

A deux journées de cette ville, nous fûmes arrêtés par
des messagers envoyés vers tous les points de la route, pour
avertir les voyageurs et les caravanes de faire halte jusqu'à
ce qu'on leur eût envoyé une escorte, un corps de Tartares
plus nombreux que de coutume, d'environ mille hommes,
ayant paru à douze lieues de la ville.

C'étaient de très-mauvaises nouvelles pour des voyageurs; cependant le gouverneur agissait sagement en prenant ce soin, et nous fûmes heureux d'apprendre qu'on
nous enverrait une escorte. Deux jours après il nous arriva
deux cents soldats d'une garnison chinoise, sur notre
gauche, et trois cents de Naum : avec ces forces nous avançâmes sans crainte.

Trois heures après avoir quitté une petite ville nommée Changu, et comme nous entrions dans un désert de six lieues, un gros nuage de poussière qui s'éleva nous annonça l'approche de l'ennemi, et en effet il venait sur nous au galop.

Les Chinois de notre avant-garde, qui la veille parlaient avec tant de jactance, commencèrent à se déconcerter et regardaient souvent derrière eux, signe certain que des soldats sont prêts à s'enfuir. Mon vieux pilote me dit : « Seigneur Anglais, si ces gens-là ne sont pas remontés, ils vont nous perdre tous ; si les Tartares les chargent, ils tourneront le dos. Il faut faire avancer cinquante de nos hommes pour les soutenir de chaque côté et leur donner courage ; ils se battront comme des braves en brave compagnie ; sans cela, ils se sauveront. » J'allai proposer la chose à notre commandant, qui entra complétement dans nos idées.

Enfin les Tartares nous joignirent, et en nombre formidable, dix mille peut-être. Un petit détachement vint reconnaître en quelle posture nous étions, et passa tout le long de notre ligne. Quand ils furent à portée de fusil, nous ordonnâmes aux deux ailes d'avancer rapidement et de leur lâcher une décharge de chaque côté, ce qui fut exécuté. Mais ils firent retraite, et sans doute allèrent rendre compte aux autres de la réception qui les attendait ; car ceux-ci abandonnèrent leur dessein et ne nous dirent rien de plus pour cette fois.

Deux jours après nous atteignîmes la ville de Naum ou Naun ; nous remerciâmes le gouverneur des soins qu'il avait pris de nous, et nous fîmes une collecte, qui produisit environ cent écus, pour les soldats de notre escorte. Là nous nous reposâmes un jour. Naum était une garnison, et contenait alors neuf cents hommes.

Nous passâmes, après Naum, plusieurs grandes rivières et deux steppes ou déserts affreux, que nous mîmes seize jours à traverser, et qui, comme je l'ai dit, n'appartiennent à personne. Enfin le 25 avril nous arrivâmes à la frontière de Russie. Je pense que la première ville, ou forteresse si l'on veut, qui appartient au czar, se nomme Arguna, parce qu'elle est située sur la rive occidentale de la rivière de ce nom.

Je ne pouvais m'empêcher de montrer une joie infinie de me voir enfin arrivé dans un pays que je pouvais appeler chrétien. Les Russes, selon moi, ne méritent qu'à grand'-peine le nom de chrétiens; toutefois ils prétendent l'être et sont très-dévots à leur manière. Pour un homme capable de réfléchir, et qui, comme moi, avait parcouru le monde en tous sens, on conçoit quelle satisfaction ce devait être de se retrouver dans une société où le nom de Dieu et celui du Rédempteur étaient connus, glorifiés, adorés, surtout en sortant de contrées livrées à des erreurs qui portent les peuples à rendre un culte au démon, à se prosterner devant des pierres, des souches, à adorer des monstres, des éléments, des animaux d'une forme hideuse, des statues et des images monstrueuses. « Dieu soit béni, dis-je au brave négociant écossais dont j'ai parlé, nous voici parmi des chrétiens! » Il me répondit en souriant : « Ne vous hâtez point de vous réjouir, mon cher compatriote; ces Russes sont d'étranges chrétiens, et si vous trouvez le nom, vous verrez bien peu la réalité du christianisme pendant plusieurs mois de notre voyage. — Fort bien, dis-je; mais encore cela vaut-il mieux que le paganisme, le culte des démons. — Je vous dirai, reprit-il, qu'à l'exception des soldats des garnisons et d'un petit nombre d'habitants des villes sur la route, tout le reste du pays pendant quatre cents lieues est peuplé par les plus ignorants et les plus méchants des païens. » Cela était vrai.

Depuis la rivière Arguna, nous allions à petites journées, et nous sentîmes combien nous étions redevables au soin que le czar a pris de bâtir des villes de distance en distance en ces déserts, et d'y mettre des garnisons semblables aux stations militaires des Romains dans leurs provinces les plus reculées. J'ai lu que plusieurs de ces stations romaines avaient été établies dans la Grande-Bretagne pour la sûreté du commerce et pour héberger les voyageurs. Il en était de même ici et avec autant de nécessité. Dans toutes les villes, les soldats et les officiers magistrats étaient Russes et professaient le christianisme; mais tout le reste des habitants était païen; ils sacrifiaient aux idoles, adoraient le soleil, la lune, les étoiles, tous les corps célestes; du reste, c'étaient les plus barbares de tous les idolâtres que j'eusse rencontrés par le monde: seulement ils ne mangeaient pas de la chair humaine comme les sauvages d'Amérique.

Nous vîmes quelques exemples de leur barbarie dans le pays qui sépare la ville frontière moscovite à Arguna et une ville russe et tartare nommée Nortziuskoy. Cet intervalle est une forêt déserte que nous mîmes vingt jours à traverser. Dans un village près de Nortziuskoy, je voulus examiner la manière de vivre des habitants, et elle me parut la plus brutalement grossière qu'il fût possible de voir. Ce jour-là on devait célébrer une grande cérémonie. Une idole de bois plus hideuse que le diable, ou du moins que les portraits qu'on nous en fait, était exposée sur une vieille souche d'arbre. La tête de cette idole ne ressemblait à celle d'aucun animal connu; ses oreilles étaient aussi grandes que des cornes de bouc; sa bouche, carrément ouverte comme la gueule d'un lion, était garnie de dents effroyables et se terminait en dessous par un crochet semblable au bec inférieur d'un perroquet. Le costume de ce monstre était tout ce qu'on peut imaginer de plus sale; son vêtement principal était en peau de mouton, la laine en dehors; un très-haut bonnet de Tartare le coiffait, en laissant passer ses cornes; la figure en tout avait huit pieds de haut, sans pieds ni jambes, sans aucune proportion dans ses formes.

Cet épouvantail était placé en dehors du village, et je vis seize ou dix-sept créatures humaines dont je ne pus distinguer le sexe, les hommes et les femmes ayant les mêmes habits, toutes prosternées la face contre terre autour de l'informe idole de bois. Ils ne bougeaient pas plus que s'ils eussent été de bois eux-mêmes, ce que j'imaginai au premier coup d'œil ; mais quand j'approchai, ils se levèrent en poussant un cri semblable à l'aboiement d'une meute, et ils se sauvèrent en apparence troublés ou offensés par notre présence. A la porte d'une tente peu éloignée et faite de peaux de moutons et de vaches, je vis trois bouchers, du moins je les jugeai tels aux longs couteaux qu'ils tenaient dans leurs mains, et au milieu de la tente trois moutons et un jeune taureau égorgés. Il paraît que ces animaux avaient été sacrifiés au dieu de bois, que ces trois hommes étaient ses prêtres, et que les dix-sept misérables qui venaient de s'enfuir avaient offert ce sacrifice à une souche et lui adressaient leurs prières lorsque nous les surprîmes.

Je l'avoue, cette adoration stupide m'inspira une horreur que je n'avais jamais ressentie aussi vive à la vue de choses semblables. La plus noble, la meilleure des créatures de Dieu, à laquelle il a donné tant d'avantages physiques sur le reste de la création, qu'il a dotée surtout d'une âme raisonnable, capable de le connaître, de le glorifier, pouvait-elle se dégrader au point d'adorer un monstre créé par elle, rendu terrible par ses propres inventions ! En voyant l'ignorance humaine conduite à une telle ignominie par les ruses du démon, une tristesse profonde me saisit. Puis ma surprise se tourna en colère ; je courus à l'image ou au monstre, comme on voudra le nommer, et d'un coup d'épée je fendis en deux son bonnet pointu, tandis qu'un de mes compagnons, s'attaquant à la peau de mouton, tâchait de l'arracher. Tout à coup des cris ou plutôt des hurlements épouvantables s'élevèrent de toutes les parties du village : deux à trois cents personnes se rassemblèrent ; je ne les attendis point et je fis bien, car la plupart étaient armées de flèches ; mais en m'en allant je me promis de leur faire une seconde visite.

23.

La caravane devait séjourner trois jours dans la ville qui se trouvait à quatre milles de là, pour remplacer les chevaux que les mauvais chemins avaient estropiés. Ainsi j'avais le loisir d'exécuter le dessein que je formai. Je le communiquai au négociant, dont je connaissais le courage ; je lui racontai ce que j'avais vu, et quelle indignation m'avait inspirée cette dégradation de notre espèce. « Je suis résolu, lui dis-je, d'aller avec quatre ou cinq hommes bien armés détruire cette ignoble, cette abominable idole ; prouver qu'elle n'a pas le pouvoir de se défendre, et que par conséquent elle ne doit pas être adorée, recevoir des prières ni des sacrifices. »

Il se prit à rire et me dit : « Votre zèle peut être louable, mais quel est votre but dans cette expédition? — Mon but est de venger l'honneur de Dieu, insulté par cette dévotion diabolique. — Si vous essayez de le faire, ils vous combattront avec avantage, soyez-en bien sûr, car ils sont animés d'une grande résolution quand il s'agit de défendre leur idolâtrie. — Ne pouvons-nous pas, lui dis-je, faire le coup pendant la nuit? — Prenez garde, monsieur, me dit-il : si votre zèle vous pousse à une telle démarche, je comprends que vous y cédiez ; mais il faut considérer que ces nations sauvages sont soumises de force à la Russie, et si vous faites cette expédition, on peut gager mille contre un que des millions de Tartares viendront demander satisfaction au gouverneur de Nortziuskoy ; et si elle leur est refusée, ils se révolteront, ce qui causera une guerre avec les Tartares de la province. »

Ceci donna un autre tour à mes pensées pour le moment ; mais la même corde résonna de nouveau dans mon esprit, et tout le jour je rêvai aux moyens de mettre mon projet à exécution.

Vers le soir, le négociant écossais désira me parler. « Je crois, dit-il, que je vous ai détourné d'un bon dessein ; depuis, je n'ai cessé d'y penser, car j'abhorre autant que vous l'idolâtrie. — Vraiment, lui dis-je, vous avez élevé

en moi des scrupules à l'égard de l'exécution ; mais vous
n'avez pas chassé le projet de ma tête, et je pense que je
l'accomplirai avant de quitter ce lieu, dussé-je être livré
aux Tartares pour les satisfaire. — Non, non, dit-il, Dieu
nous préserve de nous voir livrés à ces monstres ! ce
serait nous livrer à la mort. Je vais vous conter comment
ils ont traité un pauvre Russe qui, de même que vous,

avait insulté leur religion et avait été fait prisonnier par
eux. Après qu'ils l'eurent estropié à coups de flèches, ils
le mirent tout nu sur le sommet de leur idole, formèrent
un cercle autour de lui, et lui lancèrent autant de flèches
que son corps pouvait en recevoir ; puis ils le brûlèrent
ainsi lardé au pied de leur dieu. — Était-ce la même idole ?
— Oui, précisément la même, me dit-il, c'était la même
qu'on portait en procession dans toute la province. — Eh

bien, dis-je, c'est elle qui doit être punie, et je la punirai cette nuit même si Dieu me prête vie. »

Me voyant si résolu, il approuva mon dessein, et me dit qu'il m'accompagnerait, mais qu'il désirait s'assurer la coopération d'un homme courageux et ferme, un de ses compatriotes, aussi zélé que je pouvais le désirer pour la destruction de ces choses diaboliques. Bref, il m'amena un compagnon de plus, un Écossais nommé le capitaine Richardson. J'avais proposé à mon associé de se joindre à nous, et il avait refusé en disant qu'il était prêt à m'aider et à me défendre en toute occasion, mais que cette aventure n'était pas de son ressort. Nous nous décidâmes donc à aller nous trois, suivis de mon domestique, vers minuit, exécuter notre plan avec tout le secret possible.

Cependant, après de nouvelles réflexions, nous voulûmes remettre la partie à la nuit suivante, parce que, la caravane devant partir le lendemain matin, le gouverneur ne pouvait donner satisfaction à ces gens contre nous, une fois que nous serions hors de sa juridiction. Le négociant écossais m'apporta une robe de Tartare ou une saye de peau de mouton, un bonnet, un arc et des flèches ; il s'était pourvu de pareils déguisements pour lui et son compatriote, afin que, si l'on nous voyait, on ne sût qui nous étions.

Nous employâmes la première nuit à mêler des matières combustibles à de l'eau-de-vie, de la poudre à canon, et d'autres ingrédients tels que nous pouvions les avoir ; nous préparâmes aussi une bonne quantité de goudron dans un petit pot, et environ une heure après le coucher du soleil, nous partîmes pour notre expédition.

Sur les onze heures, nous arrivâmes auprès de l'idole. Les habitants étaient couchés, et nous vîmes de la lumière seulement dans la grande tente où j'avais remarqué les trois prêtres que je pris pour des bouchers. Nous allâmes tout près de la porte, et nous entendîmes causer cinq ou six personnes ; alors nous pensâmes que si nous mettions le feu à l'idole, ces hommes sortiraient à l'instant et s'opposeraient à notre dessein ; mais nous ne savions que faire pour nous en débarrasser. Le second Écossais était d'avis de mettre le feu à la tente et d'assommer les gens qu'elle renfermait, à mesure qu'ils sortiraient ; mais je n'approuvai point cette proposition. « Eh bien ! dit le négociant écossais, nous tâcherons de les prendre, de leur lier les mains et nous les obligerons à voir brûler leur idole. »

Nous avions sur nous de petites cordes qui nous servaient à lier ensemble nos amorces ; nous nous décidâmes donc à commencer notre attaque avec le moins de bruit possible. D'abord nous frappâmes à la porte ; un des prêtres vint l'ouvrir, nous nous jetâmes sur lui, il fut bâillonné, et, les mains liées derrière le dos, conduit à l'idole ; nous liâmes ses deux jambes ensemble, on assura le bandeau sur sa bouche de façon à lui ôter le moyen de faire du bruit, et il fut laissé gisant à terre.

Deux des nôtres retournèrent alors à la porte, en supposant qu'un compagnon du prisonnier viendrait voir ce qu'il était devenu ; mais personne ne sortait de la hutte, et nous nous décidâmes encore à frapper, très-doucement. A l'instant deux hommes sortirent : nous les traitâmes comme l'autre ; mais il nous fallut aller tous les trois pour les conduire à l'idole et les laisser attachés à une certaine distance les uns des autres. En retournant sur nos pas, nous vîmes deux autres hommes déjà sortis et un troisième qui se tenait derrière eux en dedans de la porte. Nous nous saisîmes des premiers, et le troisième entra dans la cabane en criant ; mais mon Écossais courut après lui, et prenant une composition qui ne produisait point de flamme, et seulement une fumée puante, il y mit le feu et la jeta dans la hutte ; pendant ce temps, mon domestique et l'ami du négociant, ayant bien garrotté leurs prisonniers, les laissèrent à la place où gisaient les autres, en

attendant que leur idole vînt les délivrer et se hâtèrent de
nous rejoindre.

Quand la hutte fut remplie de fumée au point de suffo-

quer ceux qui s'y trouvaient, nous jetâmes à travers la
porte un petit sac de cuir contenant une autre sorte de
matière qui flambait comme une chandelle, et, suivant le

projectile de près, nous entrâmes et ne vîmes que quatre personnes, lesquelles, à ce que nous supposions, s'occupaient de quelque sacrifice diabolique. Bref, ils semblaient tous mortellement effrayés, assez du moins pour rester assis, tremblants et stupéfaits, asphyxiés par la fumée et muets de terreur.

Enfin nous les attachâmes de même que les autres, et nous les traînâmes vers le dieu. Alors notre besogne commença. En premier lieu, l'idole fut barbouillée du haut en bas de goudron et des autres ingrédients que nous avions, c'est-à-dire du suif mêlé de soufre : ensuite nous enveloppâmes la grande pièce d'artifice dans son bonnet; puis, ayant ramassé autour d'elle toutes les matières combustibles que nous avions, nous cherchions à découvrir quelque chose qui pût la faire brûler plus vite, quand l'Écossais se ressouvint d'avoir vu près de la tente un tas de fourrage, de la paille ou des roseaux secs que je n'avais point aperçus. Il y courut et en rapporta une brassée. Dès que nous eûmes ce complément de matériaux, nous fîmes avancer nos prisonniers : après avoir délié leurs jambes et ôté le bandeau qui couvrait leur bouche, et les avoir rangés tous debout devant leur monstrueuse idole, nous mîmes le feu à la paille et à tout le reste.

Nous restâmes là un quart d'heure à peu près, jusqu'à ce que la poudre, que nous avions mise dans les yeux et dans les oreilles de l'idole, éclatât et la déformât de manière à n'être plus qu'une souche ; et rassemblant autour d'elle le foin enflammé, en un moment nous la vîmes entièrement consumée. Alors nous songeâmes à la retraite ; mais l'Écossais dit que nous ne pouvions nous en aller, parce que ces malheureux dans leur égarement se jetteraient au feu et brûleraient avec l'idole. Nous restâmes donc jusqu'à ce que le fourrage fût éteint; ensuite nous partîmes et laissâmes là nos prisonniers.

Après cet exploit, nous parûmes le matin, parmi nos compagnons de voyage, très-occupés de faire nos préparatifs pour la journée, et personne ne se serait douté que nous avions été la nuit ailleurs que dans nos lits, comme cela était naturel à des voyageurs qui avaient besoin de prendre des forces avant une marche fatigante.

Mais l'affaire ne se termina pas ainsi : le lendemain un grand nombre d'habitants de la campagne vint aux portes de la ville, et demanda de la manière la plus violente au gouverneur russe satisfaction de l'insulte faite à leurs prêtres, et de l'incendie de leur dieu le grand Cham-Chi-Thangu. Les gens de Nortziuskoy furent d'abord très-consternés ; car les Tartares ameutés étaient, à ce qu'ils disaient, déjà trente mille. Le gouverneur envoya des messagers pour les apaiser, en leur faisant toutes les promesses imaginables, en leur assurant qu'il ne savait rien de cet événement, et que pas un homme de sa garnison n'était sorti ; mais que, s'il découvrait le coupables, il les punirait sévèrement. Ils répondirent, avec beaucoup de fierté, que tout le pays révérait le grand Cham-Chi-Thangu, qui demeurait dans le soleil, et qu'aucun mortel n'aurait osé insulter son image, excepté un chrétien, un mécréant : ils étaient donc résolus à lui déclarer la guerre, à lui et à tous les Russes.

Le gouverneur tâcha de les calmer, ne voulant point encourir le reproche d'avoir négligé un germe de guerre. Le czar lui avait expressément recommandé de traiter avec douceur les sujets conquis. Enfin il leur dit que, le matin même, une caravane s'était mise en route pour la Russie, et que peut-être l'un des voyageurs avait commis cette violence. Il promit d'envoyer après nous, s'ils le désiraient, afin de faire une enquête sur cette affaire. Cela parut les calmer un peu, et le gouverneur nous députa un messager pour nous rendre compte de ce qui était arrivé, et nous dire que si quelques-uns de nous avaient fait le coup, il leur conseillait de se sauver au plus vite, et que de toute manière nous devions accélérer notre départ, ajoutant qu'il tâcherait d'amuser les Tartares aussi longtemps qu'il le pourrait.

Cet avis de la part du gouverneur était d'une grande bienveillance ; mais quand ces nouvelles furent données à la caravane, personne n'y comprit rien, et nous, qui étions les coupables, nous ne fûmes nullement soupçonnés. Toutefois le commandant de la caravane, d'après l'avis du gouverneur, hâta la marche, et nous avançâmes presque sans nous arrêter, pendant deux jours et deux nuits. Nous couchâmes alors dans un village nommé Plothus ; de là nous allâmes le plus vite possible vers Jarawena, autre colonie du czar, où nous espérions être en sûreté. Mais, le second jour, des nuages de poussière qui s'élevaient au loin derrière nous montrèrent que nous étions poursuivis. Nous étions entrés dans le grand désert, et nous avions passé près d'un lac très-considérable nommé Schaks-Oser, quand nous aperçûmes un parti de cavaliers, de l'autre côté du lac, au N. Nous allions à l'O., et nous observâmes qu'ils prirent la même direction que nous, supposant peut-être que nous aurions passé du côté du lac où ils étaient, tandis que très-heureusement nous avions pris l'autre. Deux jours après nous ne les vîmes plus, parce que, nous croyant devant eux, ils nous poursuivaient avec ardeur, et atteignirent ainsi l'Udda, rivière très-forte, un peu plus au N., mais que nous trouvâmes guéable à la hauteur où nous étions.

Le troisième jour, soit qu'ils eussent reconnu leur méprise ou reçu quelques renseignements à notre sujet, ils nous arrivèrent sur le soir. Nous venions de choisir une place pour notre campement de nuit, dans un étroit défilé, entre des bosquets peu profonds, mais très-épais, et nous nous attendions à être attaqués avant le jour.

Personne ne savait, excepté mes associés et moi, pourquoi nous étions poursuivis ; mais, comme c'est la coutume des Tartares-Mongols d'aller en troupes dans ces parages, les précautions prises en ce moment n'avaient rien d'extraordinaire.

Nous avions l'emplacement le plus avantageux que nous

eussions trouvé jusqu'alors pour notre camp. Des deux
côtés nous étions flanqués par des bois, un ruisseau coulait en face de nous; ainsi nous ne pouvions être cernés,
l'on ne pouvait nous attaquer que de front ou par derrière. Nous renforçâmes le front en plaçant en ligne nos
bagages, nos chameaux et nos chevaux, en deçà du ruisseau; et nous coupâmes quelques arbres pour nous retran-
cher sur les derrières.

Ainsi postés, nous comptions passer la nuit tranquilles;
mais l'ennemi nous laissa à peine le temps d'achever nos
arrangements. Les Tartares ne nous attaquèrent point
comme des bandits, et comme nous pensions qu'ils devaient nous attaquer; ils nous envoyèrent trois messagers
chargés de nous demander de leur livrer ceux qui avaient
outragé leurs prêtres et brûlé leur dieu Cham-Chi-Thangu,
parce qu'ils voulaient les faire mourir par le feu. Ils pro-
mettaient de se retirer si cette demande était accordée,
sinon de nous exterminer tous. En écoutant ce message,
tous les voyageurs pâlirent et commencèrent à se regarder
les uns les autres, pour tâcher de découvrir le coupable à
sa physionomie; mais aucun d'eux n'avait le mot, et le
mystère ne fut point dévoilé.

Le commandant de la caravane donna aux Tartares l'assurance que ce n'étaient point des hommes de notre camp
qui s'étaient rendus coupables de cette violence, et qu'ils
devaient chercher ailleurs les auteurs du fait dont ils se
plaignaient. Il les pria de ne plus nous inquiéter, disant
que nous étions prêts à nous défendre.

Ils ne furent nullement satisfaits de cette réponse, et
au point du jour ils vinrent en corps assez nombreux à
notre camp; mais, nous trouvant si bien retranchés, ils
n'osèrent avancer au delà du ruisseau en face de nous. Là
ils s'arrêtèrent, et leur nombre nous terrifia; car les calculs les moins exagérés pouvaient porter ce nombre à dix
mille. Ils nous examinèrent pendant quelque temps, et
ensuite, poussant un hurlement horrible, il nous lancèrent

une grêle de flèches. Heureusement nous étions suffisamment garantis par nos bagages, et je ne me rappelle pas qu'il y ait eu personne de blessé parmi nous.

Peu de moments après nous les vîmes à quelque distance sur notre droite; et nous nous attendions à les voir venir derrière nous, quand un Cosaque de Jarawena, rusé personnage, à la solde des Moscovites, vint dire à notre conducteur : « Je vais renvoyer tous ces gens à Siheilka. » C'était une ville située à quatre ou cinq journées sur notre droite. Le Cosaque prit son arc et ses flèches, monta à cheval, et, partant de la queue de la caravane, il prit le chemin de Nortziuskoy; ensuite il fit un détour, revint droit à l'armée tartare, et se donna pour un exprès chargé de leur dire que les gens qui avaient brûlé Cham-Chi-Thangu étaient à Siheilka avec une caravane de mécréants, et qu'ils se proposaient de brûler le dieu Schal-Isar, des Tartares-Tongus.

Cet homme étant lui-même un vrai Tartare, et parlant parfaitement la langue de ces peuples, débita si bien son histoire, que les autres y ajoutèrent foi et s'élancèrent comme des furieux vers Siheilka, à cinq journées plus loin au N. Nous arrivâmes ainsi sains et saufs à Jarawena, où se trouvait une garnison russe, et nous nous reposâmes cinq jours en cette ville.

En sortant de cette ville nous avions à traverser un désert effroyable de vingt-trois journées de marche et nous eûmes soin de nous pourvoir de tentes, afin de pouvoir passer les nuits plus commodément. Le conducteur de la caravane acheta seize chariots dans le pays, pour porter notre eau et nos vivres; ces chariots servaient de rempart à notre petit camp; de sorte que si les Tartares nous avaient attaqués, à moins qu'ils n'eussent été vraiment très-nombreux, ils n'auraient pu nous faire du mal.

Après avoir passé ce désert, nous entrâmes dans un pays où nous trouvâmes des villes et des forts établis par le czar, et pourvus de garnisons pour protéger les caravanes et défendre la contrée des incursions des Tartares.

J'avais pensé qu'en nous rapprochant de l'Europe nous trouverions le peuple et plus heureux et plus civilisé ; mais je m'étais trompé sur ces deux points. Nous avions encore à passer le pays des Tongus, où nous trouvâmes les mêmes signes de barbarie et de paganisme que nous avions vus auparavant.

Si les Tartares avaient leur Cham-Chi-Thangu pour tout un village, même pour toute une province, ceux-ci ont des idoles dans chaque souterrain ; de plus, ils adorent les étoiles, le soleil, l'eau, la neige, en un mot tous les objets qu'ils ne comprennent pas bien ; ainsi ils offrent des sacrifices à tous les éléments, à tous les objets extraordinaires.

Nous eûmes douze jours de marche forcée, sans voir une maison ni un arbre, et obligés de traîner encore avec nous nos provisions d'eau et de pain. Après ce désert nous arrivâmes en deux journées à Janezay, ville ou station russe sur la grande rivière de ce nom, qui sépare, m'a-t-on dit, l'Europe de l'Asie.

Entre cette rivière et l'Oby, nous traversâmes un pays sauvage et inculte, où les habitants et l'industrie manquent seuls pour en faire la plus fertile contrée de l'univers. Le peu d'habitants que nous vîmes là étaient tous païens, à l'exception des gens qu'on y envoie de Russie ; car c'est, je crois, sur les deux rives de ce fleuve que sont exilés les criminels russes auxquels on fait grâce de la vie ; et certes il leur est impossible de jamais sortir de cet exil.

Je n'ai rien à dire de mes affaires jusqu'à mon arrivée à Tobolsk, capitale de la Sibérie, où je restai assez long-temps par le motif suivant.

Nous avions été près de sept mois en route, et nous commencions à nous lasser de cette marche lente, mon associé et moi. Nous tînmes conseil ensemble, et, notre but étant de gagner l'Angleterre, nous songeâmes au meilleur moyen à prendre pour nous rapprocher de notre chemin. On nous

avait parlé de traîneaux et de rennes avec lesquels les gens
de ce pays voyagent sur la neige en hiver, beaucoup plus
souvent qu'ils ne voyagent en été : ils ont en effet de
pareilles voitures, et les particularités qu'on en raconte
sont vraiment incroyables. Ils vont jour et nuit dans ces
traîneaux. La neige glacée forme un tapis uniforme sur les
lacs, les rivières, les collines, les vallées, et l'on passe sur
cette superficie, unie et solide comme du marbre, sans
s'inquiéter de ce qu'elle peut couvrir.

Mais je n'avais pas l'occasion de faire un voyage d'hiver
en ce genre, puisque je voulais aller en Angleterre ; et je
pensai que je ferais mieux de laisser aller la caravane, et
de passer l'hiver là où j'étais, à Tobolsk, en Sibérie, au
60e d. de latitude, parce que j'étais sûr d'y trouver trois
choses propres à alléger l'ennui d'un long hiver : des vivres

abondants, tels que le pays les fournissait; une maison chaude et pourvue de combustibles; enfin une excellente compagnie.

J'étais maintenant dans un climat bien différent de celui de mon île bien-aimée, où jamais je ne sentis le froid, où j'avais au contraire bien de la peine à supporter des habits, et ne faisais du feu dans mon intérieur que pour apprêter ma nourriture. Maintenant je portais trois bonnes vestes, et par-dessus une large houppelande tombant jusqu'aux pieds, boutonnée bien juste au milieu, et entièrement doublée de fourrure.

Quant à la manière de chauffer ma maison, comme je désapprouvais celle des Anglais, qui consiste à faire du feu dans des cheminées ouvertes, de sorte que, lorsque le feu est éteint, l'air de la chambre est maintenu au degré de l'air extérieur, je louai un appartement dans une bonne maison de la ville, et j'y fis bâtir une cheminée en forme de four, placée au centre de cinq ou six pièces, comme un grand poêle. Le tuyau pour la fumée passait d'un côté, la porte par laquelle on atteignait le foyer était d'un autre, et toutes les chambres étaient également échauffées, sans que l'on vît du feu, justement comme cela se pratique en Angleterre dans les maisons de bains. Par ce moyen on a la même température dans tout l'appartement, quel que soit le froid extérieur; on ne voit point de feu, et l'on n'est jamais incommodé de la fumée.

Une chose plus merveilleuse que tout le reste, c'était la bonne compagnie que l'on trouvait en ce pays barbare, dans la partie de l'Europe la plus enfoncée au nord, près de la mer Glaciale, presque sous la même latitude que la Nouvelle-Zemble. Mais, comme je l'ai déjà dit, c'était le pays où sont envoyés les criminels d'État, et la ville était pleine de nobles, de gentilshommes, d'officiers et de courtisans russes. Là je trouvai le fameux prince Galitzin, le vieux général Robostiski, plusieurs autres personnes de marque, et quelques dames. Par l'entremise de mon négociant écossais, dont je me séparai en ce lieu, je fis connaissance avec quelques-unes de ces personnes, et je reçus d'elles, dans les longues soirées de l'hiver que je passai à Tobolsk, des visites très-agréables.

Je causais un soir avec le prince ***, un des ministres d'État exilés, et la conversation tourna sur mes aventures particulières. Il m'avait dit quantité de belles choses sur la grandeur, la magnificence, l'étendue des domaines et le pouvoir absolu de l'empereur de Russie. Je l'interrompis, et lui dis que j'avais été un souverain plus grand et plus puissant que le czar lui-même, bien que mon empire fût plus petit et mes sujets moins nombreux que les siens.

Le grand seigneur russe parut surpris, et me regarda fixement, ne sachant ce que je voulais dire. « Votre étonnement cessera, lui dis-je, quand je me serai expliqué. D'abord, je disposais sans contrôle de la vie et des biens de mes sujets ; et, malgré mon pouvoir absolu, pas un d'eux ne manquait d'affection ni pour mon gouvernement, ni pour ma personne. » Il répondit, en hochant la tête, que je l'emportais en effet à cet égard sur le czar. « Toutes les terres de mon royaume m'appartenaient, lui dis-je, mes sujets étaient tous mes fermiers, et volontairement, et ils auraient versé pour moi jusqu'à la dernière goutte de leur sang. »

Après avoir pris plaisir à l'intriguer pendant quelques moments avec ces énigmes politiques, je lui en donnai la clef en lui contant l'histoire de mon séjour dans l'île, et comment j'avais conduit mes affaires et celles des gens qui dépendaient de moi. Ce récit intéressa vivement la compagnie, surtout le prince, et il me dit en soupirant : « La vraie grandeur consiste à être maître de soi-même, et je n'aurais pas changé votre situation pour celle de l'empereur de Russie. Le plus haut degré de la sagesse humaine est de savoir plier son caractère aux circonstances, et se faire un intérieur calme en dépit des orages extérieurs.

Quand j'arrivai ici, je m'arrachai les cheveux, et je déchirai mes habits comme les autres l'avaient fait avant moi; mais un peu de réflexion me fit porter les regards au dedans de moi-même, aussi bien que sur les objets extérieurs, et je vis, à considérer la vie de l'homme en général, que sa félicité réelle est peu dépendante du monde, et que chacun peut être heureux et satisfaire ses désirs les plus louables avec un faible secours de la part de ses semblables. Respirer un air pur, avoir des vêtements pour se couvrir, des aliments pour se nourrir, et la liberté de prendre l'exercice nécessaire à la santé : voilà, selon moi, tout ce que nous pouvons obtenir du monde. Les avantages mondains n'ont aucun rapport avec les vertus qui font le philosophe, ni avec les grâces d'en haut qui distinguent le chrétien. Privé en ces lieux des fausses joies d'un monde corrompu, j'ai pu les juger avec une juste sévérité, et je suis resté convaincu que la vertu peut seule rendre l'homme vraiment sage, riche et grand, et assurer son bonheur dans une autre vie. En cela nous sommes plus heureux ici que nos ennemis ne le sont au milieu des jouissances dont ils nous ont sevrés, et je ne voudrais pas retourner à la cour, dans le cas où il plairait au czar mon maître de me réintégrer dans mon ancienne grandeur. »

Il parlait avec une chaleur qui ne permettait pas de douter de sa sincérité. « Dans mon île j'ai été aussi, lui dis-je, une sorte de monarque, bien plus un grand conquérant ; car celui qui remporte la victoire sur ses désirs insensés, et prend un empire absolu sur lui-même en soumettant sa volonté à la raison, est certainement plus grand que celui qui subjugue une cité. Mais, monsieur, oserai-je vous faire une question? — Je suis prêt à vous répondre, dit-il. — Si la liberté vous était offerte, consentiriez-vous à sortir de cet exil? — Attendez, reprit-il; la question est délicate, et demande une attention sérieuse, de justes distinctions pour y répondre sincèrement. Rien en ce monde ne pourrait, je crois, m'engager à échapper par mes propres

efforts à cet état de bannissement, excepté deux choses, le
désir de revoir les miens, et celui d'être dans un climat
plus chaud ; mais je vous déclare que s'il s'agissait de
retourner aux pompes de la cour, à la gloire, à la puissance, aux soins inquiets d'un ministre, à l'opulence, aux
plaisirs d'un courtisan ; enfin si l'empereur, mon maître,
m'écrivait à cette heure qu'il me rend tous les honneurs
qu'il m'a enlevés, je ne voudrais pas quitter cette solitude,
ces déserts, ces lacs couverts de glace pour le palais de

Moscou. — Mais, monseigneur, lui dis-je, vous pouvez
non-seulement être privé des plaisir de la cour, et de
l'autorité, des honneurs dont vous jouissiez ; vous pouvez
encore manquer de certaines douceurs de la vie par la con-
fiscation de vos biens, la dilapidation de votre fortune.
— Cela se peut, dit-il, si vous me considérez comme un
grand seigneur, un prince, ce que je suis en effet ; mais
ne voyez en moi qu'un homme, qu'une créature humaine
que rien ne distingue des autres ; comme tel, je n'ai à
craindre aucune privation réelle, à moins que je ne sois

24

atteint par la maladie. Nous sommes en ce lieu cinq personnes d'un rang élevé ; nous vivons retirés comme il convient à des bannis, et ce que nous avons sauvé du naufrage de notre fortune suffit pour nous dispenser de chasser pour notre subsistance. Les pauvres soldats qui sont ici sans ressource vivent aussi bien que nous, en chassant les martres et les renards dans les bois. Le travail d'un mois les soutient pendant toute l'année ; les denrées sont à bon marché : nous pouvons donc facilement gagner notre vie. Ainsi votre objection est anéantie. »

Il serait trop long de rapporter toutes les conversations intéressantes que j'eus avec cet homme vraiment grand. Ses discours étaient dictés par une profonde connaissance de la société, éclairée par la religion et une sagesse supérieure. Son mépris pour le monde était réellement tel qu'il l'exprimait, et il resta jusqu'à la fin dans les mêmes sentiments, comme on le verra par l'histoire suivante.

J'étais à Tobolsk depuis huit mois, et cet hiver m'a paru bien triste. Le froid était si intense que je ne pouvais prendre l'air sans être enveloppé de fourrures et couvrir mon visage d'un masque ou plutôt d'un capuchon percé de trois trous, un pour la bouche, deux pour les yeux. Nos jours, pendant trois mois, étaient au plus de six heures ; mais la neige, dont la terre était couverte, empêchait l'obscurité de la nuit d'être complète. Nos chevaux étaient logés sous terre et mouraient de faim ; les domestiques du pays, que nous avions pour nous et pour nos bêtes, avaient à tout moment les mains et les pieds gelés, et il fallait les soigner pour qu'ils ne perdissent point ces membres.

Il est vrai que nous avions chaud dans nos appartements ; les maisons étaient bien closes, les murs épais, les fenêtres petites avec vitrage double. Notre nourriture principale était la chair de daim apprêtée dans la saison, d'assez bon pain préparé comme le biscuit, du poisson sec de plusieurs sortes, et quelquefois un mouton ou de la chair de buffle, qui n'est pas un mets désagréable. On fait en été toutes les provisions pour l'hiver; on sale et on conserve les viandes. La boisson ordinaire est de l'eau mêlée d'eau-de-vie, et l'on boit comme régal de l'hydromel au lieu de vin, bien qu'ils en aient de très-bon. Les chasseurs, qui s'aventurent par tous les temps, nous apportaient quelquefois d'excellente venaison et de la viande d'ours; mais nous faisions peu de cas de cette dernière. Nous avions un ample magasin de thé, avec lequel nous régalions les amis dont j'ai parlé; enfin, tout considéré, nous vivions très-bien et très-agréablement en cet endroit.

Nous étions au mois de mars, les jours grandissaient beaucoup, et le temps était au moins supportable. Les autres voyageurs se disposaient à partir en traîneaux sur la neige, mais mon projet était d'aller par Archangel, et non par la Baltique; ainsi je ne bougeai point, sachant que les bâtiments du sud ne se dirigeraient pas vers cette partie du monde avant mai ou juin, et qu'en me trouvant là au commencement d'août j'y serais assez tôt pour profiter du retour d'un de ces vaisseaux.

Au mois de mai je commençai mes préparatifs, et, pendant que j'en étais occupé, il me vint à l'esprit que, tous les exilés en Sibérie étant libres d'aller où il leur plaît dans ce pays, il était surprenant qu'ils ne cherchassent pas à le quitter. J'examinai ce qui pouvait les empêcher de s'en aller; mais mon étonnement cessa lorsque j'interrogeai à ce sujet la personne dont j'ai parlé.

« Considérons d'abord, monsieur, me dit le prince, la contrée où nous sommes, ensuite notre situation particulière comme bannis. Nous sommes entourés de barrières plus fortes que des grilles et des verrous. Au N., c'est une mer glacée où jamais aucune embarcation ne s'aventura, et de tous les autres côtés nous avons à traverser cinq cents lieues des domaines du czar, où les seules routes praticables sont échelonnées par des garnisons, de sorte que nous ne pourrions y passer sans être découverts, ni subsister en prenant d'autres voies. »

Je restai muet, et trouvai en effet qu'ils étaient dans une prison aussi sûre que la citadelle de Moscou ; cependant l'idée que je pourrais être l'instrument de la délivrance de cet excellent homme me revint encore, et j'étais disposer à tenter ce que je pourrais à cette fin. Je profitai un soir d'une occasion qui se présenta, pour lui dire ma pensée. Je lui montrai qu'il m'était facile de l'emmener, puisqu'il n'était point gardé ; et, comme je formerais une caravane, ce qui me dispenserait de m'arrêter aux stations établies dans le désert et me permettrait de camper où il me plairait, nous passerions sans obstacles jusqu'à Archangel, où je le mettrais tout de suite en sûreté sur un bâtiment anglais, et le conduirais sain et sauf dans mon pays.

Il m'écouta très-attentivement, tenant les yeux attachés sur moi pendant que je parlais, et je reconnus sur son visage que mes paroles excitaient en lui une vive agitation : il changeait fréquemment de couleur, ses yeux brillaient, et l'on voyait à sa respiration précipitée que son cœur battait plus vite que de coutume. Il ne put me répondre dès que j'eus fini de parler ; mais un moment après il me dit en m'embrassant : « Mon cher ami, votre proposition est si franche et si remplie de bonté, si désintéressée, qu'il faudrait avoir bien peu de connaissance du monde pour ne pas en être étonné et profondément reconnaissant. Mais avez-vous douté de ma véracité quand je vous ai dit que je ne voudrais pas reprendre mon ancienne position, ma place à la cour, recouvrer la faveur de l'empereur mon maître ? Ici je ne puis être tenté de retourner à ma grandeur passée, à cette grandeur misérable ; ailleurs je ne serais pas certain que les semences d'orgueil, d'ambition, d'avarice, de luxure, qui restent toujours dans la nature de l'homme, ne germeraient pas de nouveau en moi, ne prendraient pas racine, enfin ne m'entraîneraient dire qu'ils se fussent jamais avancés aussi loin vers le nord.

Une heure après, ils firent un mouvement comme pour nous attaquer ; nous voyant prêts à la défense, ils s'éloignèrent, et nous nous décidâmes à passer la nuit où nous étions.

C'était une triste nécessité, mais nous ne pouvions mieux faire. A notre gauche, à environ un quart de mille, se trouvrit un petit bois, près de la route ; je résolus à l'instant d'aller jusque-là, et de nous y fortifier autant que possible. Nous avançâmes donc aussi vite que nous le pûmes, et nous atteignîmes le petit bois sans que les Tartares ou les brigands essayassent de nous en empêcher.

Tandis que nous guettions les mouvements des ennemis, notre Portugais, en se faisant aider, parvint à couper à moitié plusieurs branches d'arbre, et les fit passer d'un arbre à un autre de manière à former une sorte de clôture. Deux heures avant la nuit, les cavaliers vinrent droit à nous, ayant été rejoints par d'autres à notre insu, et formant alors une troupe de quatre-vingts combattants. Ils avancèrent jusqu'à une demi-portée de fusil du petit bois ; alors nous tirâmes à poudre, et nous leur demandâmes en russe ce qu'ils voulaient, en leur ordonnant de se retirer ; mais ils poussèrent avec furie du côté du bois, ne nous croyant pas si bien barricadés. Notre vieux pilote, qui faisait en même temps l'office de général et d'ingénieur, nous ordonna de ne tirer sur eux que lorsqu'ils seraient à portée de pistolet, afin d'être sûrs de ne pas les manquer ; nous lui dîmes de commander le feu, et il attendit assez longtemps pour qu'ils ne fussent plus qu'à deux longueurs de lance quand nous fîmes notre décharge. Elle fut si bien dirigée, que nous tuâmes quatorze cavaliers et blessâmes plusieurs chevaux.

Notre feu les mit dans un étrange désordre ; ils reculèrent à l'instant d'une centaine de verges, et pendant ce temps nous rechargeâmes nos armes ; les voyant un peu éloignés, nous avançâmes et nous prîmes quatre ou cinq chevaux dont les cavaliers avaient sans doute été tués.

Nous dormîmes très peu cette nuit-là, et nous en passâmes la plus grande partie à renforcer notre position, à barricader les issues du bois et à faire une garde vigilante. Nous attendions le jour avec anxiété, et il nous révéla une fâcheuse circonstance : les ennemis, que nous croyions découragés, avaient augmenté de nombre; ils campaient maintenant avec onze ou douze tentes, et semblaient déterminés à nous assiéger. Ils avaient planté leur camp en plaine à un quart de lieue de nous.

Nous fûmes consternés. Le Sibérien s'engageait cependant à nous conduire la nuit à un chemin qui mène du côté du nord à la rivière Pétrou; il était sûr que les Tartares ne s'aviseraient pas de nous suivre dans cette direction. La nuit venue, nous fîmes aussitôt allumer un grand feu, que nous arrangeâmes de manière à brûler jusqu'au jour, afin de faire croire aux Tartares que nous étions là. Mais, quand les étoiles commencèrent à se montrer, notre guide ne voulant point partir avant cette heure, nos chameaux et nos chevaux étant chargés, nous suivîmes notre nouveau conducteur, qui se dirigeait sur l'étoile polaire.

Après deux heures d'une marche assez rude, nous vîmes la lune se lever, et elle jeta une clarté plus grande que nous ne l'aurions désiré; cependant à six heures du matin nous avions fait dix lieues, au risque de crever nos chevaux.

Nous nous reposâmes alors à un village russe du nom de Kermazinykos, et nous n'entendîmes plus parler des Calmouks. Deux heures avant la nuit nous nous remîmes en route. Arrivés ensuite à une forte ville nommée Ozamoys, nous nous y reposâmes quelques jours. Mon associé et moi, nous convînmes de donner à l'honnête Sibérien un présent de la valeur de dix pistoles.

Cinq jours après, nous arrivâmes à Veuslima, et nous passâmes en sept jours à Archangel. Nous arrivâmes le

3 juillet à Lawrenskoy, où nous louâmes deux grands bateaux de transport pour nos effets et une barque pour nous ; nous nous embarquâmes le 7, et le 18 nous atteignîmes tous sains et saufs Archangel, ayant été un an cinq mois et trois jours en voyage.

Nous attendîmes six semaines l'arrivée des vaisseaux, et nous aurions attendu plus longtemps si un bâtiment de Hambourg n'était pas venu un mois plutôt que les bâtiments anglais. Après avoir considéré que la ville de Hambourg nous offrait autant d'avantages que Londres pour le débit de nos marchandises, nous les chargeâmes et nous prîmes nous-mêmes passage sur ce bâtiment. Quand nos effets eurent été transportés à bord, il était très-naturel que j'y envoyasse mon intendant pour en prendre soin ; par ce moyen mon jeune Russe évita de paraître dans la ville, où des négociants de Moscou auraient pu le reconnaître.

Nous fîmes voile d'Archangel le 20 août de la même année, et nous entrâmes dans l'Elbe le 18 septembre. Nous trouvâmes à nous défaire très-avantageusement de nos marchandises de la Chine et de nos fourrures de Sibérie, et, quand nos partages furent faits, ma part monta à 3,475 livres sterling 17 shillings 3 deniers, y compris la valeur de 600 livres en diamants achetés au Bengale.

Là mon jeune seigneur prit congé de nous, et remonta l'Elbe pour se rendre à Vienne, où il voulait chercher protection et d'où il pouvait correspondre avec ceux des amis de son père qui vivaient encore. Il ne partit point sans me témoigner sa reconnaissance pour le service que je lui avais rendu et mes bonnes intentions pour son père.

Je passai quatre mois à Hambourg, je me rendis par terre à la Haye ; là je pris le paquebot et j'arrivai à Londres le 10 janvier 1705, après dix ans et neuf mois d'absence. Dès lors je me préparai à un voyage plus long que tous ceux-ci, après une vie de soixante-douze ans, remplie des incidents les plus variés, et assez éprouvé pour connaître enfin le prix de la retraite et le bonheur de finir ses jours en paix.

Clichy. — Imp. Paul Dupont, rue du Bac-d'Asnières. 12.

www.ingramcontent.com/pod-product-compliance
Lightning Source LLC
Chambersburg PA
CBHW070800030726
47504CB00003B/636

pas une seconde fois; alors cet heureux prisonnier, que vous voyez maintenant maître de son âme, deviendrait l'esclave des viles passions; moralement libre en ces lieux, il serait ailleurs soumis à ses sens, quand son corps serait en pleine liberté. Mon cher monsieur, laissez-moi rester dans cet exil fortuné qui me sépare des erreurs humaines, ne m'invitez pas à changer pour un fantôme de liberté la liberté de ma raison, et le bonheur futur que j'espère en ce moment et que je perdrais bientôt de vue; car, je le sens, je ne suis qu'un homme, j'ai les passions, les affections qui peuvent dominer et ruiner tous les hommes. Ah! ne soyez pas tout à la fois mon ami et mon tentateur! »

Si d'abord j'avais été surpris, je restai alors confondu et je le regardai sans rien dire, admirant ce que je voyais. La lutte qu'il soutenait dans son âme était si forte, que, malgré le froid excessif son front était baigné de sueur. Je vis qu'il avait besoin de soulager son esprit; je lui dis seulement, en peu de mots, que je le laissais réfléchir encore sur ce sujet, et je me retirai dans mon appartement.

Deux heures après j'entendis quelqu'un près de ma porte, et j'allais ouvrir lorsqu'il ouvrit lui-même et me dit : « Mon cher ami, vous m'aviez presque vaincu; mais j'ai repris le dessus. Ne soyez pas fâché si je refuse l'offre que vous me faites; ce n'est pas faute de sentir combien elle est généreuse, et je viens vous exprimer ma sincère reconnaissance; mais enfin j'ai remporté la victoire sur moi-même. » Je n'avais rien à faire qu'à protester de mes bonnes intentions pour lui en aquiesçant à sa détermination. Il m'embrassa avec une grande tendresse, et m'assura qu'il ne doutait pas de mon amitié; ensuite il m'offrit un présent de martres vraiment trop beau pour que je pusse l'accepter d'un homme dans sa position, et j'aurais souhaité ne point le recevoir; mais il ne voulut pas être refusé.

Le lendemain matin j'envoyai mon domestique à Sa

Seigneurie, avec un petit présent de thé, deux pièces de damas de la Chine et quatre petits lingots d'or du Japon, qui ne pesaient pas ensemble plus de six onces et n'égalaient pas la valeur des martres, que l'on estima en Angleterre plus de deux cents guinées. Il accepta le thé, une pièce de damas et un des lingots d'or, sur lesquels se trouvait une empreinte curieuse de la monnaie du Japon, et qu'il prit comme rareté : il ne voulut accepter rien de plus, et me fit savoir qu'il désirait me parler.

Quand je vins près de lui, il me dit qu'il espérait, après notre dernière conversation, que je ne lui parlerais plus de l'affaire en question, mais que, puisque je lui avais fait une offre si généreuse, il me priait d'avoir la même bonté pour une personne à laquelle il portait le plus grand intérêt. Il me dit que c'était son fils unique qui se trouvait dans la même position que lui, et que je n'avais point vu parce qu'il résidait à environ quarante lieues de nous, de l'autre côté de l'Oby. Il ajouta que, si j'accueillais sa demande, il l'enverrait chercher. Je n'hésitai point à consentir, en lui faisant comprendre toutefois que, si je me décidais en ce sens, c'était pour lui montrer mon respect et mes regrets de n'avoir pu le déterminer à accepter pour lui-même mes services.

Il envoya le jour suivant un messager à son fils, et celui-ci arriva trois semaines après avec cinq ou six chevaux chargés de belles fourrures d'une grande valeur. Ses domestiques amenèrent les bagages en ville, laissant le jeune seigneur à quelque distance, et la nuit il vint incognito dans notre logement. Il me fut présenté par son père, et nous concertâmes tous ensemble notre plan de voyage.

J'avais acheté quantité de peaux de martres et de renards noirs, de belles hermines et autres fourrures précieuses qui abondent en cette ville, en échange de quelques-unes de mes marchandises de l'Orient, telles que le girofle et la muscade, dont je vendis la plus grande partie

à Tobolsk, et le reste à Archangel, et plus avantageusement que je n'aurais fait à Londres. Mon associé, qui
prenait un intérêt plus exclusif que moi aux résultats de
notre commerce, fut si satisfait de ses profits, qu'il ne
regretta point notre séjour en ce lieu.

Ce fut au commencement de juin que nous quittâmes
cette ville, si peu connue dans le monde à cause de son
éloignement. Notre caravane se composait alors de trente-
deux chevaux ou chameaux, qui passaient tous pour être
à moi, et sur lesquels onze appartenaient à mon nouveau
compagnon. Il était naturel que je prisse un nombre de
domestiques proportionné à mon train, et le jeune seigneur passait pour mon intendant.

Nous avions à traverser le plus vaste et le pire de tous
les déserts que nous eussions rencontrés dans le cours de
notre voyage : je dis le pire, en ce que le terrain était en
certains endroits très-bas et très-marécageux, et en d'autres très-inégal ; mais au moins nous ne craignions pas les
bandes de Tartares ou de voleurs, puisqu'on nous avait
dit qu'il n'en venait presque jamais de ce côté de l'Oby ;
cependant nous reconnûmes qu'il en était autrement.

Mon jeune seigneur avait un fidèle domestique sibérien,
qui connaissait parfaitement le pays et nous conduisit par
des routes détournées, en sorte que nous évitâmes les
principales villes des grands chemins, dans lesquelles les
garnisons russes examinent les voyageurs, dans la crainte
que des exilés importants ne s'échappent par cette voie.
Ainsi notre voyage se passait entièrement dans le désert,
et nous étions obligés de coucher sous nos tentes, au lieu
d'être commodément logés comme nous aurions été dans
les villes. Mais bientôt le jeune Russe ne voulut plus nous
laisser passer la nuit dans les champs ; il restait en dehors
des villes avec ses gens, et nous rejoignait à un lieu convenu entre nous.

Nous venions d'entrer en Europe, ayant passé la rivière
Kama, qui sépare en cette partie du monde l'Asie de l'Eu-

rope ; et la première ville du côté européen se nomme
Soloy-Kamskoy, ce qui veut dire la grande ville sur la
rivière Kama. Il nous restait à passer un désert de deux
cent cinquante lieues d'étendue dans certain sens, et de
soixante-dix seulement dans celui où nous le traversâmes ;
et nous trouvâmes cet horrible lieu bien peu différent des
pays des Tartares-Mongols. Les habitants, la plupart idolâtres, sont de bien peu supérieurs aux sauvages d'Amérique : leurs maisons, leurs villages, sont remplis d'idoles ;
leur manière de vivre est complétement barbare, excepté
dans les villes, où les habitants sont chrétiens, ou préten-
dus chrétiens de l'Église grecque : mais leur religion est
mêlée de tant de restes de superstition, qu'à peine se dis-
tingue-t-elle en quelques lieux de la pure sorcellerie.

En traversant cette forêt, et au moment où nous croyions
avoir échappé à tous les dangers, je faillis être pillé, et
peut-être assassiné par une bande de brigands, je ne
sais de quel pays, tous à cheval et portant des arcs et
des flèches. Ils vinrent sur nous au nombre de quarante
à quarante-cinq, à deux portées de fusil, et, sans rien
dire, ils nous entourèrent et nous examinèrent à deux
reprises très-attentivement. Enfin ils se placèrent en
travers de notre chemin ; alors nous nous rangeâmes en
ligne devant nos chameaux. Nous n'étions que seize, et
quand nous fûmes alignés, nous fîmes halte, et envoyâmes
notre domestique siberien reconnaître ces gens. Le jeune
seigneur était d'autant plus pressé de savoir ce qu'ils
étaient, qu'il avait peur que ce ne fût une troupe envoyée
à sa poursuite. Le domestique s'approcha des cavaliers avec
un drapeau de trêve et leur parla ; bien qu'il entendît plusieurs dialectes du pays, il ne put comprendre un seul
mot de ce que disaient ces gens ; cependant, encouragé
par leurs signes, il s'approcha d'eux, et revint ensuite
aussi peu avancé qu'avant de partir. A leur costume, il les
croyait Tartares Calmoucks ou Circassiens, lesquels abondent sur le grand désert ; mais il n'avait pas entendu